AF413419

CROWNTIDE

ALEX ASTER

Traducción de
Victoria Simó

ALFAGUARA

Papel certificado por el Forest Stewardship Council®

Penguin
Random House
Grupo Editorial

Título original: *Crowntide*

Primera edición: febrero de 2026

© 2025, Alex Aster
Publicado originalmente por Amulet Books, una división de
Harry N. Abrams, una compañía de Media-Participations Paris
Traducción publicada por acuerdo con RDC Agencia Literaria, S. L.
Todos los derechos reservados
© 2026, Penguin Random House Grupo Editorial, S. A. U.
Travessera de Gràcia, 47-49. 08021 Barcelona
© 2026, Victoria Simó Perales, por la traducción

Printed in Spain – Impreso en España

ISBN: 979-13-87741-27-3
Depósito legal: B-21.554-2025

Compuesto en Punktokomo, S. L.
Impreso en Unigraf
Móstoles (Madrid)

A L 4 1 2 7 3

Para ti.
Eres fuerte. Nunca lo olvides

CAPÍTULO 1
ORO

Oro Rey nunca pensó que vería llorar a Grim Malvere, el diabólico gobernante de Nightshade. Pero ahora las lágrimas resbalaban por el rostro de Grim, que miraba fijamente el carbonizado centro del laberinto. Tenía los restos de una pluma entre los dedos, el único indicio de que ella había estado allí. Eso y el enorme felino que rugía y arañaba el lugar por el que ella había desaparecido.

Isla. No era posible que se hubiera marchado. Oro no se podía creer que hubiera planeado algo así a espaldas de todos.

Pero él la conocía. La conocía bien. Debería haber adivinado que querría sacrificarse para salvarlos de la aniquilación que planeaba Lark Crown.

Nada en este mundo podía destruir a Lark, la antepasada de Isla, así que ella había buscado la manera de salvar al mundo de la ira de la poderosa wildling: abrió el portal secreto para viajar a un reino desconocido. El mundo del que procedían Lark y los otros dos fundadores de Lightlark.

Oro albergaba la esperanza de que Isla encontrara la manera de matar a Lark en el otro mundo, pero no podía estar seguro. Ahora mismo no era capaz ni de moverse. No lo hizo cuando Lynx levantó la cabeza para lanzar otro ru-

gido que hizo temblar el suelo. No lo hizo cuando Grim cayó de rodillas.

Todos se quedaron allí, sumidos en un silencio desolado, como si Isla fuera a volver.

Como no fue así, Grim se puso de pie despacio tras una espera interminable. Lanzó un suspiro entrecortado.

Y le atizó a Oro un puñetazo en la mandíbula.

La potencia del golpe hizo trastabillar a Oro hacia atrás. Lo habría esquivado fácilmente en otras circunstancias si la pena demoledora que le embargaba no le hubiera arrebatado las fuerzas y si no estuviera herido ya.

Sin embargo, no volvería a pasar. Grim se abalanzó nuevamente sobre él, pero Oro se apartó en el último momento y golpeó a Grim a su vez. El nightshade se tambaleó con el impacto.

—Para —gruñó Oro—. Estás…

Pero Grim no le hizo caso, como era de esperar. Embistió a Oro con un trompazo que le quitó el aliento y los dos rodaron por la tierra en un remolino de golpes. Oro escupió sangre. No podían usar sus poderes en el laberinto, así que forcejearon por el suelo en una maraña de extremidades hasta que Oro pensó: «A la mierda», y descargó toda la rabia que acumulaba. Surgió en forma de patada que impactó en las costillas de Grim con un crujido satisfactorio; en el impulso de estampar la cabeza de Grim contra el suelo y descargar un puñetazo tras otro en la cara del nightshade, hasta que el otro se lo quitó de encima.

Grim saltó y le atizó un puñetazo a Oro en mitad de la nariz, que crujió de un modo nauseabundo. «Cabrón». Oro notó el regusto metálico de su propia sangre.

El nightshade no se dio por satisfecho. Y al parecer se había cansado de contenerse. Rápido como el rayo, Grim pegó su acero a la garganta de Oro.

Se quedó petrificado. Notaba el metal frío contra la piel, el corazón desbocado. Tenía a Grim justo delante con los ojos entornados. De algún modo incomprensible, los dos estaban desbordados por la emoción y vacíos al mismo tiempo, como si les hubieran arrancado un pedazo de alma. El pánico se adueñó de Oro. Ahora que Isla no estaba, ¿le mataría Grim finalmente?

Lynx saltó hacia ellos con los dientes al descubierto. Pero el animal parecía indeciso. Estaba vinculado a Isla. No haría nada que pudiera lastimarla.

Y el corazón de Isla estaba dividido entre los dos.

El felino gruñó, pero Grim no apartó su espada.

En el laberinto, Oro no podía invocar su fuego. Sopesó el riesgo que entrañaría moverse, tratar de liberarse, mientras el filo de la espada se hundía un poco más en su piel. Notó una descarga de dolor y su propia sangre resbalándole por la garganta. Se encogió pensando que Grim le rebanaría el cuello para rematar la faena. Pero en vez de eso…

En vez de eso le preguntó:

—¿La amas?

Oro sabía que debería mentir. Mentirle a ese nightshade que estaba a punto de perder la cordura por completo, que tenía un reguero de sangre en la comisura de los labios, cuyo ojo empezaba a hincharse. Ese nightshade… que era el marido de Isla. Y cuya arma estaba pegada a la yugular de Oro en ese preciso instante.

Sin embargo, aunque hubiera querido hacerlo, Oro no podía mentir sobre eso. Su respuesta fue inmediata.

—Sí.

Esperaba que la ira, el dolor o el deseo de venganza asomaran al rostro de Grim, pero no vio nada de eso. El nightshade parecía casi aliviado.

—Bien. Voy a traerla de vuelta. Y tú me vas a ayudar.

Lo dijo sin aspavientos, como quien profiere una orden. Como si fuera un hecho.

A continuación, Grim enfundó su espada y le tendió la mano a Oro.

Oro se quedó atónito. ¿Era un truco? Vaciló y Grim entornó los ojos.

—Me encantaría degollarte aquí mismo, «rey». Pero la amo a ella más de lo que te odio a ti. —La determinación ardía en sus ojos—. La amo más que a nada. Haré pedazos este mundo y el otro y el siguiente hasta que consiga traerla de vuelta. ¿Estás conmigo?

Oro sabía que dar con ella sería una empresa descomunal. No sabían por dónde empezar y su propio mundo seguía desmoronándose.

Pero su amor por ella aplastó cualquier duda. Cualquier miedo. Recordó lo que había pensado durante el Centenario, una vez que comprendió que Isla había sobrevivido a la flecha que le había atravesado el corazón.

«Ni siquiera tiene que ser mía. Puede que nunca sea mía, pero el mero hecho de que exista demuestra que la perfección existe. Demuestra que los milagros todavía tienen cabida en este mundo».

—Estoy contigo —dijo.

Siglos de odio, de guerra y —en cierto momento— de amistad se extendían entre los dos. Solo una mujer que los dos amaban podía unir sus intereses y convertir a los enemigos en aliados.

Implicaba una traición a su deber, a su honor y a su mismo instinto.

Pero estrechó la mano de Grim.

Porque, si querían traer a Isla de vuelta, tenían que trabajar en equipo.

CAPÍTULO 2
GRIM

Grim Malvere nunca había experimentado un dolor como ese en toda su larga vida. A solas en el borde del laberinto, observaba sus profundidades, como esperando ver salir a Isla del interior. Al menos, cuando Isla había muerto, cuando había muerto verdaderamente en sus brazos, su sufrimiento había servido para algo. En aquel entonces, encontró un modo de revivirla. Una manera arcaica, sagrada y peligrosa de compartir vida y poder.

Pero esta vez…

Ni siquiera sabía por dónde empezar. Se sentía completamente perdido sin ella.

Su don para saltar entre portales siempre se le había antojado una bendición y una maldición al mismo tiempo. Por culpa de esa capacidad todos sus hermanos habían muerto. También fue la única vía de escape de un cargo que le había asfixiado durante siglos.

Hasta que la conoció a ella.

Ella era un soplo de primavera en mitad del invierno. Era su estrella del norte en un firmamento oscuro, el eje en torno al cual giraba su mundo.

Y ahora… Ahora ni siquiera sabía si ella seguía viva.

No. Ahuyentó ese pensamiento. Si hubiera muerto, Grim lo sabría, ¿verdad? Porque él también habría perdido la vida. Los dos compartían una misma existencia.

Compartían el alma. Cuando estaban juntos, Grim no sabía dónde terminaba el alma de Isla y dónde empezaba la suya. Eran uno y el mismo en todos los sentidos.

Isla estaba viva. Tenía que estar viva.

Únicamente esa fe —en ella, en la pervivencia de ambos— le mantenía anclado en ese mar de agonía. El convencimiento de que algún día volverían a estar juntos.

—No hay nada en todo el universo capaz de evitar que me reúna contigo —declaró Grim al cielo nocturno. Esperaba que ella pudiera oírle dondequiera que estuviera—. Arrancaré las mismísimas constelaciones del firmamento para volver a verte.

A continuación, se transportó a la mesa de su castillo de invierno, donde Oro le estaba esperando. Los ropajes del rey seguían ensangrentados, pero se había recompuesto la nariz rota y se había lavado la cara. Grim no se había molestado en curarse las heridas y no se le escapó el ceño del sunling al ver el cardenal que Grim todavía notaba en el ojo.

Si su padre hubiera sabido que el rey de Lightlark iba a ocupar un día ese asiento, habría matado a Grim con sus propias manos. Pero a Grim le importaba un comino. Le traía sin cuidado, estando en juego la vida de Isla.

Los fastidiosos amigos de Oro entraron un instante más tarde. La pelirroja de alas flamígeras. El ladrón con el que había tenido la desgracia de pasar demasiado tiempo últimamente. El taciturno moonling que prefería escuchar a hablar. Al menos este último no era tan irritante como los demás. Astria, su general, fue la última en entrar. Todos se sentaron… y miraron a Grim.

—¿Y bien? —dijo Oro desde el otro extremo de la mesa—. ¿Cómo entramos? ¿Cómo la traemos de vuelta?

Grim luchó contra el impulso de reducirlo a cenizas. Pero Isla no se lo habría perdonado. Y el rey no le serviría de nada convertido en un montón de carbonilla, ¿verdad?

Con una voz forjada en el pozo de su aborrecimiento, dijo con sumo tiento:

—¿Crees que si lo supiera estaría aquí sentado con todos vosotros? ¿Crees que estaría haciendo algo que no fuera partir en su busca?

La pelirroja se recostó con aire despreocupado en una silla que le doblaba la edad.

—Tu don es saltar entre portales. ¿Por qué no puedes entrar?

Las sombras de Grim se afilaron y arañaron el suelo como garras.

—El portal está cerrado. El otro está en Lightlark y, aunque no me importaría lo más mínimo usarlo y destruiros a todos, sé que a mi esposa no le gustaría.

No se le escapó el respingo del sunling al oír la palabra «esposa». Bien. «Que te rechinen los dientes, sunling». Miró directamente a Oro cuando pronunció las palabras siguientes:

—Noto su presencia. El vínculo sigue activo.

El sunling le fulminó con la mirada. Sabía que Grim se había vinculado a ella para devolverle la vida. Debería agradecérselo. Ni siquiera la conocería de no ser por él.

Y Grim no podría estar más arrepentido de ello. De haberle ofrecido a Isla la oportunidad de amar a Oro. Se culpaba a sí mismo de todo lo sucedido después de que le borrara los recuerdos a su esposa. Creyó que la estaba ayudando, pero en realidad le arrebató la posibilidad de elegir. Y, si bien ella le había perdonado, él nunca se perdonaría.

—En ese caso, ella es la estrella del norte que nos llevará al otro mundo —dijo Zed, el ladrón—. Tu… vínculo… es el mapa para llegar a ella.

Grim asintió. Ojalá pudiera seguir ese hilo a través del universo para encontrar a Isla. Lo había intentado, como es natural, tan pronto como había salido del laberinto. Pero su capacidad para transportarse entre portales no era lo bastante potente. E Isla se había llevado con ella el conocimiento de cómo crear portales a otros mundos y cerrarlos.

Grim percibió un fogonazo de impaciencia en Oro, brillante contra ese dolor atroz que reflejaba sus propios sentimientos. El sunling era muy consciente de que Grim ya había intentado reunirse con ella a través de los portales. Frunció el ceño.

—Tu don es nuestra mejor baza para llegar a ella. ¿Cómo podemos amplificar tu poder?

Grim todavía tenía ganas de asesinarle, pero al menos el sunling no era un idiota rematado.

Negó con la cabeza. No tenía una respuesta.

Oro se aferró al borde de la mesa con ademán frustrado.

—¿No hay nada aquí? ¿Alguna reliquia? ¿Algo parecido al corazón de Lightlark?

Había algo…, aunque Grim no creía que les fuera de mucha utilidad.

—Bueno, hay una piedra. Más poderosa que cualquier objeto en todo el mundo. Más incluso que el corazón de Lightlark.

Oro se quedó atónito. Saltaba a la vista que no sabía de qué estaba hablando Grim.

Él suspiró.

—Según la leyenda, es el objeto más poderoso del universo y ni siquiera Cronan se pudo apropiar de él. Muchos de mis antepasados lo intentaron a lo largo de los siglos. Incluido mi padre.

Frunció el ceño al visualizar a su padre hacia el final de su vida, tan frágil que apenas podía mantenerse erguido en el trono.

—La piedra le rechazó y en vez de permitir que la usara le maldijo.

—¿Dónde está? —preguntó Oro en un tono tenso y grave.

Grim se arrellanó en la silla.

—Estaba en una isla llamada Atlas, al norte de este castillo.

Enya le miró entornando los ojos, siempre feroces.

—¿Por qué has dicho «estaba»?

—Porque yo la reclamé.

Silencio. Grim percibió cómo las emociones se arremolinaban en la estancia: destellos de sorpresa y preocupación; esperanza por parte de Oro.

—¿Y dónde está ahora? —preguntó Zed por fin sin poder contenerse, con un dejo de irritación.

Grim miró a Oro a los ojos para decir, muy despacio:

—Alrededor de su cuello.

La mandíbula del sunling se tensó. Su esperanza se apagó con un doloroso chisporroteo.

Zed estampó las manos contra la mesa.

—¿Me estás diciendo que la persona más poderosa que conocemos se llevó el objeto más poderoso del mundo… al otro mundo?

Tenía razón en que la esposa de Grim era la persona más poderosa de la historia conocida, seguramente de todo el universo. Había sido la primera en obtener acceso a los poderes de los seis reinos. Era la gobernante tanto de Wildling como de Starling. A través de su lazo de amor con Oro, tenía

acceso también a las habilidades sunling, skyling y moonling. Y, gracias al vínculo con Grim, había obtenido las destrezas nightshade. Aunque no las necesitaba. Su propio padre era nightshade. Las llevaba en la sangre.

Y todo ese poder había traído consigo un dolor infinito. La esposa de Grim había matado a muchos, a infinidad de personas. No había tenido siglos para aprender a dominar sus poderes, como los demás.

En parte por eso se había marchado, Grim lo sabía. Se rumoreaba que en el otro mundo era posible traer a los muertos de vuelta, tal como eran en vida. Isla quería revertir sus errores. Corregir sus numerosas equivocaciones.

Al instante le asaltaron los remordimientos. Debería haberse esforzado más en consolarla después de que matara sin querer a todos los habitantes de aquella aldea. Quizá no se habría marchado si…

El fastidioso skyling estaba hablando de nuevo.

—A ver si te he entendido bien. Te apropias del objeto más poderoso del universo… ¿y se lo cuelgas del cuello? ¿En qué estabas pensando? —preguntó Zed, que parecía a punto de romper lo que quedaba de las ventanas.

Despacio, Grim se volvió a mirarlo.

—Pensé que la persona más importante de todo el universo debía llevarlo.

Zed negó lentamente con la cabeza antes de pasarse las manos por la cara y decir:

—Estamos jodidos.

CAPÍTULO 3
GRIM

Grim no dormiría hasta que diera con ella. Así que esa noche, envuelto en el silencio de un castillo que en otro tiempo estuviera repleto de voces, se sentó a la mesa y recordó la noche que decidió adueñarse de la gema.

Fue justo después de que le pidiera a Isla que fuera su esposa. Grim era el primero de su linaje que iba a contraer matrimonio, pero sabía que la tradición requería que le colocara un diamante alrededor del cuello. Y ella merecía la piedra más poderosa de todo el universo.

Merecía el Infinito.

Todos los que habían intentado hacerse con el diamante habían muerto en el proceso, incluido el padre de Grim, que arrastró una maldición hasta el final de sus días. Nada de eso amedrentó a Grim. Lo arriesgaría todo con tal de mantener a Isla viva por siempre, tras vincular su propia vida a la de ella; algo que, como supo desde el principio, era una solución temporal. Muy probablemente la piedra fuera lo único con suficiente poder para salvarla.

Había intentado transportarse directamente a Atlas, la isla en la que el Infinito aguardaba a que alguien lo hiciera suyo. Sin embargo, un escudo protegía la piedra. No le importó.

Saltó con un bote entre portales para acercarse lo más posible y navegó el resto del camino. La mera posibilidad de perderla le dio fuerzas para remar a un ritmo frenético a través de las gélidas aguas.

El fondo de la barca se hizo añicos cuando rozó la orilla cubierta de rocas. Un poco más adelante se alzaba una pared de la misma piedra escarpada. Grim echó la cabeza hacia atrás, pero ni así alcanzó a ver el final del acantilado. Le recordó su ascenso a la antigua herrería, con Isla.

Y tal vez el lugar tuviera un aspecto parecido…, pero producía una sensación muy distinta.

Tan pronto como pisó la abrupta zona de tierra, sus sentidos dejaron de funcionar.

Ya no oía el azote de las olas contra la roca ni el bote crujiendo en el agua. El olor del mar desapareció. Perdió la visión, como si la luna y todas las estrellas se hubieran apagado. Apenas notaba su propio cuerpo.

Exhaló con fuerza por la nariz y avanzó un paso vacilante. La noche viviente ondeó en derredor, densa y pesada como la gravedad.

La oscuridad penetró en su mente con un fogonazo de dolor y habló con una voz que le arañó el interior del cráneo como una garra que diera vueltas y vueltas.

«Da un paso más y tu vida penderá de un hilo», le dijo. Una advertencia. La última, supuso Grim.

Pero no había llegado hasta allí para acobardarse ante el primer desafío. Avanzó otro paso.

Recuperó los sentidos de golpe. Estaba mirando un muro de rocas negras y puntiagudas. El acantilado estaba allí para ser escalado.

Respirando hondo para serenarse, se aferró a las puntiagudas rocas y se encogió al notar que los filos le atravesaban

la piel. Notó las manos pegajosas de sangre… e inició el ascenso. Escaló durante varios minutos sin distracciones. Allí solo estaban él y la fuerza que había desarrollado a lo largo de los siglos. Solo el agudo mordisco de un dolor al que estaba habituado.

Tampoco era para tanto. Escalar consistía ante todo en repetir los mismos movimientos. Si lograba mantener el ritmo, llegaría a la cima. Podía hacerlo. Alargó la mano en busca del siguiente asidero…

Y se sintió transportado a una batalla que se remontaba a varios siglos de antigüedad. El terreno había mudado en ceniza renegrida. Ante él se extendía un prado de hierba verde que se iba marchitando despacio con cada paso que daba.

Las tropas que tenía delante mantenían una formación perfecta. Si aflojaba el control sobre sus emociones y se concedía permiso para sentir lo mismo que los soldados, seguro que notaría una ola de terror. Bien. Que tuvieran miedo. Con un gesto rápido de la mano proyectó sus tinieblas hacia ellos. Como un torbellino de viento oscuro, las sombras redujeron el número de soldados y luego, girando hacia atrás, arrasaron todo el batallón.

Fue demasiado fácil, casi aburrido. Los hombres chillaron, algunos lloraron y otros incluso se hicieron pis encima. Pronto todos estaban sangrando. A Grim no le importó. Carecían de rostro. No significaban nada para él.

Los soldados cayeron uno tras otro hasta que solo quedó uno. Pero, en lugar de enarbolar la espada inútilmente, el hombre levantó las manos y se desplomó de rodillas.

—Por favor —le dijo sin agachar la mirada. No parecía asustado. Al menos, no por sí mismo—. Tengo una esposa e hijos a los que amo con toda mi alma. Por favor…, concédeme la misericordia de volver a casa con ellos.

Grim había guardado a buen recaudo sus emociones tiempo atrás. Le resultaba más fácil matar sin ellas. De modo que, cuando el hombre despegó los labios para pronunciar otra súplica, Grim lo destripó. El soldado se atragantó y miró abajo mientras sus intestinos caían sobre sus propias manos. Exhibía una expresión de puro terror y tristeza. De sorpresa. De horrible sentimiento de pérdida.

Grim pisó las entrañas para liquidar a la tropa siguiente.

Durante años, en eso consistió su existencia. Era la espada de su padre. Vivía sin remordimientos. Sin sentir nada en absoluto. Porque la alternativa era vivir con tanto arrepentimiento y un dolor tan tremendo que no habría sido capaz de soportarlo. No habría sido capaz de hacer lo que debía ni de convencerse de que la muerte de su hermana —y de sus otros hermanos— no había sido en vano.

A Grim se le revolvieron las tripas al revivir la muerte del hombre. Al ver la desesperación de su rostro. Y ahora sabía que él haría lo mismo. Grim, el gobernante de Nightshade, suplicaría de rodillas sin pestañear por la oportunidad de pasar un segundo más con Isla.

Notó los remordimientos debajo de las costillas. Y el muro debió de sentirlo, porque le devolvió la vista al instante.

Mientras seguía escalando, la oscuridad se arremolinó en torno a él. Oyó los ecos lejanos de la batalla a través del silencio nocturno. Oyó los gritos ahogados. Levantó la vista despacio y, en lugar de las estrellas, vio el túnel de recuerdos que le esperaba, las memorias de todas las personas a las que había liquidado como guerrero a lo largo de los siglos.

Mierda. Iba a tener que revivir cada muerte, cada error. Ese era el viaje que debía emprender si quería conseguir el diamante. Tendría que afrontar el inmenso dolor que había reprimido durante siglos.

Todo su ser le pedía que diera media vuelta. Que iniciara el descenso.

Pero sabía lo que le esperaba más allá de esa prueba. El diamante podía salvar a Isla.

A Isla. Su esposa. Su mundo. Su universo.

Recordó cómo le había sonreído en el campo de nightbane, cuando él se puso de rodillas para suplicarle que se quedara a su lado por siempre. Nunca había sabido, hasta ese instante, que tuviera la capacidad de sentir un gozo tan puro y absoluto tras siglos de desaliento.

Ella era su dicha eterna. Por ella afrontaría cualquier cosa.

Así que siguió avanzando a través de la vergüenza, de los remordimientos y de la tristeza; Isla actuaba como un escudo que le protegía de su peor versión.

Escaló a la siguiente muerte. Y a la siguiente. Y a la siguiente.

«Cómo suplicaban. Cómo se defendían. Cómo rogaban».

Una y otra vez lo sintió todo como una ola implacable que se estrellara contra él, decidida a tirarlo del acantilado. Siglos atrás eso habría bastado para hundirlo, para inducirlo a renunciar, para que se soltara de la pared de roca. Pero Isla era la cuerda que le izaba.

Revivir siglos de asesinatos debió de llevarle horas. Días, quizá. No lo sabía. Seguía siendo de noche cuando por fin vio el borde del precipicio en lo alto. Casi había llegado a la cima. La esperanza le inundó el corazón.

—Vaya —le dijo una voz conocida—. Así que has decidido adueñarte del Infinito.

Grim habría reconocido esa voz en cualquier parte.

Era Laila. Su hermana.

Pestañeó y de súbito sus manos eran mucho más pequeñas, más tersas, según ascendían por una ladera nevada en

lugar de la escarpada pared de roca. Tragó saliva. Siguió subiendo, ejerciendo menos fuerza, hasta que por fin alcanzó la cumbre de la montaña cubierta de hielo.

Y allí estaba ella. Los ojos gatunos de la niña chispeaban con aire travieso. Respiró entrecortadamente al verla. Grim no se podía mover. Laila fue la primera que le habló del diamante, de lo que significaba «infinito».

Su hermana suspiró con impaciencia y negó con la cabeza; su cabellera desigual se balanceó con el movimiento.

—¿Qué te pasa? ¿Todavía te sientes culpable por lo que me hiciste?

Pues claro que se sentía culpable. La culpa casi lo había devorado vivo a lo largo de los siglos. Ella era la razón de que hubiera reprimido las emociones tantos años. El dolor se le había antojado insoportable.

—Lo siento —le dijo con voz infantil. Con la voz de un niño de doce años que había matado a su hermana por no ser capaz de controlar sus sombras. Él no tendría que haber sobrevivido. Siempre quiso que fuera ella.

Laila avanzó un paso hacia él y su sonrisa se apagó.

—Sentirlo no me va a traer de vuelta —le soltó ella con rabia a la vez que daba otro paso—. Tú sabías que yo quería ser gobernante. Sabías que yo habría puesto nuestro reino por delante de todo.

—Lo sé —respondió él, de corazón—. Yo nunca quise esto.

Ella se rio echando la cabeza hacia atrás. Grim vio las leves cicatrices de su cuello.

—Y, sin embargo, así son las cosas. —Laila le miró con ojos fríos—. Te juraste que mi muerte no habría sido en vano. Que cumplirías tu deber y protegerías a nuestro pueblo.

Era cierto. Solo así pudo seguir adelante, superar el odio que le inspiraba su padre. Superar el odio que sentía hacia sí mismo por todo lo que había hecho.

Laila le dirigió una mueca desdeñosa.

—Y ahora mírate. Prometido a una mujer. Decidido a ponerlos en peligro a todos, a arriesgarlo todo a cambio de su vida.

De súbito se abrieron todas las cicatrices de su cuerpo. La garganta de la chica se dividió y la sangre manó a borbotones. El líquido rojo empañó sus ropajes hasta que las gotas tiñeron la nieve, oscuras y brillantes.

—¿Y qué pasa con mi vida? —le preguntó su hermana ahogándose con las palabras—. ¿Qué pasa con la vida que me arrebataste?

Grim no podía respirar. No podía moverse. Tenía el cuerpo entumecido y él… no. No soportaba verla así. No soportaba ver lo que le había hecho.

Laila avanzó hacia él, a trompicones. Grim consiguió sacudirse el pánico para trastabillar hacia atrás y oyó el hielo caer por la empinada ladera de la colina. Se estrellaba estrepitoso contra las rocas del acantilado.

Laila no se detuvo. Se fue acercando en sacudidas hasta que Grim acabó en el borde del precipicio. Ahora podía oler la sangre de su hermana. El charco rojo casi le alcanzaba las botas.

—¿Qué pasa con nuestro reino? —preguntó ella—. ¿Qué pasa con nuestro legado? ¿Qué pasa con todos los que perdimos la vida para que tú fueras el heredero?

Grim retrocedió un paso más. Notaba el viento tras él.

Ella resopló una risa cruel.

—Vinculaste tu vida a la suya y ahora todas y cada una de las personas del reino corren peligro. —Le miró con asco ma-

nifiesto—. Padre siempre decía que el amor destruye reinos enteros. Te felicito. Estás a punto de demostrar que es cierto.

Y entonces le empujó por el precipicio.

Mientras Grim caía en picado, la realidad regresó de repente y vio una cortina negra que discurría ante sus ojos según sus manos resbalaban por la roca. No. Se agarró a la pared con toda su alma y, desollándose la piel, consiguió detener el descenso. Se le revolvieron las tripas mientras sus piernas pateaban el vacío.

Por poco.

Gimiendo, con las palmas de las manos empapadas de sangre, se dio impulso hacia arriba entre temblores. Encontró puntos de apoyo para los pies. El corazón le latía desbocado contra la pared de roca. Cerró los ojos para cortar el paso a los recuerdos, para cortar el paso al dolor.

Todo aquello que había intentado enterrar le embestía, y él carecía de energías para afrontarlo. No podía seguir adelante.

Pero tenía que hacerlo. Por Isla. Por ellos.

Respiró con dificultad. Su alma se caía en pedazos, pero la de Isla estaba por siempre vinculada a la suya y extrajo fuerzas de esa realidad. Pues no estaba solo. La llevaba en el corazón y eso le bastaba para llegar al destino de un viaje imposible. Le bastaba para rascar el pozo de sus fuerzas y descubrir que todavía le quedaba una reserva.

Esa isla había intentado hundirle. Pero no era nada comparada con el amor que sentía por ella.

—No puedes enseñarme nada, nada, que me impida alcanzar esta cumbre —exclamó al cielo mientras escalaba un metro más. Tenía la voz ronca de sed, pero firme—. Me da igual lo que me obligues a afrontar. Voy a conseguir ese diamante para regalárselo a mi esposa.

A través de la oscuridad cuajada de estrellas, una voz afilada como un puñal formuló una única pregunta en su mente:

—*¿Por qué?*

—Porque la amo —dijo Grim como si fuera lo más natural del mundo—. Y eso significa que haré cualquier cosa por salvarla.

La presencia titubeó y la reverberación del «mmm» le hizo temblar el cráneo.

—*¿Y cuán fuerte es ese amor?*

—Más fuerte que tú —respondió él.

La voz se rio.

—Es infinito —dijo Grim.

Antes de que pudiera decir nada más, sonó un rugido en lo alto. Y un viento cortante le embistió. Se aferró a la roca apretando los dientes mientras el vendaval trataba de arrancarlo. La tormenta aullaba en derredor como un animal salvaje. Grim intentó plantarle cara, darse impulso para escalar esos últimos metros, pero fue como si luchara contra un huracán. Aulló mientras se obligaba a avanzar unos pocos centímetros más…

Y de nuevo fue a parar a un remolino de recuerdos. Pero estos no eran de Grim.

Eran recuerdos de Isla. Momentos clave de su vida.

Vio la muerte de incontables wildling, porque ella no sabía controlar sus poderes.

Vio la aldea que Isla había diezmado. Cientos de personas convertidas en ceniza. Todo un pueblo arrasado en segundos.

—*¿Tú la… amas?* —le preguntó la voz en un tono chillón de tan cruel—. *¿A esa maldición? ¿A ese… monstruo?*

A pesar del viento salvaje que intentaba derribarlo, Grim se rio sin poder evitarlo. Las carcajadas resonaron contra abruptas rocas que no podía ver.

—Sí, la amo —dijo Grim—. La amo cuando es débil y cuando es fuerte, cuando se manifiesta en su mejor versión y cuando aparece la peor. El nuestro no es un amor perfecto, sino un amor sangrante. No es un amor ideal, sino implacable. He visto lo peor de ella y ella ha visto lo peor de mí. Y, sin embargo…, la amo tanto en sus peores momentos como en los mejores. Amo todo lo que es y todo lo que no es. Y por eso… Por eso nuestro amor es infinito.

Grim tuvo la sensación de que la voz meditaba sus palabras. Notó que hurgaba en sus pensamientos, como si buscara alguna traza de vacilación o engaño.

—*¿Y si te traicionara? ¿Y si… te asesinara?*

De nuevo Grim se rio, un bufido contra el frío aire nocturno.

—Le daría gracias por haber permitido que pasara un tiempo a su lado.

El viento cesó. Tan repentinamente que Grim estuvo a punto de perder el equilibrio. Pero consiguió sujetarse y lo único que le quedaba era esa voz enterrada en el recodo más oscuro de su mente.

—*¿Qué es lo que más deseas? ¿Para qué quieres ese diamante en realidad? ¿Buscas poder? ¿Riqueza?*

Grim no perdió ni un instante. Apresurándose a escalar el resto del acantilado, respondió:

—No quiero poder. No quiero riquezas. Quiero algo mucho más valioso. La quiero a ella. Por siempre. Hasta el final de los tiempos y más allá. Es mi única ambición.

Notó que una garra arañaba sus pensamientos. Que arañaba su misma alma con la precisión de una hoja. Hurgando. Buscando.

Su cuerpo se tensó al notar un profundo corte en lo más hondo de su ser, pero no dejó de moverse. Y por fin esa voz

abandonó su mente. Junto con una parte de sí mismo pequeña pero trascendente.

Y finalmente aferró el borde del acantilado.

Con un último impulso, cayó al interior de una cueva y se desplomó en el suelo de piedra. Notó el martilleo del corazón contra la roca lisa y lustrosa. Había empleado casi todas sus fuerzas, tanto físicas como mentales. Por fin levantó la mirada entre el cabello oscuro que el sudor le había pegado a la cara. Y allí, en el centro de la cueva, descansaba un glorioso diamante negro.

Notó su poder en los huesos, en la sangre, en el alma. Notó su poder infinito, inabarcable. Le llamaba. Le atraía. Despertaba. Se desplegaba.

Sorprendido, comprendió que no deseaba apropiárselo. No quería más poder.

Pero no lo deseaba para sí mismo.

—¿Esto la salvará? —preguntó a la cueva.

Y en el eco de su propia voz oyó la respuesta:

—*Te concederá tu mayor deseo.*

Los dos. Juntos. Por siempre.

Alargó la mano hacia el diamante.

Y lo reclamó para sí.

En ese momento tuvo la certeza absoluta de que se trataba del objeto más poderoso de todo el universo. Notaba la antigua energía fluctuando en el interior de la gema.

El viaje había merecido la pena. Todo, hasta el último de los obstáculos. Ese objeto la mantendría a salvo. Tenía que hacerlo.

Pues Grim tenía la inquietante sensación de que los problemas de Isla acababan de empezar.

CAPÍTULO 4
ISLA

Isla Crown notó la energía de ese mundo en los dientes. En el instante en que Lark y ella cruzaron el portal, empleó sus destrezas y hasta el último vestigio de poder del hueso sagrado que había empleado para marcarse el skyre sobre el corazón para sellarlo. Entonces se estampó contra el suelo con un trompazo brutal.

Solo la armadura de su padre, fabricada de un metal sin igual y forjada por el herrero, la mantuvo de una pieza. La arena penetró en sus pulmones y tosió antes de aspirar un aire pútrido. Notó el repiqueteo de las costillas cuando intentó respirar con normalidad. Finalmente vomitó.

La bilis le quemaba la garganta. Tuvo que parpadear varias veces para despejar las manchas como de alquitrán que le nublaban la vista, pero al mirar arriba sus sentidos se agudizaron.

«Qué cielo tan increíble».

Estaba viendo un maravilloso remolino de colores que, al mezclarse, creaban tonos que nunca había visto. Era hermoso, como si alguien hubiera frotado un sol por todo el cielo. Una franja plateada lo atravesaba, reluciente como estrellas derretidas.

Isla bajó la vista por fin para contemplar el resto del mundo que tenía delante. Se le cayó el alma a los pies. El pánico se adueñó de sus venas.

Este mundo… no era como ella lo había imaginado.

Allí no había nada. Nada salvo ceniza que se expandía en ondas hasta donde alcanzaba la vista. Al tacto recordaba casi a la arena, pero no a la vista: era de un plata opaco, mezclado con negro, como si Isla hubiera aterrizado en mitad de un cielo nocturno triturado.

Los últimos instantes estallaron en su conciencia.

«Lark».

Isla se dio media vuelta y vio allí a su antepasada, entre la ceniza, retorciéndose y chillando. El viaje le había desgarrado el cuerpo, pero Lark ya lo estaba recosiendo, aunque mucho más despacio que en Lightlark. Los dos lados de su pecho reventado todavía no se habían unido del todo. A pesar de todo, se las arregló para inspirar una bocanada de aliento entrecortado.

Lark había extraído el poder de este lugar a través de las tormentas. Isla había dado por supuesto que el lugar amplificaría las habilidades de su antepasada, pero no era así. Esta era su oportunidad para acabar con Lark de una vez por todas. Isla se precipitó hacia ella y al momento le fallaron las fuerzas. Abrir y cerrar el portal había consumido hasta la última gota de su energía. Pero notaba algo más. El lugar le producía una sensación extraña.

Este mundo… era como una garra invisible que le apresara los huesos, como si albergara una segunda gravedad que le lastrara la mente y la energía.

Sus poderes. Isla los buscó y apenas encontró unos retazos. Algo bloqueaba sus habilidades.

Palpó instintivamente el diamante que descansaba en la base de su cuello y, tal como esperaba, no sucedió nada.

¿Cómo iba a vencer a Cronan si había perdido sus destrezas? ¿Cómo iba a traer de vuelta a todas las personas que había matado? ¿Cómo iba a salvar su propia vida y la de Grim, que estaba vinculada a la suya?

No tenía mucho tiempo. El augur había dicho que su fuerza vital solamente duraría hasta el final del invierno. Apenas faltaban unos días.

El poder que antes podría haberle salvado la vida se había esfumado. Este mundo solo albergaba cenizas y ruina.

—Serás idiota —consiguió decirle Lark todavía con el pecho abierto.

Y entonces la arena que tenían debajo empezó a desplazarse e Isla notó que le desgarraba la piel según se transformaba en cuerdas y cadenas.

CAPÍTULO 5
ORO

—M e necesita —dijo Oro.

Isla solamente llevaba unas horas desaparecida, pero él notaba su ausencia como si tuviera un hueco en el alma. Le habría resultado muy fácil sumirse en el vacío, dejar que las brasas de su ser se apagaran bajo su pena, pero, en vez de eso, tenía que incendiarse. Por ella, debía buscar las fuerzas en el seno del terror que le embargaba.

—La isla te necesita —le dijo Enya.

Oro y sus amigos habían regresado a su zona favorita del castillo de la isla principal. Grim los había transportado allí a petición de Oro. Él, por su parte, había regresado a su propio castillo para tranquilizar a Lynx y a su dragón. Los dos animales estaban inconsolables en ausencia de Isla.

Enya tenía razón. El ataque de Lark había destrozado la isla. La mayoría de los habitantes se habían marchado. Los habían transportado a los nuevos territorios por su propia seguridad. Muchos de los que seguían allí habían sido transformados por Lark en soldados no muertos.

Oro tenía el deber de cuidar de su pueblo y de la isla. Lo sabía.

Y sin embargo…

—Tengo que hacer esto —dijo Oro—. La necesito.

No se le escapó la mirada que intercambiaron sus amigos. También sabía que no se iban a callar sus opiniones.

—¿Y si este mundo estuviera mejor sin ella? —preguntó Zed por fin.

Al oír esas palabras, brotó fuego de las manos de Oro. Zed observó las llamas y siguió hablando:

—Intenta dejar al margen tu corazón, Oro. Ahora mismo Isla Crown es la persona más poderosa de nuestra historia. Seguramente del universo entero. ¿De verdad crees que es buena idea que vuelva?

—Sí —respondió Oro sin pensárselo.

Zed prosiguió como si no le hubiera oído.

—Es posible que… marcharse haya sido lo mejor que podía hacer por todos nosotros. Nos ha liberado de Lark. Se ha sacrificado para lograrlo. Puede que…

El gesto de Oro se crispó, previendo lo que su amigo iba a decir a continuación.

—Puede que no quiera que la encuentren.

Oro ya lo había pensado, justo después de que Grim y él se hubieran reducido mutuamente a amasijos de carne ensangrentada. Isla conocía el peligro que entrañaban sus poderes. Era consciente del dolor y el caos que esas habilidades habían provocado en el pasado. Conocía la profecía y sabía que acabaría matando a Oro o a Grim…

Tal vez Zed estuviera en lo cierto. Quizá Isla se hubiera propuesto burlar la profecía. Y para ello había decidido marcharse, con el fin de no estar en el mismo mundo que ellos. Puede que hubiera pensado que eso sería suficiente para cambiar su destino.

Pero Oro sabía, en lo más profundo de su ser, que Zed se equivocaba. Su mundo necesitaba a Isla. Ella poseía una

capacidad de asombro infinita. Una esperanza infinita. Isla atisbaba luz donde la mayoría solamente veía oscuridad. Por eso se había enamorado de ella. Isla le recordaba que el mundo podía ser un lugar mejor. Ella era su luz en las tinieblas. Era su verano eterno.

Y este mundo necesitaba la luz y las habilidades de Isla para reconstruirse. Era una creadora de mundos, igual que Lark. Solo ella podía devolver la isla a su estado original.

—Todo irá mejor si contamos con ella. Necesitamos su poder —dijo Oro. Tenía que convencer a sus amigos de la realidad de sus palabras. No podría traerla de vuelta sin su ayuda.

Calder suspiró. Todo el mundo se volvió a mirar al moonling. La madera de su asiento se combaba bajo el peso de su inmensa figura.

—Es la persona más poderosa de este mundo. Lleva un collar con un diamante forjado de puro poder. Necesitamos que vuelva.

Oro se relajó aliviado antes de que Enya dijera:

—Y yo apuesto a que más de uno en ese mundo quiere hacerse con su poder. Y también de otros mundos, seguramente.

Incluido Cronan.

Había sucedido. El peor miedo de Oro se había hecho realidad: que Isla estuviera en apuros y no poder rescatarla, atrapado a mundos de distancia. Notó un terror gélido en las venas. El collar de Isla estaba vinculado a Grim por su juramento matrimonial y solo la muerte podía desprenderlo. ¿Y si Cronan la encontraba? ¿Y si quería apoderarse del diamante? ¿Y si...?

Oro aferró los lados de la silla con tanta fuerza que la madera se quebró.

Se puso de pie.

—Voy a traerla de vuelta —juró Oro mientras se paseaba por la sala—. No solo porque la amo. —Captó un atisbo de compasión en los ojos de Enya—. También porque este mundo es un lugar mejor cuando Isla forma parte de él.

—¿Hasta dónde estás dispuesto a llegar? —preguntó Enya.

Oro recordó lo que había dicho Grim. Que sería capaz de hacer pedazos mundos enteros de ser necesario. Oro sentía, en lo más profundo de su alma, que él sería capaz de hacer lo mismo. Tenía la norma de no mentir. Y no iba a empezar ahora.

—Hasta el final del universo —dijo.

Fue en ese momento cuando la expresión de Enya reflejó miedo.

La vieja amiga de Oro abrió la boca; pero antes de que pudiera pronunciar una sola palabra apareció Grim entre un torrente de oscuridad. Sus sombras dibujaron en el suelo círculos impacientes que eran un reflejo de su estado de ánimo atormentado. Llevaba la marca de una garra en el cuerpo y la tela de la capa rajada.

Por lo visto, Lynx estaba enfadado. Oro no se lo podía reprochar.

—¿Y bien? —preguntó Grim, sin mirar siquiera a los amigos de Oro—. ¿Alguna idea? —Como nadie respondió de inmediato, dijo—: Estaba a punto de morir cuando se marchó. Tenemos solamente unos días para dar con ella.

El pánico se extendió por el pecho de Oro. No sabía cómo se las arreglarían para crear un portal. O cómo conseguirían amplificar los poderes de Grim. Pero, cuanto más pensaba en el plan de Isla para llevarse a Lark al otro mundo, más se convencía de que tuvo que contar con la ayuda de alguien que saldría beneficiada si lo conseguía.

—Tenemos que hablar con Cleo —decidió Oro.

No les costó demasiado dar con la moonling. De hecho, se encontraba en el camarote del capitán de su navío de roble blanco como si los estuviera esperando. Cuando saltaron entre portales al interior de su barco a primera hora del día siguiente, ni siquiera se mostró sorprendida de verlos.

Pasó la mirada de Oro a Grim con un leve aire de interés.

—Los dos la amabais y los dos la habéis perdido. ¿Es así?

Las sombras de Grim se afilaron al oírla. Oro avanzó un paso hacia ella. Una rabia caliente y pulsante le recorría las venas.

—Sí, gracias a ti, me parece.

Oro posó la mirada en el cuello de la moonling. Se fijó en la ausencia del collar que había llevado a lo largo de todo el Centenario y también después. Isla le había contado que la joya guardaba relación con el hijo que había perdido.

Cleo ni siquiera intentó negarlo. Se limitó a encoger un hombro.

—Ella me ofreció una oportunidad de recuperar a mi hijo. La acepté.

Oro meditó su respuesta. Si la moonling quería volver a ver a su pequeño, no solo habría tenido especial interés en ayudar a Isla a llegar al otro mundo…, sino también en garantizar su regreso, en que trajera consigo al hijo de Cleo, retornado de entre los muertos.

Si bien Cleo nunca le había caído bien, en parte por lo que había pasado cuando se conocieron, la empatía mermó parte de su furia. Mirándola ahora, comprendía que no era fría y desalmada en absoluto. Solamente era una madre capaz de hacer cualquier cosa por recuperar a su hijo. Igual que Grim y él harían cualquier cosa por salvar a Isla.

—En ese caso, nuestros intereses coinciden —dijo Oro.

Ahora que tenía delante a la moonling, recordó una conversación que había mantenido con ella muchos meses atrás.

—En el Centenario me dijiste que el oráculo te había revelado una profecía adicional. Que todo cambiaría quinientos años después de que se hubieran creado las maldiciones.

Cleo se limitó a asentir. Una ola se estrelló contra el costado de la embarcación y el barco se meció. La espuma de mar se disolvió contra la ventana del camarote.

—Es cierto.

Grim dio un paso adelante. Había guardado silencio hasta ese momento —algo nada propio de él—, pero al parecer su paciencia se había agotado. Su voz parecía extraída de la propia noche cuando dijo:

—Cuéntanos qué más te dijo.

Eclipsando casi toda la luz del sol, las sombras se extendieron por el camarote y se transformaron en una decena de hojas afiladas que apuntaron a Cleo.

Ella apenas les dirigió una ojeada antes de mirar a Oro y a Grim con desdén. Oro se sintió transportado por un instante a la época en la que Cleo era su implacable instructora moonling. Siempre le trataba como si fuera un incompetente. Estuvo a punto de matarle durante su primera sesión de entrenamiento.

—Si piensas que esas sombras me asustan —le dijo Cleo a Grim—, te aseguro que no podrías estar más equivocado. He soportado el dolor más atroz que puede afrontar una persona. Nada me asusta. —Soltó un gruñido impaciente—.

Quiero recuperar a mi hijo. Únicamente la ayudé por eso y ese es el motivo de que no os arroje a los dos por la borda.

La expresión de Grim daba a entender que le encantaría que lo intentara. Por fortuna, Cleo siguió hablando:

—El oráculo dijo que medio milenio después de las maldiciones todo cambiaría. El mundo iría a parar al filo que separa la destrucción total de la prosperidad. Dijo que alguien nacido de la vida y de la muerte decidiría el destino de este mundo. Que esa persona estaría marcada por las dualidades. Mitad maldición y mitad redención. Mitad día y mitad noche. Dijo que esa persona tendría que escoger bando… sin renunciar a sus principios.

Oro tragó saliva. Las palabras describían a Isla a la perfección y comprendió cuán doloroso debía de ser vivir sumida en esa dicotomía. Estar dividida.

Le horrorizaba que la hubieran colocado en esa posición tan injusta, condenada a una elección imposible. Su destino estaba escrito desde mucho antes de que ella naciera. Oro nunca quiso ser rey, nunca quiso cargar con tanta responsabilidad sobre sus hombros…

Pero la carga de un rey no podía compararse con el peso que ella acarreaba, el peso del mundo.

—Dijo algo más —añadió Cleo casi a regañadientes—. El oráculo habló de una guerra entre mundos.

—¿Entre mundos? —repitió Grim.

La moonling asintió.

—Una guerra que decidiría el destino del universo entero.

El miedo estrujó las entrañas de Oro. El mundo que habitaban ya había soportado suficiente: las maldiciones, la guerra entre Lightlark y Nightshade, luego Lark. Pensó en lo ocurrido antes de la batalla, cuando enormes territorios de Nightshade habían quedado reducidos a ruinas. Cómo Lark

había creado un ejército de muertos. Perdieron a miles entonces.

No sobrevivirían a otro conflicto entre los reinos…, y menos a uno entre mundos.

—Esta guerra tiene nombre —dijo Cleo rompiendo el silencio intranquilo que se había apoderado del camarote.

—¿Qué nombre? —quiso saber Grim.

—Crowntide.

Oro y Grim se miraron. Durante un momento, Oro los vio a los dos tal como eran: enemigos convertidos en aliados no solo para encontrar a la mujer que amaban…, sino también para proteger su mundo de la destrucción.

Cleo prosiguió:

—Siempre supe que algún día se abriría un portal. Nunca perdí la esperanza de recuperarle… Sencillamente no sabía en qué bando tendría más posibilidades.

Oro apretó los dientes. Cleo era una traidora. Pero saboreó la dulce miel de la verdad que contenía cada una de sus palabras. Estaba claro que le interesaba contarles todo lo que sabía.

—Si se avecina una guerra —dijo Oro—, necesitamos a Isla con nosotros. De nuestro lado. ¿Cómo podemos acceder al otro mundo? ¿Sabes algo? ¿Algo que pueda amplificar su don para saltar entre portales?

Señaló al nightshade con un gesto. Las sombras de Grim seguían afiladas como hojas.

Cleo se recostó contra su escritorio. Su vestido blanco ondeó a sus pies. Escudriñó el rostro de Oro antes de decir:

—Tu padre se pasó todo su reinado persiguiendo cierto poder.

Un pliegue se dibujó entre las cejas de Oro al recordar que su padre había enviado a incontables emisarios y guerreros por todo el mundo durante su reinado. Estaba claro que buscaba algo, aunque no tenía claro qué era ni para qué. Siempre había dado por supuesto que su padre pretendía encontrar nuevos territorios que conquistar. Aunque era un rey poderoso, Oro nunca estuvo de acuerdo con su codicia insaciable, con su deseo de apoderarse de lo que había más allá de los límites de la isla.

Comprendió con renuencia que su padre y Grim quizá no fueran tan distintos a la postre. Los dos deseosos de más, dispuestos a sacrificar a los súbditos de sus reinos con tal de conseguirlo.

«¿Sigues empeñado en fingir que somos muy diferentes?», le había preguntado Grim siglos atrás. Oro ahuyentó el recuerdo.

—¿Cómo lo sabes? —preguntó Oro. Las empresas de su padre se habían mantenido en secreto para evitar las críticas de su pueblo. A la gente no le habría parecido bien que enviara guerreros lejos de sus costas, especialmente cuando empezó la guerra con Nightshade.

—Me lo contó mi hermana —respondió Cleo.

Pues claro. La hermana de Cleo había sido gobernante de Moonling mucho antes que ella.

—Tu padre le pidió ayuda porque su búsqueda requería navegación.

—¿Qué buscaba? —preguntó Oro. Una semilla de esperanza estaba brotando en su corazón. Tal vez fuese justo lo que necesitaba para encontrar a Isla.

—Pregunta mejor —dijo Cleo— a quién.

CAPÍTULO 6
ISLA

Isla y Lark llevaban todo el día avanzando a rastras por el desierto. Cinco o seis personas enfundadas en túnicas grises y embozadas con pañuelos que les ocultaban la nariz y la boca las habían reducido con facilidad. Isla había intentado luchar, recurrir a cualquier vestigio de poder mágico que pudiera conservar, pero sus habilidades habían resbalado entre sus dedos igual que la ceniza que se extendía a sus pies. Ni siquiera tenía fuerzas para levantar la espada de Cronan.

Ataron las manos de Isla y se lo arrebataron todo, incluida la espada, la esfera de tormentas que había usado para derrotar a Lark y el hueso sagrado que llevaba en el bolsillo. También la despojaron de la armadura.

Las sujetaron a ella y Lark, también atada, a la parte trasera de un carro y tiraron de ellas. Cayeron de bruces sobre la ceniza, y el polvillo llenó la boca de Isla. Cuando notó el roce de la arena en la barbilla, recurrió a las pocas energías que le quedaban para levantarse y entonces no tuvo más remedio que caminar.

En el mundo de Isla, Lark era invencible. Podía hacer uso de un poder arcaico como fundadora original. Allí, en cambio, la habían capturado con la misma facilidad que a

Isla. Su pecho seguía parcialmente abierto. Ahora jadeaba, como si le resultara casi imposible respirar.

Este mundo había conseguido postrar a Lark. Y el miedo resbalaba ahora por la columna de Isla.

Mientras avanzaban penosamente, Isla agachó la cabeza para protegerse la cara de un sol que era abrasador incluso a través de las franjas multicolores del cielo. Observó esa ceniza extraña y trémula durante horas. Se parecía a la arena del desierto de isla Sol, que había recorrido en compañía de Oro. Pero eso que se extendía a sus pies no era arena en absoluto.

Eran los restos de un lugar reducido a ruinas.

Las dunas cambiaban de color, de plata a negro pasando por franjas desvaídas de verde y azul que casi creaban un mapa. Parecía como si bosques, arroyos y campos enteros hubieran sido arrasados, convertidos en polvo y ceniza, en cuestión de un instante. Como si el desierto hubiera sido en otro tiempo un mundo vibrante, ahora plano y extinguido.

El poder que Isla había venido a buscar, el poder que supuestamente tenía que reparar infinitos errores, había desaparecido. Apenas percibía un susurro lejano de la antigua magia, como motas dispersas entre los escombros.

En ese mundo había ocurrido algo. Alguien había acabado con él.

E Isla tenía el presentimiento de que estaba a punto de averiguar quién era.

Muy bien. Si se trataba de Cronan, iban a verse las caras sin tener que recurrir a la sangre de su espada para dar con él. Por otro lado, su situación no era ideal. Atada a un carro. Incapaz de usar sus poderes. Desarmada.

Si quería tener alguna posibilidad de sobrevivir a esto, tenía que pensar un plan. Observó a sus captores. No intercambiaban palabra. Apenas miraban a las dos cautivas. Uno iba sentado en el caballo que tiraba del carro, cuyo contenido ocultaba una gruesa tela.

Los demás caminaban desplegados en torno al vagón…, casi como guardias.

¿Qué protegían? Si Cronan gobernaba ese mundo, y si realmente las estaban llevando a su presencia, ¿quién osaría interponerse?

Aunque si el poder de Cronan era el salto entre portales… ¿no podía limitarse a transportarlos a todos?

Al menos estaba claro que sus captores querían mantener a Isla y a Lark con vida. Ya las habrían matado de no ser así. En vez de eso, las estaban obligando a caminar, como si pretendieran agotarlas.

Muy bien. Isla les daría lo que querían.

Avanzó un paso más antes de trastabillar hacia delante y caer.

Sintió un dolor horrible en los hombros cuando su cuerpo fue arrastrado por las muñecas sobre la ceniza. Las cuerdas se le clavaban en la carne. Esperó varios minutos mientras se preguntaba si habría cometido un error de cálculo.

Pero entonces el carro se detuvo.

Estallaron susurros en torno a ella. No distinguía las palabras, pero era evidente que se trataba de alguna clase de discusión. Si pudiera oír lo que decían…

No pasó mucho rato antes de que oyera el susurro de unos pasos en la arena y unas manos tiraran de ella para obligarla a levantarse.

Tras eso, arrojaron a Isla al carro de mala manera. Al instante notó un pestazo tan horrible que estuvo a punto de vomitar. Poco después el carro reemprendió la marcha.

E Isla estaba palpando la empuñadura de la daga que sus captores le habían arrebatado. Al momento estaba manipulando las ataduras y estuvo a punto de cortarse cuando el carro dio un tirón hacia delante. Golpeó con las piernas algo sólido que estaba oculto bajo la lona. Una esquina de la tela se levantó.

Y un ojo privado de vida le devolvió la mirada.

Isla tuvo que contenerse para no gritar. Levantó la lona un poco más y apareció una cara retorcida, ensangrentada y machacada. Detrás había un amasijo de extremidades amontonadas de cualquier manera. Como si todas esas personas hubieran quedado atrapadas entre portales y hubieran acabado despedazadas.

No estaba en manos de los hombres de Cronan, comprendió Isla. Eran carroñeros. Recogían todo lo que iba a parar a este mundo. El olor pútrido se había intensificado al quedar al descubierto una parte del montón e Isla se tragó la bilis que le subía por la garganta. Dedujo que Lark y ella debían de ser los únicos seres que habían encontrado todavía intactos. Por eso sus captores no les habían hecho daño: vivas eran más valiosas. Pero ¿para quién? ¿Para qué? El propio carro de madera debía de tener un valor extraordinario, teniendo en cuenta que Isla todavía no había visto nada parecido a un bosque en este planeta.

No quería ni pensar lo que tenían planeado para ellas. Isla reanudó despacio la tarea de cortar la cuerda que le ataba las muñecas tras echar un vistazo a los recolectores. Apenas le prestaban atención. Seguían concentrados en lo que sea que les aguardase más adelante.

Su actitud vigilante, las espadas prendidas al pecho, la postura de los brazos ligeramente levantados, como prestos a esgrimir las arenas ante la menor amenaza… Isla se preguntó a qué tenían tanto miedo, exactamente.

La última vuelta de cuerda se rompió. Isla soltó un gemido ahogado cuando la soga se desprendió de su piel. Tenía las mu-

ñecas despellejadas. Noto la frescura de la pulsera con el dije de su madre, el que contenía una parte de su don, contra la piel irritada. El objeto le recordó todo lo que había dejado atrás en su propio mundo. Todos sus planes. Todas sus esperanzas.

No permitiría que esos carroñeros se interpusieran entre ella y todo aquello por lo que había luchado.

Isla se volvió a mirar a Lark y descubrió que el estado de su antepasada era mucho peor que el suyo. El pecho todavía le sangraba. Puede que aún tuviera acceso a cierto poder, más que Isla…, pero saltaba a la vista que no era suficiente. No conseguía sanar.

Nada le habría gustado más a Isla que dejarla allí, pero necesitaba encontrar la manera de acabar con ella para poder absorber su poder y traer de vuelta a todas las personas que había asesinado.

Así pues, usando el contenido del carro para ocultarse, procedió a cortar la cuerda de su antepasada.

Tan pronto como la daga presionó la soga, Lark levantó la cabeza. Buscó los ojos de Isla.

Los de Lark eran verdes. Como los suyos. Habría sido agradable tener un pariente wildling con vida, de no ser porque Lark había intentado matarla en incontables ocasiones. Por no mencionar que había estado a punto de destruir todo su mundo. Y que había convertido en monstruos a personas por las que Isla sentía un gran cariño.

Isla la miró con puro odio. Lark se limitó a hacer una mueca despectiva. Sacudió la cabeza, casi como si la situación le hiciera gracia.

«Serás idiota», le había dicho a Isla. Solo Lark sabía con exactitud lo que Isla tendría que afrontar cuando se encontrara cara a cara con Cronan. Solo ella le conocía y sabía de lo que era capaz.

Y si había sido él quien había arrasado este mundo, quien lo había reducido a polvo…, significaba que Isla había subestimado infinitamente el poder de Cronan.

La cuerda de Lark se partió y ella dejó de andar. Su irónico semblante fue quedando cada vez más atrás. Isla miró en derredor para averiguar si alguien se había dado cuenta.

No.

Esperó unos instantes antes de hundir la mano bajo la lona. Frunció el ceño al rozar la carne pútrida, pero siguió buscando hasta que sus dedos palparon algo liso y sólido. La espada de Cronan. Dejó la daga y echó mano del acero. Encontró el hueso del dios encajado contra la gastada madera. La esfera de las tormentas estaba allí también. Ahora solo tenía que encontrar la armadura. Estaba desmontada y, despacio, fue tirando las piezas a la ceniza. Aterrizaron sin hacer ruido.

A continuación, echando una última ojeada a sus captores, saltó al polvo. Se preparó empuñando la espada, lista para luchar.

Pero el carro continuó avanzando. Los carroñeros no se detuvieron.

Cuando dejó de oír las ruedas, Isla se puso de pie lentamente. Siguiendo el rastro de su armadura, recogió las piezas y remontó lánguidas dunas de pálidos colores hasta que por fin avistó a Lark. Su despreciable antepasada la estaba esperando. Miró a Isla a los ojos.

Le flaquearon las piernas, pero Isla se obligó a seguir avanzando. Su antepasada tenía las costillas abiertas. Casi veía su corazón latiendo al descubierto.

Tal vez el hueso del dios bastara para poner fin a su vida. Lo sujetó entre las manos mientras le pedía que transmitiera fuerza a su cuerpo. Y entonces se precipitó hacia delante apuntando al corazón de Lark.

Su antepasada ni siquiera se movió. Se limitó a seguir sonriendo con desprecio.

Y, antes de que pudiera alcanzarla, Isla se sintió arrastrada hacia atrás por una fuerza arrolladora, como si del ceniciento desierto hubiera surgido una mano que le hubiera agarrado el cuerpo. Se deslizó a través de las dunas hasta alcanzar a sus captores, que la miraron desde arriba.

Era obvio que tenían poder en ese mundo, mientras que Isla y Lark carecían de él. ¿Significaba eso que eran leales a Cronan? ¿Eran inmunes quizá a ese control invisible que afectaba a Isla como un veneno? Ella se había grabado un skyre en la piel con el metal del ataúd de Cronan. En el laberinto, eso le había permitido acceder al poder. ¿Por qué no funcionaba ahora?

Isla sintió que le arrancaban la espada, el hueso, las piezas de la armadura y la esfera de tormentas. Estaba demasiado débil para detenerlos. Notó una fuerte patada en el costado y jadeó de dolor.

Y entonces la arrastraron por los pies y le ataron las muñecas al carro.

Isla avanzaba renqueando con un fuerte dolor en el costado. Se le cerraban los ojos. Trastabilló mientras intentaba seguir andando, lamentando no haberse quedado en el interior del carro, con pestazo o sin él. Un descanso le habría venido de maravilla.

Parpadeó para refrescarse los ojos resecos por el calor y la arena. Ante ella, la interminable extensión de desierto se convirtió en una maravillosa cadena montañosa con claros salpicados de flores y ríos que discurrían por los desfiladeros.

Volvió a pestañear sobresaltada…, pero el paisaje había desaparecido. El azul, el verde y el marrón desvaídos habían vuelto. Isla frunció el ceño. Se acordó del desierto que había recorrido con Oro. Se suponía que Skyshade era una versión ampliada de Lightlark y en aquel desierto Isla también había vislumbrado visiones. La arena albergaba encantamientos que la habían sumido en sus recuerdos y la habían llevado a ver cosas que no eran reales.

¿Era eso lo que acababa de ver? ¿Un espejismo?

Notó un brusco tirón cuando el caballo aceleró y la visión regresó: un inmenso bosque de colores tan luminosos y vibrantes que prácticamente podía oler las flores. Duraznillos, violetas, magnolias y orquídeas, tantas que parecían brotar en explosiones.

Y luego, de golpe, solo quedaban las cenizas.

Isla frunció el ceño. No, eso no era un mero espejismo. De algún modo extraño, estaba viendo aquel mundo tal como había sido en otro tiempo. Mientras caminaba notó las vibraciones de un poder que estaba ahí y luego desaparecía, como si ciudades enteras se hubieran hundido en la tierra. Historias enteras. Guerras, seres, reliquias y personas transformadas en nada salvo polvo bajo sus botas.

Sin poder evitarlo, imaginó que su mundo corría la misma suerte.

No. No lo permitiría. Estaba allí para luchar por todas las cosas y personas que amaba. Incluido su marido. Él le había entregado la vida, había declarado una guerra por ella y estaba dispuesto a reducir su propio mundo a cenizas, solo por salvarla.

La imagen se esfumó. Y mientras Isla contemplaba aquel mundo en ruinas, vacío de todo salvo de polvo a lo largo de kilómetros, el miedo se instaló en su estómago.

Si Cronan había destruido este mundo…, ¿lo había hecho por amor? ¿O por odio? ¿Importaba el motivo siquiera, siendo ese el resultado?

Su vida estaba llegando a su fin. Debía encontrar la manera de seguir viva sin tener que estar vinculada al alma de Grim, para que este no prosiguiera su destrucción en nombre de Isla. Pues sabía que haría cualquier cosa con tal de salvarla de manera permanente.

Y temía lo que eso pudiera implicar.

Sacudió la cabeza para ahuyentar esos pensamientos.

Oro. En lugar de firmamentos cuajados de estrellas, su amor era como una playa, como el verano. Al principio eran enemigos, siempre enzarzados en riñas, y de algún modo aquel odio se transformó en confianza. Luego en amistad. Y por fin… en amor.

Una parte de ella se estremeció de dolor al recordar la primera vez que Oro pronunció esa palabra. Cómo la consolaba cuando ella sufría una pesadilla. Su paciencia y su bondad. Oro le había enseñado a tomar el control de su poder.

Y la había visto perderlo.

Sin embargo, a pesar de todo lo que había hecho, después de que le dejara por Grim para poner fin a la guerra, la seguía amando. Todavía notaba el delicado hilo de su amor. También del amor de Grim.

Según la profecía, tendría que escoger a uno de los dos. Y al otro lo mataría.

Se negaba a hacerlo. Se negaba a ser el peón de un destino escrito siglos atrás. Ella forjaría su propio sino.

Y todo había empezado aquí.

No estaba segura de cómo iba a salir de esta, pero seguiría avanzando, seguiría caminando hasta que encontrara la manera.

La arena empezó a temblar. El carro se detuvo. Sus captores intercambiaron susurros rápidos al tiempo que levantaban los brazos para esgrimir poder. La guardiana que tenía más cerca avanzó un paso hacia Isla; lanzó un grito gutural cuando sus pies se hundieron en el suelo…

Y el agua y la sangre desaparecieron de su cuerpo.

Sucedió en medio segundo. Estaba ahí y, en un abrir y cerrar de ojos, la guardiana se desplomaba hacia delante reducida a un pellejo seco. El pañuelo cayó al suelo. Se le reventaron los ojos, como si también ese líquido hubiera sido absorbido. La piel de la mujer se tornó fina como el papel, nada salvo escamas de tejido. Los dientes se le separaron mientras chillaba por última vez.

Ahora el ser estaba debajo de Isla. Notaba el temblor en la arena. Volvió la mirada hacia el carro mientras se preguntaba si debía correr al vagón o quedarse donde estaba, por si el movimiento atraía la atención de la criatura.

Antes de que pudiera decidirse, a un recolector se le cayó la daga. La arena se removió cuando el ser se apresuró hacia él.

Pasado un momento su cuerpo se desmoronaba convertido en un montón de piel arrugada; y, antes de que la criatura pudiera reclamar una nueva víctima, otro recolector despejó la ceniza con su poder y le clavó la espada.

Se oyó un chillido estridente. La quietud volvió a apoderarse del terreno.

Isla miró a su antepasada. Lark permanecía impertérrita, como si nada de eso la hubiera pillado por sorpresa. La expresión de su antepasada llevó a Isla a preguntarse qué más les esperaba en este mundo.

Dejaron los cadáveres atrás. Y siguieron avanzando.

CAPÍTULO 7
ORO

—Tu padre estaba buscando a un rey perdido.

Oro frunció el ceño. El suyo era el único linaje real que conocía.

—Horus —continuó Cleo, refiriéndose al antepasado de Oro y a uno de los fundadores de Lightlark— dejó un documento y un mapa, con órdenes de que solo deberían usarse en caso de circunstancias extremas.

Era la primera vez que Oro oía hablar de eso; otro dato del que nadie le había informado, ya que en teoría no estaba destinado a ser rey.

¿Por qué estaba buscando su padre a un rey perdido? Durante el reinado de su padre, hasta la guerra, las cosas nunca se habían puesto realmente feas. Eran tiempos prósperos. ¿Adivinó que Nightshade atacaría? ¿Había hablado del tema con Egan y no con él?

—Deduzco que mi padre no lo encontró —dijo Oro, recordando que la guerra había detenido las búsquedas.

Cleo negó con la cabeza.

Grim tendió la mano con gesto impaciente.

—El mapa —ordenó con firmeza. Y, por una vez, Oro casi agradeció su presencia. Porque descubrir todo eso sobre su familia le había descolocado. Le había distraído. Algo que no se podía permitir, pues cada momento podía significar la vida o la muerte de Isla.

Hizo esfuerzos por respirar con calma. ¿A qué se estaría enfrentando Isla ahora? ¿Qué necesitaría? Era horrible no saberlo, igual que lo fue verla marcharse con Grim para poner fin a la guerra. Oro había volado durante días solamente para comprobar que estuviera sana y salva. Habría dado cualquier cosa por poder hacerlo ahora. Habría volado durante siglos para reunirse con ella, de haber podido. Millones de kilómetros. Ninguna distancia le parecía excesiva.

Sabía que el nightshade estaba sintiendo lo mismo, algo que resultaba aún más frustrante si cabía. Los dos recorrerían cualquier distancia…, pero la carretera no existía. No sabían cómo llegar a Isla.

Por más aterrado que estuviera, Oro aún se debía a su pueblo. Todavía tenía que ocuparse de la guerra de la que hablaba Cleo. Crowntide.

Saltaba a la vista que a Grim le importaba un comino esa guerra inminente entre mundos. Le traían sin cuidado los secretos familiares de Oro. A él solo le importaba traer a Isla de regreso y eso, Oro lo sabía, le convertía en alguien capaz de cualquier acto malvado, pero también podía ser una ventaja.

Cleo torció el gesto antes de tomar la mano de Grim, que a su vez le tendió la otra a Oro. Tan pronto como él la cogió, el barco de roble blanco de Cleo desapareció entre un mareante revuelo de sombras. El pálido suelo de madera se transformó en hielo. Las reliquias más poderosas y misteriosas de los moonling flotaban bajo una gruesa capa de hielo.

Grim los había transportado a la biblioteca de isla Luna. Durante el Centenario, Isla había entrado allí buscando un supuesto desvinculador. Oro lo sabía porque le había pedido a Zed que no la perdiera de vista. Antes de eso, el propio Oro la había vigilado. La seguía desde el cielo, a distancia, hasta que su curiosidad mudó en una extraña y fastidiosa obsesión. La noche que Isla viajó a isla Luna, Oro decidió enviar a Zed en su lugar, pensando que pasar un tiempo alejado de ella le vendría bien. No fue así.

No… En aquel entonces, por muchas mentiras que ella le contara, por exasperante que fuera, Isla era la dueña de todos sus pensamientos, sus preocupaciones, sus sueños. Oro había llegado a preguntarse muy en serio si estaría perdiendo la cabeza.

Nada había cambiado desde entonces.

Las botas blancas de Cleo taconearon sobre el hielo mientras ella pasaba por encima de las reliquias. Los objetos se desplazaban bajo sus pies, atraídos por su poder. Espadas, dagas y escudos resplandecían a su paso.

Por fin se detuvo y se arrodilló con la misma elegancia que una ola del mar. A continuación, asestó un puñetazo al hielo y los trozos saltaron alrededor. Cuando sacó la mano, sostenía una brújula.

—Pensaba que habías hablado de un mapa —dijo Grim.

Cleo se limitó a lanzársela.

Oro se acercó mientras el nightshade observaba la brújula. Al mirarla de cerca advirtió que no había una flecha en el interior, sino agua. Desafiando la gravedad, el líquido se desplazó en una dirección concreta, como si les indicara el rumbo que debían tomar. Como si esas pocas gotas de agua estuvieran desesperadas por regresar al lugar del que procedían.

Sin perder un instante, Grim se acercó a la columna más cercana y estampó la brújula contra el hielo.

—¿Qué…?

Las esquirlas sobresalían de la mano de Grim, pero el nightshade no parecía notarlas, ni eso ni la sangre mezclada con agua de mar que le resbalaba por la piel.

Ni siquiera desvió la mirada hacia Oro cuando frotó el agua entre dos dedos entornando los ojos con aire concentrado. Estaba buscando la ubicación de su destino por el tacto.

Y Oro, maldita sea, le contemplaba admirado.

Sin pronunciar palabra, Grim alargó la mano una vez más.

Oro y Cleo la tomaron y partieron al instante.

Fueron a parar a una isla situada en mitad del océano. Oro apenas había pestañeado cuando una inmensa ola estuvo a punto de arrastrarlo. Recurriendo a su poder moonling, dividió el agua para que no se lo llevara. La misma ola habría embestido a Grim en todo el pecho si el demonio no se hubiera convertido en humo para evitarlo.

Oro se volvió a mirar a Cleo, que observaba su postura de poder con un ceño en el rostro.

—Nunca fuiste el mejor de tu clase —dijo la moonling como si no pudiera evitarlo.

Apenas había sitio para los tres en el exiguo trozo de roca. Las olas los embestían por todos los frentes lamiéndoles las piernas y los pies.

Ese era el lugar a cuya búsqueda el padre de Oro había dedicado años enteros. La razón de que una enorme cantidad de sus hombres hubieran perecido. Oro suponía que, aun teniendo la brújula, nadie encontraría esa roca en mitad del mar si no contara con la ayuda de un moonling dotado de un poder infinito.

Y la ventaja que les ofrecía el don de Grim era ahora más evidente que nunca.

Sin embargo, allí no había no había ningún rey perdido, eso estaba claro. Cuando Oro se volvió a mirar a Grim, descubrió que estaba escudriñando el interior del agua.

—No sé cómo, pero… —El nightshade frunció el ceño—. No sé cómo, pero está…

—Debajo del agua —apuntó Cleo.

Oro solamente veía agua azul oscuro que formaba inmensas olas. El rey perdido debía de encontrarse en las profundidades.

—¿Cómo…?

Cleo respiró profundamente. Adoptó su postura de poder deslizando los pies por la roca y sí…, la de Oro era ridícula en comparación con la suya. Su túnica blanca ondeaba salvaje al viento contra sus vertiginosas piernas. Llevaba el cabello, del mismo blanco inmaculado, recogido en una sola trenza. La moonling cerró los ojos. Exhaló.

Y el embravecido mar se sumió en una quietud absoluta. Las olas se aquietaron en respuesta a su orden. El mar le pertenecía, dócil, expectante.

A Oro se le secó la garganta, impresionado por el poder de la moonling. Por la magnitud de su magia. Cleo era una afamada encantadora. Poderosa. Hábil. Pero esto superaba cualquier expectativa.

Afianzó la postura, levantó los temblorosos brazos…

Y dividió las aguas.

El océano rugió al abrirse, convertido en dos cataratas inmensas. El camino entre las cortinas de agua se fue ampliando hasta alcanzar el horizonte y ondularse más allá de donde alcanzaba la vista.

Oro alargó el cuello para mirar abajo, pero la caída era tan profunda que no pudo ver el fondo. Solo oscuridad. Sin embargo, lo sentía: un poder extraño que ascendía del hueco que Cleo había creado. Había algo —o alguien— allí abajo. Esperando.

—Id —gruñó Cleo del esfuerzo, todavía con los ojos cerrados—. Yo contendré las aguas.

Ya le temblaban los brazos. La cantidad de poder necesario…

—No sabemos cuánto tardaremos en dar con él —alegó Oro—. Podrían ser horas. Días.

Ella abrió los ojos.

—Yo las contendré —prometió Cleo con una expresión de fiero convencimiento. Oro pudo oír las palabras que no pronunció.

«Las contendré por él». Por su hijo.

Cleo. Gobernante de Moonling. Su antigua instructora, su súbdita, su enemiga en la guerra contra Nightshade, que se había puesto del lado de Grim.

Ahora… podría ser su única esperanza de recuperar a Isla. Buscar a ese rey perdido tal vez fuera una empresa absurda. Pero cada cual tenía su propia razón para intentarlo.

Oro se volvió hacia Grim, que estaba contemplando ese abismo infinito. No había la menor traza de duda en su expresión cuando saltó.

Oro le siguió.

Voló hacia abajo recurriendo a sus poderes skyling. Grim no tenía nada salvo sus sombras, pero revoloteaban en torno a él como humo, ralentizando su descenso.

Bajaron varios kilómetros hasta que, por fin, Oro atisbó el fondo del océano.

De golpe, notó que algo se le desgarraba por dentro, como si le arrancaran las venas de la piel. El viento cesó. Sus poderes se apagaron. Abrió los ojos de par en par al ver que el suelo se acercaba a toda velocidad. Apenas tuvo tiempo

de alargar las manos delante de la cara antes de estrellarse con fuerza. Grim cayó a su lado.

«Mierda». Le dolía todo. Oro se palpó el cuerpo despacio para comprobar si seguía de una pieza. Respiró… e hizo un gesto de dolor. Un par de costillas. Nada importante, pensó mientras se ponía de pie.

Tragó saliva al alzar la mirada a un cielo que prácticamente se perdía en la lejanía. Sí…, estaban a kilómetros de profundidad. ¿Cómo iban a volver a subir si no podían recurrir a sus poderes?

Grim estaba a su lado, también con la cara vuelta hacia el cielo. La sangre le resbalaba por un lado de la cabeza, pero no dio muestras de darse cuenta.

—Si Cleo pierde el control de sus habilidades…, estamos muertos —dijo Grim. No podía transportarse entre portales y Oro no sería capaz de sacarlos de allí volando.

—Resistirá —respondió Oro. Esperaba no equivocarse.

Lo único que podían hacer ahora era seguir adelante. Oro respiró profundamente. Se estremeció al notar una punzada de dolor en las costillas y reprimió el terror que amenazaba embargarle. Tenía que permanecer tranquilo. Mantener la cabeza fría.

Se dio la vuelta para examinar el camino que tenían por delante No era ancho, pero sí largo, y rocas de distintas formas y tamaños marcaban el escarpado tramo de tierra. Una pequeña colina les tapaba el resto de las vistas. Pero ese mundo… casi se parecía a la roca de arriba, como si alguien hubiera hundido una isla entera. ¿Por qué? ¿De qué se escondía?

Cuando un bramido primitivo rompió el silencio, seguido de muchos más, Oro comprendió que quizá lo que había aquí abajo no se estaba escondiendo, tal vez alguien lo había escondido.

Oro y Grim se miraron antes de salir disparados colina arriba. Se detuvieron en seco. A lo largo de kilómetros y kilómetros, había miles de personas y animales encadenados al fondo marino. Medio podridos, envueltos en jirones de tela desvaída. Oro miró a un lado a través de la cortina de agua y vio muchos más.

Encadenados por los pies, se retorcían de dolor y se aferraban el cuello. Sufrían convulsiones y por fin se quedaban quietos, pero pronto revivían con una sacudida. Oro y Grim observaron en silencio cómo se ahogaban. Morían. Despertaban. Y el proceso volvía a empezar. Una y otra vez. Durante toda la eternidad, por lo que parecía. Una tortura infinita.

No, aquello no era solo un territorio escondido.

Era una prisión inmemorial.

CAPÍTULO 8
ISLA

Horas más tarde, el caballo redujo el paso.

Por lo que parecía, los recolectores no andaban sobrados de agua. A Isla le ardía la garganta de sed mientras veía a sus captores discutir por un odre. Al final decidieron darle el agua al caballo. Otro recolector miró al cielo con los ojos entornados, negó con la cabeza y se encaminó despacio hacia el carro.

Levantó la lona e Isla sufrió arcadas cuando respiró las pestilentes vaharadas. Con movimientos apresurados y entre los gritos indignados de sus compañeros, el carroñero empezó a tirar cuerpos a la arena. Todos estaban mutilados. A algunos les faltaban extremidades enteras. Los lanzó tan lejos como pudo, por este lado y por aquel.

Luego reemprendieron la marcha. Tan solo llevaban unos minutos de camino por la falda de una colina polvorienta cuando el cuerpo del mismo hombre se crispó súbitamente. Se dio media vuelta.

Tenía una flecha clavada en la frente. Dio un paso más antes de desplomarse.

Isla se agachó mientras un infierno se desataba en derredor.

Las flechas surcaron el cielo ceniciento y fueron aterrizando en la arena hasta que una traspasó el pecho de otro de sus captores. Cayó y el polvo enrojeció bajo su cuerpo. Ahora solo quedaban dos.

Uno levantó los brazos y la arena se desplazó a lo lejos como una manta antes de elevarse en el aire igual que una galaxia rutilante. Sonó un grito ahogado cuando la arena enterró a uno de los atacantes, y la lluvia de flechas cesó.

Isla se dio media vuelta al oír un grito de batalla. Seis personas coronaron una duna enarbolando armas. Sus espadas y dagas eran poco más que fragmentos de metal.

Los dos carroñeros restantes desplazaron los brazos con movimientos coordinados y la arena cubrió a sus atacantes.

El desierto tembló con sus gritos y sus intentos de salir excavando. Al parecer carecían de poderes o quizá no pudieran acceder a ellos, no como los captores de Isla. Los carroñeros mantuvieron el control sobre el desierto hasta que sus atacantes dejaron de luchar. Solo entonces recuperaron sus cuerpos sin vida. Registraron sus pertenencias y les vaciaron los bolsillos. Estallaron en gritos triunfantes cuando encontraron un odre de agua, y luego otros dos.

Uno de los carroñeros acercó de malos modos un pellejo de agua a los labios de Isla. De cerca, ella percibió algo en el cuello del recolector. Una pieza de plata reluciente. No era metal sombreador, no… Más bien parecía un fragmento de tormenta. ¿Quizá por eso algunos eran capaces de esgrimir el poder y otros no?

Le retiraron el pelo con brusquedad mientras la obligaban a beber, aunque Isla no necesitaba que nadie la forzara. Dio largos tragos con una sed desesperada. Unas gotas le resbalaron por la barbilla y comprendió, por el escozor de la piel, que su cuerpo se estaba asando con este calor.

Lark no necesitaba el agua tanto como Isla, lo sabía. Su antepasada había permanecido siglos enteros enterrada, por gentileza del poderoso Cronan. Pero saltaba a la vista que el bloqueo de habilidades que Lark sufría en este mundo le pasaba factura. ¿Por qué no intentaba escapar? ¿Estaba reservándose las energías? ¿Qué sabía ella que Isla ignoraba? Cuando el recolector se marchó, Isla observó que el pecho de Lark se unía despacio, cada vez más cerca de la recuperación total.

Dejando los cadáveres atrás, el carro reemprendió el camino.

Isla necesitaba otro plan, alguna vía de escape. A saber adónde las llevaban y qué les esperaba allí.

Sin embargo, no sobreviviría en este mundo ella sola. Imposible, teniendo en cuenta los monstruos que acechaban en las arenas, los carroñeros y la evidente escasez de recursos.

Aunque este mundo había sido arrasado, los recolectores eran supervivientes. Debían de tener alimentos. Un refugio. Pero ¿dónde?

¿Trabajaban al servicio de Cronan? ¿Le temían? ¿Debía Isla buscar algún aliado?

¿Quién estaría dispuesto a escucharla? Lark no querría cooperar con ella, consciente de que Isla carecía de poderes. No sabía nada de este mundo, no había visto nada más que el yermo que llevaban toda la eternidad recorriendo. Quizá pudiera hablar con sus captores. Todavía no lo había intentado.

—¿A dónde nos lleváis? —preguntó con voz carrasposa.

Ni siquiera se dignaron a mirarla.

—¿Trabajáis para Cronan?

Isla advirtió una leve tensión en los hombros de uno de sus captores. Sin embargo, todos guardaron silencio.

—¿Qué llevas colgado del cuello?

Silencio.

—¿Sabéis…?

Lark hizo chasquear la lengua con impaciencia.

—Está claro que mi estirpe ha empeorado con el tiempo. Desplazarte a otro mundo sin haber pensado un plan siquiera…

Isla le gruñó.

—Mi objetivo era alejarte de mi mundo —le escupió—. Tú procedes de aquí. Estás en tu casa. —Sus ojos descendieron al pecho todavía abierto de Lark—. Aunque no parece que seas muy bienvenida.

Lark no respondió. Se limitó a mirar a Isla como si fuera una tonta que no tenía ni idea de dónde se había metido.

Cronan, Lark y Horus —nightshade, wildling y sunling respectivamente; los fundadores originales de Lightlark— escaparon en su día de este mundo para construir uno mejor. Se habían llevado a sus pueblos con ellos.

Por primera vez, Isla se preguntó de qué habían escapado exactamente.

¿Acaso Cronan redujo a cenizas este mundo después de su regreso? ¿O fue la desolación el motivo de que se marcharan desde el principio? ¿Por qué los demás se habían llevado a Cronan con ellos?

Lark conocía las respuestas a esas preguntas. Pues claro que sí, ella estuvo allí. Pero Isla sabía que no se las respondería. Lark se limitó a sonreír despectivamente, como si leyera los pensamientos de Isla.

—Qué joven eres. Y qué imprudente —dijo Lark—. Pretendes resolver un problema creando otro peor.

Isla tenía la respuesta en la punta de la lengua cuando algo le golpeó la coronilla con una fuerza que la sobresaltó. ¿Era un ataque? No. Una fría gota de agua le resbaló entre las cejas.

Estaba lloviendo.

Levantó la cara despacio para mirar al cielo y descubrió que el color había mudado en morados y azules oscuros, más parecidos a los tonos del cielo de su propio mundo. En otras zonas, el morado se mezclaba con tonos verdes. La lluvia arreció poco a poco y le limpió la cara del polvo que la cubría. Isla abrió la boca y se le saltaron las lágrimas cuando el agua fresca le suavizó la garganta reseca.

Aunque la lluvia era un fenómeno de agradecer en un lugar como este, Isla comprendió que algo iba muy mal. Porque los carroñeros llevaban días defendiendo su botín. Contra los monstruos. Contra otros recolectores.

Pero, tan pronto como vieron que el cielo cambiaba, abandonaron el carro y a sus prisioneras... y huyeron a la carrera.

La lluvia se intensificó hasta convertirse en una tormenta. Isla notó la energía igual que había sentido la fuerza de las tempestades que azotaban Nightshade. Pero esta... era infinitamente más intensa.

Y, si bien las tormentas de Nightshade —procedentes de Skyshade y cargadas de metal sombreador— absorbían los poderes de Isla, esta tempestad ejercía el efecto contrario.

Sus habilidades despertaron, una a una, y recuperarlas le sentó aún mejor que el sorbo de agua en mitad del desierto. Fue como sumergirse en una charca de agua fría. Como volver a respirar en libertad. Gimió y estiró los dedos. Notó que su sangre se encendía, que recuperaba las fuerzas.

Y no era la única.

Lark se rio con ganas, a carcajadas largas y lentas. Se desperezó, dobló las manos... y rompió la cuerda. Mientras el cielo iba cambiando, echó los hombros hacia atrás y su pecho sanó por fin ante los ojos de Isla.

Lark se volvió a mirarla con ojos ardientes.

—Deberías haberte quedado enterrada —le dijo. Levantó un brazo por encima de la cabeza.

Se abrió un portal en la tormenta, como respondiendo a su poder. Entre las turbulentas nubes, parecía una ventana a un mundo totalmente distinto. Al otro lado Isla avistó una extensión inacabable de árboles inmensos. Un frondoso bosque de enormes abetos.

Lark cerró el puño…, y todo se precipitó hacia Isla.

CAPÍTULO 9
GRIM

Ahora que esos cabrones no se estaban ahogando, aullaban. Grim supuso que era la primera vez que podían gritar en siglos, seguramente.

Ojalá cerraran la maldita boca.

Obviamente aquello era una especie de cárcel. Grim había pasado preso el tiempo suficiente como para reconocer los grilletes a la perfección.

Un fogonazo del pasado le cegó. Recordó aquel primer día, cuando le arrojaron a las celdas de Lightlark, después de que su padre perdiera la guerra. A Grim le ordenaron vivir en la isla como parte del tratado.

Y recordó que Oro había ido a visitarle.

—¿Qué piensas que hicieron para que los enviaran aquí? —le preguntó el sunling. Parado a su lado, arrancó a Grim de su viaje al pasado. Ninguno de los dos había dado un solo paso. Ambos observaban a los presos que se arrastraban y arañaban la tierra del fondo del mar.

—Nada bueno —respondió Grim.

El hombre que tenían más cerca reparó en su presencia por fin. Rascaba la tierra con las manos ensangrentadas, como si pensara que podía escapar de ese destino tan cruel,

cuando giró la cabeza súbitamente. Un cangrejo surgió de un hueco de su rostro putrefacto. El gesto de rabia de sus labios dejó a la vista unos largos colmillos.

Hizo amago de abalanzarse contra ellos… y al momento retrocedió de un tirón, cuando las cadenas no dieron más de sí. Él siguió rugiendo sin darse por enterado mientras la espuma se acumulaba alrededor de su boca. Grim advirtió que el sunling se encogía y por poco se le escapó la risa. «Cobarde».

Era evidente que algunas de esas personas —y de esas bestias— no procedían del mismo mundo que Grim y Oro. ¿Acaso era esta la condena que sufrían los peores prisioneros del universo? ¿Cómo era posible que nunca hubieran oído hablar de ese sitio?

Cuando Grim vio de cerca el metal de los grilletes, comprendió por qué no podían usar sus poderes. Se trataba del mismo tipo de metal que Isla había empleado en cierta ocasión para inutilizar sus habilidades. Allí abajo había cientos de cadenas, no tenían que estar presos para que el metal les afectara.

Cuánto odiaba Grim ese material. Se acordaba muy bien del día que Isla había entrado en el comedor llevando las malditas pulseras de sombreador.

Verla mentalmente, aunque solo fuera un instante, bastó para impulsar a Grim a continuar. Directamente hacia ese hombre de largos colmillos que tironeaba de sus cadenas con la intención de alcanzarlos. Llevaba el hambre escrita en los ojos. ¿Se alimentaba de carne y sangre? Eso parecía. Y todo indicaba que estaba famélico.

Seguramente todos lo estaban, supuso Grim. Desenvainó la espada.

—¿Tienes un arma? —preguntó sin despegar la mirada de los kilómetros y kilómetros de prisioneros en lugar de volverse a mirar a su compañero.

—No —respondió Oro, situado en algún lugar a su espalda.

Grim puso los ojos en blanco. Pues claro que no, joder. No le sorprendía que el ridículo rey sunling confiara únicamente en su poder. Con un suspiro de paciencia infinita, lanzó hacia atrás una daga que llevaba en el bolsillo, quizá con demasiada fuerza. En parte le habría gustado que el metal traspasara el pecho de Oro, pero oyó que el sunling pillaba el arma al vuelo.

Por desgracia.

Haciendo un gesto de dolor, Oro se plantó a su lado. Grim supuso que se había roto unas cuantas costillas al caer. El muy idiota. Al menos no vaciló cuando le dirigió a Grim un asentimiento y se abalanzó hacia delante.

El hombre de los colmillos saltó directo hacia el sunling alargando las garras hacia su pecho. Oro lo liquidó de un solo tajo.

El otro cayó a la arena con la garganta abierta. «No está mal». Grim reprimió el pensamiento de inmediato, con repugnancia.

Oro estaba ocupado rechazando al siguiente prisionero. Se trataba de un ser cubierto de escamas como una serpiente con los ojos rojos como rubíes. El sunling no vio al hombre que tenía a su derecha, que había arrancado un fragmento serrado de coral muerto del suelo y lo blandía por encima de la cabeza, presto a atacar.

Grim suspiró y vaciló un momento antes de lanzar la espada. Oro se tensó y se giró a tiempo de ver cómo el metal atravesaba la cara del prisionero. Le lanzó una ojeada a Grim. Su sorpresa ante la reacción de su compañero —que le hubiera salvado— era evidente en su expresión. Grim estuvo a punto de volver a poner los ojos en blanco. Necesitaba

la ayuda del sunling para recuperar a su esposa. Lo tenía claro. De no ser por eso, le habría dejado morir hacía rato.

Avanzó con decisión, le arrancó la espada al prisionero que incomprensiblemente seguía de pie y pateó al cadáver al tiempo que gruñía:

—Vigila tus espaldas, para que yo no tenga que hacerlo.

Grim se dio media vuelta, observó la larga extensión de prisioneros que tironeaban con hambre voraz…

Y sonrió. Porque puede que matar le hubiera provocado remordimientos en algún momento, después de conocer a Isla. Pero, si esos prisioneros trataban de impedirle que recuperara a su esposa…, bueno, se iban a enterar.

Dobló el cuello hacia un lado y oyó un crujido satisfactorio. Inspiró hondo y salió disparado.

La sangre brotó a borbotones. Rompió huesos por doquier. Órganos podridos y extremidades dispersas tiñeron la arena de rojo escarlata.

Sí, matar se le daba de maravilla. Lástima que últimamente hubiera desarrollado algo parecido a una conciencia.

También le fastidiaba que Oro fuera en realidad un recurso valioso. Le habría resultado más fácil despreciarlo si todavía fuera un peso muerto.

Pero, incluso con varias costillas rotas y pertrechado con una sencilla daga, cortaba todo lo que encontraba a su paso. Avanzaron entre los prisioneros luchando codo con codo y dejando tras de sí una estela de cadáveres encadenados. Grim se preguntó si, en un lugar como ese, la muerte era un gesto de caridad. Si quizá les estaban haciendo un favor. Y eso le resultaba irritante.

—¿Cómo sabemos que ninguno de estos es el rey perdido? —le preguntó Oro después de un rato de lucha callada. Brotó un chorro de sangre cuando liquidó una forma gigantesca.

Grim se encogió de hombros.

—No lo sabemos. —Le cortó la cabeza a un ser de ojos lechosos que había intentado destriparlo con una concha dentada—. Pero supongo que, si es tan poderoso como para ayudarnos, no acabaremos con él tan fácilmente.

Oro arqueó una ceja. Apartó de una patada a un prisionero que se había interpuesto en su camino.

—¿Pero crees que estará preso?

Grim suspiró. Se acabó lo de dar gracias por la presencia del sunling. Prefería el silencio.

—No lo sé, Oro. ¿Por qué no les vas preguntando a todos antes de matarlos? Podrías hacerles una entrevista mientras intentan degollarte.

Oro resopló. Siguió avanzando y le clavó la daga en la barriga a un ser cornudo de piel verde y correosa.

Ya debían de llevar horas liquidando prisioneros. A Cleo le temblaban los brazos cuando se habían marchado, pero Grim tenía que reconocerle el mérito a la bruja de hielo. Estaba resistiendo como una campeona.

De momento.

No podían tardar tanto. Buscó la conexión que le unía a Isla, esa hebra que era fuerte como el hierro tan solo unos días atrás y que ahora se le antojaba fina como el hilo de una araña. Este lugar mermaba sus poderes, pero no su amor.

«Estoy aquí —le dijo a través de su vínculo, como si hubiera alguna posibilidad de que le oyera—. Voy a buscarte».

Grim luchó con energía renovada, adelantándose a Oro.

—No te quedes atrás, ¿vale? —le dijo por encima del hombro.

Le sorprendió oír una carcajada. Se volvió a mirar al sunling, que se sacudía vísceras de la camisa.

—Todavía te crees mejor que todo el mundo, por lo que veo —dijo Oro negando con la cabeza.

Grim bufó una carcajada explosiva.

—Mejor que todo el mundo no. Solo mejor que tú.

Oyó un resoplido de incredulidad a su lado cuando el rey dorado llegó a su altura.

—¿Qué pasa? —gruñó Grim.

Oro encogió un hombro y rebanó otro cuello.

—No me creo que pienses que hay alguien capaz de superarte.

No. Alguien no.

—Ella me supera —respondió Grim entre dientes mientras enterraba la espada en el estómago medio comido de un prisionero.

La sonrisita de suficiencia desapareció de la cara del sunling. Bien. Esperaba que Oro se callara la maldita boca, pero no lo hizo. Le dijo:

—Así pues, has cambiado de postura respecto al amor.

Grim se sintió transportado a siglos atrás. A cuando estuvo encadenado a un muro en la prisión de Lightlark. El príncipe sunling iba a verlo casi cada día… cargado de rabia y tristeza. Al principio le visitaba para burlarse de él. Estuvo a punto de quemar vivo a Grim la primera vez.

Pero, cuanto más hablaban…, más comprendía Grim que no eran tan distintos. Y Oro acabó por darse cuenta también.

Grim fue notando cómo las emociones del sunling cambiaban con el paso del tiempo. La rabia disminuyó. La irritación fue mudando en cordialidad.

El odio… se convirtió en amistad.

Durante una de las muchas conversaciones que mantuvieron a través de la puerta de la celda, Grim le dijo a Oro

que el amor era cosa de tontos. «Amar a alguien es permitirle que te apunte al corazón con una daga, todo el tiempo. Y que eso te haga sonreír. Es de tontos». El sunling respondió con una carcajada.

—No —dijo Grim mientras luchaba con otra bestia escamosa—. Todavía pienso que el amor es cosa de tontos. —Se encogió de hombros—. Pero ella hace que no me importe serlo.

Oro se quedó callado un rato. Rebanaron cuerpos en silencio. Luego dijo:

—Debió de ser duro.

—¿El qué? —preguntó Grim, que apretó los dientes según se acercaba a un prisionero con garras tan largas como la daga que Oro esgrimía.

—Ver cómo se enamoraba de mí.

Grim aferró su arma con más fuerza. Perdió la concentración un momento y siseó cuando una de esas garras le hizo un tajo en el brazo. El dolor le devolvió al presente y enterró la espada en la barriga del prisionero. Cuando la extrajo, la sangre le salpicó la ropa.

Estuvo a punto de esgrimir la espada contra el propio sunling. No tenía claro si Oro intentaba hacerle rabiar, vengarse de él o si sencillamente pretendía charlar. Allí abajo no podía usar sus habilidades para percibir las emociones de los demás.

En vez de eso rebanó al prisionero siguiente, sin dignarse a responder al sunling. Pero Oro siguió hablando:

—Le hiciste daño —dijo con la voz repleta de una furia apenas contenida. Sus movimientos se tornaron más violentos. Arrastró la daga por el abdomen de un prisionero y lo apartó de una patada—. Le robaste los recuerdos. Y cuando los recuperó… —Gruñó cuando un ser con pinchos en las palmas de las manos trató de hacerlo trizas. Le lanzó la daga al ojo y la recuperó al instante antes de seguir avanzando—. Yo estaba con ella. ¿Y quieres saber lo que hizo? —No esperó la respuesta de Grim—. Llorar, casi cada noche. Para ella fue angustioso recuperar tantos recuerdos de golpe. Saber que le habían borrado una parte de su existencia y luego recuperarla.

Grim lamentó haberle salvado la vida al sunling, pero sabía que su furia no estaba justificada. Oro tenía razón.

A pesar de todo, giró sobre sí mismo para mirarle a la cara.

—¿Te crees que no me arrepiento cada día de mi vida? —Le hundió la espada a ciegas al siguiente prisionero. Y al otro—. Intentaba salvarla. Pensé… Pensé que tú eras el único camino para lograrlo.

—¿Y por qué no recurriste al collar? —preguntó Oro. El brazo se le cubrió de sangre cuando hundió la daga en otro corazón—. ¿A su poder?

—No habría funcionado —respondió Grim sin más.

Una vez que Grim se hizo con el diamante, comprendió que no había entendido bien sus capacidades. El diamante se limitaba a amplificar los poderes ya existentes. La vida de Isla estaba ligada a la suya… y no duraría mucho. Aunque amplificara eso, no habría sido permanente. No, tenían que viajar al otro mundo, donde era posible devolver la vida a los muertos.

Al final decidió darle el diamante durante el Centenario, cuando asesinar estaba permitido. Pensó que sería el mejor modo de mantenerla a salvo, ya que no podía protegerla abiertamente. Solo tenía que tirar del diamante y él acudiría al momento.

Ahora se preguntaba si la había condenado a muerte en el momento en que abrochó el collar a su cuello. Seguro que

Cronan quería esa piedra…, y su antepasado no dudaría en matar a Isla para conseguirla.

Grim se sacudió el pensamiento mientras destripaba a otro prisionero. Oro frunció el ceño, pero siguió luchando. Permanecieron en silencio unos instantes, pero al parecer el sunling no podía callarse.

—Todo esto no tendría que haber pasado —le dijo Oro en tono brusco—. Nosotros éramos…, éramos…

«Amigos» era la palabra que no podía pronunciar.

Grim se detuvo. De súbito, una rabia acumulada durante siglos emergió a la superficie, y resopló una risa cruel.

—Sí. Éramos amigos. Hasta que me acusaste de haber provocado las putas maldiciones. Hasta que no me creíste cuando te dije que no había sido yo, aunque sabías que yo decía la verdad.

Había adivinado el don del sunling mucho tiempo atrás, durante la temporada que pasó en la celda. Oro se había delatado con sus preguntas absurdas.

Grim vio una nota de remordimiento en los rasgos de Oro. Eso no aplacó su furia.

—Eras mi único amigo y no me creíste —le dijo, volviéndose a mirarlo—. No creíste a tu propio poder. —Apretó los dientes con rabia—. Fue como si llevaras todo ese tiempo buscando un motivo para odiarme.

Grim supuso que le había dado otro motivo al arrebatarle los recuerdos a Isla. Y de nuevo cuando invadió Lightlark por segunda vez. Pero a esas alturas ya hacía tiempo que había renunciado a esa amistad.

Negó con la cabeza.

—Aun después de que me invitaras al Centenario, cuando ya tenías otra teoría acerca de quién era el autor de las maldiciones…, todavía me veías como un enemigo.

Oro lanzó una carcajada.

—Sí, e hice bien, teniendo en cuenta que te compinchaste con Aurora para matarme.

Ese era el plan. Dejar que Oro se enamorara de Isla, conseguir acceso a sus habilidades y acabar con el rey. Abrir el portal. Salvar a Isla para siempre. La muerte del sunling no era nada personal; en realidad no. Al menos eso se decía Grim en aquel entonces.

Se miraron con rabia antes de reanudar la lucha.

—Debió de ser duro —escupió Grim, desahogando su rabia con cada golpe.

—¿El qué? —preguntó Oro en tono tenso. Al parecer, estaba haciendo lo propio.

—Perderla.

Ahora fue la mandíbula de Oro la que se crispó. Aferró la daga con tanta fuerza que Grim pensó que la iba a romper.

—Tú sabes muy bien lo duro que fue —respondió Oro entre dientes, antes de abalanzarse de nuevo hacia delante.

Silencio. Solo se oían sus gruñidos y los rugidos de los prisioneros según se abrían paso centímetro a centímetro entre los encadenados. Grim intentó concentrarse en la tarea que tenía entre manos, trató de olvidar que el sunling estaba a su lado, pero un pensamiento persistente, un temor, revoloteó por su mente hasta que lo verbalizó.

—Isla es mi esposa —dijo Grim—. Ella me escogió. Vivía conmigo. —Se volvió a mirar al sunling. Los dos blandían el arma a la misma velocidad exacta. Ambos estaban empapados de la sangre de cientos de prisioneros—. ¿A qué viene tanto afán en dar con ella?

Tenía que estar seguro de que el sunling no los traicionaría. ¿Y si pretendía usar para otra cosa el poder del que trataban de apropiarse ahí abajo? No podía correr ese riesgo.

Oro negó con la cabeza como si no diera crédito. Miró a Grim a los ojos, solo un momento, pero con intensidad.

—Porque la amo tanto como para querer que vuelva, aunque no pueda tenerla conmigo. ¿Tú puedes decir lo mismo?

El sunling se precipitó hacia delante antes de que Grim pudiera responder, dejando unos cuantos cadáveres a su paso. Él le siguió de cerca mientras meditaba la pregunta de Oro.

Si Isla escogía al rey sunling…, ¿Grim podría aceptarlo? ¿Alguna vez dejaría de luchar por ella?

Unos meses atrás habría respondido que no. Pero, ahora…, después de ver el dolor que había provocado arrebatarle a Isla la posibilidad de elegir…

Si ella escogía a Oro, tendría que aceptarlo. Pero nunca dejaría de amarla. Nunca dejaría de albergar esperanzas de que cambiara de idea.

Le dio rabia notar una punzada de compasión por el sunling y comprender, una vez más, que no eran tan distintos.

—Tú has cometido los mismos errores que yo —dijo Grim, de nuevo a su lado.

—No.

Grim notaba la ira que se apoderaba lentamente de Oro. De no haber estado en esos territorios encantados, brotaría fuego de las palmas de sus manos, estaba seguro.

—Yo no le arrebaté a Isla los recuerdos. No tomé decisiones en su nombre. —Oro le miró de arriba abajo con asco puro y duro—. Isla merece algo mejor que tú.

—¿Algo mejor? —resopló Grim—. ¿Como tú?

—Al menos yo he sido sincero con ella. He confiado en ella.

La carcajada de Grim carecía de alegría.

—Tú amas su parte wildling. Su capacidad de creación. Su bondad. Te molesta que sea en parte nightshade. Retroce-

des ante su oscuridad. Yo la amo en todas sus facetas. Sus errores no me horrorizan. No como a ti.

Oro le devolvió la misma carcajada desabrida.

—Y mira lo que pasó. Acabó con una aldea entera… por ti. Tú alimentas esa parte de ella en lugar de ayudarla a encontrar el camino de vuelta a su verdadero yo.

—Ella también es eso —gruñó Grim—. Está hecha de las dos cosas. De luz y de oscuridad. Juntas.

—Puede que sea nightshade —dijo Oro—. Pero no es un monstruo. No quiere serlo. Isla huye de esa parte de sí misma, mientras que tú… Tú la animas a buscarla. Tú la convertiste en el monstruo que quieres que sea, para que el monstruo que hay en ti no esté tan solo.

Grim retrocedió como si hubiera recibido un golpe. No. Él no hacía eso. Él la apoyaba, pasara lo que pasase. No la enjuiciaba. No la convertía en un monstruo.

Oro rio entre dientes, con amargura, mientras intentaba arrancar la daga de las costillas de un prisionero que aullaba.

—Ni siquiera eres consciente de cómo la has corrompido, ¿verdad? Solo te importa que sea tuya. No comprendes que únicamente está contigo porque se siente tan avergonzada de lo que hizo que cree que merece estar con un malvado como tú.

Grim perdió el aliento de golpe. Eso no podía ser cierto. Isla le amaba. Lo sabía. Antes de todo lo que había sucedido, antes de que destruyera aquella aldea, ella le amaba.

Negó con la cabeza, rehusando creer las hirientes palabras del sunling.

—Ella es mi esposa. No necesito presentar pruebas de nuestro amor ante nadie, y menos ante ti. Nos reuniremos y reanudaremos nuestra vida. Juntos. Formaremos una familia.

Grim retrocedió y descargó el arma hacia un lado para destripar a otro ser de largos colmillos.

Oro soltó una risa.

—¿Una familia? ¿Crees que serías un buen padre? —le dijo—. ¿Tú, que fuiste responsable de la muerte de todos tus hermanos? ¿Que asesinaste a tu querida hermana para poder ascender al trono?

Grim trastabilló hacia delante, tan anonadado que no pudo responder. Le había confiado ese hecho tan trágico a Oro siglos atrás. Fue uno de los sucesos más traumáticos de su vida. Y que Oro…, que Oro se lo echase en cara de ese modo…

A la mierda.

A la mierda lo de trabajar en equipo. A la mierda Oro.

Con un gruñido, Grim se giró hacia el sunling de golpe y lo empujó al muro de agua. El océano arrastró a Oro, y Grim observó satisfecho cómo bregaba por volver a tierra firme. Por fin consiguió emerger unos metros más adelante, respirando con dificultad y escupiendo agua. Un prisionero le atacó y Oro estuvo a punto de no apuñalar al hombre a tiempo. Levantó los ojos para mirar a Grim a través de la cortina de pelo mojado, con los ojos ardiendo de furia.

Se abalanzaron el uno contra el otro blandiendo las armas… hasta que las paredes del océano se estremecieron en derredor. Grim se giró hacia Oro con pánico manifiesto. Necesitaban más tiempo. Todavía no habían encontrado al rey perdido. Y eso sin contar que, si Cleo perdía el control de las aguas, jamás conseguirían volver a la superficie sin sus poderes.

El mar rugió y Grim pensó que tal vez fuera el final, pero entonces empezaron a surgir peldaños de la pared de agua, uno tras otro, formando una escalera irregular que se congeló.

Oro y Grim se miraron, todavía con las armas enarboladas. No les hizo falta hablar para saber lo que significaba eso. Cleo se estaba quedando sin fuerzas y les estaba ofreciendo un camino para subir a la superficie. Tenían que darse prisa.

Una rabia hirviente hacia Oro seguía ardiendo bajo la piel de Grim. Pero, al mismo tiempo que se fulminaban con la mirada, compartieron un entendimiento silencioso. Su amor por ella era más importante. El odio mutuo que sentían iba en segundo lugar.

Salieron disparados.

Pelearon sin tregua, derribando prisioneros con mandobles sangrientos, sin importarles si los alcanzaba una garra o un colmillo aquí o allá y sin bajar el ritmo mientras las vísceras los cubrían de la cabeza a los pies. Se movían como una sola persona, Oro agachándose para detener a un prisionero con un tajo en la espinilla, Grim cortándole la cabeza.

—Está cerca. Tiene que estarlo —dijo Grim al observar que los seres eran cada vez más monstruosos. Uno era una bestia escamosa sentada en un montón de cráneos. Grim se preguntó cómo se las arreglaba para alimentarse ahí abajo hasta que se percató de que a los cuerpos que tenía más cerca les faltaba la cabeza.

Oro se detuvo al reparar en el mismo detalle: para alcanzar a esos prisioneros estando encadenado, el engendro debía de tener un modo de acercarse. Los dos se quedaron parados justo cuando la bestia abrió la boca y mostró filas y más filas de dientes. Grim avistó algo que se arqueaba por encima de la cabeza del ser y comprendió que era una cola con dos cuernos, proyectada hacia delante, preparada para partirlos en pedazos.

Era un escorpión. Un puto escorpión gigante.

Grim aferró su espada y se dispuso a atacar cuando, de súbito, el ser descargó una lengua semejante a un látigo, directa hacia él. Levantó el arma con la intención de cortarla en dos, pero la criatura era lista. La lengua esquivó la hoja y envolvió el cuerpo de Grim prendiéndole los brazos a los costados. Oyó el golpe de su espada contra la arena antes de sentirse arrastrado hacia delante.

La lengua le estrujaba con una fuerza brutal. No podía moverse y rugió al intentarlo. El monstruo no le impediría llegar al rey. No le impediría llegar a Isla. Pero allí abajo no tenía poderes. Y sin la espada…

La lengua de la bestia apretó y notó que se le reventaba una costilla. Mierda, cómo dolía. Debería haber sido más comprensivo con Oro.

La púa descendió directamente hacia su pecho. Grim cerró los ojos, preparándose para el dolor de ser descuartizado, y…

Un aullido ensordecedor llegó a sus oídos al mismo tiempo que algo se rompía a su alrededor.

—¿Pero qué…?

Grim parpadeó y cayó de espaldas entre una lluvia de fragmentos plateados. A su lado, la lengua de la bestia se contrajo. Oro debía de haberla cortado con la espada de Grim al mismo tiempo que bloqueaba el aguijón con la daga. Y el aguijón había roto el cuchillo como si fuera un simple juguete y no una antigua reliquia.

—Levanta el culo —gruñó Oro al tiempo que tiraba de él para ayudarlo a incorporarse. El aguijón se clavó en el suelo, justo donde antes estaba Grim.

Trastabilló detrás de Oro y corrió más que nunca en su larga vida, seguido de cerca por el escorpión. La cadena de este monstruo era más larga que las demás. Al parecer, el ser

carecía de ojos, y, mientras el aguijón se clavaba en derredor con poca puntería, Grim adivinó que la lengua era su sentido principal. La arena saltaba cada vez que la cola creaba un profundo agujero en el suelo oceánico. Uno de los golpes estuvo a punto de perforar la pierna de Grim.

El escorpión era rápido y casi lo tenían encima.

—¡Salta! —aulló Oro.

Grim saltó hacia delante, tan lejos como pudo, y rodó al llegar al suelo mientras se preparaba para recibir el impacto.

Pero no llegó. Se volvió a mirar despacio y vio que la cadena se había tensado por fin. Oro y Grim se quedaron en el suelo, el uno junto al otro, resollando y mirando al escorpión, que rugía y clavaba la cola punzante a un solo paso de donde habían caído.

—Gracias —jadeó Grim con renuencia.

Oro suspiró.

—No digas eso.

—¿Por qué?

Oro se volvió a mirarle. Parecía cansado. Llevaba la corona torcida y sucia.

—Porque entonces voy a pensar que de verdad es el puto final del mundo.

Grim negó con la cabeza. Se puso de pie y le ofreció la mano a Oro. El sunling le había salvado. Se habían salvado mutuamente.

Los dos estaban magullados y heridos, con huesos rotos y cubiertos de vísceras. Pero remontaron juntos otra colina escarpada… y se detuvieron en seco.

Porque allí, sentado a solas en la distancia, estaba el rey perdido.

CAPÍTULO 10
ISLA

La madera empujó a Isla, que salió proyectada hacia atrás. En el instante en que la corteza le arañó la piel, brotaron chispas de cada centímetro de su cuerpo según ella se apropiaba de la energía que la envolvía. El skyre de su brazo que la ayudaba a controlar su poder se activó.

Y el bosque que Lark había precipitado sobre Isla rugió cuando Isla transformó los árboles en un millar de dagas y se las devolvió a Lark.

Las astillas penetraron la cabeza de su antepasada, en el pecho y en las piernas. Se le astillaron los huesos. Se le desgarró la piel. Isla trató de contener el aliento, casi albergando la esperanza de haber acabado con Lark de una vez por todas.

Pero su antepasada se incorporó antes de haberse recompuesto siquiera. Su rostro quebrado consiguió esbozar una sonrisilla burlona a pesar de todo.

A continuación, salió disparada hacia delante e Isla se precipitó a su encuentro. Cabalgó una corriente de energía directa hacia Lark.

Mientras tanto invocaba los objetos que le habían arrebatado, que salieron disparados del carro en una corriente de energía starling. Las piezas de la armadura se ajustaron a su cuerpo entre destellos en cuestión de segundos. El hueso divino voló a una de sus manos y la espada de Cronan apareció en la otra. La esfera de tormentas condensadas flotó ante ella, a punto para ser abierta.

Isla y Lark estaban a punto de estrellarse la una contra la otra cuando un rayo cayó entre las dos haciendo temblar el mundo y separándolas. Isla fue a parar a la arena y patinó; solo la presencia de la armadura impidió que se le desollara la piel. En el cielo se formaban portales y más portales, como si ambas los estuvieran invocando con sus poderes.

Pero, antes de que Isla pudiera reaccionar, el cielo se abrió con un trueno… y empezaron a llover criaturas. Bestias parecidas a los seres del carro, deformes y mutiladas, como si el viaje de un mundo a otro las hubiera desencajado. A pesar de todo, casi todas estaban vivas. Chillaban con aullidos tan brutales como los propios truenos. Los rayos las iluminaban con breves destellos.

Isla abrió los ojos de par en par. Esos seres no eran criaturas normales. Vio cómo las cortinas de agua se transformaban en bestias aladas que parecían nacidas de la misma tormenta.

Y entonces, al volverse a mirar, vio aterrizar al primer caballero.

Llegó envuelto en un rayo de luz y el suelo tembló con la fuerza de su aparición. Cayó acuclillado y, cuando se incorporó, se fijó en que la armadura parecía moldeada sobre su piel. La espada que empuñaba era más larga que todo el cuerpo de Isla y parecía forjada de puras tinieblas ondeantes. La empuñadura era de metal sombreador, pero Isla notó que la habían reforzado con poder, igual que la armadura. El arma parecía modelada de tormentas, creada con

fragmentos de otros planetas y con ese poder que notaba en el cráneo.

El casco del caballero le tapaba buena parte de la cara, pero a través de las rendijas por las que asomarían los ojos Isla solo veía vacío, una nada más oscura que la noche.

Y, mientras lo observaba, notó que algo la atraía hacia él, como si la médula de los huesos la llamara a acercarse. Como si el caballero y su arma estuvieran absorbiendo algo de su mismísimo ser.

Avanzó un paso hacia ella.

Otro caballero aterrizó con un destello de luz. Y otro. Justo entre Isla y Lark.

Esto no era casual. Quienesquiera que fuesen los caballeros… estaban allí para proteger ese mundo. De algún modo habían notado la presencia de las wildling. ¿Obedecían órdenes de Cronan?

Despacio, Isla se puso de pie. El caballero adoptó una postura de lucha. Isla hizo lo propio.

Él blandió su espada de sombras y ella buscó todo aquello que la tormenta le pudiera proporcionar —agua, naturaleza, energía, viento— y lo entrelazó en una corriente de poder refulgente.

Las energías de ambos entrechocaron y un trueno restalló en lo alto. Los poderes de Isla deberían haber proyectado al caballero hacia atrás, deberían haber hecho añicos su arma, pero no lo hicieron. Él resistió.

Otro caballero corrió hacia ella.

Isla lo arrastró hacia la arena cenicienta, usando sus habilidades wildling para que lo engulleran entero. Pero la espada asomó al momento y el caballero salió disparado hacia el cielo entre una explosión de energía. Se quedó allí, rodeado de poder chisporroteante, dibujando arcos con su inmensa arma. De su sombría hoja surgió un muro de obsidiana.

El muro le golpeó el pecho y la armadura tembló en torno a su cuerpo antes de romperse en pedazos. Ahora Isla era vulnerable.

La armadura estaba confeccionada con metal sombreador. Había resistido todos los ataques —incluidos los de Lark— allá en su mundo.

Pero este lugar era completamente distinto.

Y a pesar de la tormenta, incluso pertrechada con el skyre que le había permitido romper el bloqueo de sus habilidades en el laberinto, tan pronto como la oscuridad se filtró en su pecho, la semilla de poder que llevaba dentro se marchitó. Los caballeros eran algo así como el vacío personificado, que absorbían magia del centro de su ser. Mientras Isla notaba cómo la energía se le escapaba miró hacia abajo y vio cómo la despojaban de su aura, un resplandor rojo intenso que se despegaba de su piel. Le ardía el alma igual que si se la estuvieran fracturando. Arrebatando.

No. Trató de oponer resistencia, pero el poder del caballero la mantuvo pegada al suelo. En lo alto, la tormenta se convirtió en un revoltijo de alas y dientes cuando esos seres deformes empezaron a devorarse unos a otros. Sangre, piel y extremidades llovieron sobre ellos. Un inmenso colmillo se clavó en la tierra, junto a Isla. Una columna vertebral rota aterrizó a sus pies.

Lark se encontraba a pocos pasos de distancia luchando con tres caballeros a un tiempo. Isla comprendió que a su antepasada también le estaban absorbiendo la energía. Estaba perdiendo las fuerzas. Pronto caería.

Isla no sabía si este extraño poder semejante a un vacío mataría a Lark para siempre, pero era muy consciente de que tenía que ser ella la que acabara con su antepasada si quería revivir a los inocentes que Lark había matado. Este mundo no se parecía en nada a lo que Isla esperaba encontrar, pero sentía la necesidad de creer que todavía había un modo de hacerlos volver, que su viaje había servido para algo.

Justo cuando el caballero daba un paso hacia ella, otro rayo hendió el cielo. Vio un atisbo de otro mundo, un portal a otro lugar, y tuvo la sensación de estar mirando por una cerradura…

Mientras el caballero enarbolaba la espada para golpearla de nuevo con esa energía compuesta de puro vacío, mantuvo la mirada fija en el portal y comprendió que era distinto a los demás. Los grandes estaban rodeados de un gran caudal de poder que chisporroteaba sin cesar. Pero ese… Ese era un minúsculo desgarrón en el cielo. Y al otro lado asomaban nubes del mismo tono extraño que el cielo de Skyshade.

Ese portal no las llevaría a otro mundo, sino a otra región del planeta en el que se encontraban.

Usar los portales era peligroso. El viaje podía despedazarla, en caso de que hubiera errado en su teoría. Pero ahí abajo, rodeada de caballeros, ya estaba condenada. No tenía nada que perder.

El caballero había llegado a su altura. Sus sombras se precipitaban hacia ella. E Isla se concentró en Grim, en Oro y en la esperanza de escapar mientras aferraba esa semilla de poder que albergaba dentro, a través de las sombras que la extinguían…

Y se liberó.

Salió disparada aferrando el brazo de Lark antes de ascender a los cielos con cada traza de viento skyling que pudo invocar. Su antepasada forcejeó, pero Isla recurrió a sus habilidades starling para atraer la armadura del suelo y cubrirlas a las dos con las piezas hasta unir ambos cuerpos.

Los caballeros las seguían de cerca. Isla notaba cómo le arrebataban la energía. Sentía cómo se le escapaban los poderes entre los dedos.

«Solo un poco más».

Miró fijamente el portal, los bordes que se cerraban, y rascó el fondo de su fuerza para volar más rápidamente. El cuerpo le temblaba del esfuerzo. Las sombras le aferraron los tobillos como para arrastrarla hacia abajo.

Antes de que lo lograran, Isla y Lark alcanzaron la grieta del cielo, que se las tragó enteras.

Tan pronto como atravesaron el portal, la semilla de poder de Isla se apagó de nuevo y se precipitó hacia la tierra con Lark. Aterrizó de un trompazo, rodando, y el dolor retumbó por su cuerpo cuando rebotó sobre lo que parecían rocas.

Los pedazos de armadura les cayeron encima junto con la esfera de tormentas en la que ahora apenas latía poder, como si la mera cercanía de los caballeros se lo hubiera extraído.

Por fin impactó contra algo sólido y dejó de rodar. Estaba tendida de espaldas, sin aliento. Abrió los ojos despacio…

Y vio árboles. Árboles. Habría pensado que había viajado a un mundo del todo distinto, que su teoría sobre el portal había resultado ser falsa, de no ser por el extraño torbellino de colores en el cielo, característico de ese lugar.

Le dolía todo el cuerpo. Mientras revisaba sus extremidades para asegurarse de no tener nada roto, notó algo raro en ese bosque, algún tipo de energía mágica. Una habilidad arcaica, profundamente enraizada. El poder envolvía a Isla como si su presencia le hubiera despertado la curiosidad. La notaba como un dedo que le acariciase la mejilla.

Trató de alcanzarla…, pero no podía. Habría necesitado una tormenta. Cronan, de algún modo, debía de haber tendido un escudo sobre todo el planeta.

Se puso de pie. Oyó una voz allí cerca. Se dio media vuelta… y nada.

Ahí estaba otra vez, como si alguien hubiera pasado corriendo, como si le susurrara directamente al oído, pero no pudiera distinguir las palabras. Volvió a girarse y esta vez sí que vio algo.

Se vio…

A sí misma.

CAPÍTULO 11
GRIM

Ahí estaba. El rey perdido solo era un hombre sentado a solas en el fondo del mar, lejos de cualquier otro prisionero. Les daba la espalda, pero Grim atisbó un destello de cabello plateado y piel luminosa.

Él no llevaba prendida una sola cadena, sino diez.

Le sujetaban los tobillos, las muñecas, el cuello, la cintura. A pesar de eso, no forcejeaba para liberarse como los demás. No, él parecía sentirse en paz, como si ni siquiera se hubiera percatado de que ya no se estaba ahogando.

Tenían delante al rey. Grim no albergaba la menor duda.

No perdieron ni un instante. Se acercaron a toda prisa, y, cuando Grim pudo verlo bien, observó que, a diferencia de los otros prisioneros, el rey estaba totalmente intacto. El tiempo no le había podrido la piel. Los animales marinos no habían anidado en su cabello.

El hombre tenía los ojos abiertos, no pestañeaba y carecía de pupilas. Sus ojos eran de un turbio tono lechoso. Estaba sentado con la espalda erguida y las piernas cruzadas. No dio muestras de saber que ya no estaba solo.

—¿Cómo le despertamos? —preguntó Oro.

Grim se encogió de hombros y le arrebató la daga a Oro. La acercó al cuello del prisionero. En ese instante las pupilas del hombre volvieron a su lugar, plateadas y relucientes. Sobrenaturales.

Miró a Grim y su expresión fue casi de decepción.

—¿Ha llegado el momento, pues? —preguntó con una voz que reverberó en los muros ondulados por las olas.

Grim frunció el ceño.

—¿El momento de qué?

—De que mi historia llegue a su fin —se limitó a decir el rey. Miró más allá de Grim, hacia Oro—. Tres reyes reunidos —musitó el hombre. Resopló una carcajada extraña—. Supongo que al final ha sucedido.

—¿Qué ha sucedido? —quiso saber Oro.

El hombre pasó por alto la pregunta del sunling. Parecía indiferente a la presencia de la espada de Grim contra su garganta. Se limitó a ponerse de pie con un gemido, como si llevara sentado mucho tiempo, aunque debía de haber flotado antes, hasta que las aguas se habían retirado. Le crujió el cuello cuando se lo desentumeció.

Grim le despegó la daga por fin. No tenía tiempo para juegos ni acertijos.

—Somos…

—Ya sé quiénes sois —le interrumpió el hombre con seguridad—. Lo he visto todo.

Grim se preguntó cómo era posible, si ese cabrón llevaba cientos —o miles— de años atrapado a solas en el fondo del océano. Enseguida decidió que le importaba una mierda. Dijo:

—Bien. Entonces ya sabes a qué hemos venido.

El hombre asintió. Los miró a los dos.

—Queréis dar con ella.

«Ella». De algún modo, el rey perdido conocía la existencia de Isla.

—¿Nos puedes ayudar? —preguntó Oro.

El rey asintió nuevamente… y frunció los labios.

—Aunque todavía no sé si voy a hacerlo.

Si Grim hubiera tenido acceso a sus sombras, las habría usado para estrangularlo. Pero no lo tenía. Buscó la daga de nuevo, pero Oro le advirtió con los ojos que no les convenía en absoluto convertir a ese hombre en un amasijo sangriento, aunque saltaba a la vista que el sunling también tenía ganas de hacerlo.

—¿Por qué no? —preguntó Grim entre dientes.

—El futuro está dividido, igual que ella. Estoy seguro de que ya lo sabéis… —Suspiró—. Todavía hay una probabilidad de que él salga vencedor. Y entregaros lo que buscáis aumentaría sus probabilidades.

—¿Quién? ¿Quién podría salir vencedor? —dijo Oro.

El hombre giró el rostro hacia Grim.

—¿Quién crees tú?

«Cronan». Y, solo de pensar ese nombre, Grim sintió que se le helaba la sangre. El nightshade original. El que instauró la tradición de que todos los gobernantes nightshade engendraran decenas de hijos que lucharían a muerte para encontrar al heredero más fuerte y decidir quién continuaría el linaje.

El gobernante al que Grim había dado por muerto durante siglos. Pero no lo estaba. Su ataúd estuvo vacío todo el tiempo. Era un portal al otro mundo por el que había escapado.

Grim había heredado el don de Cronan. Transportarse entre portales. Era su única esperanza de recuperarla. Eso y este rey perdido.

El hombre pronunció entonces las palabras que a Grim le aterraba pensar siquiera.

—Cronan la encontrará, si no lo ha hecho ya.

Grim notó que le fallaban las rodillas. Fue como si su alma se ahogara debajo de las costillas de puro dolor, como si le suplicara que encontrara a Isla fuera como fuese.

Cronan era famoso por su crueldad. También era el nightshade más poderoso de la historia. Grim suponía que, como otros antes que él, Cronan estaba desesperado por apoderarse del Infinito. Y ahora lo único que se interponía entre el diamante y él era la vida de su esposa.

El pánico ensombreció la visión de Grim. Se habría desplomado de no ser porque Oro le sujetaba. Se volvió a mirar al sunling y atisbó comprensión en sus ojos. Les unía la preocupación. El dolor. El amor por ella.

Qué extraño era sentir gratitud hacia un hombre por amar a su esposa.

—Lleva buscándola todo este tiempo —continuó el rey perdido—. Aunque no sabía exactamente qué estaba buscando.

—¿Por qué? —preguntó Grim, sorprendido de tener voz siquiera.

—Ella es su llavemundo.

—¿Su qué? —quiso saber Oro.

El hombre miró hacia arriba como si acabara de darse cuenta de que podía atisbar el cielo en lo alto. Frunció el ceño.

—Cronan ha pasado milenios desgarrando galaxias en busca de un único lugar. Solo este mundo se interpone entre lo que ansía y él. Fue desterrado de este mundo hace tiempo... Isla es su llave para regresar.

—¿De qué modo? —siguió preguntando Oro.

—Ella posee las seis habilidades y lleva el diamante Infinito, que lo expulsó. Con su ayuda, podría volver. Y, si alguna vez el diamante fuera esgrimido junto con la espada y la corona…, tendría el poder de gobernarlo todo.

Grim recordó la espada de Cronan, el arma que Isla y él habían buscado con desesperación a lo largo de meses. Fue así como se enamoraron. Él necesitaba la espada para controlar a los drek, los malvados monstruos que habían estado a punto de acabar con su reino. Isla le había ayudado. Había retirado la maldición que pesaba sobre el objeto. Y el precio fue su propia vida.

El miedo heló los huesos de Grim. Todo ese tiempo… él había buscado y empleado algo que su antepasado necesitaba. Como si fuera un peón en una partida más grande.

Y ahora Isla estaba en peligro por culpa de eso. Cuando lo único que siempre había querido Grim era salvarla.

—En este mundo existe una última llave, destinada a abrir el universo entero, incluido el mundo que busca Cronan. Con ella podría conquistar todas las galaxias. Unirlas. Controlar cualquier clase de poder que fluya por ellas. —El rey perdido continuó—: La totalidad de este mundo fue una prisión en otro tiempo —relató el hombre, que de nuevo parecía perdido en sus pensamientos. Sus pupilas desaparecieron y sus ojos se quedaron en blanco una vez más—. Existe en un puente entre galaxias. Algunas de las reliquias más poderosas del mundo se escondieron aquí. No es casual que Cronan transportara a Lark, a Horus y a sus gentes a este mundo. Iba detrás del diamante. Pero esa piedra era distinta a cualquier otro objeto del que Cronan se hubiera apropiado. Requería un alma. Requería amor. Pensó que podría engañarla con un hogar prefabricado y un simulacro de amor, pero ese diamante no se deja engañar. Cuando trató de apropiárselo…,

la piedra lo maldijo. Este mundo se tornó tóxico para él y se vio obligado a huir… —Parpadeó y sus pupilas volvieron a su lugar. La expresión del hombre era casi de compasión—. El universo estaría a salvo si ella se hubiera quedado donde estaba.

Oro avanzó un paso hacia él.

—Si ella se hubiera quedado donde estaba, Lark habría destruido este mundo. Se sacrificó para salvarnos a todos.

—Y es posible que, al hacerlo, haya condenado al universo —fue la respuesta del rey perdido.

Ahora sí. Ahora sí que Grim iba a matarlo. Pero el rey se volvió a mirarlo y dijo:

—Después de marcharse, Cronan trató de crear su propio mundo usando su vínculo con el poder de Lark. Pero era un mundo grotesco. Maligno. Ahora está habitado por aquellos que perecieron a causa de una maldición provocada por su poder. —Miró a Oro—. Tú has estado allí.

Oro frunció el ceño.

—No, yo nunca he estado en ese sitio.

—¿A dónde pensabas que fue a parar la isla durante las maldiciones?

—Las tormentas…

—Eran parte de ese mundo.

Oro negó con la cabeza.

—No. Vimos cómo las tormentas engullían la isla. Durante el Centenario veíamos los fragmentos congelados desde la costa.

El rey de cabello plateado se limitó a encoger un hombro.

—A menudo los mundos se mezclan unos con otros. Especialmente cuando están conectados a través de los portales. Eso es lo que deberíamos temer todos… —Observó detenidamente a Grim y a Oro—. Id al mundo maldito, donde viven las víctimas de las maldiciones, y encontrad el conocimiento que se perdió. Todos los reinos tienen un papel en esta guerra —dijo. Lanzó un profundo suspiro—. He vivido… mil vidas. Aquí mismo. —Grim no sabía qué quería decir con eso. Y en verdad le importaba un comino—. Y todo ha conducido a esto. —Los contempló un ratito antes de continuar—: La historia se repite una y otra vez. Romped el ciclo. Sed lo bastante fuertes como para tomar la decisión correcta.

Tras eso, le pidió a Oro por gestos que se acercara y escudriñó el rostro del sunling. Grim estaba a punto de perder la paciencia cuando el rey perdido pestañeó por fin y su expresión antes recelosa adquirió seguridad. Lo que sea que viera en el rostro de Oro le decidió.

El rey perdido les mostró la palma de la mano. Y algo dorado fue emergiendo de su piel hasta desprenderse de esta. Un montoncito de oro entrelazado; hebras relucientes, que casi parecían hechas de arena, fundidas entre sí.

—Es una de las últimas piezas que Cronan necesita para apoderarse del universo —explicó—. Los Hilos del Tiempo. No debe caer en sus manos. —Sus ojos de plata destellaron—. Esta es la clave para romper el universo… y para rescatarlo. Debéis encontrar la manera de entregárselos a ella. Es lo único que puede ayudarla a arreglarlo todo.

Grim alargó la mano hacia los hilos…, pero el rey perdido vaciló.

—Ella será la villana de este mundo tantas veces como su heroína —dijo.

—No —replicó Oro con ferocidad—. Ella no es una villana. —Le lanzó a Grim una mirada elocuente—. Solo es una gobernante que ha adquirido demasiado poder con excesiva rapidez. Cualquier error que haya cometido ha sido accidental.

El rey perdido parecía casi apenado.

—Y Cronan, en otro tiempo, fue solo un niño que asesinó a sus padres.

Grim tragó saliva. Igual que Isla. Igual que él fue solo un niño que asesinó a su hermana.

Y ese dolor…, esa rabia…, esos remordimientos… Él sabía muy bien lo que era que te consumieran esos sentimientos, buscar sin descanso un remedio para deshacer lo que ya estaba hecho.

¿Era eso lo que pretendía Cronan?

Recordó las palabras de Oro. Que el amor de Grim solo había servido para corromper a Isla.

—¿Quién eres? —le preguntó Oro al rey perdido.

El otro esbozó una sombra de sonrisa.

—Solo soy un prisionero de otro mundo, igual que los demás. Pero yo escogí esta sentencia.

—¿Por qué? —siguió preguntando el sunling con expresión de estupor.

El rey perdido observó los hilos que tenía en la mano.

—Quería vivir mil vidas.

Grim alargó la mano hacia las hebras al mismo tiempo que Oro. Y cuando los dedos de ambos las rodearon…

El hombre desapareció, dejando tras de sí únicamente un montón de cadenas.

Grim no sabía cómo esos hilos le iban a ayudar a recuperar a su esposa. El rey perdido había dicho que los necesitaban para dar con ella, pero no les había explicado cómo hacerlo.

Las ondeantes paredes marinas empezaron a temblar, como si el océano tratara de liberarse. Como si Cleo estuviera perdiendo las fuerzas.

—Tenemos que salir de aquí —dijo Oro.

Grim asintió.

Ninguno de los dos soltó los hilos.

Oro frunció el ceño.

—Quiero lo mismo que tú. Si queremos encontrarla, tenemos que confiar el uno en el otro.

—Confío en que la amas —dijo Grim—. Pero también sé que amas a tu pueblo. Y a tus amigos. Yo la escogería a ella antes que al mundo. ¿Puedes decir lo mismo?

Se fulminaron con la mirada. Oro abrió la boca, pero cambió de idea acerca de lo que iba a decir. Renunció.

—Nunca te lo perdonaría, lo sabes, ¿verdad? —dijo—. Si destruyeras el mundo por ella.

—Ya lo sé —respondió Grim. Esa era la única razón de que no lo hubiera hecho ya para recuperarla.

Las escaleras que Cleo había creado estaban a muchos metros de distancia. Las bestias todavía se interponían en su camino, incluido el escorpión.

Además, Grim ya no tenía la espada. Solamente la daga que le había prestado a Oro.

Tiró de la cadena con un gruñido y descubrió que discurría por debajo de la arena. Oro le imitó al momento. Los grilletes del rey perdido eran más largos que el resto. Por lo que parecía, recorrían la prisión a lo largo.

Intercambiaron una mirada.

Salieron corriendo a la par, arrancando las cadenas del suelo. Y, cuando llegaron a la altura del escorpión, se separaron sin mediar palabra con la cadena tensa entre los dos. En el instante en que el monstruo se abalanzó hacia ellos, la colocaron a la altura de sus piernas y la bestia se estrelló con un golpe que hizo temblar el mar.

Grim utilizó la daga para cortarle una de las enormes escamas, afiladas como cuchillos, y se la lanzó a Oro.

Avanzaron a la carrera hacia los peldaños, rajando todo aquello que se interponía en su camino. Sin embargo, cuando por fin llegaron a la escalera, el mar temblaba con tanta fuerza que los peldaños de hielo se estaban desprendiendo y amenazaban con aplastarlos.

Grim saltó, se aferró a la primera cornisa y empezó a escalar. Oro le seguía de cerca. Los peldaños eran enormes, pero estaban muy separados entre sí. Tendrían que ir saltando de cornisa en cornisa para llegar arriba.

Un tremendo crujido se dejó oír en lo alto. Grim levantó la vista y vio un fragmento de hielo del tamaño de su cuerpo desplomándose hacia ellos. Oro y él apenas lo esquivaron a tiempo. Se hizo añicos contra el peldaño sobre el que estaban posados, partiéndolo por la mitad antes de estrellarse contra el monstruo que intentaba alcanzarlos.

Compartieron una mirada intranquila antes de abalanzarse al siguiente escalón. Y al siguiente. Grim lo alcanzó justo cuando el peldaño que tenía bajo los pies se desprendió.

El mar al completo temblaba ahora con violencia. Las cornisas se agitaban con él. Grim trastabilló cuando el hielo se quebró a sus pies. Tan pronto como aterrizaba en una repisa saltaba a la siguiente con las extremidades ardiendo y el pulso acelerado por el esfuerzo de escalar a toda velocidad. Caían fragmentos de hielo que le cortaban la piel, pero no redujo la marcha. No, sabiendo que todos los peldaños inferiores habían desaparecido. Los que tenía por encima ya se estaban desmoronando.

—Solo un poco más —aulló Oro por encima del rugido.

Grim saltó a la siguiente cornisa. El alivio reptó por su espina dorsal al notar que el hielo resistía. El frío le quemó la palma de la mano cuando se impulsó hacia arriba. Solamente le quedaba un peldaño.

Esperaba que estuviera lo suficientemente alto como para poder acceder a sus poderes, o se quedarían atascados. El escalón se desmoronaría y ellos caerían de nuevo a las profundidades de la prisión. El mar los enterraría por siempre.

Grim saltó con todas sus fuerzas y sus dedos aferraron el frío borde. Escaló a la última cornisa.

Y con un alivio infinito notó que su poder empezaba a despertar.

Oro estaba debajo. La cornisa que le sostenía ya se había agrietado. No aguantaría mucho más.

—Salta —le dijo Grim. Se acuclilló en el borde de su propio peldaño y notó que se estaba aflojando. No tenía que hacer nada más que incorporarse. Si lo hacía, podría saltar entre portales. Dejar a Oro atrás.

En vez de eso, suspiró y alargó la mano.

Oro se limitó a mirarla. Grim leyó las emociones en su rostro. Desconfianza. Preocupación. El sunling pensaba que Grim le aferraría la mano para luego dejarle caer y acabar con él de una vez por todas.

—Salta, joder —rugió Grim.

Y el sunling lo hizo. Con un gruñido, Grim tiró de él hacia la cornisa con todas sus fuerzas.

Pero era demasiado tarde. El peldaño que los sostenía cedió.

Grim sujetó a Oro y se dio impulso tirando del sunling.

Ahí estaban… las brasas de su poder. Aferró esos jirones y consiguió transportarlos a los dos unos pasos más arriba, donde sus habilidades estallaron por fin. Y entonces saltó entre portales con Oro a la isla donde Cleo los aguardaba.

Tan pronto como aparecieron, la moonling cayó de rodillas. El océano rugió al volver a rellenar el hueco y el nivel del agua ascendió a toda prisa según los dos lados del mar se reunían. Grim había dudado de la moonling, pero estaba equivocado.

Cleo había resistido.

Parecía completamente agotada. Le temblaba todo el cuerpo sobre las rocas de la isla. A pesar de todo, encontró las fuerzas para levantar los ojos hacia ellos a través de la cortina de cabello blanco como la luna que se le había pegado a la cara.

—¿Le habéis encontrado? —preguntó con una voz parecida a un graznido.

Grim asintió.

La moonling se desplomó contra la piedra cubierta de sal.

CAPÍTULO 12
ISLA

—¿Dónde está mi madre?

Isla tenía ocho años y estaba en mitad de un duelo con su guardiana, Terra. Rayos de sol fragmentados iluminaban el bosque con una luz jaspeada.

El arma de Terra chocó con la suya e Isla notó el impacto en los dientes. La espada de su guardiana era mucho más grande, pero eso no significaba que ella no pudiera encajar los golpes.

—Ha muerto, Isla. Ya lo sabes.

Terra lo dijo en un tono monocorde, aunque una ola de emoción asomó a sus ojos un instante. Atacó a Isla, que apenas tuvo tiempo de parar el envite.

Isla ya sabía que su madre había fallecido. Pero a veces desearía que la respuesta a su pregunta fuera distinta.

A fin de cuentas, las wildling podían transformar las semillas secas en flores y el polvo… en vida. En ocasiones se preguntaba si no podían, de algún modo, hacer lo mismo con las personas.

—¿Y mi padre? —preguntó Isla, conteniendo un grito cuando tropezó con una raíz. Al momento paró el siguiente golpe de su guardiana, que le hizo temblar las rodillas.

—También murió.

El siguiente ataque de Terra fue raudo como el rayo y rebasó sus defensas con facilidad. La descarga de la espada rajó el brazo de Isla atravesando la tela de su equipo de entrenamiento, y ella apretó los dientes para resistir el dolor. Un chorro de sangre caliente brotó de la herida. No se atrevió a gemir. Eso solo serviría para que Terra la obligara a entrenar otra hora más antes de permitir que se curara las heridas del día.

—Deja de hacer preguntas estúpidas. Estás perdiendo el tiempo.

Para Terra, todo lo que no fuera entrenar era inútil.

La propia Isla era una inútil.

No, era algo peor.

Ella era el motivo de que tantas wildling hubieran muerto. Era la razón de que, según había oído decir a sus guardianas, su reino no tuviera ninguna posibilidad de sobrevivir al siguiente Centenario.

Había nacido sin poderes. Defectuosa.

Se le saltaron las lágrimas. Hizo esfuerzos por respirar; el pánico le estaba cerrando los pulmones, como le ocurría en ocasiones. Ya se estaba apoderando de su mente.

¿Y si tenían razón? ¿Y si tanto entrenamiento no servía para nada? ¿Y si le fallaba a su gente, igual que había fallado a todo el mundo desde que nació? ¿Y si…?

No vio la hoja de Terra hasta que fue demasiado tarde. Hasta que se estampó con fuerza contra su sien. Su cabeza se estrelló contra el suelo forestal y entonces, por fin, su mente guardó silencio.

Cuando Isla abrió los ojos, el cielo había adquirido los tonos rosados del ocaso.

El ocaso. Un día entero perdido.

Tenía que ponerse en movimiento. Pero le dolía todo. Despacio, se palpó un lado de la cabeza. Hizo una mueca de dolor al deslizar los dedos por la sangre coagulada. Había un charco rojo en la tierra, debajo de su dolorido brazo.

El mundo osciló cuando intentó sentarse. Tardó un buen rato en ser capaz de ponerse de pie. Aun entonces tuvo que apoyarse en un árbol para no caer.

—Eres débil.

Tuvo la sensación de que la palabra surgía del mismo bosque. Sin embargo, cuando Isla parpadeó para despejar las telarañas que le nublaban la vista, vio a Terra al otro lado del claro. Tenía los brazos cruzados con un gesto de decepción.

Los remordimientos atravesaron el corazón de Isla.

—Lo siento, yo…

—Tú… —Terra avanzó un paso hacia ella—. Tú serás el final de este reino. Tú serás su perdición.

Una vez más le escocieron los ojos. Isla no quería ser débil. Quería ser mejor. Mañana se esforzaría más.

No podía perder ni un solo día. Solo faltaban unos años para el Centenario. A Isla le parecía un periodo muy largo, pero Terra y Poppy siempre insistían en que solo era un suspiro.

Ahora Terra, delante de ella, fruncía el ceño al ver la sangre seca de su sien y la larga herida de su brazo.

—¿Crees que te someto a entrenamientos tan duros porque me gusta fastidiarte? ¿Verte sangrar?

Isla no supo si debía responder.

—No me gusta. Lo hago porque eres nuestra única esperanza. Y tú…, tú…

No terminó la frase, pero Isla volvió a ver esa expresión en sus ojos. Una que asomaba a menudo.

Como si Isla no solo fuera débil, sino… como si hubiera hecho algo imperdonable por el mero hecho de haber nacido.

Como si fuera un monstruo.

—Me esforzaré más —prometió Isla a toda prisa—. Empezaré a entrenar más temprano. Y terminaré más tarde. Lo que haga falta. Prometo…, prometo hacerlo mejor. No te decepcionaré.

Isla supo, por la expresión de Terra, que era demasiado tarde para eso.

Su guardiana la obligó a entrenar durante la noche para compensar el tiempo perdido mientras estaba inconsciente. Solo después le permitió darse un baño y curarse las heridas con elixires.

Poppy, su otra guardiana, se las vendó con cuidado.

—Tranquila, pajarillo —le dijo—. No te quedará cicatriz.

No era verdad. Algunas cicatrices, pensó Isla, no eran visibles a los ojos.

Cuando Poppy abandonó sus aposentos, Isla se desplomó hacia delante. Por fin estaba sola. Se le saltaban las lágrimas, pero se presionó los ojos con las manos. Solo tenía un par de horas para dormir antes de que el entrenamiento volviera a empezar.

Salió de la cama, se acercó al armario y hundió la mano entre sus equipos de entrenamiento. Allí, al fondo de todo, estaba su colección. Objetos que había encontrado en su alcoba a lo largo de los años. Juntos, componían un mosaico de la figura de su madre.

Allí estaba la muñeca tallada en madera con un vestido de pétalos que, por alguna razón, seguían suaves y frescos.

Allí estaba el peine mellado. Deslizó el dedo despacio por el borde. Su madre, cuando era niña, ¿odiaba que Poppy le cepillara el cabello, como Isla?

¿También se hacía daño a veces durante los entrenamientos?

Y por fin… allí estaba el pincel. La madera era larga y delgada, con pelos suaves en el extremo. Todavía conservaba pintura de colores adherida a las cerdas.

¿Fue una artista su madre? Isla no lo sabía. Había buscado por todas partes, pero no encontró más secretos en la habitación.

—Ojalá pudiera viajar en el tiempo y conocerte —susurró a la oscuridad del armario—. Puede que entonces no me sintiera tan sola.

Isla no tenía permitido salir de su alcoba excepto para entrenar. Lo hacían por su seguridad. Su pueblo no podía descubrir que la gobernante carecía de poderes. Su reino ya tenía suficientes problemas. La gente estaba muriendo porque Isla no tenía energía mágica que insuflar a las tierras. Mantenerla allí escondida, decía Terra, era un gesto de amor.

Lo único que consolaba a Isla de tener que pasar día tras día encerrada era saber que su madre también había vivido allí. Buscaba grietas en las paredes, marcas en el suelo, cualquier indicio de que su familia había existido realmente.

Se quedó dormida aferrada al pincel, desesperada por percibir algún murmullo de su madre.

Isla tragó saliva para deshacer el nudo que tenía en la garganta… y parpadeó para ahuyentar el recuerdo. La niña que había visto en el bosque había desaparecido.

¿Qué…?

Una ramilla se rompió a su espalda. Isla se dio la vuelta y vio a Lark recostada contra un árbol, doblada sobre sí misma. Jadeando.

Quizá fuera su oportunidad. Isla todavía tenía la espada de Cronan y el hueso del dios. A lo mejor podía hundir las dos cosas en el corazón de Lark, ahora que aún estaba debilitada.

Lark levantó la cabeza de golpe como si le hubiera leído el pensamiento. Sus ojos verdes seguían tan brillantes como siempre, aunque tuviera el cuerpo destrozado.

—Eso no acabará conmigo, así que no malgastes tus preciosas energías —escupió. Su ceño se acentuó ante la expresión de incredulidad de Isla—. No te miento.

Isla se preguntó por qué Lark no había escapado mientras podía. Sabía que Isla la quería muerta.

Pero Lark se estremeció con expresión atormentada.

—Tú también los ves —dijo Isla—. Tus recuerdos.

Lark suspiró.

—Este lugar es malvado. El bosque te obliga a rememorar el pasado.

—¿Hacia dónde vamos? —preguntó Isla. Giró sobre sí misma y no vio nada salvo bosques interminables en todas direcciones. Ni siquiera sabía adónde se dirigía.

—No hay más remedio que atravesarlo —gruñó Lark. Dio un paso adelante y…

Su mirada se tornó inexpresiva, como si la chispa de sus ojos se hubiera apagado. Se quedó inmóvil como un cadáver, el ceño fruncido con expresión concentrada.

¿Era ese el aspecto que tenía antes Isla mientras viajaba por su memoria?

En ese momento Isla comprendió que una persona podía perderse en ese bosque por siempre. Perderse en su propia mente. Respiró profundamente. La realidad de su situación se abatió sobre ella. Lark era un monstruo. Había matado a cientos de personas, incluida Wren. Y a Remlar.

Pero tenían que colaborar, empujar a la otra a seguir adelante cuando el pasado la atrapara. Solo podía cruzar los dedos para que Lark no la asesinara cuando ella perdiera el mundo de vista.

Isla agarró a su antepasada del brazo, escogió un rumbo y emprendió la marcha.

CAPÍTULO 13

ORO

—Ese maldito rey ha sido una pérdida de tiempo —gruñó Grim arrojando las hebras doradas sobre la mesa del castillo de Oro, en Lightlark.

Oro le miró torciendo el gesto. Todavía estaban cubiertos de sangre y vísceras. El pestazo era tan fuerte que casi le provocaba arcadas.

—Dijo que Isla necesitaría eso para salvar al universo.

Muy despacio, Grim se volvió hacia él. Avanzó un paso.

—¿Te crees que me importa una mierda el universo? —dijo—. A mí me importa encontrar a mi esposa. Por mí, como si el mundo se rompe en pedazos mientras tanto.

—Que a mí me importe este mundo no significa que mi amor tenga menos valor que el tuyo —protestó Oro—. Y a ella también le importa.

—Y esa es la única razón de que no lo haya convertido en cenizas —gruñó el nightshade. Negó con la cabeza—. Ella es mi corazón. Pues claro que tu amor tiene menos valor.

Oro se preguntó si Grim tendría razón. Pero conocía a Isla. Sabía que se preocupaba por los demás. Por eso se había marchado.

—Yo solo quiero recuperarla —insistió Grim con los puños prietos. Sus sombras se desplazaron por el suelo apagando el brillo de las baldosas doradas.

—Yo sí creo que los hilos nos serán útiles para eso —dijo Oro. No sabía gran cosa sobre los Hilos del Tiempo, pero un objeto tan poderoso por fuerza tenía que ser capaz de ayudarlos.

—Muy bien. Pues a ver si tú eres de alguna utilidad —dijo Grim señalando las hebras de la mesa.

Oro suspiró.

—El rey perdido dijo que teníamos que llegar al mundo maldito. ¿Tú podrías trasportarnos allí?

Grim levantó una mano.

—Podría, si tuviera algo de ese mundo. Una conexión con él. Un fragmento —aclaró.

Oro rememoró la conversación con el rey perdido.

—Dijo que todos los reinos tienen un papel en esta guerra. —Empezó a pasearse de un lado a otro—. Nightshade y Sunling. —Grim y él—. Starling y Wildling. —Isla controlaba los dos—. Moonling. —Cleo acababa de ayudarlos—. Y Skyling.

Sus miradas se encontraron.

—El marido de Azul murió durante las maldiciones —sugirió Oro—. Si lo que dijo el rey es cierto…

Entonces una parte de su alma seguía en ese mundo. Quizá pudieran hablar con él. A Oro se le encogió el corazón al pensar en los que habían muerto durante las maldiciones. Puede que todos estuvieran allí…

—¿Qué podría saber el marido de Azul que pudiera ayudarnos en este momento? —dijo Grim.

Oro lo meditó.

—Era un estudioso moonling que trabajaba con textos antiguos.

Si Cleo supiera algo útil para llegar al otro mundo, ya se lo habría dicho, razonó Oro. Quizá sus conocimientos previos a las maldiciones fueran limitados, teniendo en cuenta que nunca estuvo destinada a convertirse en gobernante. Siguió hablando:

—Si algún moonling posee información que nos pueda ser útil, especialmente si se trata de un conocimiento perdido…, es él.

Oro continuó paseándose mientras reflexionaba. No quería causarle dolor a Azul pidiéndole algo así. El skyling se había despedido de su marido cuando la tormenta que envolvía Lightlark desapareció, después de que se lanzaran las maldiciones. Él creía que su alma era libre por fin. Ahora sabían que en realidad la liberada fue la isla, de vuelta a este mundo.

Pero si se avecinaba una guerra capaz de destruir no solo el mundo que ellos habitaban, sino el universo entero, entonces el rey perdido estaba en lo cierto. Todos tenían un papel que desempeñar.

—Hay que hablar con Azul —decidió Oro.

Azul ya había asumido una responsabilidad enorme durante la última batalla. Casi todo el pueblo de Oro fue trasladado a los nuevos territorios del skyling por seguridad. Le escogieron como gobernante de su reino, algo que dio lugar a una democracia eficiente y próspera.

Todas las decisiones trascendentes se sometían a votación. Pero esto era demasiado importante y urgente como para eso.

—Déjame hablar a mí —pidió Oro cuando Grim los transportó al castillo skyling.

Oro, como mínimo, había dedicado un momento a cambiarse los ropajes manchados de sangre seca. Grim, como era de esperar, no se había molestado.

Cuando los skyling atisbaron a Grim, se dispersaron en todas direcciones. El nightshade frunció el ceño.

—Claro, como a ti se te da tan bien hablar... —replicó Grim con desdén, y un recuerdo asaltó a Oro. El nightshade le había dicho algo parecido siglos atrás.

—Al menos mi mera presencia no hace que cunda el pánico —gruñó el otro al ver que todos salían disparados al verlos e incluso abandonaban el castillo, como si los mismísimos cielos se hubieran desplomado.

—No todo el mundo es capaz de hacer una entrada triunfal, sunling —replicó Grim con petulancia antes de recurrir a las sombras para empujar las puertas de la sala del consejo. Oro puso los ojos en blanco.

En el interior, la conversación que mantenía un grupo de representantes del pueblo cesó de inmediato. Algunos ahogaron exclamaciones al verlos. Hubo unos cuantos murmullos.

Azul levantó la vista desde su asiento con expresión fatigada. Suspiró mientras su mirada iba y venía entre los dos, no tanto con curiosidad como con terror.

El gobernante skyling se disculpó con los asambleario y al cabo de un momento los tres entraban en una sala distinta.

Las paredes estaban pintadas de color azul cielo, decoradas con remolinos blancos que recordaban a nubes. Habían retirado el techo, ahora que de nuevo podían volar. El firmamento estaba despejado en lo alto y la luz del sol entraba a raudales.

Tan pronto como la puerta se cerró, Azul preguntó:

—¿Dónde está ella? ¿Qué ha ocurrido?

A juzgar por su expresión de alarma, ya había intuido que algo terrible había sucedido. Solo eso podía inducir a Grim y a Oro a trabajar en equipo.

Grim no le dio a Oro la oportunidad de responder antes de ladrar:

—Nos tienes que ayudar.

Oro suspiró. Por eso quería ser él quien llevara la voz cantante.

La barba de Azul, de normal corta y aseada, se veía ahora larga y descuidada. Sus ropajes, por lo general bien planchados, mostraban infinidad de arrugas.

—La ayudé —dijo el skyling con cansancio—. Y ahora… Ahora me pregunto si hice bien.

Oro sabía que Isla le había visitado.

—¿Qué le diste?

—Un anillo, para capturar un retazo de tormenta. Y un pinzón de tormentas. —Oro había visto el pájaro en la alcoba de Isla, el día que la había esperado—. Y, por supuesto, la esfera de las tormentas capturadas a lo largo de siglos. Nuestra antigua colección.

Oro se acordaba de aquellas tormentas, les habían proporcionado suficiente energía para derrotar a las criaturas que Lark había invocado.

—¿Dónde está? —repitió Azul.

Cuando Oro se lo contó, el skyling se dejó caer despacio en una silla. Apoyó los codos en las rodillas con la cabeza entre las manos.

—En ese caso, tenemos una gran deuda con ella —dijo.

Era verdad. Por muy molesto que estuviera Oro con Isla por haberles ocultado lo que se proponía hacer, por sacrificarse, no podía olvidar que Lark tenía pensado arrasar el

mundo. Empezó a ejecutar sus planes y era imposible matarla. Al llevársela al otro mundo, Isla los había salvado.

Y ahora les tocaba a ellos salvar a Isla.

—Está en peligro —dijo Oro—. Y el problema no es solo ella…

—Habla por ti —gruñó Grim mirando a Oro con desprecio puro y duro.

Oro suspiró y siguió hablando:

—Cleo nos habló de una profecía que anuncia una guerra entre mundos. Una que acabará con todos nosotros. Con los reinos. Con los súbditos. Todo quedará reducido a polvo. Crowntide.

—La tormenta definitiva. Quizá la suya fue solo el comienzo… —Azul los miró con recelo—. ¿Qué necesitáis?

Oro no sabía cómo formular las palabras, cómo pedirle lo que necesitaban de él. Grim, en cambio, no tuvo ningún reparo en ir directo al grano.

—Tenemos que hablar con tu difundo marido —dijo alargando la mano hacia el skyling con gesto impaciente, como si ya hubieran perdido demasiado tiempo.

Oro fulminó a Grim con la mirada. Azul se limitó a observar de hito en hito la mano tendida de Grim.

—¿Con mi… marido? —preguntó con un hilo de voz, como si le costara pronunciar las palabras.

Oro suspiró.

—Tenemos esperanzas de que posea información capaz de indicarnos el paradero de Isla. Y… creemos que parte del alma de tu marido podría encontrarse en un mundo distinto. El mundo al que fue a parar la isla durante las maldiciones.

Azul, en un gesto que le honró, no formuló más preguntas. Se limitó a enderezar la espalda y dijo:

—Llevadme con mi marido.

CAPÍTULO 14
ISLA

Una hora más tarde, Lark abandonó la trampa de un recuerdo entre jadeos. Isla se preguntó qué habría visto su antepasada. ¿Siglos de recuerdos? ¿O tan solo el equivalente a una hora? No sabía cómo funcionaba el tiempo en esos lapsos; quizá estuviera comprimido, como en los sueños.

Lark arrancó el brazo de la mano de Isla en el instante en que recuperó la conciencia.

Isla procuró concentrarse en seguir avanzando, como si eso pudiera impedir que cayera presa de otro recuerdo. Si bien Lark necesitaba su ayuda para salir del bosque…, ¿qué pasaría si llegaban al final mientras Isla seguía atrapada en su propia mente? Sería un objetivo fácil para Lark.

—Debe de resultarte muy raro. Estar en un bosque que no puedes controlar —dijo Isla.

Lark le lanzó una mirada rabiosa, como si hablar con ella fuera un delito imperdonable.

Isla se limitó a encoger un hombro.

—Yo estoy acostumbrada. Hace muy poco que soy capaz de conectar con la naturaleza. —Echó una ojeada a esos árboles tan extraños. Eran antiguos y, aunque sus propias habilidades estaban amortiguadas, percibía el poder que

emanaban—. ¿Cómo habrá sobrevivido este sitio? —preguntó. Todo indicaba que Cronan había reducido la totalidad de este mundo a cenizas…, pero estaba claro que algunas partes habían sobrevivido.

Lark no respondió. Tampoco Isla lo esperaba. A pesar de todo, cerró los puños con un gesto de frustración. Su antepasada procedía de este sitio. Conocía a Cronan. Poseía las respuestas que Isla buscaba.

Pero ella era su enemiga.

Lark era un ser antiguo. Desconfiado. Isla las había transportado a las dos a Skyshade. Lark había enterrado a Isla a muchos kilómetros de profundidad, dándola por muerta. La única razón de que ahora fueran aliadas eran estos extraños bosques.

Tal vez fuese la única ocasión que tuviera de formularle preguntas a su antepasada. Quizá, solo quizá, si le hiciera la pregunta adecuada, consiguiera arrancarle unas palabras.

Se volvió a mirar a Lark y, en vez de verla, se vio a sí misma. Corriendo a esconderse detrás de un árbol y desapareciendo.

«No».

Pestañeó y viajó atrás en el tiempo.

Isla estaba rodeada de árboles en un bosque distinto, uno que reconocería en cualquier parte. Bajó la mirada y descubrió que empuñaba una espada. Allí delante se rompió una ramilla y, cuando levantó los ojos, vio a Terra en postura de ataque, apuntándola con dos espadas. Por el tamaño de su propia espada, Isla calculó que había retrocedido cinco o seis años en el tiempo.

Antes de que pudiera buscar más pistas del momento en el que se encontraba, Terra se abalanzó sobre ella blandiendo las espadas a una velocidad imposible. Isla tuvo que concentrarse al máximo para esquivar el ataque de su guardiana.

Por muy rápido que se moviera, no conseguía bloquear los dos aceros.

El dolor estalló en su interior cuando una de las espadas le hizo un tajo en el costado. La sangre se filtró a través de su ropa. A pesar de todo, apretando los dientes, se las ingenió para esquivar otro golpe…, pero su guardiana se dio media vuelta y la apuñaló en el estómago.

Un sollozo estuvo a punto de brotar de sus labios. Isla cerró los labios justo a tiempo.

Pero Terra se dio cuenta. Se dio cuenta de que estaba a punto de estallar en llanto. Y no podía consentirlo. Terra avanzó, volvió a atacar…, y esta herida fue más profunda. Isla cayó de rodillas al suelo y el dolor estalló detrás de sus párpados. Hizo esfuerzos por seguir respirando.

Despacio, levantó la vista hacia su guardiana. Y, por una vez, no se sintió una inútil ni se avergonzó; sintió rabia.

—Esto no es justo —gritó Isla, y no experimentó el menor arrepentimiento por sus palabras. ¿Qué podía hacerle su guardiana que no le hubiera hecho ya? Isla siguió hablando con voz firme—. Dos espadas contra una no es justo.

Terra hizo una mueca despectiva.

—¿Te crees que en el Centenario alguien se va a preocupar por lo que es justo? ¿Crees que lucharás en igualdad de condiciones? —Negó con la cabeza y tiró las dos espadas al suelo—. ¿No quieres armas? Muy bien.

Levantó los brazos y el bosque se agrandó con ella. Los árboles circundantes aumentaron de tamaño y se curvaron hasta tapar la luz del sol. Isla se encontró sumida en una oscuridad casi total.

Las enredaderas se deslizaron por el suelo como serpientes. Se le enrollaron al cuerpo y tiraron de Isla. Se golpeó la cabeza contra el duro suelo del bosque.

Soltó un gruñido mientras forcejeaba para liberarse y hacía esfuerzos por dominar el bosque, algo que, en teoría, como gobernante wildling, debería ser capaz de hacer.

Pero el bosque obedecía a Terra, no a Isla. Oía la voz de su guardiana ahí arriba.

—Te enfrentarás al poder, niña estúpida. Y el poder no es compasivo.

Tras eso, el bosque se precipitó sobre ella.

Isla contuvo un grito cuando la madera le atravesó los huesos y la clavó al suelo forestal; cuando las hojas ahogaron sus gritos; cuando su propio reino mudó en un arma contra ella.

Deseó con toda su alma ser ella la que tuviera la capacidad de esgrimir poder. No estar ahí atrapada e impotente, sangrando por todo el cuerpo, jadeando de dolor. Pero Terra tenía razón. Era débil. Inútil.

Minutos o tal vez horas más tarde, la voz de Poppy se abrió paso a través del dolor.

—¿Qué has hecho? —la oyó preguntar. Su guardiana nunca había sonado tan indignada—. ¡Podrías haberla matado! Podrías habernos matado a todas.

Oyó la carcajada explosiva de Terra.

—¿Tan torpe me crees, Poppy?

No. Terra dominaba las habilidades wildling y se había asegurado de que los árboles solamente atravesasen las extremidades de Isla. Doloroso, sí, pero no tan salvaje como para matarla. Nada que los elixires no pudieran remediar.

—Te comportas de un modo cruel —replicó la otra—. Ella…, ella nunca habría querido esto.

«Ella». Hablaban de la madre de Isla. La pérdida de sangre le estaba pasando factura. Luchó por conservar la conciencia, aunque solo fuera para seguir oyéndolas. Pero se

estaba hundiendo en la oscuridad, arrastrada por el dolor infinito que notaba en los huesos.

—Si ella estuviera aquí, no tendríamos este problema —dijo Terra con un tono de voz agudo por la emoción—. La queríamos. Y nos traicionó… Nos traicionó a todos.

Isla conocía esa parte de la historia. Que su madre se había enamorado, a pesar de la maldición, y eso había provocado su muerte y la del padre de Isla. Fallecieron el día que Isla nació.

La historia se usaba para prevenir a las wildling contra el amor. Demostraba que el amor conducía a la perdición, en particular cuando la que se enamoraba era una gobernante. Sus guardianas parecían especialmente ansiosas por transmitirle el mensaje, aunque a Isla no le afectaba la maldición del reino.

Ella no devoraba corazones para sobrevivir. No se veía obligada a matar a la persona de la que se enamorase. Aunque tampoco tendría ocasión de amar a nadie, encerrada en su alcoba.

Ese era el segundo motivo por el que permanecía oculta, donde nadie pudiera verla. Si alguien se daba cuenta de que no experimentaba la sed de sangre que provocaba la maldición wildling, la gente podría adivinar sus otras carencias.

—Isla… no es su madre —protestó Poppy por fin.

Isla no sabía qué significaba eso. Si era bueno o malo.

«Es malo», decidió Isla cuando oyó a Terra decir:

—Ese es el problema, ¿no?

Tras eso, retiraron la maleza que la aplastaba. Poppy contuvo un grito. Isla apenas notaba ya su cuerpo. Lo único que pudo hacer fue parpadear cuando el sol la deslumbró.

El calor del sol era su ancla. Una promesa de que habría luz después de la oscuridad.

Tanto dolor terminaría algún día.

Sin duda le esperaban días y noches mejores.

En ese momento decidió que sobreviviría al Centenario. No solo por sus guardianas o por su pueblo, sino por sí misma.

Rompería la maldición que pesaba sobre su reino y luego saldría de esa cárcel.

Se aferró a esa idea todo el tiempo que Poppy tardó en arrancarle madera de la piel, en derramarle elixir sobre las heridas, en repararle los huesos rotos.

Y luego, mientras el sueño se apoderaba de ella, pensó en el mundo que se extendía más allá de aquellas cuatro paredes. En el mundo que había más allá del trocito de bosque en el que entrenaba. Un mundo en el que sería libre por fin de descubrir quién era, al margen del peso de su corona. Ese sueño se hizo trizas cuando oyó una voz en la oscuridad.

—¿Qué es esto, pajarillo?

Isla tardó un momento en despertar del todo. Se frotó el sueño de los ojos y vio a Terra plantada en el centro de su alcoba.

Sostenía su colección.

La muñeca. El peine. El pincel.

La sangre rugió en los oídos de Isla. Se le secó la boca súbitamente, y tragó saliva.

—No es nada, solo…

—Lo he encontrado escondido en tu armario. Está claro que es algo.

Terra examinó los objetos y frunció el ceño al reconocerlos.

—Estas cosas eran de tu madre —dijo.

El pánico inundó las venas de Isla, pero hizo un esfuerzo para que no le temblara la voz.

—Sí. Yo… Yo solo quería… Yo solo… —No encontraba las palabras, no sabía cómo convencer a Terra de que le dejara conservarlas. No sabía qué decir, así que suplicó—: Por favor.

Esa única palabra la condenó. Los ojos de Terra buscaron los suyos, despacio.

—Ese es tu problema, Isla. Eres débil. Eres tonta. Te aferras —agitó los objetos que tenía en las manos— a cosas inútiles, cuando deberías estar concentrada únicamente en el entrenamiento.

—Estoy concentrada. Es que… —Un sollozo le quebró la voz—. Por favor…

Terra extendió la mano…

Y convirtió en polvo la madera y el hueso de los objetos.

—¡No! —chilló Isla. La palabra surgió como un gruñido gutural del fondo de su garganta mientras se levantaba de la cama a trompicones. Los únicos recuerdos que tenía de su madre… se habían esfumado.

Se arrodilló y trató de recoger las cenizas, deseando tener el poder de devolverlas a su estado original.

Terra se limitó a sacudir la cabeza. Pasó por encima del montón de ceniza de camino a la puerta, dejando a Isla de rodillas, sollozando.

Isla se rodeó el cuerpo con los brazos mientras se mecía adelante y atrás.

—No. No… —susurró.

El movimiento le provocaba dolor, pero le daba igual. Esa tristeza era mucho peor que cualquiera de sus heridas.

—Quiero marcharme —suplicó a una noche callada que nunca atendía sus súplicas—. Quiero… Quiero salir de aquí. Por favor —suplicó a la nada. Al mundo—. Quiero, solo quiero que…

Arañó los tablones como un animal, como si pudiera abrirse paso con las uñas al exterior de esa habitación, de esa vida. Como si, a fuerza de desearlo, alguien fuera a oírla y a concederle lo que quería: la libertad.

Arrastró las manos por el panel… y una esquina se levantó.

Isla se quedó paralizada y echó una ojeada a la puerta. Estaba cerrada. Terra y Poppy no volverían hasta la mañana siguiente, para el entrenamiento. Con dedos temblorosos, levantó el tablón un poco más. Y más.

Hasta que encontró un compartimiento secreto.

Y supo, en lo más profundo del alma, que estaba a punto de dar con algo que su madre había dejado para ella. Isla palpó el hueco… y extrajo una vara, fina y larga, fabricada con un material extraño. Se parecía un poco al pincel de su madre, pero sin las cerdas en el extremo. Destelló en su mano con un resplandor plateado.

Isla notó un tirón, como si su misma sangre cobrara vida.

Tiró la varita, que repicó contra el suelo y rodó a unos pasos de distancia. Pero… por un instante… la vio. Una minúscula ventana.

El destello de un lugar totalmente distinto.

Recogió la vara despacio y acercó el extremo al suelo. Apareció una cerradura entre una explosión de chispas, e Isla se arrodilló para pegar el ojo a la abertura.

Atisbó un mundo con cuestas que ascendían hacia las nubes. Montañas. Solo las había visto en las ilustraciones de uno de los libros que le habían regalado como premio por los entrenamientos. Las cimas estaban cubiertas de algo blanco; nieve, comprendió Isla. Se preguntó si sería fría al tacto, como decían los libros.

Se pasó toda la noche mirando ese otro mundo a través de la cerradura y, por primera vez, no se sintió sola.

Isla despertó del recuerdo envuelta en oscuridad y un dolor cegador.

Lark la estaba matando. Ese fue su primer pensamiento. Se quedó petrificada, buscando su espada, hasta que la vista se le despejó lo suficiente como para ver que su antepasada la estaba esgrimiendo.

Pero no estaba a punto de asesinar a Isla. Estaba luchando con algo situado por encima de ella.

—Qué detalle por tu parte despertarte —le escupió Lark. Le rechinaron los dientes mientras trataba de ahuyentar a un ser de aspecto vagamente humano, con la piel pálida, garras agudas y colmillos que ya goteaban sangre. Estaba cubierto por unos jirones de tela verde y ahora mismo le gruñía a Lark.

Isla pestañeó…, y la bestia se convirtió en una hermosa mujer de cabello largo y sedoso, piel reluciente y ojos como diamantes.

Pero al instante siguiente el monstruo había regresado y estaba rajando el pecho de Lark con sus garras. La antepasada de Isla se dobló sobre sí misma, empuñando la espada con flojedad, como si le costara sostenerla. O bien el mundo en el que se encontraban y las heridas la habían debilitado demasiado como para luchar, o bien nunca había sido demasiado hábil con las armas, por haber confiado siempre en sus poderes.

Isla estaba familiarizada con la sensación de impotencia. Y quizá esa fuera ahora la clave para su supervivencia.

Se precipitó hacia delante e hizo un gesto de dolor al comprender que la sangre en los colmillos del ser no procedía solo de Lark. El ser casi le había arrancado la pantorrilla. Pero la habían entrenado para luchar aun estando herida.

Alargó el brazo:

—¡Lánzamela! —gritó.

Lark vaciló. El ser se abalanzó hacia ella y la wildling no pudo bloquearlo antes de que le hundiera los dientes en el hombro.

Chilló y le lanzó la espada a Isla, que la atrapó al vuelo. Sonrió al notar el tacto del metal contra la palma de la mano. Dibujó un arco con la hoja y la cabeza del ser ya estaba en el suelo.

Isla se dobló sobre sí misma. Ese único movimiento le había supuesto un gran esfuerzo, y jadeó. El planeta al completo era como un veneno que le arrebataba los poderes y las fuerzas. Se quedó mirando el cuerpo, ahora inmóvil en la tierra, y recordó la imagen que había atisbado un instante. Estaba claro que la oscura magia de este lugar no la afectaba solo a ella.

—No siempre fueron así —dijo Isla, y Lark resopló al tiempo que le apoyaba una mano en el hombro.

Claro, Lark ya lo sabía. Debía de haberlos visto cuando eran los seres resplandecientes que Isla solamente había atisbado.

Cronan no solo había alterado ese mundo, lo había convertido en un lugar maldito. Isla notaba la pátina de oscuridad que lo cubría todo, como si las cosas que habían osado sobrevivir hubieran acabado transformadas. Desfiguradas.

¿Qué les pasaría a ellas si permanecían allí el tiempo suficiente?

Lark hizo amago de decir algo. Quizá de hacer un comentario sobre cómo era antes este mundo. Pero en el instante en que despegó los labios…

Se quedó paralizada.

«Otra vez, no», pensó Isla aferrando el brazo de su antepasada. Le sangraba el hombro. Tenía el pecho destrozado.

Isla se había pasado horas sumida en el último recuerdo. A saber cuánto rato se quedaría Lark atrapada en el suyo. Isla apenas podía caminar erguida con la pierna herida. A pesar de todo, suspiró y arrastró a Lark consigo, cruzando los dedos para que no se encontraran nada más.

En ese momento los árboles empezaron a temblar a diestra y siniestra.

Algo se acercaba. Isla aferró el brazo de Lark con más fuerza y echó a correr a pesar del rabioso dolor en la pantorrilla.

No. Se equivocaba.

La nueva amenaza ya había llegado.

La corteza de los árboles circundantes se astilló y una mujer se desprendió del tronco más cercano. Y luego otra, detrás de Isla. La madera restallaba como truenos mientras una figura tras otra surgían del bosque por todos los frentes. Las mujeres eran mitad corteza, mitad carne y tendones podridos, y esgrimían raíces retorcidas en forma de armas. Sus ojos eran huecos color ónice, privados de vida.

Ellas controlaban el bosque. Isla echó un vistazo a una…

Y salió disparada.

Los pies de Lark trastabillaban a su lado. Seguía perdida en su mente, pero al menos podía usar las piernas.

—¡Despierta! —le gritó Isla. Presionó el hombro herido de Lark con la esperanza de que el dolor la arrancara del sueño. Pero no funcionó. Y el bosque al completo temblaba ahora, como si todo un ejército estuviera surgiendo del interior de los árboles. Isla corría como una flecha, desentendiéndose del dolor que le provocaba la herida, con una concentración perfeccionada a lo largo de años de entrenamiento.

Un brazo hizo trizas a un árbol muy cerca y aferró el cuello de Isla con una mano dura como madera. Ella soltó el brazo de Lark y su antepasada se quedó allí plantada, impávida, incapaz de ayudarla. La mujer arbórea la elevó en el aire con una fuerza extraordinaria. Las piernas de Isla patearon buscando apoyo; un gemido ahogado surgió de sus labios. Su visión empezó a oscurecerse.

Recurriendo a las pocas fuerzas que le quedaban, levantó la mano que empuñaba la espada… y le cortó el brazo a la mujer. Cayó sobre un montón de tierra y hojas, resollando. Tenía la sensación de que los pulmones le iban a estallar por el esfuerzo.

Apenas se concedió un momento para recuperarse antes de ponerse de pie a toda prisa y tirar de Lark. Pero sabía que no podía escapar de aquello. Uno detrás de otro los árboles reventaban en derredor hasta que toda una legión las rodeó. Un ejército de mujeres les cortaba el paso.

Y las mujeres… le recordaban a…

Había una niña en las últimas filas del grupo. Con los ojos verdes, la cabellera oscura y salvaje, las mejillas salpicadas de pecas.

No. Isla se aferró a la conciencia. Lark ya estaba perdida en su mundo. Morirían las dos si un recuerdo arrastraba ahora a Isla. Corrió al árbol más cercano y se despellejó la mano, con la esperanza de que el dolor la anclara al presente.

No funcionó. La vista ya se le estaba nublando. Las mujeres estaban cada vez más cerca con las tortuosas armas en ristre y enseñando los agudos dientes. Más cerca. Más. Isla levantó la espada, pero sabía que, aun si conseguía permanecer despierta, las mujeres la superaban en número con creces.

Hubo un momento de quietud, de silencio. Y luego todas las guerreras se abalanzaron sobre ella como una sola persona, enarbolando las armas.

E Isla se sintió arrastrada al pasado, convencida de que no sobreviviría al presente.

CAPÍTULO 15
GRIM

Esto iba a ser interminable. Grim ya se daba cuenta. Azul estaba embargado por la esperanza. La ilusión. El amor.

Grim cerró los puños, consciente de que Azul querría hablar con su marido más tiempo del que se podían permitir.

Trató de recordarse que, si Azul estuviera en su lugar, nunca le presionaría para que se diera prisa. Pero no estaba en su lugar. Y a Grim solo le importaba encontrar a Isla lo antes posible.

No le había costado nada transportarlos a todos a este mundo cuando Azul le había entregado un anillo que había pertenecido a su esposo. Siguió el hilo para llevarlos a todos allí, y tan pronto como llegaron tuvo ganas de marcharse.

Reinaba un ambiente cargado, como una tormenta sin lluvia. El aire estaba impregnado de sentimientos: remordimientos, tristeza, miedo.

Este no era un lugar de paz.

Grim apenas veía lo que tenía delante de la nariz. Una niebla tenebrosa lo tapaba todo. Las tormentas retumbaban a lo lejos, pero Grim notaba que se acercaban implacables.

—No tardes mucho —le espetó a Azul.

Oro le regañó con la mirada, pero Grim notó que el sunling proyectaba una impaciencia muy parecida a la suya.

Miró a Oro con expresión asesina.

—Como si tú no tuvieras tanta prisa como yo —resopló—. Pensaba que la sinceridad te caracterizaba.

Oro desvió la vista.

—Por favor, apresúrate tanto como puedas —le dijo a Azul.

El skyling asintió.

El sunling siempre tenía que hacer el papel de héroe, solo para diferenciarse de él, pensó Grim. Por lo que parecía, su propia franqueza le convertía en un villano.

Grim se dio media vuelta; últimamente había pasado con el sunling tiempo suficiente para el resto de su vida. El helor de la tormenta inminente le calaba hasta los huesos. ¿Sería este mundo parecido al lugar en el que estaba Isla? Ella siempre tenía frío.

Frunció el ceño. ¿Tendría frío ahora?

El hecho de no saberlo era casi peor que el no poder hacer nada para remediarlo. «Te amo —le dijo a través del vínculo que ya apenas percibía—. Te rescataré».

Echó un vistazo al sunling, que también torcía el gesto a la niebla circundante. «Te rescataremos juntos».

Solo lo dijo porque sabía que Isla se sentiría mejor. Para que supiera que aún no se habían asesinado mutuamente.

Aunque se moría de ganas de cargarse a Oro.

Oro y Azul caminaban ahora en direcciones distintas, con decisión, como si hubieran visto algo. Grim se revolvió impaciente. Quería marcharse. Quería conseguir la información que necesitaban y partir en busca de Isla.

Abrió los dedos y los cerró. Intentó respirar, tranquilizarse. No funcionó. No, ella era la única persona capaz de

centrarle. La única persona por la que merecía la pena centrarse. La mente de Grim siempre iba varios pasos por delante, anticipando contingencias, atascada en el futuro, pero ella conseguía arrastrarle al presente. Porque ella vivía en el ahora. Y él quería estar donde ella estuviera.

Pero Isla no estaba aquí, así que Grim cerró los ojos para revivir sus recuerdos. Era lo más parecido a ver a su esposa, de modo que, cuando no estaba discurriendo cómo dar con ella, rememoraba el pasado.

Estaba evocando uno de sus momentos favoritos cuando notó un cambio en el ambiente. Reparó en un punto que proyectaba algo muy parecido al vacío en la densidad de la niebla. Reconoció el hálito de inmediato. Un aura casi hueca, casi privada de color con la que llevaba siglos sin reencontrarse.

Grim suspiró al tiempo que abría los ojos.

—Hola, padre —dijo.

De mala gana, se dio media vuelta y ahí estaba: su padre, antiguo gobernante de Nightshade. Su rostro estaba tan demacrado como la última vez que le viera, pero su ser parecía tan efímero como una voluta de humo. Tan solo un retazo de alma pútrida atrapada en ese lugar maldito.

El nightshade observó a Grim detenidamente y solo le dijo:

—¿Lo hiciste?

Grim no tenía tiempo para eso. Miró en derredor y vio a Oro y a Azul deambulando entre la niebla.

—¿Si hice qué? —preguntó Grim con impaciencia.

—Apropiártelo.

Grim apretó los dientes. Recordó la última conversación que habían mantenido. Sabía muy bien a qué se refería su padre. Al Infinito.

—Sí —dijo Grim.

—Bien.

El aura de su padre cambió. Por primera vez en toda su vida, Grim percibió un cosquilleo de orgullo en su progenitor.

Y toda la amargura que Grim había enterrado después de conocer a Isla, todo el odio hacia su padre, resurgió en ese momento. Una parte de sí mismo quería decirle que se había apoderado del Infinito, pero por una razón que a su padre no le habría gustado.

Habría montado en cólera de haber sabido que su hijo se lo había entregado a su esposa. El conocimiento le habría atormentado por toda la eternidad. Habría sido una venganza a la altura del dolor que le había infligido a Grim.

Pero no tenía fuerzas suficientes como para que le importase. La rabia que le inspiraba su padre alcanzó su punto álgido. Se esfumó. La intensa pleamar de antaño mudó en aguas tranquilas. El antiguo odio se le antojaba sin sentido ahora que su vida había cobrado significado. Ella era su nueva familia. Isla era la alegría de su vida, y la existencia que había creado con ella eclipsaba todo lo sucedido antes de su llegada.

Eso era lo que ella hacía: no ahuyentaba la oscuridad, pero su luz era tan radiante que la tapaba.

No quería contarle a su padre nada de eso. Ni siquiera quería que supiera el nombre de su esposa.

Le dejaría en el pasado, el lugar al que pertenecía.

Su padre extendió el brazo como para apoyarle la mano en el hombro. Pero antes de que pudiera hacerlo… desapareció.

Su aura se había ido, como si parte de su alma hubiera permanecido allí esperando esa última certeza. Porque necesitaba estar seguro de que Grim había cumplido su destino.

Se dio media vuelta, de nuevo irritado. Ya llevaban allí demasiado tiempo. Abrió la boca para decirles a los demás que había llegado el momento de marcharse.

Pero Azul y Oro habían desaparecido.

CAPÍTULO 16
ORO

Oro no sabía qué le atraía a través de la niebla, solo que alguien le estaba esperando.

Egan.

Su hermano estaba allí de pie, sonriendo. Parecía hecho de luz, sólido un instante y luego, al siguiente, translúcido como niebla.

Después de cinco siglos…

Tenía delante a su hermano, de nuevo.

Por un momento los siglos se esfumaron y se sintió transportado a su alcoba, con el corazón acelerado por la emoción ante la llegada de Egan, que venía a enseñarle todo lo que había aprendido en el entrenamiento de ese día. Oro siempre le había admirado. Siempre había pensado que sería un rey excelente.

Le escocieron los ojos.

Oro por fin reunió fuerzas para decir:

—Estás aquí.

La sonrisa de Egan se ensanchó.

—Estoy aquí. Y tú también.

Oír la voz de su hermano… Después de tanto tiempo…

Lo había olvidado. Había olvidado el sonido de su voz.

Tenía ganas de abrazar a Egan, pero no creía que pudiera hacerlo, dada la cualidad medio incorpórea de su figura. Le dolería demasiado intentarlo y descubrir que no era posible. Así que Oro se quedó allí plantado, agradecido de lo que se le ofrecía: un atisbo de esa persona tan querida y añorada.

—¿Qué haces aquí? —le preguntó Egan.

En lugar de responder, Oro preguntó:

—¿Sabes dónde estás?

Durante un momento, quiso fingir que su único problema en la vida era el hecho de que su hermano hubiera muerto.

Egan encogió un hombro.

—En un espacio intermedio —dijo. Miró a un lado y a otro—. No siempre es así. Hay un lugar más allá. Uno que brilla. Pero a veces estoy aquí.

—Llevas aquí mucho tiempo —dijo Oro. La inquietud por su hermano le oprimía el pecho.

Pero Egan no le dio importancia.

—Aquí el tiempo transcurre de manera distinta. No te preocupes. —Su expresión recuperó la seriedad—. ¿A qué has venido? —insistió su hermano.

Oro buscó a Azul con la mirada… y descubrió que el skyling se había marchado. Seguramente estaba hablando con su marido. Merecía pasar un tiempo con él, por poco que fuera.

Oro también sacaría partido a este tiempo. También necesitaba respuestas.

Se lo contó todo a Egan. Todo lo que pudo, en los pocos minutos que tenían. Los efectos de las maldiciones y lo que había pasado después.

Incluida la partida de Isla.

La conversación le recordó a otra anterior: aquella en la que Egan le reveló a Oro que iba a renunciar al trono porque se había enamorado.

«Algún día lo entenderás», le había dicho Egan en aquel entonces. Oro había jurado que nunca lo haría.

Y mírale ahora.

Egan no le interrumpió. No mencionó aquella conversación. Se limitó a mirar a Oro y a decir:

—Nuestra familia lleva muchísimo tiempo siendo responsable de nuestro pueblo.

Oro asintió.

—Por el nexo —dijo. La fuerza que le vinculaba a la isla, por la cual, si él moría, su pueblo perdía la vida también.

Egan frunció el ceño.

—Siempre me he preguntado si habría un modo de cambiar eso.

Él y todos los rebeldes de Lightlark, por lo que Oro había descubierto. Ojalá la hubiera. Oro no quería ser responsable de tantas existencias, no de ese modo. No era justo para su gente.

—Siento que hayas tenido que pasar por todo eso —dijo Egan con la voz ronca por la emoción—. No puedo aconsejarte gran cosa. Salvo que… a veces tienes que sacrificar algo para conseguirlo todo.

Y, al decir eso, una mujer se materializó a su lado. Tenía el pelo largo y oscuro, los ojos verdes.

Violet. La antepasada de Isla.

Egan estuvo prometido con otra, Aurora. Pero fue un compromiso meramente estratégico, una alianza entre los reinos Sunling y Starling. Egan nunca había sentido nada por Aurora en ese sentido, aunque ella siempre le había amado.

Cuando Egan se enamoró de Violet, la mejor amiga de Aurora, él tenía pensado poner fin al compromiso y abdicar. Pero Aurora, presa de la furia, tenía otros planes. Fue esa traición la que originó las maldiciones y siglos de sufrimiento.

A pesar de todo, las primeras palabras que pronunció Violet fueron:

—¿Cómo está ella?

Oro sabía de quién hablaba, pero no se podía creer la pregunta.

—¿Aurora? —preguntó sorprendido.

La wildling asintió.

—No está aquí —dijo Violet mirando a un lado y a otro. Parecía angustiada.

Pues claro. Violet no sabía…, no sabía que su mejor amiga había sido la responsable de sus muertes.

Oro no tenía tiempo de explicárselo. Y viendo la felicidad de su rostro, y la de su hermano al mirarla, comprendió que no quería hacerlo. No podía arrebatarles la paz.

«Pensaba que la sinceridad te caracterizaba», le había dicho Grim.

Al cuerno. A veces uno tenía buenos motivos para mentir.

—Sobrevivió —se limitó a decir Oro.

Lágrimas de alegría inundaron los ojos de Violet.

—Eso…, eso esperaba. Era muy poderosa.

Sí. Esa bruja era más poderosa de lo que ninguno de ellos podía sospechar.

—Vivió una vida muy muy larga —dijo Oro.

Violet sonrió.

—Bien. Bien. La echo de menos —dijo, y su voz reverberó como un viento en el bosque. Y Oro no entendió cómo era posible que la wildling hubiera traicionado a su amiga y siguiera sintiendo tanto cariño por ella.

Pero el amor era extraño e incontrolable. Y, por más que hubiera juzgado con severidad a su hermano en el pasado por las decisiones que había tomado…, ahora los entendía.

Oro se preguntó si Violet se habría arrepentido alguna vez de haber escogido el amor por encima de todo lo demás. Por encima del mundo, en muchos sentidos. Aunque también era cierto que ella nunca supo que tenía el destino del mundo en sus manos.

Pero ellos lo sabían. Oro, Grim e Isla eran muy conscientes de que cada una de sus decisiones marcaría el destino del mundo.

La niebla empezó a despejarse, como si una brisa la atravesase. Su hermano empezaba a desvanecerse.

—¿Estás atrapado aquí? —le preguntó Oro con precipitación.

El otro negó con la cabeza.

—Nos quedamos aquí porque quisimos. —Se volvió a mirar a Violet, y la expresión de su rostro… no había cambiado desde el día que le comunicó a Oro que la había escogido a ella por encima de la corona—. Aquí… por fin podemos estar juntos. Aunque solo sea unos instantes en cada ocasión.

Retazos de sus almas habían permanecido en ese lugar maldito, solo por la posibilidad de volver a encontrarse.

Oro tragó el nudo que se le había formado en la garganta.

—¿Listo?

Una voz profunda atravesó la niebla y Oro se giró hacia el sonido.

Grim. Oro respiró hondo. Solamente necesitaba un poco más de…

Abrió la boca para hablar, pero, cuando se volvió a mirar, su hermano y Violet ya no estaban. Se habían esfumado en la niebla.

—¿Reunión familiar? —preguntó Grim acercándose a Oro.

Él se negó a concederle la satisfacción de una respuesta.

En ese momento la niebla se separó con un suave revuelo y apareció Azul. Exhibía una expresión solemne, pero Oro percibió algo en ella. Una especie de paz. Les tendió las manos sin mediar palabra. Grim y Oro las tomaron.

Pasado un momento, estaban de nuevo en Lightlark.

CAPÍTULO 17
ISLA

Isla contuvo el aliento cuando el bosque circundante enmudeció. Pero no era así como se sentía cuando la arrastraba un recuerdo.

No… Fue como si alguien la sujetara para impedir que se precipitara al pasado y retenerla en el presente.

Se giró a toda prisa, preparada para el ataque inminente del ejército de mujeres arbóreas.

Pero todas se habían quedado petrificadas, algunas tan cerca que podía tocarlas. Vio una daga tallada en corteza a un par de centímetros de su pecho.

Isla se acordó súbitamente de Lark, que seguía plantada a su lado con los ojos perdidos en su trance. Una mujer de madera estaba suspendida en el aire, congelada en mitad de un salto, como si se dispusiera a desgarrar la garganta de su antepasada.

¿Cómo…?

Una luz brilló a lo lejos, más allá de las guerreras petrificadas. La intensidad de la luz fue aumentando hasta que Isla distinguió a una mujer que atravesaba el bosque, envuelta en una esfera de energía.

Tenía los ojos plateados, el cabello del mismo color, e Isla pensó que parecía una starling. Pero Isla no la reco-

noció. Era hermosa, radiante y apenas un poco mayor que ella.

No iba armada. Pero Isla notaba el poder que irradiaba. Sospechó que esa mujer no necesitaba armas porque ella misma era una. Con un simple gesto de la mano dispersó a las guerreras de madera más cercanas, que rodaron por el bosque como motas de arena.

Solo entonces miró a Isla. La curiosidad resplandecía en sus ojos de plata.

—¿Quién eres? —preguntó Isla, pestañeando.

La mujer no respondió. Se limitó a ofrecerle una mano y dijo:

—No tenemos mucho tiempo.

Isla miró la mano sin tomarla.

—¿Tiempo para qué?

—Cierra los ojos —fue la respuesta.

La mente racional de Isla le gritó que tenía delante a una desconocida y que no podía confiar en nadie en este mundo. Pero esa dama de plata la había salvado de las guerreras. Y, por encima de todo, Isla sentía en lo más profundo de su ser que no quería hacerle daño. En realidad, pretendía todo lo contrario. Por primera vez desde que había llegado a Skyshade, Isla se sentía en paz.

Cerró los ojos. No vio nada salvo oscuridad.

—Ábrelos.

Isla lo hizo y descubrió que seguía en el bosque, ahora en el centro de un gran claro. Los árboles que lo bordeaban eran más altos que los demás, más gruesos y más antiguos. Ya no soplaba la brisa.

Y tenía delante una poza de agua, más pequeña que un lago, pero más grande que una charca.

Isla se giró a toda prisa. Lark había desaparecido.

—Mi antepasada. Ella…

—Está a salvo. De momento —dijo la dama de plata.

Isla necesitaba a Lark. Tenía que volver a su lado. Pero ¿cómo había llegado allí? ¿Había sido transportada entre portales?

—¿Quién eres? ¿Por qué me has ayudado?

La mujer tampoco respondió esta vez. Se limitó a decir:

—Has venido a buscar respuestas, ¿no es cierto?

Isla frunció el ceño. ¿Qué sabía esa mujer de ella?

—He venido a salvar mi mundo. He venido a… cambiar mi destino.

La otra la observó detenidamente, posando la mirada en las heridas y los cardenales que Isla se las había ingeniado para infligir a su cuerpo en el día o poco más que llevaba en este mundo.

—De momento no he conseguido gran cosa —reconoció Isla.

La otra no respondió. Siguió examinándola. Isla se sintió como si pudiera leerle el pensamiento y asomarse a su misma alma.

—Tu profecía —dijo la dama de plata.

La mera mención de esa palabra heló la sangre de Isla en las venas.

—¿Estás al corriente?

¿Cómo era posible? Vivían a mundos de distancia…

—Tu profecía es más antigua de lo que puedes imaginar —le explicó ella. Caminó hacia la poza—. Ha sido una suerte que llegaras a este sitio, al Bosque Olvidado. Solo invita a entrar a ciertas personas, a las que necesitan recordar… —La mujer se interrumpió para volverse a mirar a Isla—. El bosque nunca olvida.

Isla frunció el ceño.

—Qué…

—Para reparar tu futuro, debes entender tu pasado. Debes entender qué te ha traído aquí. Porque, no te confundas, cada uno de tus actos te ha conducido a este mismo instante.

«Reparar tu futuro». Eso era exactamente lo que se proponía. Le traía sin cuidado quién fuera esa dama de plata si podía ayudarla a forjarse un nuevo destino.

—¿Cómo lo hago? —preguntó Isla.

Ella señaló la poza. Isla avanzó hasta llegar a su altura y miró el agua. Se encogió al ver su reflejo. Tenía sangre seca en la cara, el cabello apelmazado y la armadura mugrienta.

En ese momento se creó una única onda en el centro de la balsa que se expandió en anillos perfectos. El reflejo de Isla tembló y se distorsionó…

Hasta que la superficie del agua cambió.

Se convirtió en el reflejo de todos los recuerdos que acababa de revivir en el bosque. Su educación. Su entrenamiento. Titilaron ante ella como si toda una infancia de dolor, pérdida y soledad se hubiera concentrado en un solo segundo.

Y luego la poza recuperó la inmovilidad.

Isla no se dio cuenta de que estaba de rodillas hasta que volvió a ver su reflejo en la superficie. No fue consciente de que estaba llorando hasta que la dama de plata le posó una mano en el hombro.

Ahora que no estaba en peligro inminente…, ahora que estaba en ese bosquecillo…, infinidad de emociones emergieron a la superficie.

Su entrenamiento, sus guardianas. Todos los huesos rotos, la piel desollada, las heridas, la responsabilidad, el sentimiento de culpa, la soledad. Todas las traiciones. Todas las mentiras.

No podía respirar. Sentía que el dolor de todo lo que había vivido la estaba ahogando. Antes de que pudiera articular una sola palabra, los brazos de la mujer la envolvieron en un abrazo consolador.

E Isla sollozó.

—Solo era una niña —dijo Isla entre jadeos. Acababa de comprenderlo. Siempre había pensado que su entrenamiento había sido correcto. Necesario. Que era lo que tenía que ser. Únicamente la sometían a una instrucción tan rigurosa porque el Centenario iba a ser una experiencia brutal.

Pero ahora…, al revivirlo todo…

Recordó el horror que había sentido cuando Grim le habló de su crianza. Y acababa de comprender que su propia educación fue igual de brutal.

—Solo era una niña —repitió con voz temblorosa—. Solo una niña que estaba sola y deseaba ser amada. Me convirtieron en un arma y yo…, yo nunca quise eso —dijo, sintiéndose como si volviera a tener ocho años y suplicara misericordia al mundo.

La dama de plata asintió y emitió un murmullo reconfortante mientras le acariciaba el pelo, igual que haría una madre.

—Solo eras una niña. Pues claro que no querías eso —repitió, y el hecho de que otra persona validara sus sentimientos fue de suma importancia para Isla.

—No quiero seguir adelante —balbuceó. Y supo que era propio de una persona débil y horrible lo que iba a decir, después de todo lo que había tenido que hacer para llegar allí. Después de todas las personas a las que había matado. Supo que estaba hablando como una niña pequeña—. El viaje ha sido espantoso.

Pero la mujer no la juzgó. Se apartó despacio para apoyarle las manos en los hombros y mirarla a los ojos.

—Será todavía más duro —le reveló—. Pero tú eres cada vez más fuerte. Y tu fuerza… no tiene límites. Tú no tienes límites. Eres una espada. Te abrirás paso por el presente y modelarás tu futuro a voluntad. Infundirás miedo al mismo destino.

A Isla le tembló la barbilla. Agachó la cabeza. Ya no quería ser fuerte. La mujer le apoyó la mano en la mejilla para que Isla la mirara a los ojos.

—Este lugar siempre estará aquí, por si lo necesitas —le dijo—. Cuando dudes de tus capacidades, quiero que visualices una balsa como esta y que veas en la superficie cada momento en el que fuiste valiente. Cada momento en el que seguiste luchando cuando lo fácil habría sido rendirte. La plata de esta balsa te recordará la fuerza que posees. Será tu escudo. Pues esta balsa es insondable, igual que tú. Está aquí desde mucho antes de que yo existiera y seguirá aquí mucho después de que cualquiera de tus nombres no sea nada salvo un eco olvidado del universo.

—Pero me estoy muriendo —objetó Isla—. Mi fuerza vital… casi se ha agotado.

La mujer recogió un poco de agua plateada en el cuenco de sus manos y se la ofreció a Isla.

—Bebe. Esto te dará un poco más de tiempo.

Isla no podía concebir cómo una balsa iba a ayudarla, pero estaba desesperada. Bebió y notó que el agua plateada se deslizaba por su garganta. Al momento corría por sus venas reactivando su energía.

—Gracias —dijo Isla.

—Todavía no estás salvada —le dijo la dama de plata—. Solo te estoy concediendo algo que todo el mundo merece: una oportunidad para rescatarte a ti misma.

Mientras Isla se enjugaba las lágrimas, se preguntó cómo esa mujer, esa extraña, podía creer en ella más de lo que ella

creía en sí misma. Cerró los ojos y respiró profundamente. Cuando volvió a abrirlos, la otra estaba allí, esperando.

—Prométeme que esto terminará.

«Que este dolor terminará. Que esta lucha terminará. Que este sufrimiento terminará».

—El día siempre sigue a la noche, Isla. —Los ojos de la dama de plata se posaron un instante en la muñeca de Isla. En el dije que le había dejado su madre—. Y podrás ver cómo termina esto. Cuando estés lista.

—¿Estoy lista? —preguntó Isla. Necesitaba que alguien se lo dijera, porque realmente no sabía lo que estaba haciendo. Ya no. Ni nunca, a juzgar por cómo se estaban desarrollando los acontecimientos.

—No, si tienes que preguntarlo —respondió ella. Abrió la boca de nuevo… y entonces su expresión se transformó. Aferró las manos de Isla con más fuerza y miró por encima del hombro con aire de urgencia—. Él se acerca.

«Él». A Isla no le hacía falta preguntar a quién se refería.

El bosque tembló. El agua se onduló de nuevo.

La voz de la dama de plata sonó apurada y de nuevo buscó sus ojos.

—Todo lo que has vivido te ha traído hasta aquí. Utiliza tu pasado como guía para superar lo que se avecina. Lo siento —dijo—. Yo…

Isla pestañeó. Y la dama de plata había desaparecido. La poza y el bosquecillo se habían esfumado.

Estaba otra vez en el bosque, rodeada de las guerreras arbóreas. Seguían paralizadas. Pero no por una fuerza invisible.

Lark estaba plantada en mitad del ejército de guerreras con las rodillas dobladas y los brazos extendidos, manteniéndolas a raya. La lluvia le mojaba la frente y le resbalaba por el cuello. Una tormenta había estallado sobre sus cabezas.

—¿Dónde está? —jadeó Isla, girando sobre sí misma—. ¿Dónde se ha metido la mujer?

—¿Qué mujer? —gruñó Lark al tiempo que lanzaba por los aires a las guerreras de madera, controlándolas a todas de una tacada. Sus heridas empezaban a coserse por sí mismas.

Isla frunció el ceño. No. La experiencia había sido real. De principio a fin.

—¿Qué…?

Una fuerte explosión resonó en el bosque. En el universo. El resto del mundo quedó reducido a un susurro.

Otra explosión. Y otra. Era como si un gigante caminara hacia ellas.

El poder de Lark parpadeó un instante. Pero las mujeres no atacaron. En vez de eso, se dispersaron hacia sus árboles, una tras otra, para mezclarse con la corteza.

Pero no les sirvió de nada. La noche se paralizó… y se hizo añicos. La oscuridad fluctuó ante ellas en una ola que arrasó el bosque y redujo a los árboles a cenizas. A continuación, el destructivo vacío adoptó la forma de un hombre.

Y no era un hombre cualquiera. Se parecía tanto al marido de Isla que le dio un vuelco el corazón. Pero ella sabía perfectamente quién era.

Cronan.

CAPÍTULO 18
GRIM

—¿Y bien? —le preguntó Grim a Azul en el instante en que aterrizaron en los nuevos territorios skyling.

El nightshade estaba impaciente, inquieto. No cabía en su propia piel. Isla estaba en apuros, lo presentía. Notaba una opresión en el pecho, como si su misma alma le estuviera diciendo que algo iba muy mal.

Como Azul no respondió de inmediato, Grim recurrió a sus habilidades para examinar las emociones del skyling. Los sentimientos le desbordaban —paz, miedo, agitación, terror—, aunque se las arregló para conservar la impavidez de su expresión.

—Suéltalo ya —gruñó Grim al ver que el skyling seguía callado. Oro le reprendió con la mirada, pero él no se dio por aludido.

Por fin, Azul dijo:

—Mi marido me ha contado que los oráculos de isla Luna no eran los únicos. Su madre vivía en el otro mundo. Se ahogó en una antigua poza de agua y su cuerpo quedó congelado en hielo. Muchos años más tarde, lo robaron. Abrieron el cuerpo y el agua de sus pulmones se empleó para crear otras balsas.

Grim no sabía qué relación tenían los pulmones del oráculo muerto con la búsqueda de su esposa, pero se obligó a guardar silencio.

—El gobernante moonling que se unió a los fundadores de Lightlark tenía una ampolla y la vertió en cierto lugar del reino. Todas esas aguas están conectadas por un antiguo encantamiento. La balsa original se encuentra en el otro mundo. Si acaso aún existe…

—En ese caso, podríamos utilizar la conexión entre las aguas como portal —murmuró Oro.

Azul encogió un hombro. Su capa azul cielo ondeó a su espalda.

—Mi marido no acababa de verlo claro. Aunque encontráramos la balsa de Lightlark, no sabríamos cómo usarla para convertirla en un portal.

Grim estaba decidido a averiguarlo. La esperanza, aunque maltrecha, floreció en su pecho. Al menos era un comienzo. Por fin tenían algo que podía ayudarlos a reunirse con Isla.

—¿Te dijo en qué zona de la isla está la balsa?

Azul asintió con renuencia.

—¿Dónde?

No tardaron más que unos segundos en llegar a Lightlark. A un portal situado en una de las playas. Un acantilado blanco se erguía ante ellos, cerca de la orilla. La espuma del mar les salpicó las botas.

—Yo no veo ninguna balsa —dijo Grim. Las sombras se derramaron a sus pies, tanteando, y sus nudillos palidecieron de tanto que abría y cerraba los puños. Todos, todo, se movían a un ritmo demasiado lento. ¿Acaso nadie más era capaz de apresurarse?

Ojalá supiera en qué parte de su mente guardaba Azul sus habilidades, se dijo Grim. Así quizá podría extraerle al skyling las respuestas que necesitaba y ahorrarse esta tortura.

—Solo aparece cuando sube la marea —dijo Azul. Señaló los cráteres de la arena—. Las antiguas aguas están enterradas debajo. Ascienden cuando el mar las cubre por completo.

Grim lanzó un gruñido. No tenía tiempo para esperar a la puta marea.

Se giró hacia Oro.

—Haz que suba la marea —le exigió.

Oro le miró con desdén.

—¿Qué te crees que soy? ¿La luna?

Grim se transportó y, en un abrir y cerrar de ojos, se había plantado delante del rey y tenía su garganta en el puño. Ya estaba harto de ser amable. Sus sombras se afilaron para crear una decena de espadas, todas rozando la inútil armadura dorada del rey.

—Serás lo que yo te diga —le amenazó Grim. Apretó con más fuerza la garganta del sunling, deleitándose en el cambio de color del rostro a medida que Oro se asfixiaba.

Antes de que se le chamuscaran los dedos, Grim se transformó en una sombra, pero la maldita mano le escocía horrores.

Las llamas crepitaban sobre la piel de Oro. El sunling avanzó un paso hacia Grim.

—No —le dijo con un tono de voz tranquilo, pero con una firmeza desconocida para Grim—. Yo soy el rey. Tú eres un invitado en mi isla, nightshade.

Y se precipitó hacia él transformado en una centella ardiente.

Vaya, mierda. Estaba claro que Oro no era el ser eternamente paciente y civilizado que fingía ser. Lo dejó claro cuando le atizó a Grim un golpe brutal en la mandíbula.

Grim se transportó entre portales, pero no antes de que el dolor le estallara en el cráneo. Se materializó en la otra punta de la playa, todavía con los huesos temblando.

Oro se dio media vuelta y le vio. El fuego que envolvía su cuerpo llameó con más intensidad.

Grim se envolvió de sombras como dagas.

Azul se limitó a sentarse en una roca con un suspiro, sin molestarse en tratar de separarlos.

Se abalanzaron el uno contra el otro en corrientes de llamas y sombras.

—¿Qué pasa, skyling? ¿No vas a ayudar a tu querido amigo? —le soltó Grim a Azul mientras su sombrío puño impactaba contra la sien de Oro, que salió disparado por el aire y se estrelló contra la arena.

Azul se encogió de hombros.

—El rey de Lightlark no necesita mi ayuda.

Lo dijo mientras Oro se incorporaba…, y su pecho proyectaba un rayo de energía tan intenso que atravesó las sombras de Grim. Este salió disparado hacia atrás un buen trecho antes de estamparse contra el acantilado blanco. La montaña se estremeció y las rocas se desmenuzaron cuando Grim las penetró.

Pero al momento se precipitó hacia delante. Las sombras se concentraron en sus manos, ahora endurecidas con el poder de la obsidiana. Se preparó para enviar la sombra petrificada directamente al cráneo del sunling. Gruñó e hizo amago de atacar…

Pero se quedó quieto como una estatua.

Oro hizo lo propio. Se detuvo a pocos pasos de distancia. Su fuego se extinguió por completo.

Y Grim vio en los ojos de Oro una desesperación tan demoledora que se desplomó de rodillas en la arena. Una ola

arrastró las sombras del nightshade. Había perdido las ganas de luchar. Su voz mudó en un graznido ahogado.

—Por favor… Por favor, dime que notas su presencia.

La respuesta de Oro fue apenas un susurro.

—No.

Grim sintió que el mundo entero se derrumbaba, allí mismo, en esa playa.

Porque él tampoco la notaba.

CAPÍTULO 19
ORO

El amor siempre había prestado valor a Oro. El amor de su madre le había ayudado a sobrellevar los momentos más duros de su vida. Le había acompañado durante el entrenamiento e incluso durante el encarcelamiento al que lo condenó su padre por negarse a transformar objetos en oro. El amor de sus amigos le había ayudado a superar la guerra, la muerte de su madre y todo lo que ocurrió después. El amor a su pueblo y a su hermano, así como su deseo de cumplir su deber, le ayudaron a seguir adelante durante la época de las maldiciones.

Aunque había demostrado un valor sin igual a lo largo de los siglos, con el tiempo su corazón había mudado en hielo. Acabó renunciando a la esperanza de que las maldiciones se rompieran algún día.

Y entonces Isla irrumpió en su vida y rompió el hielo de su corazón. Ella fue el primer brote de primavera tras un largo invierno. La determinación, el coraje y la fuerza ardían en sus ojos verdes. Y Oro, sin poder evitarlo, decidió luchar para construir un mundo a la altura de alguien como ella.

Su madre siempre le había dicho que buscara su fuego. Lo había hecho. Ella era su fuego. Ella animaba a su corazón a seguir luchando por la luz aun en presencia de una oscuridad infinita.

Se negaba a creer que hubiera muerto. Un fuego como el de Isla no podía apagarse sin más.

Pero ninguno de los dos notaba ya su presencia. Grim estaba de rodillas, tratando de respirar. Arañando el suelo. Estaba temblando de miedo y de dolor. Oro quería hacer lo propio. Lo más fácil habría sido desmoronarse, pero en ese momento tenía que ser racional. Isla los necesitaba para seguir adelante.

Así que se acercó a Grim con decisión y le abofeteó. Con fuerza. El nightshade ni se inmutó. Se limitó a levantar la vista despacio para mirar a Oro con una expresión derrotada, como si fuera incapaz de sentir nada distinto a esta tristeza que le carcomía el alma.

Por un momento casi atisbó a su viejo amigo en aquella mirada. Un amigo al que habría querido consolar ante tanto dolor.

Oro le aferró los brazos y le obligó a ponerse de pie.

—Si hubiera muerto, tú también habrías perdido la vida —le dijo. Grim había vinculado su vida a la de Isla para salvarla.

Grim hizo un gesto negativo con la cabeza.

—Eso no lo sabes, es posible que…

Oro volvió a abofetearle. La cabeza de Grim se giró hacia un lado. Esta vez, cuando el nightshade volvió a mirarle, vio un atisbo de irritación en su rostro.

—Tienes razón. No lo sé con seguridad —respondió Oro—. Pero sé que Cronan la encontrará, si no lo ha hecho ya. Sé que se avecina una guerra capaz de acabar con todos nosotros. Acabará contigo si no te controlas lo suficiente como para afrontar lo que se nos viene encima. Y sé que a ti prácticamente no te importa nada más que ella, así que te voy a dejar una cosa muy clara. Si está sana y salva, y yo creo que sí, tu muerte la matará.

Grim miró al suelo. Respiró entrecortadamente.

—Tienes…

Oro hizo ademán de abofetearle de nuevo, pero la mano de Grim salió disparada para aferrarle la muñeca. El nightshade levantó la mirada despacio para clavarle los ojos a Oro.

—Como me vuelvas a tocar, mi esposa no tendrá que hacer la elección de la que habla la profecía.

Presionó con tanta fuerza que estuvo a punto de romperle el hueso.

—Así me gusta —dijo Oro con un amago de sonrisa. Ese era el Grim que necesitaba si querían salvar a Isla.

Grim frunció el ceño y soltó la mano de su antiguo amigo. Se volvieron a mirar a Azul, que había sido tan sensato como para guardar silencio durante todo el intercambio.

Oro sabía que las circunstancias le exigían entereza, pero por dentro estaba destrozado. ¿Y si Isla los había dejado para siempre? ¿Qué haría? Nunca volvería a enamorarse, eso seguro. Su corazón volvería a endurecerse. Se vería obligado a hacer lo que había hecho estos últimos meses desde que Isla se marchó para poner fin a la guerra: existir como un fantasma alimentado de recuerdos, reviviendo las mejores partes de su vida con ella y sabiendo que nunca volverían a estar juntos. Se sentaría a solas en la playa de la isla del Sol contemplando un mar del color de sus ojos.

Jamás en su larga existencia había rezado a todos los dioses por la vida de Grim. Pero ahora lo hizo.

Tenía que creer que ella seguía viva, en alguna parte. «Te amo —pensó con la intención de que sus palabras la alcanzaran, dondequiera que estuviera—. Aunque nos separe un universo, te amo. Aunque vaya a territorio enemigo, te amo. Te amaré aunque nunca quieras volver a estar conmigo».

Se aferró a esas palabras, cerró los ojos y se concentró en el mar. Nunca había sido el moonling más fuerte, como Cleo a menudo se encargaba de recordarle, pero tenía que serlo por Isla, así que lo hizo sin más. Reunió hasta la última traza de su habilidad…

Y cambió las mareas.

El agua ascendió bañando la playa de sal y espuma. Azul los arrastró en una corriente de viento y, desde lo alto, observaron cómo se llenaban las pozas hasta que una adquirió un extraño brillo azul.

Era esa. Tenía que serlo. Se posaron en una pequeña porción de arena seca y enfilaron hacia la poza.

Ahí tenían su portal.

Sin pensárselo dos veces, Grim saltó al agua. La corriente rugió a su alrededor y las olas le empujaron a un lado y al otro, pero él permaneció firme en el centro. Sus sombras se extendían tras él, negras como la noche, y Oro casi pudo ver cómo su don trabajaba para formar un portal.

Grim cerraba los ojos con actitud concentrada. El sudor resbalaba por sus sienes.

«Por favor, que funcione —suplicó Oro al universo. Ofreció todo lo que estaba en posición de ofrecer—. Por favor».

Pero, varios minutos más tarde, nada había cambiado.

Grim gruñía frustrado mientras sus sombras salían disparadas en todas direcciones esparciendo ceniza en el mar.

El marido de Azul tenía razón. No bastaba con el don de Grim y la propia poza.

Oro lamentó no poder concederse permiso para ahogarse en su tristeza. Isla necesitaba que mantuviera la cabeza fuera del agua.

Necesitaba que encontrara el modo de convertir esa poza en un portal.

CAPÍTULO 20
ISLA

Los ojos de Cronan Malvere estaban tan muertos como este mundo. Observaba a Isla como si fuera un planeta nuevo y raro que se proponía reducir a cenizas.

—Así que tú eres lo que estaba buscando —le dijo con una voz reverberante y monocorde, parecida a la de Lark. La encarnación de un antiguo poder.

Tenía el cabello oscuro como la noche; la piel pálida como hueso. Llevaba una corona fabricada con metales extraños, tan irregular y punzante que podría constituir un arma en sí misma. El tejido oscuro de su capa parecía absorber el color circundante. Emanaba una energía siniestra, como si su alma fuera un vacío implacable.

Enfiló hacia ella a grandes zancadas, proyectando ondas en las cenizas a las que había reducido esa parte del bosque. Cada uno de sus pasos resonaba con un poder que hacía temblar la tierra. Isla comprendió que se equivocaba: no se parecía en nada a Lark. Era un ser más arcaico, más imponente. Inexorable.

Eso fue aún más evidente si cabe cuando Lark le echó un vistazo y se abalanzó contra él. Isla no solo vio rabia en su expresión, sino también dolor. Un resentimiento puro y

amargo de milenios de antigüedad. La antigua wildling había estado a punto de destrozar su mundo, había creado ejércitos de muertos, había quebrado todo cuanto Isla conocía y amaba.

Y Cronan ni siquiera se dignó a mirarla cuando hizo un gesto con la mano como si espantara a una mosca… y cortó a Lark en tiras.

No. Isla contuvo el aliento al ver a su antepasada reducida a un montón de sangre, carne y hueso. Isla acababa de perder la oportunidad de absorber el poder de Lark. Acababa de perder la oportunidad de traer de regreso a todo el mundo…

Pero entonces vio que todos esos jirones de piel y tendones cobraban movimiento y se arrastraban por la ceniza empapada de sangre para volver a amalgamarse.

Cronan no perdió ni un instante más con Lark. Sus ojos solo estaban pendientes de Isla.

Y sí. Ella le había subestimado.

Isla comprendió que sería inútil. Sería inútil adoptar una postura de ataque, esgrimir la espada, invocar la energía de la inminente tormenta y recurrir a todas sus habilidades para liberar las ventiscas y los huracanes que contenía su esfera, envolverse en anillos de estrellas y fuego, de sombras y hielo. Pero lo hizo de todos modos.

Y, con un torbellino de oscuridad, Cronan rompió todas sus defensas como si fueran poco más que soplos de brisa. En un abrir y cerrar de ojos, tenía a Isla agarrada por el cuello con los pies colgando por encima del suelo.

Le arrancó la espada del puño. Miró el objeto detenidamente, en apariencia complacido. Luego le devolvió la atención a Isla mientras ella agitaba los pies y hacía esfuerzos por respirar.

La miró a los ojos un instante antes de bajar la mirada al collar con el diamante negro que descansaba en el hueco de su cuello.

Y entonces ese ser inmortal, capaz de arrasar mundos y dotado de un poder inimaginable…, soltó una carcajada. El sonido carecía de alegría, solo era complacencia cruel. Resonó en el cráneo de Isla, cuya visión empezaba a nublarse.

—La llavemundo —dijo lanzándole una ojeada a la espada, a la piedra y luego a ella—. He hecho trizas el universo entero para dar contigo. —En sus labios se dibujó una sonrisa siniestra—. Y tú te has entregado a mí.

Entonces todo se oscureció, como si algo se hubiera tragado las mismísimas estrellas.

CAPÍTULO 21
ISLA

Isla despertó en el suelo, en el centro de una sala circular. El techo era una bóveda de cristal, a través de la cual se veía una turbulenta galaxia, estrellas y planetas entremezclados en un caos plata, morado y azul. Dibujaban una corona, como si una voluntad externa les hubiera dado esa forma. Como si los hubieran arrancado de su sitio y ligado unos a otros.

Isla supuso que, si pudiera acceder a sus habilidades, el lugar las amplificaría. Pero, careciendo de tormentas, no tenía nada. Ahora entendía el motivo.

Cronan era un vacío. Había conquistado ese mundo y su poder era una pátina que lo cubría todo privándolo de vida. Solo las tormentas podían abrirse paso. Si Cronan era el veneno, las tormentas eran el antídoto. Ni siquiera los skyres eran capaces de penetrar esa maldad. Era una maldición exclusivamente suya e Isla se preguntó si existiría alguna punción capaz de romperla.

—Qué interesante giro de los acontecimientos… —dijo Cronan desde algún lugar situado a su espalda.

Solo entonces, cuando Isla intentó incorporarse para mirarlo a la cara, se dio cuenta de que no podía moverse. El

poder de Cronan la mantenía pegada al suelo. Ni siquiera era capaz de hablar.

Solamente fue capaz de parpadear mientras él entraba en su campo de visión y tapaba la galaxia que tenía detrás para mirarla.

El parecido era asombroso. Grim era hermoso como un dios y también lo era su antepasado. Pero Cronan llevaba el pelo más corto y tocado con esa corona extraña e irregular que irradiaba energía, como si estuviera forjada de un universo roto.

Isla no podía mirarla demasiado rato sin sentir una especie de tirón brusco en los huesos, igual que le había pasado con los caballeros, como si la sangre de Isla fuera el mar y la corona, la luna.

Arrancó la mirada para posarla en el rostro de Cronan. Se le encogió el corazón al pensar en su esposo.

Debería haberle hablado de la profecía antes de marcharse. Debería haberle contado su plan. Le había reprochado durante mucho tiempo el que hubiera tomado decisiones sin consultárselo. Y, si bien esto no era lo mismo, tampoco era tan distinto.

No se lo había dicho por la misma razón por la que él la mantuvo en la ignorancia antes del Centenario: temía que la detuviera.

—Mi estirpe se ha debilitado, por lo que parece —dijo Cronan. Escupió las palabras con asco, sin despegar la mirada del diamante que adornaba el cuello de Isla.

Estaba claro que poseía el poder necesario para matar a Isla y apoderarse de la piedra. Así pues, ¿por qué no lo había hecho ya?

Se preguntó si podría leerle el pensamiento al oírle decir:

—No me costaría nada matarte. —Señaló el cielo—. He destruido planetas enteros para consumir su energía. Pero, de vez en cuando, encuentro uno que me resulta más útil vivo. Un planeta que quiero conquistar en lugar de extinguirlo.

Bajó la vista para mirarla e Isla tragó saliva. Recurrió a toda su energía para tratar de liberarse, pero no pudo moverse ni un centímetro.

—Tú, llavemundo —continuó—, me resultas más útil viva, de momento. —Una sombra surgió de su corona y culebreó despacio hacia ella—. El diamante Infinito aún se me resiste. Es un poder antiguo, dotado de inteligencia. Debe escogerte para que puedas poseerlo.

Una ola de alivio inundó el pecho de Isla. Si eso era verdad, dispondría de algo más de tiempo para discurrir cómo salir de esa situación. Significaba que él tenía un incentivo para mantenerla con vida.

El alivio de Isla se esfumó al momento cuando Cronan dijo:

—Tú eres capaz de esgrimir a Infinito. Ha aceptado que lo lleves…, así que no necesito controlar la piedra. —Torció la cabeza—. Me basta con controlarte a ti.

El miedo recorrió la columna vertebral de Isla. Cronan le sujetaba la sangre y los huesos con una garra invisible. ¿Podía obligarla a hacer lo que él quisiera?

—Mírate —prosiguió él, y la esencia misma de Isla se encogió cuando se acercó—. Eres la mejor arma que he tenido nunca.

No. Ella no haría nada de lo que le pidiese. De nuevo intentó moverse, liberarse de su control, pero no consiguió nada. Las sombras de la corona se aproximaron unos centímetros más.

—Conozco el mundo del que procedes. Yo contribuí a crearlo. Por eso sé que nunca ha generado nada tan poderoso como tú. Tú, que esgrimes habilidades de los seis reinos, que te apoderas de las almas de todos aquellos que matas, cuyo corazón se fundió con la semilla de poder que utilizamos para crear la isla.

Isla abrió los ojos de par en par. ¿Cómo lo sabía? Algunos nightshade poseían habilidades mentales. ¿Acaso había leído su mente? Notó un escozor en el pecho, justo donde la flecha que le había atravesado el corazón le había dejado una marca en forma de estrella, donde el corazón de Lightlark había vuelto a coserla. Allí donde antes estuviera el skyre que había consumido para cerrar el portal.

—Me veo reflejado en ti —dijo Cronan—. Tienes un potencial tan inmenso para la grandeza… Para la destrucción… Ya lo llevas dentro. Pero aún hay mucho por descubrir.

Isla no pudo hacer nada más que mirar al frente horrorizada cuando una sombra golpeó su frente…, y un estallido de dolor borró cualquier otra cosa.

Lo vio todo blanco y el veneno inundó sus venas. De haber podido mover el cuerpo, se habría retorcido en tormentosas convulsiones. Pero no podía hacer nada mientras las sombras afiladas como dagas hurgaban en su mente, husmeaban, abrían y cortaban para abrirse paso. Las lágrimas resbalaban por su rostro y se encharcaban en sus orejas.

La risa de Cronan resonó en su mente.

—Sé que has venido a matarme. Pero en vez de eso te unirás a mí.

«Jamás».

Él oyó su negativa y respondió:

—Lo que tú quieras no tiene importancia. Puedo transformar tu mente en lo que yo necesite.

El miedo líquido que recorría el cuerpo de Isla mudó en férrea convicción. No. Había superado demasiadas cosas como para dejar que otro la controlara. No podía moverse, no podía luchar, pero construyó una fortaleza en su cerebro que impedía el paso del nightshade, una muralla de hierro forjada a partir de su amor por todos los que había dejado atrás y la voluntad inquebrantable de impedir que ese monstruo los viera. Ella sería el muro que los protegería. Le plantaría cara aunque fuera lo último que hiciera.

Porque, aunque sus poderes no lo fueran, el amor de Isla por ellos era infinito.

Las sombras abandonaron su mente de golpe. Isla jadeó aliviada y se atragantó con las lágrimas que se le agolpaban en la garganta.

La galaxia en lo alto palpitó y se arremolinó como si estuviera conectada con las emociones de Cronan. Aunque permaneció impertérrito, saltaba a la vista que estaba furioso.

Raudo como una centella, la levantó en el aire sosteniéndola por la barbilla mientras ella flotaba impotente. Desde ese ángulo Isla alcanzó a ver las piezas de su armadura amontonadas en un rincón. La armadura de su padre. El hueso del dios estaba encima, junto con su esfera de tormentas.

—Me vas a dejar introducirme en tu mente… o entraré por la fuerza —dijo Cronan—. Hay una llave para cada cerradura. Todo se puede romper.

Isla no dudaba de que él lograría quebrar sus defensas. Pero ella lucharía hasta la muerte.

Cronan la miró ladeando la cabeza.

—Va a ser doloroso. Sería más fácil para los dos que sencillamente… te rindieras.

Solo recurriendo a todas sus energías pudo Isla liberarse el tiempo suficiente como para susurrar:

—Nunca.

Cronan la soltó de repente y ella aterrizó de rodillas, con fuerza. Respiró con dificultad.

—Cambiarás de idea. Todo el mundo lo hace… —Cronan echó una ojeada a su galaxia—. Hay una llave… para cada cerradura… —repitió para sí.

E Isla sabía muy bien qué llave era esa. Sabía perfectamente qué podía obligarla a hacer cualquier cosa que le pidiera.

Los hombres que amaba.

Si Cronan llegara a percibir el vínculo que la unía a cada uno…, tal vez fuera capaz de dar con ellos. Tal vez fuera capaz de transportarlos a ese mundo.

Isla no permitiría que los usara contra ella. Ya le había entregado bastantes cosas, solo por el hecho de estar ahí. La espada. El hueso divino. Ella misma. No le entregaría a Oro y a Grim.

Los lazos que la unían a ellos resplandecían como puentes. Uno de oro rutilante. El otro del color de la noche. Notaba su leve presencia en el otro extremo, aunque estuvieran a mundos de distancia.

A todos les habían enseñado que el amor era una maldición, especialmente para los gobernantes. Implicaba ofrecerle a otra persona acceso total al propio poder. Ser vulnerable. Por primera vez, Isla se preguntó si esos vínculos irrompibles de amor serían realmente una maldición, igual que los nexos.

Y, si el amor era una maldición…, ¿podía optar por ser inmune a él, recurriendo al don de su padre?

Haría cualquier cosa por protegerlos.

Así que, aunque le parecía un gesto terrible, aunque hacerlo le dolió en lo más profundo del alma y aunque tuvo que emplear hasta la última gota de la poca energía que le quedaba, Isla buscó los finos hilos que todavía la ataban a los hombres que amaba…

Y los cortó.

CAPÍTULO 22

GRIM

No notaba su presencia.

Su corazón… Ella se había esfumado. Hasta ese momento, el delgado hilo que le unía a ella había actuado como un ancla, le había ofrecido la garantía de que seguía ahí fuera, en alguna parte del universo.

Y ahora había desaparecido. Esperó el final. No le importaba morir si eso implicaba reunirse con Isla.

Pero el corazón de Grim seguía latiendo.

Oro tenía razón. Isla seguía viva. En ese caso, ¿por qué los dos habían perdido la conexión con ella? ¿Qué había cambiado?

Ella debía de haber encontrado la manera de cortar el puente. Y, si acaso conocía a su esposa —y la conocía—, intuía que lo había hecho para protegerlos.

¿De qué? ¿De quién?

Cronan debía de haberla encontrado.

Una profusión de sombras brotó de su cuerpo y, por un momento, la noche devoró el mundo. Incluso el sol quedó velado por su oscuridad. Grim haría pedazos cualquier obstáculo que le impidiera llegar a ella. Y eso incluía a su propio antepasado.

Recuperó sus tinieblas. Iba a necesitarlas.

Intentaron todo lo que se les ocurrió con lo que tenían, pero nada funcionó. Ahora Grim estaba sentado en el borde del acantilado al lado de Oro, mirando las pozas de marea. El mar rugía allá abajo mientras ellos trataban de discurrir un plan y hacían esfuerzos por dominar el pánico. Las olas rompían una y otra vez entre una lluvia de espuma, tan implacables y furiosas como el propio Grim.

Por fin Oro se volvió a mirarle. Grim no sabía dónde terminaban las emociones de Oro y dónde empezaban las suyas. Los dos estaban hundidos en un pozo de desesperación, rabia e impotencia.

—Esto tiene que terminar —dijo Oro. Tenía un labio partido. Un ojo amoratado. Su armadura dorada estaba renegrida.

—¿La búsqueda? —preguntó Grim.

—Eso nunca —replicó Oro. Haciendo una mueca de dolor, movió la barbilla en dirección a Grim—. Esto. Nuestras peleas.

Bien. Grim no se notaba la puta mandíbula. Aunque tampoco le importaba. El dolor físico no era nada, nada, comparado con la agonía que sufrían su corazón y su alma.

—Necesita que formemos un equipo. Especialmente…, especialmente ahora.

El sunling tenía razón, Grim lo sabía. Su última pelea demostraba que, en realidad, aunque trabajaran juntos, no habían depuesto las armas.

—Hace tiempo… —dijo Oro— nos sentábamos en un acantilado igual a este.

Grim se acordaba. Pues claro que se acordaba.

—Cuando éramos amigos —respondió.

Ahí estaba. La verdad que ambos se esforzaban en olvidar. Habían sido amigos. En aquel entonces se batían en

duelo a diario, se emborrachaban hasta caer redondos y charlaban de cosas que nadie más habría entendido.

Oro era la única persona en el universo que podía comprenderle ahora, supuso Grim. Un gobernante cuya entera existencia giraba en torno a una mujer que se encontraba a mundos de distancia.

—Perdona —dijo Oro, y esto bastó para arrancar a Grim de sus pensamientos. Miró al sunling tanteando sus emociones. No había nada salvo puro arrepentimiento.

—¿Por qué? —preguntó Grim, de nuevo mirando al mar.

—Por no creerte. Cuando me dijiste que tú no habías lanzado las maldiciones.

Grim cerró los ojos. Ese fue el momento que convirtió a los amigos en enemigos. Oro fue el único camarada que tuvo nunca. Y solo tardó un instante en romper el vínculo de confianza que compartían.

Aurora había creado las maldiciones a causa de una amistad rota. Grim casi la entendía ahora. El dolor, el sentimiento de traición… le habían marcado; habían cerrado su corazón durante siglos.

Grim guardó silencio un rato, dejando que el fragor del océano llenara el vacío. Por fin volvió la vista hacia Oro.

—Yo también lo siento —dijo despacio, como si le costara pronunciar las palabras—. Haber conspirado para matarte. Haberte declarado la guerra.

Oro le miró sin inmutarse.

—No, no lo sientes —respondió.

Ese maldito don.

Grim encogió un hombro al tiempo que devolvía la atención al horizonte.

—Tienes razón. No lo siento. Volvería a hacerlo. Porque lo hice por ella. Y por ella… haría cualquier cosa.

Con un suspiro, Grim se puso de pie. Se acabó el darle vueltas al pasado. Ahora era el momento de averiguar cómo crear un portal al otro mundo y dar con su esposa. Oro también se levantó.

—¿Tregua? —preguntó Grim, tendiéndole la mano.

Oro se limitó a mirarla.

Grim puso los ojos en blanco.

—No intentaré matarte, a menos que eso me ayude a dar con ella.

Oro siguió observándole, impávido. Grim sabía que podía percibir la sinceridad de sus palabras, algo que, a juzgar por sus emociones, no le inspiraba la más mínima tranquilidad. A pesar de todo, el sunling lanzó un profundo suspiro y estrechó la mano de Grim.

—Tregua —dijo.

—Bien. —Grim relajó los hombros y enderezó la espalda—. Voy a volver a Nightshade a ver qué puedo averiguar. Regresaré cuando encuentre algo.

Soltó la mano de Oro… y desapareció.

CAPÍTULO 23
ORO

O ro se paseaba arriba y abajo por la sala del trono y las llamas que brotaban con cada uno de sus pasos dibujaban un camino ardiente en el suelo dorado. Sin duda Isla estaba en apuros y el hecho de no poder ayudarla le estaba desgarrando el alma. Tenía que averiguar cómo abrir el portal de la marea, pero ¿por dónde empezar? Hacía horas que Grim se había marchado a Nightshade, después de que pusieran a prueba todas sus teorías y agotaran todos sus recursos…

Lo único que les quedaba era la inútil maraña de hilos. Ahora resplandecían en la palma de su mano, ásperos y pesados. No habían hecho nada con ellos desde que el rey olvidado se los entregara. De momento, no tenían la menor idea de por qué su padre los había considerado tan valiosos como para dedicar casi toda su vida a buscarlos. Ni tan peligrosos como para ocultarlos en las profundidades del mar.

Oro había revisado de arriba abajo su biblioteca en busca de alguna información sobre el objeto, pero no había tenido suerte. Intentó canalizar su energía a través de los hilos: nada. Estaba a punto de lanzar el maldito trasto a la otra punta de la habitación, cuando…

Enganchó el dedo en una de las hebras separando un hilo del resto. Estaba tratando de devolverlo a su sitio cuando oyó unas voces. Levantó la cabeza de golpe, pensando que vería entrar a sus amigos. Pero esas personas no eran sus amigos.

Los que acababan de entrar en la sala del trono con paso decidido eran unos desconocidos.

Saltaba a la vista que pertenecían al reino sunling, pues iban vestidos de dorado. Pero Oro nunca había visto el estilo de los ropajes que vestían, con telas relucientes que susurraban contra el suelo y fluían tras ellos como oro líquido. Siguieron hablando tranquilamente igual que si Oro no estuviera allí; de hecho, caminaron directos hacia él como si no le vieran. Oro estaba a punto de llamarles la atención cuando los desconocidos le atravesaron, cuerpos convertidos en relucientes volutas de humo y arena que se materializaron de nuevo a su espalda como espectros.

¿Qué estaba viendo?

Los recién llegados murmuraban entre sí, pero Oro no distinguía las palabras. Era como si todos estuvieran debajo del agua. La charla cesó de repente y todos se giraron a mirar la entrada de la sala del trono.

Un hombre altísimo de cabello dorado cruzó las puertas. Enfiló con paso decidido hacia el trono. Oro había visto suficientes retratos de ese hombre en los pasillos del castillo como para reconocerlo.

Horus Rey. Su antepasado. Uno de los fundadores de la isla.

Oro se apresuró a desenrollar más hebras, con más rapidez esta vez, con la intención de poner a prueba una teoría, y los recién llegados se esfumaron en largas columnas de humo dorado. Mientras separaba los hilos, cientos de años

desfilaron ante él en un instante según la sala cambiaba y distintas personas entraban y salían. La mente de Oro ardía mientras sus ojos se esforzaban por asimilarlo todo. Notó que una fuerza tiraba de él, como si le arrastraran a través de una densa corriente.

Hasta que dejó de mover el pulgar y todo en derredor se consolidó nuevamente.

A Oro se le encogió el corazón cuando reconoció a la mujer que tenía delante. Su madre estaba parada a pocos pasos de distancia, más joven que en sus recuerdos. Sostenía una reluciente espada mientras hablaba con un hombre: el padre de Oro. No alcanzó a oír la respuesta, pero tuvo la sensación de que él le estaba suplicando.

Su madre giró sobre sus talones y su padre la siguió como si se sintiera perdido, con una expresión de pura adoración en el rostro. Oro parpadeó sorprendido. Sabía que sus padres habían protagonizado una gran historia de amor cuando se conocieron. Pero él solo vio su relación muchos años más tarde, cuando todo aquel cariño se había extinguido. ¿Los había distanciado el empeño de su padre en dar con los Hilos del Tiempo? ¿Le había convertido esa búsqueda en el padre frío y adusto que Oro conoció en la niñez?

¿Acaso…?

—¿Qué haces?

La voz, clara como el día, le pegó tal susto que Oro dejó caer los hilos al suelo. Sus padres desaparecieron al instante.

Enya estaba delante de él, torciendo el gesto ante el montón de hebras doradas.

—¿Qué es eso?

Oro se inclinó para recogerlo e hizo una mueca. Tenía un fuerte dolor de cabeza. Notaba el cuerpo pesado y agotado, igual que si llevara horas nadando. A pesar de todo,

los hilos resplandecían en el suelo como si le invitaran a recogerlos.

—Controla el tiempo, al parecer —respondió. Su voz sonaba ronca.

Enya arqueó una ceja.

—¿Al parecer?

Oro rodeó los hilos con los dedos. Estaban más calientes que antes.

—Creo que acabo de ver… miles de años. Concentrados en segundos.

¿El poder de esas hebras se limitaba a la visión del pasado?

—Debe de ser agotador —observó Enya. Frunció el ceño y le miró de arriba abajo—. No tienes buen aspecto.

—Gracias —dijo Oro con voz monocorde.

Ella esbozó un amago de sonrisa.

—Quiero decir que tienes peor aspecto que de costumbre.

—Gracias otra vez.

—Hablo en serio. Tu aspecto es…

—¿Y qué aspecto debería tener? —le espetó a su amiga, y su propio tono le sorprendió. No pretendía gritarle. Se esforzó en suavizar una pizca su voz—. La mujer que amo me dejó meses atrás… Luego volvió… y yo… esperaba que tal vez… —No terminó la frase. Sabía que no hacía falta—. Y ahora está en otro mundo, y ya no noto su presencia, Enya. Ni Grim ni yo.

Se le rompió la voz al pronunciar las últimas palabras. De repente no podía respirar.

—Eh —le dijo Enya aferrándole los brazos. Para tranquilizarle, como hacía siempre—. Los dos estáis haciendo todo lo posible para que vuelva. Pero necesita que seas fuerte. —Suspiró—. Eres su única esperanza.

Oro lo sabía. Y por eso precisamente estaba tan asustado. ¿Y si no era lo bastante fuerte para ayudarla? ¿Y si no era capaz de ser lo que ella necesitaba?

Como si percibiera sus dudas, Enya lo sacudió por los hombros y dijo:

—Eres el rey de Lightlark. ¿Acaso lo has olvidado? Eres la persona más poderosa de este mundo. Eres más poderoso que él, incluso.

Oro no tenía claro que fuera verdad. Pero sí sabía que contar con la ayuda de Grim era lo máximo a lo que podía aspirar.

—¿Y qué…? —dijo Enya. Echó un vistazo a los hilos—. ¿Has visto algo interesante?

Oro apretó los dientes. Todavía notaba ese dolor pulsante en la cabeza.

—Mis padres… se llevaban bien en el pasado.

Enya había conocido a los padres de Oro casi tan bien como él. Le miró con incredulidad.

—¿En serio?

Oro asintió.

—He visto a mi padre sonriendo.

Ella ahogó una exclamación.

—¿Y el mundo seguía girando?

A Oro se le escapó la risa. Se le antojó raro. ¿Cuánto tiempo hacía que no sentía nada parecido a la alegría?

Suspiró.

—Se supone que esto —dijo a la vez que le mostraba los hilos a su amiga— tiene un papel fundamental en toda esta historia. En teoría debe contribuir a salvar el universo. Pero yo qué sé.

Enya frunció el ceño.

—¿Has visto a alguien más? Aparte de tus padres.

—A Horus.

Ella lo meditó mordiéndose el labio con un gesto de concentración.

—Pues es posible que esa sea la clave. Piénsalo. Lark y Cronan están vivos e implicados en esta historia. El único fundador de Lightlark que falta es él.

—Horus está muerto —afirmó Oro. Había visto el cadáver de su antepasado con sus propios ojos estando con Isla.

—Ya lo sé —respondió Enya—. Pero es posible que pueda ayudarte igualmente.

Enya tenía razón. Horus procedía del otro mundo. Él más que nadie debía de poseer la información que necesitaban. Oro solo tenía que averiguar cómo usar esos hilos para ver ciertos momentos concretos que les pudieran ser de utilidad.

—Gracias —dijo, y se pasó la mano por la cara de puro agotamiento. Desde el instante en que Isla se había marchado, Grim y él habían trabajado sin descanso para traerla de vuelta y el esfuerzo empezaba a pasarle factura.

—De nada —respondió Enya. Posó la mirada en las hebras—. Lleva cuidado con eso —le advirtió.

—Lo haré —prometió Oro. Regresó a su trono mientras ella abandonaba la estancia. Cuando se sentó, se dio cuenta de lo cansado que estaba. Debería dormir. Debería comer algo.

Pero, en vez de hacer nada de eso, se dedicó a separar los hilos una vez más.

CAPÍTULO 24
ISLA

Para cuando los caballeros la arrojaron a una celda, la mente de Isla había colapsado. El muro que había erigido en su cabeza apenas se sostenía ya. Ni siquiera tenía fuerzas para llorar, y menos aún para mantener el equilibrio, así que se golpeó la cabeza con fuerza contra la piedra fría y húmeda.

No se había dado cuenta de lo mucho que dependía de los lazos con Grim y Oro para mantenerse entera hasta que los había perdido.

Oyó una risa ronca.

—Te lo dije, eres idiota.

Lark. Isla no tenía fuerzas para mirarla siquiera. Apenas fue capaz de gruñirle entre dientes:

—Vaya. Pues es verdad que eres indestructible.

La última vez que la había visto, su antepasada estaba reducida a un montón de jirones, aunque, a juzgar por su respiración entrecortada y sibilante, tampoco había salido ilesa.

—Para estar así, preferiría la muerte.

Isla debería estar disfrutando con el sufrimiento de Lark, después de todo lo que les había hecho a ella y a su

mundo. Pero aquí, tras la llegada de Cronan…, eran casi aliadas, dos wildling unidas por el odio que él les inspiraba.

Además, aunque Isla supiera cómo matar a Lark y absorber su poder, no tenía claro cómo usar sus habilidades para traer de vuelta a todas las personas que había matado. Los seres que Lark había resucitado en el mundo de Isla se habían convertido en cáscaras huecas, monstruos centrados en la destrucción. Aquí, en teoría, era posible devolverle la vida a alguien tal como era en vida. Pero ¿y si eso había cambiado tras la devastación de Cronan?

No estaba segura de nada salvo de su propia incertidumbre.

Isla se arrastró como pudo para acomodarse contra la pared. Le dolía el mero acto de pensar. De respirar. Cuando por fin vio a Lark despatarrada en un rincón, oculta entre las sombras, tuvo que ahogar un grito.

Su antepasada apenas había logrado recoserse el cuerpo. Estaba lleno de agujeros, y su abdomen no llegaba a contener sus entrañas. Se le veían las costillas a través de los jirones de piel y los huesos rotos casi brillaban en la oscuridad. Su cara no era más que un mosaico de carne y sangre. Él le había hecho eso. Sin pestañear.

Cronan era la persona más poderosa que Isla había conocido nunca…, pero todo el mundo tenía una debilidad. Y Lark le conocía mejor que la mayoría.

«Hay una llave para cada cerradura».

—¿Qué pasó? —quiso saber Isla—. Entre Cronan y tú. Tú le amabas.

Lark torció el gesto en la medida que pudo.

—Y mira cómo he acabado.

Antes incluso de esa existencia nueva y torturada a la que Cronan había sometido a Lark, los dos compartían una larga

historia de traiciones, Isla lo sabía. Él la mantuvo siglos enterrada debajo de Nightshade y absorbía su poder cada vez que lo necesitaba.

—Si queremos vencerle, tenemos que trabajar en equipo —le dijo Isla, tratando de razonar con ella. Aunque tampoco estaba segura de que fuera posible razonar con Lark—. Es nuestra única posibilidad.

Lark la asesinó con la mirada. Era obvio que las palabras de Isla no la habían convencido.

—Me da igual que seas descendiente mía. Si tuviera fuerzas, te mataría ahora mismo.

—Ya lo sé —respondió Isla—. Si yo supiera cómo matarte, también lo haría.

Lark se limitó a mirar al techo. Isla no esperaba que le respondiera, pero, después de un largo silencio únicamente roto por un goteo y el correteo de pequeñas alimañas, su antepasada susurró:

—Él no siempre fue así.

Isla no se lo podía imaginar distinto. Sus ojos eran insondables, tan solo un vacío inmortal.

Lark debió de notar que le costaba creerla.

—Siempre fue frío, sí, pero había algo en lo más profundo. Yo lo percibía. Había vida en él. Luz.

Isla se quedó atónita. Le costaba imaginar que la propia Lark hubiera sido alguna vez nada que no fuera un ser despiadado y cruel. Había intentado destruir el mundo de Isla para crear uno nuevo. Había hecho lo posible por acabar con todos.

—Asesinaste a cientos de personas. A Wren. A Remlar. Eres el polo opuesto a la luz y a la vida.

—Qué miras tan estrechas. —Lark resopló—. La naturaleza es cruel. La vida no podría existir sin la muerte. Es un

ciclo imparable, inevitable. —Sonrió con suficiencia—. Crees que ser wildling solo guarda relación con la creación. Pero todos los seres vivos deben morir para poder crear más. La vida surge de huesos y cenizas. Un nuevo mundo se erige sobre las ruinas de uno antiguo, en todas las ocasiones. La muerte siempre ha sido un proceso natural.

—Entonces ¿eso fue lo que pasó? —preguntó Isla haciendo lo posible por reprimir la rabia—. ¿Los dos decidisteis crear un mundo juntos?

Lark la miró detenidamente.

—Primero conocí a Horus. Él era como tú… Solo le seducía la parte más sencilla de la creación. No comprendía que la muerte es necesaria para que resurja la vida. Yo era una constructora de mundos. Podía crear territorios enteros en reinos ya existentes. Soñábamos con un lugar distinto, en el que pudiéramos fijar nuestras propias reglas. Y luego estaba Cronan. Él entendía los sacrificios que hay que hacer. Estaba dispuesto a cosas que Horus jamás habría aceptado. Juntos, entre los tres…, podíamos crear algo nuevo.

Lark suspiró con sentimiento.

—Como es natural, nunca pensé que Cronan arrasaría este mundo. No sabía que él tenía sus propias razones para crear Lightlark. El mundo al que viajamos ya existía. Era una prisión entre galaxias. Allí no había casi nada…, así que creé la isla. La vida. Nos utilizó a los dos para llegar a ese mundo, para encontrar el poder que estaba buscando… —Sus ojos resbalaron al cuello de Isla—. Ese diamante. No tienes ni idea de lo que llevas colgado del cuello.

Isla tragó saliva al recordar cómo lo había mirado Cronan, con ansia, como si verdaderamente fuera la clave de todo.

—Pues dímelo.

Quizá si Isla supiera qué era lo que Cronan buscaba…

Lark se rio. Fue un sonido balbuceante, doloroso.

—Crees que aún hay esperanza. Piensas que quizá podrías vencerle. —Sonrió sin alegría—. Pero mira que eres tonta… Le vas a dar todo lo que siempre ha querido. No eres más que un peón. Eso has sido siempre… y no serás nada más en el futuro.

CAPÍTULO 25
GRIM

La esposa de Grim había pasado meses buscando la manera de abrir el portal antes de conseguirlo. Si él quería hacer lo mismo, tendría que seguir sus pasos.

Empezó por el palacio de invierno. Fue allí donde el monstruo del laberinto la hirió. Se acordaba del libro que llevaba consigo.

El libro de los skyres.

No le costó demasiado encontrarlo en el castillo, donde Isla lo había dejado. Al principio pensó que las páginas estaban en blanco, pero entonces comprendió que sobre el libro pesaba un encantamiento. Suspiró con impaciencia mientras lo hojeaba una y otra vez, hasta que las intrincadas formas empezaron a asomar por las páginas.

El libro únicamente mostraba unos pocos símbolos en cada ocasión, siempre fragmentados, y Grim no era capaz de interpretarlos. Se trataba de un arte prácticamente perdido.

A duras penas logró contener el impulso de reducir el libro —y el resto de la biblioteca— a cenizas.

No estaba sacando nada en claro. Pero sabía de alguien que podía arrojar luz sobre el asunto. Alguien a quien su esposa había visitado varias veces cuando trataba de encontrar el portal y averiguar la manera de abrirlo.

El augur se sobresaltó cuando Grim se transportó a través de su cascada de sangre. Contempló la enorme figura del nightshade, y en sus labios desgarrados se dibujó una sonrisa que dejó a la vista sus afilados dientes.

—Gobernante. Cómo no.

En un abrir y cerrar de ojos, las sombras de Grim lo habían sujetado contra la pared. Pero el ser se limitó a sonreír con más ganas.

—Ya sé por qué estás aquí. No hace demasiado tiempo viniste a verme con un pequeño frasco de tu propia sangre, para averiguar si alguien te había echado una maldición… Fue porque te habías enamorado de ella, ¿verdad?

Después de conocer a Isla, Grim pensó que estaba perdiendo la razón. No podía dormir y, en vez de eso, pasaba noche tras noche junto a su cama, oculto en las sombras, observando el suave sube y baja de su pecho mientras ella soñaba. Isla contaminaba cada uno de sus pensamientos. Tenía que ser una trampa wildling, no había otra explicación.

Pero se equivocaba.

—Por tu culpa —le dijo Grim al augur—, mi esposa está en la otra punta del universo.

Sus tinieblas se afilaron, ahora a un solo aliento de pintar las paredes con la sangre del ser.

Los ojos insondables del augur tan solo se tiñeron de un rojo más oscuro.

—No, no… Eso fue cosa tuya. Ella nunca habría tenido que marcharse si no te hubiera conocido.

Las palabras del ser dejaron a Grim sin aliento.

¿Estaba en lo cierto?

Apretó los dientes. Eso no importaba ahora. Lo único que importaba era traerla de vuelta.

—Tú le enseñaste a mi esposa a usar los skyres, ¿verdad?

El augur asintió.

—Cuéntame todo lo que le enseñaste.

El augur le miró con atención. Ladeó su cabeza cadavérica.

—Me pregunto… Si supieras que te encaminas directo a tu perdición, ¿todavía tendrías tanta prisa por saltar al abismo?

Grim no tenía tiempo para acertijos. Sin embargo, como al augur no parecían preocuparle sus sombras, le siguió la corriente.

—Si el abismo fuera ella…, sí, lo haría.

—Interesante —dijo el otro—. El destino está fragmentado. Dividido en dos… Me pregunto si el rey comparte tus sentimientos.

Oro amaba a Isla; eso Grim lo tenía claro. Pero también sabía que el rey albergaba una brújula moral de la que él carecía. Esa era la diferencia entre los dos.

Y por eso le correspondía a él estar con Isla.

—No conozco ningún skyre para viajar al otro mundo y reunirte con tu esposa —dijo el augur—. Pero cuando llegues al mundo de Cronan… vas a necesitar uno para sobrevivir.

—¿Por qué? —peguntó Grim.

—Cronan es puro vacío. Puede apagar el poder, igual que hace el metal sombreador, solo que con más eficacia. Te hará falta una manera de esquivar esa magia.

—¿Cómo? —quiso saber Grim.

—Él lleva grabado un skyre. Uno que emplea para amplificar su poder. Si tú te lo grabas en la piel con un objeto poderoso…, podrás conservar tus habilidades.

Grim se quedó atónito. Su omnipresente preocupación por su esposa se avivó.

—¿Se lo dijiste a ella?

El augur negó con la cabeza.

Al momento se había plantado ante el ser para rodear con el puño ese cuello fino y quebradizo.

—¿Por qué no?

—Porque no lo sabía.

—¿Y por qué lo sabes ahora? —preguntó Grim.

El augur ladeó la cabeza.

—Ella me lo dijo.

—¿Quién? ¿Isla?

—La niña de plata. La que ve —respondió el augur—. Habla una lengua sin palabras y algunos de nosotros sabemos escucharla. Ve más y más según pasan los días…

Grim no entendía de qué estaba hablando ese monstruo. Le traían sin cuidado sus desvaríos, a menos que le ayudaran a encontrar a su esposa.

—¿Esa niña ha visto algo que pueda ayudar a Isla?

—Solo eso —respondió el augur.

—¿Qué forma tiene el skyre de Cronan? —siguió preguntando Grim.

El augur se encogió levemente de hombros.

—Nadie lo sabe. Como te puedes imaginar, lo mantiene en secreto. Pero tú eres sangre de su sangre… Si alguien puede averiguarlo, eres tú.

—¿Qué empleo para grabármelo? —preguntó. Isla se había llevado consigo la espada de Cronan. Había otras reliquias, pero no sabía de ninguna tan poderosa.

—Lo mismo que usó tu esposa.

Grim negó con la cabeza.

—El hueso del dios ha desaparecido.

Eso también se lo había llevado Isla.

—No hablo del hueso del dios —dijo el augur.

Y entonces Grim recordó que su esposa sí había dejado algo aquí.

La pluma. La de la punta resplandeciente.

—Gracias —dijo.

Sus sombras liberaron al augur.

Y se transportó entre portales al palacio de invierno para recuperarla.

CAPÍTULO 26

ORO

Miles de años se desplegaron en la mente de Oro. Le hicieron falta una gran concentración y mucha práctica, pero pronto fue capaz de oír las conversaciones del pasado. Ya no sonaban como si las personas hablaran debajo del agua.

Todavía no había averiguado cómo crear un portal a un mundo lejano. Pero eso no significaba que no hubiera descubierto nada.

El rey perdido tenía razón. El pasado determinaba el futuro. Empezó a reparar en ciclos que siempre se repetían. Buena parte de los acontecimientos eran totalmente predecibles. ¿Cómo era posible que la gente no se diera cuenta mientras los estaba experimentando?

¿Cómo había estado tan ciego a lo evidente?

Cuanto más miraba, más entendía, como si las verdades del mundo se fueran revelando ante él. Cada segundo tenía un valor incalculable. No podía parar.

Incluso cuando el hambre le obligó a hacer un breve descanso en las cocinas, tuvo la sensación de que los hilos le reclamaban. Se sorprendió corriendo de regreso al trono, para sentarse y observar. Para aprender.

Pues este era el conocimiento definitivo. Ahora entendía por qué el rey perdido estaba en trance. Por qué había vivido mil vidas allí sentado, en el lecho del océano. De momento Oro solo había explorado el pasado de este mundo, de esta isla. ¿Le permitirían los hilos asomarse a la historia de otros mundos también?

Trató de controlar los caminos que tomaba su mente para poder seguir a Horus. Pero el tiempo a menudo se desplazaba de manera irregular. Había oído numerosas conversaciones en las que participaba su antepasado, pero no había conseguido averiguar gran cosa sobre portales. No le sorprendía; los fundadores no expresaban el deseo de volver al otro mundo. Lightlark era su nuevo comienzo.

Pero eso no impidió que Oro lo intentara. Sabía que tenía que dormir, no había pegado ojo desde la marcha de Isla. Sin embargo, cuando intentó levantarse del trono para hacer otro descanso, no pudo hacerlo.

Se recostó contra el respaldo y se perdió en el tiempo de nuevo. Empezaba a sentirse más cómodo en el pasado que en el presente.

Estaba en mitad de una reunión del consejo celebrada mil años atrás, escuchando, cuando…

Notó un fogonazo de dolor cegador y se sintió arrancado de su propia mente. La arena dorada y el humo del pasado se esfumaron.

Vio a sus amigos plantados ante él. Oro gruñó, furioso de que le hubieran obligado a abandonar algo tan importante… Pero entonces reparó en la preocupación de sus rostros.

—¿Qué pasa? —preguntó. ¿Había ocurrido algo malo?

Sus amigos se limitaron a mirarle de hito en hito. Por fin Zed se inclinó hacia él con gesto frustrado.

—¿Cómo que «qué pasa»? —gruñó—. ¡Que esos malditos hilos casi acaban con todos nosotros, eso es lo que pasa!

Oro parpadeó. ¿Qué? ¿De qué estaba hablando? Calder se acercó con un odre de agua. Oro fue a cogerlo… e hizo una mueca de dolor. Le dolía el brazo. Bajó la vista para mirarlo y vio que tenía la piel rajada del codo a la muñeca; la sangre manaba del brazo al suelo dorado. Había sangre por todas partes y Oro no entendió cómo no se había percatado.

—Los hilos se han entrelazado con tus venas —dijo Enya. Tenía la tez pálida, las pecas más marcadas de lo habitual—. Has estado ahí demasiado rato. Hemos tenido que arrancarte las hebras.

Oro frunció el ceño. ¿Cuánto rato había pasado ausente? Tan solo unas horas, seguro. Miró en derredor… y descubrió que había caído la noche.

—Han pasado días, Oro —dijo Enya—. Te dejamos aquí hace dos días y cuando volvimos te encontramos en el mismo sitio.

¿Había pasado días enteros en el pasado? ¿Cuántos años habría revisado en ese tiempo?

Se encogió al notar el peso del cansancio. Parpadeó y se le nubló la visión. Le escoció la piel cuando Calder vertió el agua fría sobre la herida abierta.

Sin embargo, el dolor y la fatiga habían valido la pena.

—He visto unas cosas que… —dijo negando con la cabeza—. No tenéis ni idea. Hay tanto conocimiento…

Enya gruñó.

—Me da igual lo que hayas visto. Me importa un comino lo que creas saber. Porque has estado a punto de ser consumido por unos malditos trozos de cuerda.

Calder terminó de curarle el brazo y sacudió la cabeza.

—No puede ser sano ver tantas cosas en tan poco tiempo.

¿Sano? A Oro eso le daba igual.

—No lo entendéis —se impacientó. Ninguno de ellos lo entendía. ¿Por qué no les entraba en la cabeza?—. He visto cada victoria, cada error. Así salvaremos a todo el mundo… ¡Aprendiendo! ¡Asegurándonos de que la historia no se repita!

Sus amigos no parecían convencidos. Todavía le miraban como si hubiera perdido el juicio.

Oro negó con la cabeza. No querían escucharle. No lo entendían.

—Mirad —dijo Oro alargando la mano hacia los hilos—. Os lo enseñaré.

Enya se precipitó hacia delante agitando sus alas de fuego para impedirle alcanzar las hebras.

—No.

Oro frunció el ceño. ¿Cómo que no? Hizo esfuerzos por mantener la paciencia mientras daba un paso adelante.

—Aparta.

Ella no bajó la mirada cuando repitió con absoluta claridad:

—No.

Oro se abalanzó sobre Enya antes de saber lo que estaba haciendo. Zed y Calder le sujetaron para impedir que la atacara. El rey forcejeó recurriendo a todos sus poderes. Una ola de energía empujó a Calder contra la pared y la piedra se astilló con el impacto. Zed se elevó en el aire para evitar una descarga de fuego, pero las llamas le rozaron el brazo. Cuando aterrizó tenía la piel en carne viva, despegada del músculo.

—¿A ti qué te pasa? —le gritó Enya. Ahora ella sostenía los hilos. Era lo único que se interponía entre Oro y el objeto mágico. Si la redujera a cenizas…

Oro pestañeó horrorizado. Enya era su amiga más antigua… Miró a un lado y a otro trastabillando hacia atrás. Calder. Zed.

Les había hecho daño.

—Lo…, lo siento —balbuceó—. No…, no sé qué me ha pasado.

—Esto es lo que te ha pasado —dijo Enya arrojando los hilos a la otra punta de la sala—. Esta cosa es maligna. Se ha filtrado en tu mente.

Oro respiró profundamente. No. El objeto no era maligno en su totalidad. Le había mostrado infinidad de cosas. Le iba a ayudar a dar con Isla.

Pero no podía negar que los Hilos del Tiempo le habían convertido en una persona a la que no reconocía.

—Tienes razón. Lo siento.

Calder se puso de pie. Curó el brazo de Zed. Sus amigos le aseguraron que estaban perfectamente.

Le sacaron de la sala y le acompañaron a su alcoba para que descansara.

Mientras salía, Oro intentó no mirar las hebras, que seguían en el suelo. Todavía oía su llamada.

CAPÍTULO 27
ISLA

Isla se estremeció contra el frío suelo pulido. Se quedó mirando las trémulas galaxias que asomaban al otro lado de la bóveda, ahora emborronadas por las lágrimas.

Hacía días que se repetía la misma rutina. Un caballero la arrastraba de su celda a esa sala. Cronan la sujetaba contra el suelo y las tinieblas hurgaban en su cabeza hasta que se estrellaban contra la muralla de su mente. Entonces empezaban a empujarla, tratando de derribarla.

Oyó el eco de los pasos cuando Cronan se acercó. El corazón se le aceleró automáticamente y su cuerpo se preparó para el dolor. Las lágrimas eran casi constantes ahora.

—Por tu propio bien, espero que hoy te hayas decidido a dejarme entrar.

La voz de Cronan reverberó en la sala, provocando un traqueteo en la mente cansada de Isla.

—No —replicó ella con toda la firmeza que pudo imprimir a su voz, que era lo único que le quedaba. Después de aquel primer día, Cronan había aflojado su garra lo suficiente como para que pudiera hablar. Isla sospechaba que lo había hecho porque disfrutaba con sus gritos.

—En ese caso, tendré que forzar la cerradura —replicó él.

—No se puede forzar —dijo ella. Las palabras sonaron más apagadas de lo que pretendía.

Cronan rio con ganas.

—Todo se puede forzar.

A continuación, sin previo aviso, sus tinieblas invadieron el cráneo de Isla.

La sensación de tener esas sombras arrastrándose por su mente era peor que cualquier tortura física. Peor que una flecha clavada en el corazón, peor que arder en llamas, peor que ser apuñalada o morir de hambre enterrada.

Y él tenía razón. Todo se podía forzar. Lo supo con seguridad cuando un ladrillo de su muralla se aflojó finalmente.

No podía mantenerle fuera por siempre. Pero sí podía elegir qué le mostraba.

Isla notó la ola de satisfacción como si fuera propia cuando las tinieblas de Cronan localizaron la brecha en sus defensas. Y se abalanzaron hacia ella.

Jadeó al sentir un dolor tan agudo que ni siquiera fue capaz de gritar, como si le hubieran atravesado el cráneo con una lanza.

A través de esa agonía, los recuerdos remplazaron su visión. Aquellos que eligió mostrarle a Cronan.

Se vio a sí misma en los nuevos territorios wildling, entrenando con Terra. Se vio reducida a un amasijo. Herida. Encerrada.

Cronan hizo chasquear la lengua en su mente.

—Una gobernante mangoneada por una mera súbdita. Qué penoso.

Isla vio cómo Terra tiraba las espadas. Cómo levantaba las manos, a punto de lanzar todo el bosque sobre Isla.

Pero en vez de acabar aplastada…

Isla se arrodillaba, agarraba las espadas y le cortaba la cabeza a Terra.

Se ponía tensa mientras observaba la cabeza de su guardiana golpear la tierra y luego al cuerpo hacer lo propio.

«No fue así como pasó, él…».

—Es lo que deberías haber hecho —dijo Cronan—. Tu maestra te falló.

No se limitaba a hurgar en los recuerdos de Isla. Los estaba modificando. No…

La escena cambió e Isla estaba en Lightlark, en el Centenario. El público del ágora la miraba boquiabierto. Intercambiaban susurros. La observaban como si fuera un monstruo.

En lugar de pasar de largo con las mejillas ruborizadas, como hizo en el Centenario, los poderes de los que Isla aún no era consciente estallaban y cada una de esas personas quedaba reducida a cenizas. Los gritos inundaban el mercado. Brotaban raíces del interior de la isla, que se elevaban y hacían añicos los edificios de piedra. La tierra se levantaba como una ola y la onda recorría el suelo hasta convertir el mercado en un montón de ruinas.

Isla vio en sus propios ojos un destello tenebroso —casi negro— y una sonrisa en su rostro.

—Eso… no sucedió… —consiguió decir Isla. Si Cronan tenía el poder de transformar esos momentos, también tenía el poder de transformarla a ella. Podía convertirla en el arma que ansiaba.

Las sombras de Cronan excavaron más profundamente e Isla gritó.

—No, pero debería haber sucedido —dijo él, y ahora su voz era un susurro arcaico—. Tus súbditos…, toda esa gente…, te odian. Te temen. ¿Por qué estás tan desesperada por salvarlos? ¿Por qué, si ellos preferirían verte muerta?

Isla tragó saliva. Cronan no se equivocaba. Las gentes de Lightlark, y algunos de sus propios súbditos, la despreciaban.

—Podrías poner fin a todo eso —le dijo él dentro de su mente—. Únete a mí… y nunca tendrás que volver a avergonzarte. No conocerás el miedo. Pues el universo se postrará ante ti. Ríndete. Solo… ríndete. No pienses más. Deja que yo piense por ti. Sé mi espada. Sé… mi arma.

Isla notaba que su mente se derretía en torno a las tinieblas de Cronan, se transformaba, se repensaba. Él tenía razón. La odiaban.

¿Por qué se esforzaba tanto en salvar a unas gentes que la matarían a la primera oportunidad?

—Sí… —dijo Cronan—. No los salves… Gobiérnalos. Gobiérnalos a todos. Entonces nunca más podrán hacerte daño.

«No podrían hacerle daño». Le habían hecho tanto daño…

Otra piedra de su fortaleza cayó y Cronan se apresuró a cruzar en busca de otro recuerdo.

Era la primera vez que Isla saltaba entre portales a los nuevos territorios starling. Sucedió sin pretenderlo, por supuesto, cuando estaba aprendiendo a usar la varita estelar.

Isla se vio materializarse ante una chica que portaba una corona tejida con estrellas. Los ojos de la chica se posaron en la que Isla llevaba entrelazada con el pelo.

—¿Acabas…? ¿Acabas de aparecerte en mi castillo? —le preguntó la chica.

Isla pestañeó. Si no se iba a transportar a otra parte, pensó, sería mejor que respondiera.

—Sí —dijo a toda prisa—. Así es.

La sonrisa de la otra se amplió.

—Eres la gobernante de Wildling, ¿verdad?

Pasados unos pocos años volverían a encontrarse en el Centenario de Lightlark. Mejor no crearse una enemiga tan pronto. Isla asintió.

—Yo soy la gobernante de Starling. —La chica le tendió la mano—. Celeste.

Isla se quedó mirando la mano de Celeste. Poppy le había enseñado las convenciones sociales, naturalmente, pero nunca había tenido que recurrir a ellas. Nunca nadie se le había presentado.

La starling soltó una risa al ver que Isla vacilaba.

—No te voy a hacer daño —le dijo Celeste con una voz melodiosa y amable.

Despacio, Isla tomó la mano de Celeste. Se la estrechó.

—Necesitas una amiga, ¿verdad? —le preguntó la starling.

Isla asintió con timidez. Jamás había sido tan sincera como en ese momento.

La otra sonrió de oreja a oreja.

—A mí también me vendría bien una. Ser gobernante es muy solitario, ¿no es cierto?

Sí. Era cierto. Pero no tenía que ser así necesariamente, como Isla iba a descubrir.

Cronan emitió un murmullo intrigado mientras revisaba años de recuerdos. Las dos sentadas delante del hogar de Celeste, charlando de la vida, de los entrenamientos, de sus guardianas, de todo. Horas enteras riendo.

Era agradable poder hablar con alguien que comprendía la presión, la monotonía, la ansiedad ante el próximo Centenario. Era agradable charlar con alguien que no le señalara los fallos, como hacían sus guardianas. Era agradable no estar sola.

Era agradable tener una amiga.

Cronan fue a parar a un momento específico de una época posterior. Celeste le estaba trenzando el pelo a Isla.

—Tienes muchísimo —dijo mientras le hacía una trenza en forma de corona—. Qué envidia.

Isla soltó una risita.

—Y a mí me da envidia que tus guardianas no te estén vigilando todo el tiempo.

De hecho, Isla nunca había visto a las guardianas de Celeste. En un reino en el que todos morían jóvenes, solamente le llevaban unos pocos años a la starling y la dejaban a su aire la mayor parte del tiempo.

—Ah, y las chispas —añadió Isla—. Eso también me da envidia.

Celeste puso los ojos en blanco. Cuando la starling perdía una partida de cartas, estallaban fuegos artificiales en su habitación, cintas rutilantes que acababan convertidas en cenizas que chispeaban.

—Crear flores me parece mucho más impresionante —dijo Celeste—. Puedes llenar el mundo de color. Debe de ser emocionante, ¿no?

Mientras observaba la escena, Isla recordó que las palabras de Celeste le habían encogido el corazón.

—Vale, he terminado. Ve a mirarte —dijo la starling en tono de orgullo.

Isla se puso de pie y se acercó al espejo de Celeste. Miró su reflejo, el complicado diseño de su amiga. Le había rodeado la cabeza con una larga trenza en forma de corona. Celeste había añadido trocitos de estrella que iluminaban sus mechones castaño oscuro.

Era una de las actividades favoritas de Celeste cuando Isla iba a visitarla. Se deshacía el peinado antes de volver a su reino, claro. Pero era divertido mientras duraba.

La alegría de Celeste decayó al ver el ceño de Isla.

—No te gusta.

Isla pestañeó y se obligó a sonreír.

—No, no. Me encanta.

—Entonces ¿qué te pasa? —quiso saber Celeste.

En ese instante Isla decidió confiarle a su amiga su mayor secreto. Al fin y al cabo, la conocía. Sabía cuáles eran sus juegos favoritos. Adivinaba que Celeste había tenido un mal día porque su alcoba estaba un poco desordenada. Sabía que su amiga pasaba horas pululando por los mercados de su reino, buscando reliquias raras. Y sabía que, por muy segura de sí misma que se mostrara Celeste, ella también necesitaba a Isla.

Su secreto afectaba a todo su reino, pero quizá no tuviera que cargar con ese peso ella sola.

—¿Te puedo contar una cosa? ¿Y me prometes…? ¿Me prometes que no se lo contarás a nadie?

Celeste asintió a la vez que tomaba las manos de Isla.

—Eres mi mejor amiga. Me puedes contar cualquier cosa.

Tardó varios minutos en articular siquiera las palabras, pero la starling fue paciente. Clavó los ojos en Isla como para transmitirle seguridad. E Isla absorbió una parte de esa fuerza. Gracias a eso la verdad salió por fin de sus labios.

—No tengo poderes —confesó.

Celeste la miró de hito en hito, confusa.

—¿Qué significa…?

Isla inspiró hondo y dijo:

—No puedo esgrimir la naturaleza. Nunca he sido capaz de hacerlo. No llevo… No llevo nada dentro. Lo he intentado. Y…, y tampoco me afecta la maldición.

Celeste se mordió el labio inferior con aire pensativo.

Isla esbozó una sombra de sonrisa mientras las lágrimas se deslizaban por sus mejillas.

—Eso significa que, en realidad, no tengo ninguna posibilidad en el Centenario. Y me parece bien, porque…, porque puede que, si mi muerte rompe las maldiciones, tú no tengas que morir.

Últimamente no paraba de pensar que a su mejor amiga le quedaban pocos años de vida. El Centenario era la única oportunidad que tenía Celeste de vivir.

Al oírla, la expresión de Celeste se endureció. Sujetó las manos de Isla con más fuerza.

—No —dijo—. Me niego. No vas a morir en el Centenario. Y yo tampoco. —Envolvió a Isla en un abrazo rabioso—. Vamos a pensar un plan. Juntas. No estás sola. Me tienes a mí, por siempre —prometió.

E Isla la creyó.

—Qué necia… —dijo Cronan, cuya voz reverberó en la cabeza de Isla—. Nunca debes confiar en nadie. No, a menos que los controles.

Isla se estaba viendo a sí misma abrazando a su mejor amiga y, en un abrir y cerrar de ojos, había saltado a su último recuerdo de Celeste: Isla apuñalándole el corazón. Cronan volvió a murmurar con aire reflexivo.

—Bien —dijo con voz resonante—. Pero demasiado tarde. Deberías haberla matado antes de que te hiciera daño. Todo se puede romper. Especialmente las amistades.

Pronunció la palabra como si hablara de una estupidez.

Isla no había querido acordarse de lo mucho que la amistad de Celeste significó para ella. Como tantas otras cosas de su vida, la había relegado al fondo de su pensamiento. Pero ver de nuevo esas escenas la destrozó.

—Cuánto dolor… —dijo Cronan en tono empalagoso—. Déjame entrar. Yo te enseñaré qué hacer para no volver a sufrir…

La pena la desbordaba. Y los remordimientos. Se cuestionó cada una de las decisiones que había tomado. Debería estar oponiéndose a él, ofreciéndole tan solo los recuerdos de los que pudiera desprenderse, tratando de proteger de Cronan a las personas que de verdad le importaban, pero ¿cómo hacerlo si cometía un error detrás de otro? Confiar en Celeste. Venir a este lugar y darle a Cronan todo lo que necesitaba para destruir Lightlark.

Lark tenía razón. Terra tenía razón. Era una tonta. Era débil.

Nunca se había sentido tan sola. Las dos mitades de su corazón dividido estaban a un mundo de distancia, sus conexiones cortadas.

Puede que su destino fuera estar sola. Era eso lo que merecía. Había matado a tantas personas… Incluidos sus padres, con su primer llanto en este mundo. Isla fue una maldición desde el principio. El mundo que había dejado atrás estaba mejor sin ella. Sí, había roto las maldiciones…, pero teniendo en cuenta todo lo que había pasado después —la guerra, la destrucción— estaba claro que ella no era nada más que una plaga.

«Ríndete», parecían susurrarle las tinieblas de Cronan según se deslizaban por su mente, ahora que su determinación empezaba a debilitarse.

«Ríndete». Cronan estaba empujando su dolor a un primer plano. Manipulando sus pensamientos y emociones.

¿Debería rendirse? Sería mucho más fácil…

En ese momento, las palabras de la dama de plata resonaron en el fondo de su mente, en una bolsa oculta a la cual las tinieblas de Cronan no tenían acceso, una zona envuelta en luz.

«Cuando dudes de tus capacidades, quiero que visualices una balsa como esta y que veas en la superficie cada momento en el que fuiste valiente. Cada momento en el que seguiste luchando cuando lo fácil habría sido rendirte». E Isla lo hizo. La poza plateada cobró forma en su mente y se vio a sí misma entrenando cada día de su vida desde que era una niña, se vio rompiendo las maldiciones, se vio quebrando los grilletes con los que Lark la había encadenado. Se vio sangrando, destrozada y arrastrándose, pero sin cejar. Sin dejar de avanzar. Luego las aguas recuperaron la inmovilidad… y una niña surgió del centro de la poza de plata. Era Isla a los ocho años. Sosteniendo una daga. Avanzó hacia ella.

—Somos fuertes —le dijo la niña. Isla buscó su mano—. Nunca lo olvides.

Isla parpadeó y la galaxia apareció nuevamente ante ella. Vio el gesto de rabia de Cronan, ahora que había expulsado las sombras de su mente.

—Llevo toda mi vida enjaulada —dijo Isla, y oyó los ecos de aquella niña interior en las palabras—. Me han utilizado, me han manipulado y me han mentido. No seré yo la que hunda mi propia alma.

Cronan la miró entornando los ojos. Y mientras la arrastraba por la sala, de regreso a la celda, le dijo:

—Ya veremos.

CAPÍTULO 28

GRIM

Si Grim llevara un skyre en la piel sería el símbolo del infinito.

Con Isla, se sentía infinito por primera vez en su larga vida. Aun ahora, ella le daba fuerzas a través de los mundos.

El viento restallaba cuando se transportó a Algid para buscar el skyre de Cronan. Se quedó mirando el lugar en el que solía entrenar de niño junto con sus hermanos y los hijos de otros nobles.

En aquel entonces creía que estaba destinado a morir joven. Su vida consistía en prepararse para la Justa, el torneo en el que Grim y sus hermanos lucharían a muerte para designar al heredero. No tenía ninguna esperanza de ganar. No, sabiendo que era incapaz de invocar una sola sombra.

Grim no accedía al poder con facilidad, así que, en lugar de eso, se entrenaba con la espada. Puede que las sombras le fallaran, pero el acero nunca lo hacía. No sabía que poseía grandes habilidades. Sencillamente estaban escondidas.

Igual que le había pasado a Isla.

Era raro pensar en la cantidad de cosas que tenían en común, cuando a primera vista parecían tan distintos. Ahora se acordaba de eso más que nunca, mientras se transpor-

taba por aquellas tierras a trompicones, buscando símbolos ocultos.

En lugar de encontrar skyres, veía cosas que le recordaban a ella. Aquí se habían enamorado y los recuerdos estaban por todas partes. Habían pintado de un color distinto todo el dolor del pasado.

Antes de Isla, Grim existía en un invierno perpetuo. Ella fue su primavera. En el instante en que la conoció, el mundo cobró vida. Conocerla le ayudó a entender por qué la gente se dejaba llevar por el amor.

Grim había vivido siglos antes de su llegada, pero el mundo comenzó para él después de encontrarla.

No quería volver nunca a esa fría oscuridad.

Así que se transportó a cada una de las antiguas ruinas en busca del skyre. Como seguía sin dar con él, en lugar de arrasar toda una franja de tierra, saltó entre portales al prado de nightbane. No porque pensase que allí encontraría el skyre, sino porque quería sentirla cerca.

La infinita extensión violeta era ahora un campo de ceniza. Pero en sus tiempos la visión del prado le había arrebatado el aliento a Isla de puro asombro. Allí se había arrodillado ante ella y le había pedido que fuera su esposa.

«Quiero compartirlo todo contigo, Devoracorazones —le había dicho—. Quiero casarme, quiero hijos, quiero estar a tu lado, sostenerte la mano en el fin del mundo. Quiero vivir infinitas vidas contigo, porque con una no basta. A mí no. Ni de lejos. Si vivimos mil años…, quiero un millón más. Soy egoísta, soy codicioso, te quiero durante eternidades infinitas. Somos infinitos».

Estaban unidos por siempre. Nada podía mantenerlos separados. Ni el mismísimo universo.

No descansaría hasta encontrar el skyre.

CAPÍTULO 29
ISLA

Isla le había dicho a Cronan que no quebraría su voluntad. Pero él estaba decidido a intentarlo. De la mañana a la noche, penetraba el cerebro de Isla con sus tinieblas y golpeaba el muro que ella había erigido. No podía atravesarlo, así que se dedicaba a mermarle las fuerzas poco a poco. Rasgando y rasgando, con sombras como cuchillos que pelaran la piel de una fruta. Isla no quería gritar, pero no podía parar de hacerlo hasta que por fin… perdió la voz. O eso, o Cronan se cansó de oírla y le inmovilizó la garganta. Isla no lo tenía claro.

Solo sabía que el dolor era insoportable. Para obtener cierto alivio, le proporcionaba recuerdos insignificantes, para lo cual dejaba caer una parte de su fortaleza. El alivio duraba únicamente unos segundos. Él sabía que había más y seguía intentándolo. Hasta que la mente de Isla se nubló, su razón se esfumó y solo quedó el sentimiento. Las emociones, que siempre habían sido su perdición. Tras horas de tortura, pensó por instinto en los hombres que amaba. Se percató de su error de inmediato. Pero, antes de que pudiera pensar en otra cosa, Cronan lo captó. Se abalanzó a las partes de su mente que los albergaban. Y estaba demasiado fatigada para detenerle.

Cronan revisó cada uno de los momentos que había compartido con Oro, cada instante con Grim, mientras ella se retorcía tanto como la garra invisible le permitía entre un mar de lágrimas. Y él estalló en carcajadas lentas y crueles.

—¿Pensabas que no sabía cómo habías obtenido acceso a tantas habilidades? —le preguntó con una voz tan cortante como sus tinieblas—. El rey y mi propia descendencia… Qué necios. Y tú, tú eres la más necia de todos. Mira que poseer ese poder, ese acceso, y entregármelo en bandeja…

Isla trató de oponer resistencia, de plantarle cara, pero no tenía fuerzas. Intentó imaginarse la balsa de plata y no pudo; la oscuridad inundaba su mente.

Recordó cómo Cronan había tergiversado y manipulado sus otros recuerdos y suplicó, imploró al universo que no alterara esos. Cualquier cosa menos eso.

El antepasado de Grim ojeó por encima sus momentos más preciosos como si buscara algo concreto, hasta que un recuerdo cristalizó por completo e Isla se vio a sí misma sangrando, usando el dolor como poder. El terreno estalló en derredor cuando sus habilidades reventaron. Los ojos de Isla eran charcas oscuras. Relucientes. Rebosantes de magia.

Cronan no había cambiado ese recuerdo. Realmente había sucedido.

—Mírate —dijo Cronan—. Expresando todo tu potencial. Perdiendo el control. Mostrando por fin quién eres en realidad…

Un destello dorado se derramó por el recuerdo. Era Oro, que la despertaba de su trance. Que le decía que no la reconocía.

Isla se volvía a mirarlo… y le hundía la mano entera en el pecho. Apretaba mientras observaba cómo los ojos se le salían de las órbitas.

Y le arrancaba el corazón.

El cuerpo de Oro se desplomaba exangüe. Ella le veía caer con una expresión aburrida en el rostro. El corazón seguía latiendo en su mano. Isla se lo llevaba despacio a los labios… y arrancaba un bocado.

No.

No, ella…

Isla vio cómo crecía el poder de su avatar mental. Sus habilidades tapaban el sol, todo el firmamento. Era imparable, imponente…

No.

Verse matando a Oro, sentir el dolor de que el rey yaciera muerto a sus pies dispersó sus pensamientos y cerró su mente.

Cronan forzó la entrada de nuevo y se sumergió en los recuerdos. De súbito, Isla vio una aldea. La oscuridad brotaba de ella como una noche sin fin para desgarrar cuanto encontraba a su paso. Lo destruía todo.

—Sí… —dijo Cronan—. ¿Lo ves? Tú y yo no somos tan distintos… Tu don… se parece al mío. Los dos absorbemos.

No. Ella no se parecía en nada a él. Él disfrutaba con la destrucción y ella…, ella lamentaría ese día el resto de su vida.

Cronan no había terminado. Siguió ojeando hasta llegar a la escena en la que Isla estaba delante de Grim, el día de su boda. Las manos unidas, pronunciando los votos.

En lugar de terminar la ceremonia, Isla hundía la mano en el pecho de Grim y le clavaba las uñas en el corazón.

«No».

Presenciar la muerte de los dos hombres que amaba, a manos de Isla, y saber que eso formaba parte de la profecía fue demasiado para ella. Pero, en lugar de desmoronarla, la empujó a sacar fuerzas de sus profundidades ocultas.

El gesto proyectó una ola desafiante por su cerebro que obligó a Cronan a abandonarlo.

Isla jadeó y de nuevo se desplomó sobre el frío suelo. Él la miraba desde arriba. Parecía complacido a más no poder.

—Qué interesante —dijo—. ¿Era eso lo que tanto te esforzabas en ocultar? ¿Al reyezuelo… y a mi heredero?

Isla no pronunció una sola palabra. Aunque todo su cuerpo temblaba, levantó el mentón.

Él la elevó con sus poderes mentales hasta colocarla a su altura, e Isla le escupió a la cara. Cronan tensó el control sobre su cuerpo hasta el extremo de impedirle respirar y la escudriñó con atención, como si la viera por primera vez.

—Esa cerradura… —dijo— tiene dos llaves… Me pregunto si te estarán buscando. —En sus labios se dibujó una sonrisa cruel—. Me pregunto si serán lo bastante necios como para venir a buscarte…

Isla notó un revuelo en las tripas cuando salió volando hacia atrás hasta estrellarse contra el sólido metal: uno de los caballeros. Las carcajadas de Cronan reverberaron por la sala mientras las botas de Isla rechinaban contra el suelo al ser sacada a rastras por el caballero.

—Si lo hacen…, los encontraré…, y entonces me apuesto cualquier cosa a que te convertirás en el arma que necesito que seas.

CAPÍTULO 30
ORO

Sus amigos tenían razón. Oro necesitaba dormir. Tan pronto como se derrumbó en la cama, la oscuridad le arrastró.

Ella le estaba esperando en su playa, mirando al horizonte que se alargaba ante ellos.

No era algo infrecuente. Oro había soñado con ella desde el Centenario. Pero esta vez, cuando Isla se volvió a mirarle, no sonreía como normalmente. Abría los ojos de par en par. Oro vio una marca en su frente, como si la hubieran quemado con algo al rojo vivo.

Tenía la melena apelmazada. Las ropas mugrientas. Parecía como si hubiera estado encarcelada. Torturada.

—Oro —le dijo ella sin aliento, y la palabra rebosaba tanto alivio que él supo, sin la menor sombra de duda, que no se trataba de un sueño corriente. Isla estaba realmente allí, de algún modo.

La primera sensación de Oro fue el alivio de poder verla por fin y de saber que estaba viva. Pero al momento se horrorizó al comprender que se había pasado días sin dormir para poder emplear los Hilos del Tiempo. Lo había hecho con la intención de ayudarla, pero ahora se daba cuenta de que quizá ella le hubiera estado esperando en un lugar en el que podían comunicarse.

Antes de que Oro pronunciara una sola palabra, ella le echó los brazos al cuello. La notó cálida, sólida y real. Despacio, por miedo a despertarse si se movía con demasiada brusquedad, Oro levantó los brazos para abrazarla. Las lágrimas de Isla le empaparon la tela de la camisa. Ella sacudió la cabeza contra su cuello.

—Pensaba…, pensaba que no te vería…

Por más que hubiera querido abrazarla por siempre, la apartó con suavidad para poder examinarle la cara y la sangre seca que, ahora lo veía, le bajaba por la sien.

—Isla, ¿qué ha pasado? ¿Por qué rompiste la conexión?

Ella le miró con intensidad.

—Porque no quiero darle a Cronan más de lo que ya me ha quitado.

A Oro le dio un vuelco el corazón al oírla confirmar sus peores temores. Cronan la había capturado.

—Intenta doblegar mi mente y convertirme en un arma —continuó ella, y su expresión grave mudó en una de temor.

Oro le posó la mano en la mejilla mientras las lágrimas inundaban los ojos de Isla.

—He intentado contenerle, pero… —Se le rompió la voz y Oro la abrazó de nuevo. Isla cerró los ojos—. Es muy fuerte. Al final entró. Y yo… no pude…

Oro jamás se había sentido tan impotente. Lo que más temía se había hecho realidad: ella le necesitaba y él no estaba allí. Pero quizá pudiera ser su luz, igual que ella fue la de Oro en algunos de sus momentos más oscuros.

—Eres fuerte —le dijo agachando la cabeza para mirarla directamente a esos ojos verdes. Esos ojos—. Eres la persona más fuerte que conozco.

Isla negó con la cabeza.

—Eso no es verdad.

Oro enarcó una ceja.

—¿Acaso miento alguna vez?

Ella tragó saliva y levantó la vista hacia él. Fue como si hubieran vuelto al Centenario, cubiertos de tierra mientras inspeccionaban bosque tras bosque en busca del corazón de Lightlark.

Oro apoyó las manos en sus hombros, presionándolos con los dedos.

—Eres la misma mujer que se presentó en el Centenario pensando que no tenía poderes. Eres la misma mujer que rompió las maldiciones. La misma que se convirtió en gobernante de dos reinos. La misma que abrió un portal y se llevó consigo a la mayor amenaza que ha conocido el mundo, sin saber adónde iba ni lo que tendría que afrontar allí.

Isla hizo una mueca burlona.

—Menuda idiota —dijo.

—No —replicó él con ferocidad al tiempo que le levantaba la barbilla con suavidad para mirarla de nuevo a los ojos—. Eres una heroína.

Eso arrancó a Isla una carcajada triste.

—Yo soy la villana, Oro. Por mi culpa ha muerto mucha gente.

Él la aferró con más fuerza.

—Gracias a ti, muchas más personas siguen vivas.

Isla no parecía convencida.

—Eres la persona más valiente y más fuerte que he conocido nunca —insistió Oro. Puede que Cronan haya entrado en tu mente, pero no te conoce. No como yo. Te he visto arrancarte enormes púas de la espalda. Te he visto luchar con dos espadas a un tiempo. Te he visto sobrevivir a cosas a las que nadie más habría sobrevivido y superar lo imposible. No tiene la menor idea de con quién se está metiendo. Pero yo sí. Y por eso sé que volveré a verte.

Los labios de Isla temblaban cuando levantó la cabeza. Él posó la mano en su mejilla y le secó una lágrima con el pulgar.

—Y no estás sola, Isla. Estamos haciendo todo lo que podemos para encontrarte. Dentro de nada estaremos allí. Te lo prometo, amor mío.

—¿Estaremos? —preguntó Isla frunciendo el ceño.

—Sí, los dos —dijo Oro—. Grim y yo estamos trabajando en equipo. Hemos encontrado un lugar que podríamos usar como portal y…

Por un momento el asombro y la incredulidad se adueñaron del rostro de Isla, pero la expresión mudó rápidamente en terror.

—No —dijo, y de nuevo rompió a llorar, esta vez con desconsuelo.

Oro le enjugó las lágrimas a toda prisa. No entendía su reacción; solo sabía que tenía que poner fin a lo que fuera que la hiciera sufrir.

—¿Qué pasa?

Ella le aferró las muñecas y le miró a los ojos con frenesí.

—No lo hagáis.

Él frunció el ceño.

—¿Qué?

La voz de Isla era firme cuando dijo:

—No me salvéis.

Seguro que Oro no la había oído bien.

—¿Cómo que…?

—¡Es lo que él quiere! —Sacudió la cabeza—. Por favor… Por favor, prométeme que no vendréis a buscarme. Ya le

he… Ya le he dado buena parte de lo que quiere. —Rompió a llorar de nuevo—. No lo hice adrede. Intenté… Intenté…

—Ya lo sé —dijo Oro rodeándola otra vez con los brazos. Deslizó la mano por su pelo mientras ella lloraba contra su cuerpo.

Y, si bien había jurado mil veces que le concedería cualquier cosa que le pidiera…, eso…, eso no se lo podía dar.

—Lo siento —dijo Oro—. No puedo hacerte esa promesa.

Y entonces Isla y la playa se desvanecieron.

CAPÍTULO 31
GRIM

—Corazón.

No era un recuerdo. Los había revisado todos mil veces al revivir su historia mentalmente, aunque solo fuera por volver a verla.

Por eso sabía que esto era otra cosa. Era ella. De algún modo había encontrado una manera de comunicarse con él a través de los sueños.

Ni siquiera era consciente de haberse quedado dormido. Estaba buscando el skyre…, y su cuerpo debía de haberse desconectado sin más. Llevaba días sin dormir.

Isla corrió hacia él. Tenía el mismo aspecto que cada noche que había pasado a su lado. Su larga melena había escapado del moño. Llevaba un vestido corto de seda que juraba que era cómodo. Pero tenía una quemadura en forma de estrella en mitad de la frente.

Grim la rodeó con los brazos y deslizó el pulgar por la marca. Sí, estaba en su alcoba, tal como siempre quería que estuviera, pero no era real. Se encontraba en apuros.

—¿Qué está pasando? Dime cómo puedo ayudarte.

Isla suspiró contra su pecho. Grim se percató de que llevaba puestas las prendas que ella le había comprado en los mercados de Algid en lugar de la armadura con la que se había dormido. Si podía cambiar la apariencia de Grim…, ¿habría cambiado también la suya propia? ¿Había más heridas, aparte de esa marca, y se las estaba ocultando?

Esperó a que ella dijera algo. La estrechó más cerca de su cuerpo y pensó que así tendrían que estar siempre. Con los corazones latiendo uno contra el otro. Juntos.

—Me han concedido más tiempo de vida, pero… él me ha capturado. —Los brazos de Grim se tensaron en torno a ella con un gesto reflejo, como si pudiera protegerla de su antepasado aun estando a un mundo de distancia—. Está intentando volver a vuestro mundo. Pretende transformar mi mente… Convertirme en una llave. En su arma.

La furia se adueñó de él. Pero una palabra había captado su atención.

—¿Por qué has dicho «vuestro» mundo?

Isla avanzó un paso para mirarle a los ojos.

—No puedo volver. Es lo que él quiere y… —Isla tragó saliva—. No quiero ver el mundo arrasado.

Tenía la voz ronca por la emoción, como si hiciera esfuerzos por no llorar.

—¿Por él? —preguntó Grim.

—O por mí.

Por fin brotaron las lágrimas. Y Grim recordó las palabras de Oro. Eso de que él… hacía que Isla fuera peor persona. La convertía en una villana.

—Tú no vas a arrasar el mundo —le dijo, porque estaba seguro. A su esposa le importaba su propio pueblo, y el de Grim. Le importaba todo el mundo. De no ser así, no estaría experimentando un dolor tan grande.

—Podría hacerlo —replicó ella, y Grim supo que estaba pensando en la profecía. La que le había ocultado—. Lo

siento —añadió como si le leyera el pensamiento—. Supongo que Oro te contó lo que dijo el oráculo. Debería…, debería habértelo dicho.

Grim esbozó una sombra de sonrisa.

—No tengo derecho a juzgarte por haberme ocultado algo. No, teniendo en cuenta todo lo que él se había callado. Ella respiró entrecortadamente.

—Hay…, hay una cosa que deberías saber —continuó Isla—. Cuando estaba con Oro en el desierto…

—Isla —la interrumpió Grim con suavidad. Notaba su vergüenza y su pesar—. Me da igual lo que hicierais y lo que no. —Hablaba muy en serio—. Me he disculpado otras veces por ello y me disculparé mil veces más, pero solo me culpo a mí mismo por el hecho de que te enamoraras de él.

Deslizó la mano por la mejilla de Isla. Si bien el sunling le inspiraba instintos asesinos cada dos por tres, tampoco podía culparle a él.

—Nunca debería haberte borrado los recuerdos —continuó Grim—. Sé que tu corazón está dividido, que también le amas a él. Y, aunque espero que siempre me escojas a mí, solo yo tendré la culpa si alguna vez no lo haces.

—Grim… —dijo Isla, y él negó con la cabeza.

—Y te perdono —siguió hablando—. Te lo perdono todo. Igual que tú me has perdonado a mí. Porque te conozco y nos conozco a nosotros, y nada puede romper eso.

—Todavía me amas —se asombró ella—. A pesar de que planeé todo esto sin ti. A pesar de que te he ocultado tantas cosas…

—Claro que te amo —respondió Grim.

El labio de Isla temblaba, pero tenía los ojos en llamas.

—Si me quieres, deja de buscarme.

Grim retrocedió. Se sentía como si le hubieran apuñalado.

—No puedo hacer eso.

—¿Aunque sea elección mía? ¿Aunque sea eso lo que quiero?

Grim la miró. La miró con toda el alma.

—Si estás en peligro, te encontraré.

Al ver que ella se indignaba, añadió:

—Dime que, si los papeles estuvieran intercambiados, tú no harías lo mismo. Dímelo y dejaré de buscarte.

Él la conocía. La conocía de veras.

Isla ni siquiera intentó mentirle.

—Pero la profecía…

—Yo no quiero que una profecía defina mi vida —dijo Grim, ahora acercándose a ella—. Ningún oráculo, ningún destino ni persona podría cambiar lo que siento por ti. Voy a ir a buscarte. Así que dime, Isla. ¿Cómo puedo ayudarte ahora mismo?

—Recuérdame —respondió ella con una mirada penetrante— todo lo que viene después.

Grim sabía a qué se refería. Despacio, agachó la cabeza hasta rozarle los labios con su boca y el contacto le provocó una descarga eléctrica en el cuerpo. Ella le rodeó el cuello con los brazos y gimió.

Ese sonido, directamente en la boca de Grim… Si antes ardía de deseo, ahora temblaba de pura necesidad. Su lengua separó los labios de Isla, rozó la de ella y…

Esto. Esto era un lenguaje en sí mismo. Una conversación. La besó profundamente, a conciencia, de ese modo que le aceleraba el pulso a Isla, algo que había aprendido a base de una práctica constante. Así la había besado en aquel mercado starling, antes de que se casaran, cuando la transportó a un callejón y la aprisionó contra la pared. Cuando ella le pidió que la tomara allí mismo, tan consumi-

da por el deseo que le dio igual saber que había gente a pocas calles de distancia.

Grim también gimió, porque cada beso era un eco de los recuerdos que compartían y de los que aún quedaban por crear. Él bajó las manos y la levantó a su altura antes de volverse a mirar la cama.

—Así —jadeó ella contra sus labios al tiempo que le entrelazaba los tobillos en su espalda.

Él se detuvo.

—¿Así?

Isla asintió y… «lo que ella quisiera». Eso le daría. Toda la noche, si ella se lo pedía.

Los labios de Isla buscaron de nuevo los suyos mientras ella bajaba las manos. Notó que le desabrochaba los pantalones y descendía y…

Grim daría la puta vida por esto. Daría la vida por esta perfección, por el sentimiento de ella en él. Isla gimió y él bebió el sonido con manos temblorosas contra sus caderas mientras ella se movía, despacio y luego con rapidez, frotándose contra él, y todo el sentido del tiempo, del espacio y de la realidad se hizo añicos. Solo estaban él y ella, y esa energía insaciable entre los dos, un deseo que nunca había disminuido, por más veces que estuvieran juntos.

Él acompañaba cada uno de sus movimientos con los propios, ayudándola, dándole todo lo que le pedía, todo lo que parecía necesitar, y ella buscó la boca de Grim una vez más.

—Te amo —susurró Isla contra los labios de él, entre jadeos. Su mano rodeaba la nuca de Grim, apoyada en él mientras seguía empujando—. Te amo… y por eso no quiero perderte.

—Me tienes —le dijo él con el corazón cada vez más acelerado—. Soy tuyo. Por siempre. Nunca me perderás.

Isla no parecía convencida, pero le absorbió el labio inferior y se lo mordió, y Grim vio estrellas. La atrajo todavía más cerca según la movía contra él. Una descarga de placer parecida a un rayo recorrió su espina dorsal cuando ella se estremeció.

Isla jadeó en la boca de Grim y él siguió empujando, dándole todo lo que podía para que no tuviera que suplicarle más. Los gemidos de ella resonaban por la alcoba y él quería que fueran más altos. La quería más acalorada. La quería completamente satisfecha. Grim se dejó llevar, atendiendo cada una de sus órdenes, que se moviera más rápidamente, que entrara más profundamente. Hasta que Isla echó la cabeza hacia atrás entre jadeos, dejó de moverse y se limitó a tomar. Hasta que ella cerró los ojos con fuerza y los dos se rompieron juntos. Él la siguió acompañando hasta que los temblores cesaron e Isla suspiró contra su pecho.

Permanecieron así, con los corazones latiendo desbocados, juntos. Grim le deslizó la mano por la espalda. Despacio, la devolvió al suelo. Ella seguía jadeando. Todavía congestionada. El pelo le caía en ondas alrededor de la cara.

Isla le arrastró a la cama y se quedaron allí tendidos, entrelazados. Por fin, Grim se sentía en paz. Durante esos breves instantes, pudo fingir que las cosas iban bien. Se le cerraron los ojos.

Cuando despertó, estaba solo.

CAPÍTULO 32

ORO

Grim irrumpió en la sala del trono de Oro con las sombras fulgurando tras él.

El nightshade estaba empapado, con el pelo y la ropa chorreando. No parecía que le importara lo más mínimo.

Oro le miró entornando los ojos.

—Has vuelto a probar el portal, ¿verdad? —En realidad, era lógico, supuso Oro—. Y no ha funcionado.

—Obviamente —gruñó Grim.

Oro se planteó si ocultarle el sueño con Isla. Quería hacerlo. Sin embargo, aunque estaba claro que Grim se sentía cómodo trabajando por su cuenta, tenían más probabilidades de traer a Isla de vuelta si colaboraban.

—La vi —dijo Oro por fin.

Grim se quedó de una pieza.

—¿Qué significa que la viste? —preguntó muy despacio.

—En un sueño.

Oro notó la tensión en los hombros de Grim. Saltaba a la vista que no le entusiasmaba que Isla le hubiera visitado en sueños. A pesar de todo, el nightshade le preguntó con voz firme:

—¿Qué te dijo?

—Me pidió que dejáramos de buscarla.

Grim asintió. No parecía sorprendido.

—También te visitó a ti —adivinó Oro.

—Pues claro que me visitó —gruñó Grim—. Es mi esposa.

La palabra irritó a Oro. Seguro que Grim se daba cuenta. Se deleitaba en ello. Pero no hizo más preguntas sobre el sueño. Sin saber por qué, sintió la necesidad de decir:

—Eso fue todo. Nada más.

—Me da igual lo que pasara —le espetó Grim.

Oro se limitó a mirarlo con un sabor amargo en la lengua.

—No me emociona la idea, como es natural —aclaró el nightshade frunciendo el ceño—. Que la quieras. Y que… ella te quiera. —Las sombras de Grim se derramaban ante él arañando el suelo de piedra, un reflejo de lo que al nightshade le gustaría hacerle a Oro—. Pero nadie tiene la culpa excepto yo.

La última frase sonó tan derrotada, tan impropia de Grim, que Oro le miró atónito. Pero decía la verdad. Oro percibía la dulzura del pensamiento en la lengua.

—Lo dices en serio.

Grim lo fulminó con la mirada.

—Estaría malgastando aliento si le mintiera a alguien que percibe las verdades.

Oro odiaba a Grim. Se habían declarado la guerra dos veces a lo largo de sus vidas. La segunda, pocos meses atrás. Era un villano. Había matado a miles de personas sin escatimar crueldad.

Sin embargo, aunque casi le avergonzase admitirlo, no le odiaba con toda su alma. No… Estando allí, en ese castillo, le resultaba sencillo dejarse llevar por la amistad que habían compartido durante décadas. Antes de las maldiciones. Antes… de ella.

Por raro que fuera, ella los había unido de nuevo.

Quizá por eso el sentimiento de culpa se le arremolinaba en el pecho. No podía seguir colaborando con Grim sin hacerle una confesión.

—En el desierto, hace un tiempo, nosotros…

Oro frunció el ceño. Isla y él no habían hecho nada en realidad. No todo lo que a él le habría gustado. Recordaba que le había deslizado hielo medio derretido por la piel y la había visto estremecerse con sus caricias. Oro la estaba ayudando a soportar el calor… Pero sabía muy bien que estaban haciendo algo más.

Grim frunció el ceño.

—Sé lo del desierto. Ella me lo contó.

Oro se quedó anonadado.

—¿Te lo contó?

Se preguntó si debía prepararse para otra pelea.

Pero Grim se limitó a asentir.

—Isla está dividida. Una parte de ella, la parte que se enamoró de ti, no es mi esposa. Lo sé. Asumo la responsabilidad de eso.

Oro no se podía creer que el nightshade estuviera pronunciando esas palabras. Grim debió de notar su sorpresa, porque dijo:

—Amarla me ha convertido en una persona mejor. —Su mirada era penetrante—. Aunque tú creas que mi amor la envilece.

El Grim que Oro conocía nunca se habría mostrado tan indulgente. A fin de cuentas, el rencor que le guardaba tenía siglos de antigüedad. Era verdad. El amor había cambiado al nightshade.

Grim señaló los hilos que Oro había dejado sobre la mesa, dando por terminada la conversación.

—¿Has encontrado algo?

Él negó con la cabeza.

—Ya no puedo usarlos. La última vez les hice daño a mis amigos —dijo Oro.

Grim se limitó a observarlo sin expresión.

—Tus amigos me importan un comino —respondió.

Y todos lo sabían.

Oro suspiró.

—No encontré nada relacionado con lo que estamos buscando. —Se recostó contra el lateral de la mesa—. He recorrido miles de años y no he oído hablar a nadie de crear un portal.

Grim observó la reliquia dorada.

—Si se llaman los Hilos del Tiempo…, lo lógico sería que te permitieran viajar al pasado.

Oro encogió un hombro.

—Sí, sería lo lógico. Pero, por más que lo he intentado, no ha funcionado. Yo seguía ahí sentado. Veía, pero no podía interactuar.

—Porque tú no puedes saltar entre portales —dijo Grim con naturalidad.

Oro lo miró con perplejidad. Pues claro. No había pensado que viajar al pasado fuera una especie de salto entre portales. Sus ojos se desplazaron de Grim a los hilos.

—¿Tú me podrías ayudar a usarlos?

El nightshade lo fulminó con la mirada.

—Yo los usaré. Ya que estás tan preocupado por tus amigos.

Oro no iba a permitir ni en sueños que Grim viajara al pasado y tuviera la oportunidad de cambiarlo. Sus amigos no estaban presentes. Y el nightshade se las arreglaría.

—Tenemos que hablar con Horus. Y es más probable que hable conmigo que contigo —arguyó.

Grim lo meditó.

—Muy bien. —A Oro le sorprendió que accediera tan fácilmente—. Saltar entre portales es agotador en circunstancias normales. Pero viajar a miles de años de distancia… Eso podría matarte.

Eso no iba a disuadir a Oro, en especial después de haber visto el estado en el que se encontraba Isla. Tenía heridas por todas partes y estaba débil. Los necesitaba, y ellos se estaban quedando sin opciones. Si alguien sabía construir un portal, era Horus. Él y los demás fundadores lo habían hecho antes. Grim siguió hablando.

—¿Cómo sabemos que eres lo bastante fuerte como para volver? ¿Cómo sabemos que no te quedarás atrapado en el pasado, a miles de años de distancia, como un bobo?

—No lo sabemos —fue la respuesta de Oro. Durante la conversación, los hilos no habían dejado de llamarle. Cuando alargó la mano hacia ellos, las voces sonaron más altas. Más insistentes. Recordó lo que había hecho y el horror en los rostros de sus amigos. No, no le atraparían. Esta vez no. Le había asegurado a Isla que ella era fuerte y él también lo sería. Notó una sacudida en las venas cuando cogió los hilos de nuevo—. Pero tenemos que intentarlo por ella.

Rasgueó las hebras con el pulgar y al instante se estableció la conexión, como si los hilos le estuvieran esperando. Como si estuvieran ansiosos por el reencuentro. Se le empezó a nublar la visión. El castillo mudó en arena y se desmoronó en derredor. Los hilos le perforaron la piel y se deslizaron al interior de sus venas. Notó que le ardía la sangre.

El poder de Grim entró en los hilos y Oro notó una descarga eléctrica. Las llamas se habían convertido en un infierno de dolor. Empezó a formarse un portal en torno a él, una puerta circular que crepitaba con una energía semejante

a la del rayo. El portal se multiplicó una y otra vez hasta convertirse en miles de capas a su espalda conectadas en un túnel infinito. Oro frunció el ceño.

—Si yo…

Antes de que terminara la frase, se sintió arrastrado hacia atrás. Sus talones resbalaban contra el suelo y él se precipitaba a través de esos portales, arrastrado de sala en sala a lo largo de miles de años. Hasta que por fin su cuerpo se detuvo en seco.

Acusó de golpe la potencia del viaje. Trastabilló hacia delante y aterrizó de rodillas. Apoyó las manos contra un suelo que conocía bien. Era de oro. El oro de su sala del trono. Solo que este resplandecía. Estaba inmaculado.

—¿Quién eres?

Oro se puso tenso. Conocía esa voz. La había oído muchas veces a lo largo de estos últimos días. Se puso de pie despacio, con el corazón desbocado, y se dio media vuelta.

Ahí estaba. Horus Rey. El rey original de Lightlark. Uno de los tres fundadores de la isla.

Los ojos de Horus se posaron de inmediato en su mano y Oro la miró también. Se le veían los hilos a través de la piel como si le hubieran remplazado las venas. Desprendían un brillo dorado.

Luego la mirada de su ancestro se desplazó a su rostro. Le escudriñó detenidamente.

—Hum —dijo—. Supongo que eres mi nieto.

Horus no parecía en absoluto sorprendido. Como si hubiera visto cosas mucho más raras a lo largo de su vida.

—En enésimo grado —dijo Oro con una voz semejante a un graznido.

Un abanico de emociones desfiló por el rostro de su antepasado. Oro estaba seguro de que tenía miles de preguntas, pero las resumió diciendo:

—¿A qué has venido?

—Necesito saber cómo crear un portal al otro mundo.

Horus se sobresaltó. A Oro no se le escapó el atisbo de miedo que cruzó su expresión.

—¿A Skyshade?

«Skyshade». Hasta ese momento Oro desconocía el nombre del otro mundo. Bien. La visita a Horus ya le había proporcionado información de utilidad.

Pero su antepasado negó con la cabeza.

—Lo siento. No puedo ayudarte.

Hizo amago de darse media vuelta, pero una columna de llamas se lo impidió. Horus se detuvo. Oro tuvo la sensación de que la rabia se arremolinaba en su cuerpo, pero no contraatacó. Despacio, se volvió a mirarle.

—La historia se repite —le explicó Oro a su antepasado—. Lark, Cronan y tú. Ahora somos Isla, Grim y yo. Estamos al borde de la ruina por culpa de los antiguos fundadores.

Horus se frotó la mandíbula. No le miraba a los ojos mientras hablaba. Era como si no quisiera saber lo que estaba pasando en el futuro.

Pero Oro no había viajado tan lejos para que su propio antepasado se negara a ayudarle.

—Tu legado quedará en nada si no podemos abrir un portal. Créeme.

Horus volvió a negar con la cabeza. Su corona y la de Oro eran iguales.

—No deberías haber usado los hilos. Algunos poderes es mejor no tocarlos. Rompen el equilibrio.

El equilibrio entre la luz y la oscuridad. El que en teoría había existido antes de que Nightshade y Lightlark se hicieran enemigos.

—No hay equilibrio en un mundo reducido a cenizas —dijo Oro.

Horus guardó silencio un ratito. Luego habló por fin.

—Aun así…, no puedo ayudarte. Lo que buscas es casi imposible. Nos aseguramos de que el acceso fuera difícil —explicó—. El portal está construido en los cimientos de la isla. Para que solo pueda usarse como último recurso.

—Has dicho casi imposible —señaló Oro—. ¿Cómo construimos uno nuevo?

No despegó la vista de Horus. Finalmente, su antepasado suspiró.

—¿Cuál es tu don? —preguntó.

—Percibo las verdades —dijo Oro.

El otro entornó los ojos mientras observaba a su descendiente con atención, como buscando algo.

—Nuestro mundo está casi destruido —insistió Oro—. Pero hemos sobrevivido a incontables desafíos. A infinidad de obstáculos. No voy a dejar que muera después de todo lo que hemos pasado.

Horus observó los hilos. Oro tuvo la sensación de que estaba a punto de darse media vuelta otra vez.

Pero, en vez de eso, suspiró y dijo:

—En primer lugar, tienes que conocer el nombre del mundo al que te diriges.

Oro dio un paso adelante mientras memorizaba cada una de las palabras.

El nombre del mundo era Skyshade. Ahora ya lo sabía.

—En segundo lugar…, tienes que ser capaz de saltar entre portales.

El poder de Grim. El de Cronan.

—Necesitas grandes cantidades de energía.

Eso… ya lo resolverían.

—Algo vivo del otro mundo.

¿Vivo?

—Y, para terminar, y lo más importante, grandes cantidades de poder sunling, nightshade y wildling.

Isla. Tendrían que pedirle que reestableciera los vínculos de amor para acceder a las habilidades wildling. Si acaso lograban convencerla de que los ayudara.

A pesar de todo, Horus negó con la cabeza.

—Aun en ese caso, contando con todo eso…, el viaje te mataría. El puente entre los mundos, el que nos trajo aquí, se construyó por un motivo. Sin un puente, no sobrevivirías al viaje. Las grietas entre los mundos tienen dientes. Eso decimos siempre. Y lo descubrimos por las malas.

—¿Y si usáramos aguas sagradas vinculadas? —preguntó Oro.

Horus lo meditó.

—Si realmente estuvieran vinculadas y fueran las mismas aguas, podrían protegerte. Pero todavía necesitarías todo lo demás. E incluso en ese caso…

Oro notaba que su energía estaba mermando. La sala del trono se deshacía, convirtiéndose poco a poco en arena. Notaba cómo empezaba a alejarse, arrastrado a su propia época.

—Gracias —dijo a toda prisa. Su antepasado frunció el ceño con aire preocupado. Abrió la boca para hablar, pero antes de que Oro pudiera oír lo que iba a decirle ya estaba atravesando miles de años.

Grim fue la primera persona que vio cuando aterrizó. El nightshade le agarró por los hombros para impedir que se estampara de bruces contra el suelo.

Tan pronto como recuperó el equilibrio, Oro se despojó de los hilos. Apretó los dientes cuando las hebras le recorrieron la piel antes de ir a parar al suelo. La maraña ensangrentada se transformó en un montón de arena y al momento las hebras volvieron a aparecer.

—¿Y bien? —le preguntó Grim—. ¿Has encontrado lo que necesitamos?

Una sonrisa se extendió despacio por el rostro de Oro cuando dijo:

—Me parece que sí.

CAPÍTULO 33
GRIM

Grim meditó lo que Oro acababa de contarle acerca de las cosas que necesitaban para crear el portal.

—Son buenas noticias —dijo mientras se paseaba de un lado a otro. Ahora, al menos, tenían un punto de partida.

—Me parece que sé dónde podemos conseguir la energía —dijo Oro desde el trono—, pero ¿cómo conseguimos algo vivo del otro mundo…, de Skyshade?

El sunling pronunció la palabra como si aún le costara hacerlo.

Grim se estrujó los sesos. Trató de recordar qué otras cosas había buscado mientras intentaba encontrar el portal de Cronan. Y entonces le vino a la mente algo que había dicho Azul. Había mencionado un anillo. Grim se acordaba. Isla tenía pensado usar el anillo para capturar un retazo de tormenta.

Recordaba que le había pedido a Grim que hiciera ascender a Espectro cada vez más, a pesar de sus protestas…

Y que casi habían acabado todos muertos.

Al final Isla había logrado capturar una parte de la tempestad…, pero luego se le había caído el anillo. Se lo contó todo a Oro.

—Si encontrásemos el anillo, tendríamos algo vivo del otro mundo —concluyó Grim.

—¿Y cómo lo vamos a encontrar? —preguntó Oro.

—Con ayuda —dijo Grim.

Espectro no había desplegado las alas desde la partida de Isla. El dragón sabía que ella los había dejado y estaba tan triste por su pérdida como Grim. Se negaba a volar, así que Grim le había transportado a los establos, donde el felino de Isla y él se hacían mutua compañía.

Cuando Grim saltó a un portal de las cuadras junto con Oro, Lynx se abalanzó sobre él y le habría arrancado un brazo al nightshade de no ser porque se desmaterializó en el último minuto. El felino le gruñó como si aún le culpara de la desaparición de Isla.

Grim también se culpaba a sí mismo.

Cuando Lynx vio a Oro, sin embargo, el muy traidor tuvo la desfachatez de hacerle una reverencia. El gesto habría molestado aún más a Grim si no estuviera tan preocupado por su esposa.

Mientras Oro hablaba con Lynx con un tono serio y suave, Grim se giró hacia su dragón. No mucho tiempo atrás era un montoncito de escamas negras que tenía la manía de hacer trizas su almohada.

Cuando Isla los abandonó, después del Centenario, Espectro estuvo llorando varias horas. Los dos querían a Isla. Los dos la echaban de menos y la pena compartida creó un vínculo entre ellos. Y esa conexión hizo que el dragón creciera hasta extremos alucinantes.

—Estamos en ello —le dijo al dragón, acariciándole el hocico. Espectro se inclinó ante él—. Pero necesitamos tu ayuda. Necesitamos… que vueles.

El dragón torció la cabeza como si le extrañara la petición.

—Necesitamos que nos ayudes a traerla de vuelta.

Al oír eso, Espectro procedió a desplegar las alas despacio. Todos lo siguieron al exterior, donde las abrió por completo, casi derribando los edificios circundantes en el proceso.

—Así me gusta —dijo Grim rebosante de orgullo. Los dos estaban dispuestos a hacer lo que fuera necesario para reunirse con Isla.

A continuación, Grim se dirigió tanto al dragón como al felino de Isla.

—Estamos buscando un anillo que Isla perdió. Debería conservar su aroma.

Grim pensaba inspeccionar sus territorios desde los cielos, a lomos de Espectro, pues su dragón tenía una vista excelente. Oro cabalgaría al felino, que poseía un sentido del olfato excepcional.

Los dos animales agacharon la cabeza para indicar que habían comprendido.

Y emprendieron la marcha.

CAPÍTULO 34
ORO

Lynx estaba tan triste como Oro. Cuando el rey le miró a los ojos, vislumbró la misma pena insondable que le embargaba a él. El animal sabía muy bien lo que había sucedido. Les había acompañado por el laberinto mientras buscaban a Isla, antes de que ella se transportara al otro mundo. Había visto el cráter renegrido en el centro. Había presenciado cómo Grim y él se golpeaban mutuamente hasta convertirse en amasijos ensangrentados.

Habían pasado varios días desde entonces y Oro detestaba ser consciente de que apenas habían hechos progresos y no habían sido capaces de traérsela de vuelta a Lynx. Lo ocurrido desde que ella se marchó se emborronaba en su mente. Buscar a Cleo. Luchar en la prisión submarina. Viajar al mundo de las maldiciones. A Oro le sabía mal no haber implicado más al felino. Ellos dos estaban vinculados. Pues claro que Lynx estaba preocupado por ella.

El animal parecía agradecido por tener la oportunidad de ayudar. Brincaba raudo por tierra casi a la misma velocidad que Espectro surcaba el firmamento. Acercaba el hocico al suelo según avanzaba, buscando el aroma de Isla.

Recorrieron prados de hierbas altas y llegaron a una zona casi desprovista de vegetación. Había cráteres repartidos por el suelo. Allí se había librado una batalla.

Y entonces el hedor golpeó a Oro con la fuerza de un ariete. Enormes cabezas de bestias putrefactas, las que habían matado en la batalla contra Lark, estaban esparcidas por el campo. Habían bajado del cielo para sembrar el caos.

La imagen le recordó todo lo que habían vivido. Oro tenía la sensación de no haber parado de luchar. Por su gente, contra Lark, y ahora… por Isla. No había tenido ni un momento para procesar todo lo sucedido. No había tiempo. Tenían que continuar.

Lynx corrió como una flecha por esos campos de carne y sangre, esquivando seres que se habían despedazado con el impacto. A Oro le preocupaba que el tufo le impidiera seguir el rastro de Isla, pero el felino no vaciló.

Lynx aceleró de repente y Oro se inclinó contra el viento. En ese momento, algo bloqueó su visión.

No. La remplazó.

Oro estaba viendo una celda oscura. A través de la débil iluminación, vislumbró a una Lark mutilada y recostada de mala manera en un rincón.

Y veía también… las manos de Isla. Las reconocería en cualquier parte. Un enorme caballero enfundado en una reluciente armadura de metal sombreador tiraba de ellas.

Atisbó un pasillo excavado en antigua roca. Y luego vio una sala circular con vistas a los remolinos morados y azules de una galaxia.

Y a continuación… su rostro.

El rostro de Cronan. Seguro que era él. El parecido con Grim se le antojó sobrecogedor, pero en los ojos de Cronan había un vacío insondable, como si estuvieran hechos de pura oscuridad.

Portaba una corona semejante a una maraña de espadas retorcidas.

En ese momento Lynx gruñó; los músculos del animal se tensaron. Oro no pronunció ni una palabra y tampoco se movió, por miedo a que la visión se esfumara. Buscaba con desesperación cualquier detalle que pudiera ayudarlos desde donde estaban. Observó con impotencia cómo las sombras se proyectaban desde la corona directamente hacia Isla.

Ella gritó al notar el impacto. Oro perdió el aliento y la imagen desapareció. Ese dolor…

Lynx se había detenido. Oro parpadeó al volver a ver el prado. Delante de él, Grim y Espectro estaban aterrizando. El nightshade parecía complacido. Oro vio un destello en la hierba, entre los dos. Lynx y Espectro debían de haberlo encontrado al mismo tiempo. El anillo de Isla con el retazo de tormenta. Oro apenas fue capaz de experimentar alivio, todavía abrumado por los ecos del sufrimiento de Isla.

Grim notó al instante el pánico de su compañero.

—¿Qué pasa?

Oro se apeó del animal y se acercó a su cara. Lynx tenía los ojos desmesuradamente abiertos por la inquietud.

—La… La he visto —dijo Oro—. Me la ha enseñado Lynx. Su vínculo con ella debe de ir y venir. Lo está viendo casi todo.

Grim enfiló hacia ellos a toda prisa.

—Me pregunto si la conexión funciona en ambos sentidos.

CAPÍTULO 35

ISLA

Una tormenta azotaba el castillo. La despertaron las piedras sueltas que caían del techo de la mazmorra.

Su poder recuperado la inundó como una avalancha. Trató de hacer pedazos los barrotes de la celda; sin embargo, por más energía que reuniera, sus habilidades morían tan pronto como tocaban el metal.

Era sombreador, cómo no. Estaba entreverado incluso en las paredes. Y el skyre que Isla se había grabado en la piel para burlar el bloqueo del laberinto no funcionaba allí. No, este material estaba alterado, como si Cronan le hubiera infiltrado el poder de su vacío. No importaba que pudiera usar sus poderes en el interior si la propia jaula era inexpugnable.

Se desplomó en el suelo, haciendo caso omiso de la trabajosa respiración de Lark, que seguía tratando de regenerarse. Pero no lo conseguía. Era como si las tinieblas que Cronan había usado para desgarrarla siguieran entrelazadas con sus huesos y le impidieran sanar del todo.

Poco después Isla volvía a estar en la sala de la galaxia, mirando las estrellas. Cronan se abría paso por sus recuerdos y ella se esforzaba al máximo por impedir que se asomara a

la noche anterior, cuando había encontrado la manera de visitar a Grim y a Oro en sueños.

No podía dejar que averiguase que estaban a punto de encontrar un portal y que se proponían usarlo para venir a buscarla a Skyshade.

De modo que le dejó ver otros recuerdos con la intención de distraer a sus penetrantes sombras. Y él los revisó con fervor, tergiversando y distorsionando según avanzaba. Isla intentaba impedirlo, trataba de mantenerlos íntegros y verdaderos. Pero él, por lo que parecía, disfrutaba con esa batalla mental y siempre ganaba. Reformaba instantes hasta dejarlos irreconocibles.

Aún peor: en ocasiones, simplemente los hacía pedazos.

Isla tenía que emplear todas las fuerzas que le quedaban para oponer resistencia a través del dolor, y cada vez que se descuidaba otro recuerdo acababa destruido.

De Grim. De Oro.

De su pueblo.

Un recuerdo borrado. Y luego otro.

Más de una vez estuvo a punto de desmayarse de puro padecimiento, pero él la mantenía consciente. La obligaba a permanecer con la mente abierta.

«Ríndete, ríndete, ríndete», entonaban sus tinieblas mientras embestían los muros sin descanso. Mientras tanto, arrancaban, vapuleaban y destruían.

Isla imaginó la balsa de plata. Luchó por centrarse en mitad del caos, recordando lo que Oro había dicho sobre su fuerza.

Hizo todo lo que pudo para seguir resistiendo, pero esos recuerdos eran sus anclas, sus posesiones más preciadas, todo lo que tenía.

Y, a medida que se le escapaban, Isla tenía la sensación de desaparecer con ellos.

Justo cuando pensaba que la muralla de su mente se iba a desmoronar por completo, una imagen se abrió paso.

Supo que no era un recuerdo porque no reconoció el lugar. Le recordaba al prado de flores de nightbane. Debía de ser una de las pocas extensiones de tierra que las tormentas y las batallas no habían destruido.

La visión fue tan impactante que el dolor y la desesperación se desvanecieron por completo, solo un instante.

Únicamente cuando vio de refilón una inmensa zarpa supo de qué se trataba.

Era Lynx. De algún modo, le estaba enviando una imagen. Igual que hacía cada vez que ella le tocaba el pelaje.

Su animal vinculado. La conexión entre los dos se había mantenido a pesar de la distancia. A pesar del poder de Cronan y de que Isla había roto los puentes que partían de su alma. Ese hecho por sí mismo bastó para renovar su determinación.

Y entonces… los vio a los dos.

A Grim al lado de Espectro. Se le encogió el corazón al vislumbrar a su pequeña familia. El hogar que había escogido. Su mera visión elevó su espíritu como si estuviera volando con ellos.

Por fin, una figura entró en el campo de visión de Lynx. Se dio la vuelta y ahí estaba Oro. Las lágrimas resbalaron a mares desde los rabillos de sus ojos. Fue casi como si el rey la estuviera mirando directamente cuando dijo:

—Vamos a ir a buscarte, Isla. No estás sola, pronto llegaremos. Aguanta.

Oro debía de haber deducido que Lynx estaba conectado con ella. Sabía que podía verlos.

Un instante después, Grim apareció junto a Oro. Le clavó los ojos y dijo:

—Eres infinita, corazón. Nunca lo olvides.

Y al contemplarlos allí, codo con codo, luchando por abrirse paso hasta ella, sintió que su resolución se redoblaba. Se triplicaba. Se sintió infinita.

Las palabras de la dama de plata flotaron en su mente. «Eres cada vez más fuerte. Y tu fuerza… no tiene límites. Tú no tienes límites».

El escudo que le rodeaba la mente no solo se endureció, sino que creció. Por primera vez se sintió más fuerte que Cronan. Tuvo la sensación de que podía liberarse.

Y fue eso lo que hizo.

Jadeó cuando la garra invisible que le rodeaba el cuerpo y la mente aflojó la presión de súbito. Isla podía moverse. Dobló el dedo meñique. Fue un movimiento mínimo.

Pero suficiente. Porque demostraba que incluso los grilletes más fuertes pueden romperse.

Cronan estaba plantado ante ella, gruñendo. La miró con odio infinito e Isla se preguntó si la mataría sin más. Parecía deseoso de hacerlo.

Pero entonces sus tinieblas se abatieron sobre ella y…

«Imagina una balsa».

Su corazón se convirtió en agua plateada, ondulada e inacabable. Dejó que el agua la llenara, que protegiera su mente del ataque de Cronan. El dolor desapareció. Todo desapareció.

Hasta que una nueva imagen emergió: una arboleda barrida por el viento con una balsa en el centro, una poza de superficie brillante como metal fundido a la luz de la luna. Una mujer de cabello color plata estaba parada junto al agua; su aura proyectaba un suave fulgor en la oscuridad.

—¿Quién eres? —preguntó Isla. A esas alturas ya había comprendido que las interacciones con ella solo tenían lugar en su cabeza.

La dama se limitó a señalar la poza, como en respuesta. Isla dio un paso adelante. En el reflejo plateado del agua, en el transcurso de unos instantes, lo vio… todo. Una existencia imposible.

Cuando la visión terminó, trastabilló hacia atrás, parpadeando, y miró a la mujer sobrecogida.

—Todo esto —dijo la mujer— ha desembocado en ti.

Isla tragó saliva. Era lo único que había oído desde que era una niña. Siempre había sido distinta: bien una maldición, bien la única solución.

Habría deseado no ser ninguna de las dos cosas.

—No quiero nada de esto —dijo Isla, porque ahora sabía que la mujer lo entendería.

—Lo sé —susurró ella aferrando las manos de Isla—. Yo tampoco lo quería. —Sus ojos de plata destellaron—. Siento que tengas que llevar esta carga.

Isla cerró los ojos con fuerza antes de volver a abrirlos.

—Y yo siento que tú tuvieras que llevarla también.

Ver el viaje de la otra mujer había reavivado la determinación de Isla por seguir adelante. Por seguir luchando contra la oscuridad. Igual que la dama de plata… y que tantas mujeres antes.

—Tienes que afrontar elecciones imposibles. Y yo intentaré facilitártelas. —Señaló la reluciente agua.

—¿Qué es? —preguntó Isla—. ¿Muestra el pasado?

—Sí —respondió la dama—. Y mucho más que eso.

Desde el borde del agua, Isla se vio reflejada en aquel único momento en el tiempo. Vio sus mejillas manchadas de tierra. Su cabello sucio. La sangre seca en la sien y una quemadura en la frente, donde las tinieblas de Cronan habían dejado una marca.

Entonces, como si fuera de cristal, la poza se fracturó en mil pedazos. En cada fragmento Isla vio su propio rostro,

pero ligeramente cambiado. Era ella en todos ellos, aunque distinta.

—Esta es la Balsa de las Posibilidades —dijo la dama de plata—. Un lugar inmemorial que solo encuentran aquellos que han sido escogidos. Formula una pregunta, entra en el agua y verás cómo podrían haber sido las cosas.

Isla no entendía cómo, en su situación, le podía ayudar conocer posibles destinos. La mujer debió de percibir la reticencia de Isla, porque dijo:

—Podrás seguir adelante una vez que hayas hecho las paces con tu pasado. La balsa puede aportarte claridad. —Se interrumpió y miró a Isla con atención—. A veces los viajes más complicados son los que emprendemos al interior de nosotros mismos. Puede ser peligroso explorar los rincones más recónditos del alma. A menudo las verdades que descubrimos no son agradables.

«Verdad». Isla no era capaz de oír esa palabra y no pensar en Oro.

—Por otro lado… Algunos se obsesionan con lo que podría haber sido. Muchos se han ahogado en la balsa, deseosos de vivir en el pasado por siempre —continuó la dama de plata—. Debes de tener una razón poderosa para volver.

Isla pensó en Oro. En Grim. En Lynx, Espectro, su pueblo, el pueblo de Lightlark, los amigos que había amado y perdido. En cada una de las personas que había dejado atrás.

—Tengo esa razón —dijo Isla.

Presionándole la mano por última vez, la mujer señaló las aguas.

Aquí, en su propia mente, con esa poza ante ella, Isla controlaba la situación.

Con un gesto de la mano, la mujer la despojó de las ropas destrozadas y mugrientas y de las botas cubiertas de tie-

rra que llevaba puestas desde que había llegado a este mundo. El vaporoso vestido que sustituyó las prendas, extraído de su alcoba wildling, era ligero como el aire y tan verde como el bosque que las rodeaba.

Hundió un pie descalzo en el agua y un estremecimiento le recorrió la pierna, directo al corazón. Apoyó el pie en las rocas lisas del fondo y dio otro paso. Y otro.

Y descubrió que no se estaba adentrando en el agua, sino en algo extraño y denso. Reluciente. Mientras vadeaba el líquido hacia el centro, tuvo la sensación de que sus sentidos cobraban vida de un modo que no podía describir. No se parecía a nada que hubiera experimentado antes, ni siquiera en Lightlark o en Nightshade. Cuanto más escudriñaba la balsa, más le revelaban sus aguas, que adoptaron un color inimaginable para Isla. Las suaves olas emitían un sonido parecido a un instrumento que no sabía nombrar. El agua resbalaba sobre su piel como un tejido indescriptible.

El vestido se hinchó a su alrededor cuando se volvió a mirar a la mujer.

—Tienes que sumergirte —le dijo la dama de plata.

Isla flotó de espaldas con los ojos puestos en la noche que se extendía más allá de los árboles. La balsa la sostenía con manos invisibles. «Paz». Esta era la sensación que debía de producir la paz eterna. En su mente, el cielo estaba compuesto de estrellas que bailaban y creaban dibujos en la negrura. Las observó hasta que notó la mente adormecida. Hasta que su cuerpo empezó a hundirse despacio.

Hasta que solo su rostro permanecía por encima de la superficie.

En ese instante notó que la recorría una descarga eléctrica semejante a un rayo. Su cuerpo se crispó, su cuerpo se incendió.

Y se sintió arrastrada al fondo.

CAPÍTULO 36
ISLA

—¿Dónde está mi madre?

Isla tenía ocho años. Paró un golpe con la espada y notó el impacto en los dientes.

Pero la persona a la que se enfrentaba no era Terra, sino un hombre de tez pálida y cabello oscuro. Sonrió cuando la espada de Isla bloqueó la suya. Se le formaban arruguitas en los rabillos de los ojos e Isla reconoció su propia sonrisa en el gesto del hombre. Solamente le había visto a través de los ojos de Lynx. A través de los recuerdos del animal.

Era su padre.

—¿Tu madre? —preguntó él con una voz profunda y cálida—. Lo está preparando todo para esta noche, ¿no te acuerdas?

Isla se acordaba. Esa noche le tocaba vincularse con su propia criatura. La idea le encogió el corazón. No concebía amar a ningún animal más que a Lynx, al que llevaba cabalgando desde que sabía caminar. Pero el felino era el animal vinculado a su madre e Isla necesitaba uno propio.

¿Con qué clase de ser conectaría? Los nervios y la emoción aleteaban en su barriga.

Practicaron con la espada unos minutos más antes de que su padre enderezara la espalda.

—Es suficiente por hoy, Isla. —Sonrió con orgullo—. Mi hija va a ser mejor guerrera que yo.

La atrajo al hueco de su brazo e Isla se sintió cómoda y acogida. Se sintió en casa. Sonrió, sabiendo que su entrenamiento había dado fruto. Había estado practicando en su habitación, repitiendo los movimientos que él le había enseñado.

Juntos enfilaron por el camino en pendiente que cruzaba el bosque. Y, según Isla avanzaba, el bosque florecía. Las flores se abrían cuando se aproximaba, las enredaderas se columpiaban a su paso, los animales bajaban por las ramas para mirarla.

Caminaron codo con codo, y su padre reía mientras Isla le hablaba animadamente de una rana reluciente que había encontrado la última vez que había salido a explorar el bosque. Al poco llegaron a la aldea más cercana.

Los preparativos para la noche estaban en pleno apogeo. Había una wildling en mitad de la calle decorando las casas con hiedra, glicina y rosas. Cuando Isla se acercó, la mujer se volvió a mirarla.

—La invitada de honor ha llegado —canturreó.

Isla se ruborizó. Su padre le sonrió para animarla.

Una mujer wildling salió de su casa a toda prisa para acudir a su encuentro. Sostenía una pequeña flor del color rosa más intenso que Isla había visto en su vida.

—Decidme que soy la primera —suplicó.

—Eres la primera, Wren —respondió el padre de Isla riendo.

Wren se agachó delante de Isla con una sonrisa.

—En ese caso, ¿me concedes el honor de ofrecerte tu primera flor del día del vínculo, Isla?

Isla asintió, incapaz de dejar de sonreír. Con sumo cuidado, Wren le insertó la flor en el pelo.

—Ya está. Perfecta —dijo.

—Ya era perfecta antes —respondió su padre, e Isla supo que lo decía de veras. El corazón se le hinchó de orgullo al oír las palabras.

Wren sacudió la cabeza y se incorporó para dirigirse al padre de Isla.

—Atravesarás con la espada a cualquiera que le rompa el corazón, ¿verdad?

—No tendré que hacerlo —respondió él revolviendo el cabello de Isla—. Ella misma le apuñalará. ¿No es cierto?

Isla asintió feliz, porque la idea de amar y de que le rompieran el corazón se le antojaba algo muy lejano.

Wren hizo chasquear la lengua y les indicó con un gesto que siguieran andando. Cada una de las personas con las que se cruzaban le ofrecían una flor. Le introducían los tallos en el pelo, hasta que sus rizos oscuros estuvieron inundados de maravillosos colores.

Por fin llegaron al final del pueblo y se aventuraron más allá de los claros. Hacia el río.

Y allí, sentada a lomos de Lynx, estaba su madre.

Su cabellera también estaba repleta de flores silvestres. Ella la llevaba siempre así, no solo los días de fiesta. Y, cuando vio a Isla y a su padre, las flores se duplicaron, se triplicaron hasta derramarse más allá de los codos. Las flores reflejaban su estado de ánimo; el padre de Isla siempre decía que sabía que se la iba a ganar cuando la veía envuelta en espinas. Pero ese día la sonrisa de su madre irradiaba pura felicidad.

—¿Qué tal el entrenamiento? —preguntó mientras resbalaba por el lomo de Lynx para apearse.

—Nuestra hija es tan hábil como su madre —dijo el padre de Isla, que miraba a su esposa como si nunca se cansara de contemplarla.

La mujer sonrió de oreja a oreja.

—Así pues, ¿las dos hemos superado al padre?

La sonrisa de él se amplió.

—En todos y cada uno de los sentidos —dijo. Se inclinó para coger en brazos a Isla y los dos abrazaron a su madre. Isla rio cuando las flores que adornaban la cabellera materna crecieron todavía más. Mientras tanto, las sombras de su padre los envolvían a los tres con cariño.

Y eran felices. Absoluta, infinitamente felices.

Isla emergió de la balsa resollando y sofocada. Las estrellas se emborronaron en lo alto mientras ella parpadeaba, todavía atrapada en la escena. Un sollozo se abrió paso por su pecho; ya había afrontado la crueldad de su infancia, pero ahora lloraba por la pérdida de la niñez que pudo haber tenido. Si no hubiera matado a sus padres…

La Balsa de las Posibilidades era cruel. Eso de que le mostrara lo feliz que habría sido en otra vida… Pero no podía retroceder en el tiempo. No era real.

Como si le leyera el pensamiento, la mujer dijo desde la orilla:

—Pero es real.

Isla frunció el ceño y notó que la invadía un sentimiento de rabia hacia esa desconocida.

—¿Cómo va a ser real? —preguntó mientras caminaba hacia la orilla—. Mis padres están muertos. Yo…, yo los maté.

La expresión de la mujer se suavizó. Tomó la mano de Isla tan pronto como pudo alcanzarla.

—Con tu don, no solo absorbiste sus poderes, Isla. También absorbiste su alma. Ellos viven en ti. Te pueden hablar en un lugar como este. Es real.

Una parte de ella realmente sentía la presencia de su madre y de su padre. Ese amor, infinito e incondicional, seguía vivo en ella.

Como para demostrarlo, la poza se convirtió en un prado de flores silvestres que le rozaron los tobillos. Ella levantó la vista y vio a su madre sentada ante ella. Los ojos verdes de la mujer se inundaron de lágrimas.

—Me siento tan orgullosa de ti… —le dijo la mujer. Alargó la mano y le deslizó el pulgar por la mejilla. Era su madre. Y estaba allí.

Isla negó con la cabeza.

—He sido una tonta. He cometido un error detrás de otro.

Al oír eso, la madre de Isla adoptó una expresión feroz, como si hubiera estallado un incendio en su alma. Aferró las manos de Isla y ella pudo notar la fuerza interior de la mujer, que despertaba la suya propia.

—Has cargado con el peso del destino a diario desde el día que naciste. Solo eras una niña con una corona. Has tenido que tomar decisiones que nadie tendría que tomar. Te han traicionado todos aquellos a los que has amado. Incluso cuando estabas sola —la voz de su madre tembló—, yo siempre estaba contigo. Y siempre, siempre, me he sentido orgullosa.

—¿Por qué? —preguntó Isla.

—Porque has resistido incluso en las peores circunstancias —respondió la mujer. Le tocó el corazón—. Tu corazón no ha flaqueado. Tu esperanza ha perdurado. Y tu amor por el mundo.

—No sé si podré aguantar esto —dijo Isla, que ya notaba un principio de dolor, todavía débil, pero a punto de volver a invadirla.

—Aguanta, Isla. No te rindas. Si el mundo te presiona…, presiona tú. —Su madre le apretó las manos—. Las flores silvestres crecen incluso en los lugares muertos. Hubo quien intentó enterrarte, pero tú eres una semilla. No haces más que crecer. Lamentarán haber pensado siquiera que eras otra cosa.

Las lágrimas corrían ahora por el rostro de Isla y su madre se las enjugó con suavidad.

—Resiste, Isla —le dijo—. Cualquier mundo posible será mejor si tú estás en él.

Su madre se desvaneció. Y la balsa. Y la dama de plata. La sonrisilla burlona de Cronan reemplazó la visión. La miraba con desdén, como si Isla solo fuera un planeta más que se proponía quebrar.

Pero ella no se quebraría.

Notaba la mente desvalijada, completamente vacía, pero el muro que ocultaba la balsa no se había desmoronado. Cronan no había visto lo que ella había presenciado. La poza, su madre y todo lo que la dama de plata le había dicho… Todo eso era su secreto.

Y ahora por fin sabía cómo derrotarle.

CAPÍTULO 37
GRIM

Ya tenían un fragmento de algo vivo procedente de Skyshade. Ahora solo les quedaba conseguir energía. Y Oro decía que sabía dónde encontrarla.

Grim voló al palacio de invierno a lomos de Espectro, esperanzado por primera vez en varios días. Dentro de nada podrían utilizar el portal. Espectro parecía contento de alzar el vuelo de nuevo y viajaba como una flecha entre las nubes, como si notara el optimismo de Grim.

—La voy a recuperar —dijo Grim apoyando la mano contra las escamas del dragón. Era la primera vez que pronunciaba esa promesa en voz alta.

Pero siempre la había mantenido sin faltar a ella.

Solo esperaba que ella pensara lo propio. Que siempre quisiera volver con él.

Apretando los dientes, pensó en lo que le había contado Oro. Isla también le había visitado en sueños. Lo que Grim le había dicho a su esposa iba en serio: no le reprochaba sus actos en absoluto. No eran celos lo que sentía ahora mismo, ni rabia…, sino miedo.

Si escogía a Oro, Grim no sabía cómo reaccionaría. No era famoso por la predisposición a compartir, pero prefería aceptar cualquier migaja que ella estuviera dispuesta a darle antes que perderla por completo.

Sin embargo, la profecía era muy clara. Isla tenía que elegir. No podía tenerlos a los dos.

Ahora bien, por mucho que deseara ser el escogido, no podía dejar de pensar en las palabras de Oro. Le habían herido como dagas.

Si Grim la convertía en una versión peor de sí misma, quizá estuviera mejor sin él.

No. No podía pensar así. Pero sí podía reconocer, por mucho que le doliera, que solo quería que Isla fuera feliz.

Y si un futuro con Oro la hacía más feliz…

Se sacudió el pensamiento. Isla y Grim eran infinitos. Tenía que creer en la fuerza de su amor. Especialmente ahora. Era lo único que le quedaba.

El viento aullaba alrededor cuando sobrevolaron los terrenos del palacio de invierno. A Espectro le encantaba volar por allí; le gustaba la nieve.

Los copos caían en suaves ráfagas. Espectro trazó un círculo sobre los terrenos. Luego otro. Y otro.

Grim estaba a punto de decirle al dragón que había llegado el momento de volver a casa cuando el laberinto captó su atención. El mismo que había recorrido cientos de veces. El mismo al que se escapaba cuando era niño. El que su padre había incendiado, pero que había vuelto a crecer, testarudo como una mala hierba.

El laberinto en el que le había abandonado su esposa.

Sin embargo, nunca había observado el laberinto desde esa perspectiva. Visto desde las alturas poseía una forma curiosa, no muy distinta a los dibujos que había visto en el libro de skyres de Isla.

Pues claro.

Una vez que Espectro aterrizó con brusquedad, Grim no perdió ni un segundo. Se transportó al laberinto, extrajo la pluma que llevaba en el bolsillo —la que llevaba a todas partes, por si encontraba la forma que estaba buscando— y se clavó la punta en el brazo.

Le escocía la piel y la sangre burbujeaba. Pero Grim apretó los dientes y siguió dibujando. El dolor aumentaba con cada línea que trazaba, hasta que mudó en una tortura tan insoportable que casi le desplomó de rodillas. Mierda, cómo dolía. ¿Era esto lo que Isla había experimentado?

Espectro esperaba a su espalda revolviéndose de la preocupación. Las sombras de Grim envolvieron al animal para tranquilizarlo. Dibujó la forma lo mejor que pudo, a pesar de lo mucho que le temblaba la mano.

Hasta que, por fin, conectó la última línea con la primera. El símbolo terminado resplandeció y se endureció, adquiriendo un color plateado.

Grim estaba en lo cierto. Ese era el skyre de Cronan.

CAPÍTULO 38
ORO

Energía. Lo único que le faltaba a Oro para reunirse con su amor era una fuente de energía. Pero los grandes maestros starling habían muerto, e Isla, como gobernante del reino, poseía buena parte del poder. Ya la necesitaban para que aportara las habilidades wildling. Exigirle más la mataría. Necesitaban una solución alternativa.

Por fortuna, Oro sabía exactamente a quién recurrir.

Grim le había transportado a los nuevos territorios skyling, pero había tenido que sobrevolarlos un rato para dar con ella. Cuando Oro aterrizó y se acercó a la joven starling, la mala conciencia le encogió el corazón. Sentía en el alma tener que meter a una niña en eso.

—¿Dónde está ella? —preguntó Cinder. Estaba sentada con las piernas cruzadas en el borde de un acantilado, de espaldas a él. A su alrededor flotaban chispas semejantes a un millar de estrellas, como si hubiera creado su propia galaxia en miniatura.

Oro se quedó de piedra. Ni siquiera se había vuelto a mirarle. Como si percibiera su desconcierto, la niña canturreó:

—Noto tu energía. Sé quién eres.

Oro cambió de postura. Cinder había adquirido muchísimo poder en los últimos meses y ya poseía habilidades que Oro nunca había presenciado en una persona de su edad.

La starling se dio media vuelta y sus estrellas chisporrotearon irritadas.

—¿Y bien?

Oro sabía a quién se refería. Durante una temporada, Cinder había estado fascinada con Isla. Notó una punzada de tristeza al pensar en lo que tenía que decirle a la niña.

—Se ha marchado. A otro mundo —respondió. Oro no sabía si debía revelarle más. Si Cinder llegara a entender siquiera…

Pero la pequeña asintió.

—Me lo había imaginado —dijo en un tono más maduro del que correspondía a su edad—. Ya casi no la noto.

Oro frunció el ceño.

—¿Notas… la energía de todo el mundo?

Cinder asintió de nuevo.

—Antes solo notaba la de los habitantes de isla Estrella. Pero ahora… también percibo la energía de otros lugares. De otros mundos.

Frunció el ceño con expresión preocupada.

—¿Y qué percibes? —le preguntó Oro con suavidad.

—A él —respondió Cinder—. Al hombre que quiere apoderarse del universo.

«Al hombre que quiere apoderarse del universo». El temor se derramó por el pecho de Oro. Estaba a punto de formularle otra pregunta cuando una esfera de energía voló directa hacia él. Levantó una mano para detenerla, pero, antes de que llegara a hacerlo, Cinder la apartó como si fuera una telaraña. Puso los ojos en blanco y lanzó un suspiro histriónico.

—¡No soy un bebé! Deja de comportarte como si lo fuera —le dijo a su prima. A continuación, le sacó la lengua, algo que desmentía en parte su protesta.

—Hola, Maren —dijo Oro volviéndose a mirar a la starling.

La líder starling y capitana de un grupo de rebeldes en Lightlark disparaba dagas a Oro con la mirada. No podía reprochárselo. Maren se había esforzado mucho en mantener en secreto las habilidades de su prima. Ya le habían pedido demasiado a la niña en la guerra contra Grim, unos meses atrás.

Oro notó el mordisco de los remordimientos al recordar su propia infancia. Cómo el poder le había obligado a crecer con demasiada rapidez. Cómo le había llevado a cometer uno de los mayores errores de su vida.

Pero él nunca quiso tener habilidades. Cinder… parecía deleitarse en ellas.

—Márchate —le ordenó Maren.

Oro vaciló un momento y luego asintió. Maren era la guardiana de Cinder. Solo intentaba protegerla, y Oro no quería obligar a ninguna de las dos a participar. Se dio media vuelta para alejarse.

—¡No! —gritó Cinder.

Y su voz fue un estruendo que zarandeó el aire circundante. Su energía estalló en una onda que derribó a Oro. Tuvo que contrarrestar la explosión con la misma cantidad de energía para no caerse por el precipicio. Y fue una cantidad extraordinaria.

¿Cómo podía Cinder mover tanta fuerza con una sola palabra? No pertenecía a la saga de los gobernantes. Y era Isla la que había absorbido el prodigioso poder de Aurora. Pero Cinder, aun siendo tan joven, parecía albergar más habilidad starling que todos los demás juntos.

Recordó que Isla le había preguntado al respecto. Oro le dijo que ese tipo de poder aleatorio, ajeno al poder de un linaje, era infrecuente pero, no desconocido.

Maren había salido proyectada con el estallido de Cinder. Casi había llegado al bosque de árboles azul cielo con gruesas ramas rizadas.

La niña estaba de pie al borde del precipicio. Su pecho subía y bajaba.

—Quiero ayudaros —dijo—. Llevo toda la vida viendo un lugar en sueños. Hay algo allí… que me está esperando. Me llama. Tengo que responder a la llamada.

—Basta ya —la regañó Maren mientras se ponía de pie. Y a través de su tono irritado, Oro percibió miedo. Estaba claro que no era la primera vez que Cinder hablaba de eso—. Te vas a ir a la cama. No debería haberte dejado…

—NO.

Una marejada de poder surgió de la niña. Oro apenas tuvo tiempo de crear un escudo que los protegiera a él y a Maren. Pero el estallido arrasó la hierba y el bosque, como si una guadaña gigante los hubiera cortado de un golpe. Chispas de energía se arremolinaron en torno a ellos como una tormenta. Un rugido se apoderó del aire.

Cuando las chispas se posaron en la tierra, solo vieron a Cinder, acurrucada en el suelo y llorando con desconsuelo.

—Lo siento —dijo—. No quería…

Oro liberó el escudo y Maren corrió hacia la niña. Se arrodilló delante de Cinder y la estrechó contra su pecho.

—Ya lo sé, cariño, ya lo sé —la tranquilizó al tiempo que le acariciaba el cabello plateado—. Respira hondo. Diez veces, ¿te acuerdas? Hazlo conmigo.

Contaron hacia atrás. Cuando terminaron, Maren le preguntó:

—¿Quieres descansar?

Con la cabeza gacha y mirando al suelo, Cinder asintió. Oro casi pudo sentir la vergüenza que estaba experimentando.

—Ven, te llevaré a casa —le dijo Maren.

La starling cogió a Cinder en brazos, aunque la niña ya era demasiado mayor para ello. Le lanzó a Oro una mirada de furia mientras él las seguía colina abajo en silencio.

Pero la starling no le dijo que se marchara, así que Oro no lo hizo. Esperó en el exterior de la casita que las dos compartían en el acantilado —con tejado a dos aguas, una puerta de madera que apenas encajaba en el marco y una ventana torcida— mientras Maren acompañaba a Cinder a la cama. Cuando volvió a salir, la starling se recostó contra la puerta con los ojos cerrados y suspiró.

—Lo siento —dijo Oro, porque realmente lo lamentaba.

Maren negó con la cabeza.

—No es… infrecuente —dijo.

En ese momento Oro reparó en la larga cicatriz que serpenteaba por el brazo de la starling.

Maren abrió los ojos y siguió la trayectoria de su mirada. Al momento se bajó la manga.

—Fue un accidente.

—Yo no he dicho lo contrario.

El miedo asomó de nuevo a la expresión de Maren.

—Es una niña. Aprenderá.

Oro levantó las manos en ademán de rendición.

—No voy a encarcelarla.

Maren no parecía convencida.

—Azul ha sido muy amable con los starling, pero podemos marcharnos. Podemos coger suministros y partir a algún lugar lejano, todavía más aislado.

Oro le apoyó la mano en el hombro con un gesto que esperaba fuera tranquilizador.

—Sé lo que es perder el control. Cometer un error.

Una imagen del asistente al que había transformado en oro sin pretenderlo cruzó su mente. Oro también era un niño cuando pasó, más o menos de la misma edad que Cinder.

Maren escudriñó sus ojos.

—¿Qué quieres? —le preguntó con recelo.

Él se lo explicó todo lo mejor que pudo. Dónde estaba Isla. Qué había dicho el marido de Azul. La guerra que se avecinaba. Cuanto más oía, más se tensaba el gesto de Maren por la preocupación. Oro sabía que no estaba preocupada por sí misma, sino por la niña que dormía en el cuarto de atrás.

—¿Cuánto tiempo tenemos? —le preguntó cuando Oro hubo terminado.

—No estoy seguro —respondió él—. Pero cuanto más tiempo pase allí… —Frunció el ceño—. Isla está en peligro. Tenemos que traerla de vuelta lo antes posible.

—¿Cómo sabes que sigue viva?

Él le habló del vínculo vital que unía a Isla y a Grim. Le reveló que él habría muerto si ella hubiera perdido la vida. Que ambos la habían visto en sueños. Y en las imágenes de Lynx.

Maren negó con la cabeza.

—Verás… Cinder pregunta por Isla casi a diario últimamente. A veces sin cesar. Es como si presintiera que algo está cambiando. —Se interrumpió—. Me ha costado mucho no revelarle mis verdaderos sentimientos. Hacia Isla.

—¿Y cuáles son? —se obligó a preguntar Oro, sabiendo que no le iba a gustar la respuesta.

Maren enderezó la espalda y alzó la voz con convicción.

—Pienso que es una traidora. Nos llevó a la guerra contra un bando del que ya formaba parte. Y se quedó en ese bando. Dicen…, dicen que era su esposa.

Cada vez que Oro oía esa palabra, una parte de su maldita alma caía fulminada. Y, si bien la rabia le incendió las venas al oír lo que pensaba la starling, no le podía reprochar a Maren sus conclusiones.

—¿Me equivoco? —le preguntó ella casi con esperanza.

—No —dijo Oro—. Pero las cosas son más complicadas de lo que piensas.

Ella lanzó un bufido desdeñoso.

—¿Qué tiene de complicado casarte con tu supuesto enemigo?

—Hay dos personas en Isla. La persona que yo conocí durante el Centenario… y la del pasado, que se casó con Grim. Y esa persona… murió. —Inspiró hondo—. Cualquiera enloquecería en su situación.

Maren lo meditó.

—¿Y es su caso? ¿Ha enloquecido?

—No —respondió Oro. «Todavía no», fueron las traicioneras palabras que le vinieron a la mente. Porque ¿quién no perdería la razón si tuviera que afrontar ese destino, con una vida dividida como la suya? ¿Sabiendo que cada una de sus decisiones tenía un peso tan inmenso?

—Una vez intentaste reclutarla para tu causa —dijo Oro—. Para matarme.

Maren no trató de negarlo. Se encogió ligeramente de hombros.

—Para poner fin al nexo. ¿Me lo reprochas?

Por raro que fuera, Oro no podía hacerlo. El nexo era la maldición que le vinculaba a la isla. Y vinculaba a cada gobernante a su pueblo, de tal modo que la muerte de un

regente acabaría con la vida de todo el reino. Era una crueldad.

—Sé que no quieres ayudarme. Y créeme si te digo que detesto pedirte tu apoyo. Pero se avecina una guerra.

Si Cinder podía percibir la energía de personas ajenas a su mundo, quizá ya hubiera sentido lo que, según Cleo, era inminente.

—Algo te habrá dicho Cinder, ¿no?

Maren guardó silencio y Oro prosiguió:

—Si se va a librar una guerra entre mundos, necesitamos que Isla esté aquí. Su presencia podría ser el único recurso que tenemos para salvarnos todos.

Maren miró por encima del hombro a la puerta cerrada. Cuando se giró de nuevo hacia Oro, exhibía una expresión feroz.

—¿Qué necesitas?

CAPÍTULO 39

ISLA

Isla visitó mentalmente la balsa de plata varias veces durante los días siguientes, mientras Cronan trataba de quebrar su voluntad. Y, cada vez que se hundía en las frías aguas, vivía mil vidas posibles.

Qué habría pasado si no hubiera acabado accidentalmente con la vida de sus padres al nacer y si hubieran sido ellos los que la hubieran criado. Si nunca hubiera encontrado la varita estelar y no hubiera saltado a la alcoba de Grim o a la de Celeste. Si no se hubiera caído de aquel balcón al principio del Centenario y Oro no la hubiera rescatado.

Y, aunque la balsa no le ofreció información sobre cómo derrotar a Cronan, la dama de plata tenía razón. Le brindó claridad mental.

Pues cada una de sus decisiones, aun las más insignificantes, transformaba los acontecimientos. E Isla descubrió que, en la mayoría de los casos, sus errores en realidad habían evitado derramamientos de sangre aún mayores.

Estaba deseando examinar cierto error en particular.

«¿Qué habría pasado si no hubiera salvado a Grim de los drek? —le preguntó a la balsa—. ¿Si no hubiera destruido aquella aldea?».

Isla lo vio todo representado en su mente. Vio morir a Grim, incapaz de contener a tantas bestias. Y Nightshade no se desmoronaba; no sabían que Cronan seguía vivo, que seguía siendo el ancla de su estirpe.

Pero los drek… Como Isla no rompía la maldición de la espada, no podían detener a los drek y los monstruos se infiltraban en Nightshade. El destino que Grim siempre había temido se hacía realidad y arrasaban con todo, incluidas las personas. Las gentes de la aldea que Isla había matado… acababan destrozadas pocos instantes después.

Y no eran las únicas víctimas. Los drek asesinaban a miles de personas, a todo aquel que encontraban, antes de desplazarse a los otros reinos.

Vio que Azul intentaba derrotarlos… y moría también. Su cuerpo caía en picado del cielo y todo su pueblo fallecía con él.

Cleo trataba de huir, pero sus barcos no eran capaces de dejar atrás a los seres alados. Como último recurso, su pueblo y ella se ocultaban bajo el mar, pero no antes de que numerosos moonling fueran asesinados.

Los wildling eran los siguientes. Sus animales vinculados hacían lo posible por protegerlos, pero no podían. Buena parte del pueblo de Isla perdía la vida.

Con el principio del Centenario, le tocaba el turno a Lightlark.

No estaban preparados. Las gentes se escondían en sus casas, pero los drek los esperaban en el exterior. Tardaban un tiempo y todo el mundo luchaba con uñas y dientes, pero al final…

Oro caía. Y la isla sucumbía.

Isla se abrió paso a la superficie de la balsa resollando. Le costaba respirar y tenía el corazón desbocado.

La dama la estaba esperando.

—Ya lo has visto —le dijo—. Has salvado a más personas de las que has destruido.

Oro le había dicho algo parecido.

—De momento —respondió Isla. Se frotó los ojos para tratar de borrar esas imágenes de su mente.

La dama de plata suspiró.

—Sí, de momento. Pero debes perdonarte a ti misma para seguir avanzando. Solo así podrás concentrarte lo suficiente como para tomar la decisión correcta la próxima vez.

Isla quería creerla. Sabía, después de lo que había visto en la balsa, que tenía razón. Pero llevaba el estigma grabado en la médula de los huesos. Era profundo e insidioso. Nunca se perdonaría lo que había hecho. No hasta que pudiera traerlos a todos de vuelta.

—No te obsesiones con tus errores, Isla. Utiliza el pasado para reparar el futuro.

La mujer tenía razón. Isla necesitaba aprender de sus errores, no vivir condicionada por ellos.

Le había pedido a la balsa que le mostrara los desenlaces posibles de todo aquello de lo que se arrepentía, para saber cómo habrían cambiado las cosas si hubiera escogido opciones distintas. Pero así era la vida, comprendió. El escenario perfecto no existía. En ocasiones el final era inevitable, por más que intentaras cambiarlo.

Si su decisión iba a marcar el destino del mundo, tenía que tomarla después de perdonar: a sí misma y a aquellos que le habían hecho daño. Y quizá esas mismas personas pudieran ayudarla ahora.

Isla cerró los ojos. La mujer había dicho que podía hablar con gentes del pasado a través del alma. Personas a las que había matado.

Así fue como acabó entrando en una habitación que conocía bien.

Y viendo a una figura de largo cabello plateado.

CAPÍTULO 40
ORO

—¿Quién es esta niña? —preguntó Grim.

Oro había llevado a Grim a la casita del acantilado de Maren para que conociera a la starling que podía ayudarlos a llegar a Isla.

—¡No soy una niña! —protestó Cinder, cuya energía rabiosa llameó en torno a ella.

Grim enarcó una ceja indolente.

—Sí, sí que lo eres.

Ella torció el gesto y se giró hacia Oro.

—No me cae bien.

—Pues ponte a la cola —gruñó Oro, y Cinder se rio. Grim los asesinó a los dos con la mirada.

En ese momento, ladeando la cabeza, Cinder observó a Grim con atención.

—¡Eh! ¡Tú eres su marido! —dijo—. Eres… ¡el malvado! ¡El villano al que íbamos a combatir!

Grim asintió sin pronunciar palabra. Si le molestaba que se refiriesen a él como un villano, no lo demostró.

Cinder hizo una mueca.

—¡Con lo simpática que es! ¿Por qué se casaría… —arrugó la nariz— contigo?

Grim miró a Oro.

—¿De verdad la necesitamos? —preguntó en tono inexpresivo.

Oro asintió.

El nightshade suspiró.

—A Isla…, ¿le cae bien?

Oro asintió nuevamente y miró a Grim entornando los ojos, pues era obvio que Cinder los estaba oyendo.

El nightshade se pasó la mano por la cara con ademán de fastidio monumental. Luego volvió a suspirar, se arrodilló para ponerse al nivel de la niña y dijo:

—Tengo un dragón. ¿Te gustaría conocerlo?

Oro puso los ojos en blanco mientras Cinder procedía a retractarse de todas sus opiniones anteriores sobre Grim, por acertadas que fueran. El nightshade hizo un gesto con la mano y Espectro descendió de los cielos haciendo temblar la tierra al posarse en el suelo.

Cinder gritó de alegría y cintas de chispas brotaron de su cuerpo. Sin demostrar el más mínimo temor, ascendió con ayuda de una corriente de energía y se posó entre los ojos del dragón con los brazos abiertos para abrazarlo.

Espectro se puso bizco y suspiró a la vez que se tumbaba en el suelo. Al parecer, no le molestaba nada que Cinder se encaramara a su espalda.

—¡Quiero volar! —ordenó ella.

Grim se disponía a protestar, cuando Espectro salió disparado hacia las nubes. Oro y Grim se miraron paralizados, con los ojos abiertos de par en par.

Pasado un momento, Oro se proyectó en pos del dragón mientras el nightshade saltaba entre portales.

Oro surcó el firmamento como una flecha al mismo tiempo que maldecía a Grim, maldecía a Isla por haberse casado

con él y maldecía a Cinder por maravillarse tanto ante un dragón. Pero, por encima de todo, rogaba que Cinder estuviera sana y salva. Casi peor que el temor por la niña fue comprender que Maren le empalaría si se enteraba de esto.

Sin embargo, cuando los alcanzó, encontró a Grim montado en el dragón con Cinder. Y la niña estaba pintando el cielo de plata; su alegría se reflejaba incluso en las nubes.

Oro suspiró y el alivio se extendió por todo su cuerpo. Regresó a tierra despacio. No tenían tiempo para eso, lo sabía. El futuro de todos pendía de un hilo. Pero Cinder solo era una niña. Merecía esos instantes de alegría.

Espectro se las arregló para remover la tierra de medio campo con las garras al aterrizar. Cinder sonreía de oreja a oreja. Se deslizó por el hocico de Espectro y cayó de pie.

—¡Siempre he querido montar un dragón! —exclamó—. ¡Los he visto a montones!

Grim frunció el ceño.

—¿Ah, sí?

—En mis sueños —respondió ella con seguridad.

Grim echó un vistazo a Oro, que encogió un hombro.

—Dice que lleva soñando con otro mundo toda la vida.

El nightshade frunció el ceño, como si estuviera meditando algo. Miró de nuevo a la niña.

—¿Quieres ayudarnos? —le preguntó.

Ella asintió con vehemencia.

—Bien —dijo él—. Porque… ¿sabes esa esposa mía que has mencionado? ¿La que es muy simpática?

Cinder asintió otra vez.

—Me gustaría recuperarla.

CAPÍTULO 41
ISLA

Aurora estaba sentada delante de una chimenea, con las manos abiertas hacia el fuego. Se volvió a mirar cuando Isla apareció y tenía el mismo aspecto exacto que en el pasado. Como si no hubiera pasado el tiempo. Durante un instante, se limitaron a mirarse. Entonces Aurora rompió el silencio.

—No lo noto, ¿sabes? —dijo con naturalidad—. El calor del fuego. Siempre hace frío aquí.

Isla tragó saliva con dificultad. No sabía a qué se refería exactamente Aurora con «aquí». La habitación se parecía a la alcoba de Celeste en el castillo starling, pero con los bordes desdibujados, como si fuera un sueño. No sabía si estaba viendo solo una parte del alma de Aurora; si el resto vivía en alguna otra parte.

—Ven —le dijo Aurora, pidiéndole por gestos que se acercara—. Siéntate.

Isla no quería sentarse. Quería apuñarle el corazón por haberla traicionado como lo hizo. Por los años de engaños y mentiras. Por cada una de las personas que habían muerto por culpa de las decisiones de su antigua compañera.

Pero… también tenía ganas de abrazarla. Porque Celeste fue una vez su única amiga. Su mejor amiga. Y esos senti-

mientos no habían muerto sin más. Un amor como ese no se perdía.

Aurora suspiró. Se puso de pie y sacudió el desvaído vestido gris para retirar las cenizas de la chimenea.

—No siempre fui así —dijo.

Isla la miró inexpresivamente, sin entenderla.

—Malvada.

Isla entornó los ojos.

—Perdona por no fiarme de una sola palabra de lo que dices.

Aurora asintió.

—Eres lista. Siempre fuiste lista. Excepto en cuestiones de amor. —Hizo una mueca burlona—. El amor te convirtió en una idiota integral.

Una llamarada de rabia incendió el pecho de Isla… y se apagó. Isla no tenía fuerzas para odiar. Ya no, después de todo lo sucedido. Y especialmente no a una persona muerta.

—Y el amor te convirtió a ti en una asesina.

Aurora había estado enamorada del rey Egan. Una vez que comprendió que el rey amaba a su mejor amiga y no a ella, lanzó las maldiciones que mataron a miles de personas. Sumió al mundo en quinientos años de desgracia.

Aurora desvió la mirada un instante. Su aire de seguridad en sí misma flaqueó y reveló a la mujer asustada y triste que había debajo. Una mujer que había matado a su mejor amiga por un hombre. Una mujer que quizá tuviera… remordimientos.

Pero al momento siguiente recuperó su expresión resuelta. Frunció los labios.

—Mi alma estaba dividida, igual que la tuya —dijo Aurora mirándola detenidamente—. Sucedió cuando era muy joven. Cuando mis padres…, cuando murieron.

Isla nunca había oído esa historia. Celeste nunca hablaba de sus padres e Isla siempre evitaba el tema; a causa de las maldiciones, habrían muerto cuando su amiga era muy pequeña.

Aurora prosiguió:

—Esa pérdida… me dividió para siempre, colocándome en el filo entre el bien y el mal. Pero dejé que alimentara mi poder y llegué a controlar una cantidad de energía inconcebible. —Hizo una mueca—. Violet… entendía mi lucha interna. Ella sacó lo mejor de mí.

Como si se hubiera sumergido en la cabeza de Aurora, Isla lo presenció. Vio a su antepasada y a Aurora cuando eran amigas. La imagen le recordó a su propia relación con Celeste.

La expresión de la starling se endureció.

—Y entonces, cuando me traicionó… —Aurora devolvió la mirada al fuego—, recibió lo que merecía.

Isla veía los dos lados de Aurora tan claros como el agua. ¿Acaso era ese también el destino de Isla? ¿Estar dividida no entre dos hombres, sino entre la posibilidad de convertirse en una villana o en una heroína?

—Cuando tuve que escoger entre la venganza y el amor, ya sabes lo que prevaleció.

Sin embargo, Isla no quería venganza. Siempre escogería el amor. Pero era el resultado de ese amor, sus implicaciones para el mundo, lo que repercutía en ella. Lo que podía convertirla en la salvadora del universo… o en su destructora.

Habría podido quedarse allí insultando a su amiga durante horas. Habría podido formularle mil preguntas, pedirle explicaciones y disculpas.

Pero no tenía tiempo para eso. Y, ahora que había explorado su propio pasado, estaba lista para reparar el futuro.

—Cronan está vivo —dijo Isla—. ¿Tienes alguna idea de cómo podría matarle?

Si a Aurora le sorprendió la revelación, no lo demostró. La starling estaba más familiarizada con los fundadores de la isla de lo que Isla había pensado al principio. Isla había encontrado la pluma que le permitía comunicarse con Lark oculta en la alcoba de su antigua amiga, después de su muerte.

Aurora guardó silencio varios minutos con la mirada fija en las llamas frías, como hipnotizada. Por fin dijo:

—Los fundadores transfirieron partes de su poder a un objeto. Era una práctica antigua, ahora largo tiempo olvidada, que servía para amplificar las habilidades y darle acceso a una persona a más poder del que podría albergar en circunstancias normales.

—Como la pluma —dedujo Isla.

Aurora asintió.

—La pluma era de Lark. Seguramente Cronan tenía un objeto especial también. Si lo destruyeras, le debilitarías. Sería vulnerable.

Isla no sabía cuál era el objeto de Cronan, pero una llama de esperanza prendió en su pecho. Aurora acababa de brindarle una posibilidad.

—Gracias —dijo. Se dio media vuelta para marcharse.

La voz de Aurora la detuvo.

—No fue todo fingido, ¿sabes? —le dijo con suavidad.

Isla tragó saliva para desanudarse la garganta. Recordó los cientos de veces que se habían sentado frente al hogar en esa misma habitación, riendo, trenzándose el pelo y haciéndose promesas. Se le saltaron las lágrimas.

—Lo sé —dijo antes de cruzar la puerta.

CAPÍTULO 42
ORO

Esa noche, Oro la encontró esperándole en su sueño. Y, por un instante, todo quedó en suspenso. Sus problemas se disiparon como espuma de mar. Su mundo quedó reducido a unos ojos verdes, una cabellera oscura, unos labios rojos y una sonrisa que, en todas las ocasiones, conseguía que Oro sonriera a su vez.

Oro era el rey de Lightlark. En teoría, no necesitaba nada. Pero, maldita sea, la necesitaba a ella. Todavía la quería.

Porque no podía olvidar los meses que habían pasado enfrentados, mirándose con malos ojos y desnudando sus almas, afrontando peligros que limaron sus asperezas y derribaron sus muros y los obligaron a ponerse cara a cara sin miedo ni armaduras.

Ella le había visto en sus momentos de debilidad y de vulnerabilidad, y en los de fuerza. Y él la había visto empapada en su propio vómito, sollozante y victoriosa.

Habían visto las cicatrices del otro y habían sufrido nuevas heridas, pero en el proceso, de algún modo misterioso, también se habían sanado a sí mismos… y mutuamente.

La vida era cruel, dura y afilada como un cuchillo, pero ella hacía que Oro quisiera vivirla. Juntos. A su lado, Oro

estaría dispuesto a todo, incluso a afrontar el final del universo.

Solo quería que volviera. Aunque volviera a escoger a Grim, aunque nada hubiera cambiado, Oro solamente quería vivir en un mundo del que ella formara parte.

Ya tenían todo lo que, según había dicho Horus, necesitaban para abrir el portal. La poza de marea. La energía de Cinder. El anillo cargado con un retazo de algo vivo de Skyshade. El nombre del lugar al que se dirigían.

Solo faltaba Isla. Ella acabaría de construir el puente que les permitiría alcanzarla.

Isla se puso de pie al verle acercarse y alargó las manos para tomar las de Oro. Él se las estrechó con fuerza, como si quisiera seguir por siempre aferrado a ella. La recorrió con la mirada y memorizó hasta el último detalle, igual que si la viera por última vez.

—Quieres venir a buscarme, a pesar de todo —constató Isla. Sus ojos eran más verdes y penetrantes que nunca.

—Y siempre lo haré.

Ella suspiró al tiempo que volvía la vista hacia el mar verde esmeralda.

—Ojalá pudiera regresar a este lugar cada vez que estoy triste, simplemente cerrando los ojos. Como si tuviera un escondrijo de bolsillo.

Oro sonrió y le estrechó las manos con fuerza.

—Puedes volver siempre que quieras. Es tuyo.

Ella se volvió a mirarle con una sonrisa pícara.

—No, es tuyo. ¿Acaso se te ha olvidado que eres el rey?

Él avanzó un paso para situarse a solo un aliento de distancia e Isla tuvo que echar la cabeza hacia atrás para mirarle a los ojos. Igual que hizo al final del Centenario, Oro se quitó la corona de la cabeza y la depositó en la de ella.

—Todo lo que tengo es tuyo —le dijo.

—¿Todo?

Oro asintió.

—¿También esa capa?

Él hizo ademán de desabrochársela y ella le agarró las muñecas para detenerle, riendo.

—El dorado no me sienta bien —le dijo con desenfado.

El tono de Oro no fue en absoluto desenfadado cuando respondió:

—Sí lo hizo. Una vez.

Isla adoptó una expresión seria, con los ojos en el horizonte. Oro se preguntó si estaba recordando el mismo momento que él. El día que ella le animó a transformar en oro el vestido que llevaba. La fe de Isla le había permitido vencer sus miedos, sus traumas. El la pintó de oro y jamás en toda su vida había visto algo tan hermoso.

—La visualizo con absoluta claridad —confesó Isla—. Nuestra vida juntos. Si las cosas… Si…

Sonrió, como si lo estuviera viendo mentalmente.

—Isla. Tenemos todo lo que necesitamos. Pero, para reunirnos contigo, necesitamos tus habilidades wildling. Necesitamos que restaures los vínculos.

Ella levantó el mentón. Sus ojos no abandonaron el mar.

—Ya sé que nos pediste que no fuéramos. ¿Has cambiado de idea?

Ella era la pieza que faltaba. Ante el silencio de Isla, el pánico atenazó el pecho de Oro. ¿Y si se empeñaba en dejarlos fuera? ¿Y si estaba decidida a sacrificarse?

Las olas se estrellaban a sus pies. Una brisa salobre les azotaba el cabello.

Por fin, ella se volvió a mirarle y dijo:

—Sí. Mañana. ¿Lo tendréis todo a punto?

El alivio aflojó las piernas de Oro.

—Sí.

Le entraron ganas de abrazarla al comprender que realmente podría tocarla en cuestión de horas. Podrían estar juntos físicamente y no solo en sus mentes. Pero la expresión de ella se endureció.

—¿Qué pasa?

—Solo voy a traer a uno —dijo.

Oro frunció el ceño.

—Pero si los dos…

—Alguien tiene que quedarse allí. No podéis marcharos los dos si yo tampoco estoy. ¿Y si…? ¿Y si…?

«¿Y si les pasara algo a nuestros pueblos?», fue la pregunta que no formuló.

Oro cerró los ojos con fuerza. Él, más que nadie, la comprendía.

—¿Ya has escogido? —quiso saber Oro cuando por fin abrió los ojos.

—No —dijo Isla, y él notó un sabor dulce. Decía la verdad.

Oro inspiró hondo. Algo en el tono de Isla al pronunciar las palabras le sugería que no estaba decidiendo tan solo quién la ayudaría a vencer a Cronan. Parecía una elección casi definitiva.

—Bueno, pues espero verte pronto —dijo Oro antes de que una ola empapada de sal se llevara el sueño consigo.

CAPÍTULO 43
ORO

—Quiere que solo uno de nosotros cruce el portal —informó Oro a Grim al día siguiente—. Ella escogerá.

El sol sangraba a lo largo del horizonte tras las pozas de marea. Grim acababa de transportarlos a los dos a la playa y Oro le contó todo lo que Isla le había dicho en sueños.

Si al nightshade le molestó que Isla le hubiera visitado de nuevo, no lo demostró. Se limitó a responder:

—Es obvio que los dos pensamos que deberíamos ser el escogido.

Oro suspiró.

—Lo que nosotros pensemos no importa. Será ella la que reabrirá el puente; le corresponde a Isla elegir.

Por más que sus palabras fueran sinceras, Oro deseaba con toda el alma ser el escogido. Ella ya le había elegido después del Centenario. Sin embargo, ¿fue una decisión motivada por el afecto o por el dolor, tras la traición de Grim?

Oro rechazó el pensamiento. Fue real, estaba seguro. Reconocía la verdad mejor que nadie y ni un solo instante de los que compartió con Isla fue falso.

Habían sido felices.

Hasta que ella empezó a recordar.

Al final de la guerra, Isla hizo una elección distinta: quedarse con Grim. Pero fue con la intención de salvar a Oro y a todos los demás. Así pues, ¿fue siquiera una elección?

Pero no podía olvidar lo que averiguó cuando voló durante días a Nightshade para saber si estaba bien, después de que la conexión con Isla se debilitara. Había dado por supuesto que sería desgraciada o que estaría encarcelada, pero no era el caso. Isla era feliz.

Y esa verdad fue la más dolorosa de aceptar. Que no odiaba a Grim, a pesar de todo.

Que los amaba a los dos.

Oro no se lo podía reprochar. Isla estaba atrapada entre una vida pasada y una presente. Cualquier persona en su posición se habría sentido confusa. Especialmente sabiendo lo que había en juego, según la profecía.

Pero ahora…, ahora Isla tenía que elegir entre los dos.

Tenía que hacer la elección definitiva.

Oro se sintió arrancado de sus pensamientos un instante más tarde, cuando Grim transportó a Cinder a las pozas de marea. Los amigos de Oro estaban esperando en el acantilado con Maren, por si algo iba mal.

No había motivos para demorarse. Oro levantó los brazos y la marea subió.

El agua los empujó, pero estaban preparados con escudos de llamas y sombras. Caminaron con seguridad, cortando las olas como espadas, directos hacia la poza azul y reluciente.

Oro conocía a Isla. Si estaba dispuesta a establecer la conexión y dejar entrar a uno de los dos, se debía a que se encontraba en apuros. Los necesitaba.

Y uno u otro iba a reunirse con ella en pocos instantes.

El brillo de la poza aumentaba a medida que Oro y Grim se internaban en ella. Dejaron caer el anillo y los Hilos del Tiempo que Isla iba a necesitar y vieron cómo se hundían en el fondo.

Se miraron.

—Elija lo que elija…, gracias —dijo Oro alargando la mano.

«Gracias por cuidar de ella tanto como yo. Gracias por ayudarme a reunirme con ella. Y si te escoge a ti… gracias por salvarla».

Grim tomó la mano y se la estrechó.

—Gracias por mejorarle la vida —dijo.

Y hablaba de corazón.

Compartieron una última mirada, un último instante como aliados.

A continuación, Oro se giró y le hizo un gesto a Cinder. Grim y él se sumergieron en la poza, flotando de espaldas. Desde ese ángulo, Oro vio a Cinder cerrar los ojos y respirar hondo. Un torbellino de energía crepitante la rodeó, se hinchó y se propagó hasta que la niña se elevó en el aire. Abrió los ojos… y su mirada ya no estaba. Sus ojos se habían convertido en pura luz. Oro oyó a Maren contener un grito en el acantilado.

Cinder levantó el brazo. Señaló la poza.

Y un rayo de pura energía cayó en el agua.

Oro y Grim se estremecieron, codo con codo. Un resplandor plateado remplazó la visión de Oro mientras un poder agudo como un mar de dagas lo incendiaba. Le penetró la piel, ardió a través de sus venas y se introdujo en sus huesos. El poder le arrebató los sentidos, remplazados por luz infinita. El mundo rugió como si una tormenta se hubiera apoderado de él.

Estaba funcionando.

Notaba que Grim invocaba todo su poder, su don y su habilidad nightshade. Oro hizo lo propio con el poder sunling. La poza de marea hervía de energía que se astillaba, se fracturaba y se rehacía en forma de puerta.

Ahora solo necesitaban que Isla hiciera su elección y la abriera.

CAPÍTULO 44
ISLA

Había llegado el día.

Isla había ideado un plan. Solo tenía que ser lo bastante fuerte como para ponerlo en práctica.

Aurora le había proporcionado toda la información que necesitaba.

Mataría a Cronan. Reestablecería uno de los vínculos. Y luego discurriría cómo acabar con Lark, que apenas podía respirar en su estado actual. Averiguaría cómo usar su don para traer a todo el mundo de vuelta y revertiría todos sus errores. Su mundo y el universo se salvarían.

Los caballeros fueron a buscarla esa mañana, como de costumbre. Les dejó arrastrarla por los húmedos pasillos y empujarla a la sala de la galaxia. No se encogió cuando resonaron los sonoros pasos de siempre. Levantó la barbilla cuando él finalmente se plantó ante ella.

Y esta vez, por primera vez, cuando las tinieblas de Cronan se dispusieron a entrar en su mente, no opuso resistencia.

Le dio todo lo que él quería al tiempo que se aferraba al presente, haciendo esfuerzos por mantener los ojos abiertos. Alguien como Cronan únicamente depositaría su poder en un objeto que le acompañara en todo momento…

E Isla no había tardado demasiado en deducir qué era.

Cronan debió de pensar que ella simplemente se había rendido. Isla notó una sacudida cuando llegó al fondo de sus pensamientos, a todo aquello que había tratado de ocultar. Isla estaba reteniendo toda la energía que había empleado para erigir los muros.

Y, libre del dolor y de la fuerza ejercida para mantenerle fuera, comprendió algo de lo que no se había percatado antes. Cuando las tinieblas de Cronan invadían su mente, creaba un puente que los unía. Y notó los retazos de su propio poder, relucientes.

Despacio, Isla empezó a sonreír. Ya estaba reformulando sus planes. Mientras él se retiraba de la cabeza de Isla, con una mueca de repugnante satisfacción en el rostro, ella se aferró a la conexión y conservó un hilo de sombras entre los dos. Cronan no dio muestras de notarlo. Al parecer, ni por un momento se le había pasado por la cabeza que todo el tiempo, mientras la torturaba con sus habilidades mentales…

Isla estaba aprendiendo.

Ella solo necesitaba más tiempo. Más tiempo para despertar los jirones de poder interior y transformarlos en algo que pudiera usar.

—¿Por qué? —le preguntó a Cronan—. ¿Por qué has desgarrado galaxias enteras? ¿Por qué usar ese poder para la destrucción?

Él le dedicó una sonrisilla burlona como si fuera la mayor necia del universo.

—Algunos mundos merecen ser destruidos.

Isla no pensaba lo mismo.

—Todos los mundos merecen que luchemos por ellos.

—Bueno, pues tu lucha ha sido en vano —replicó él con tranquilidad, como si estuviera expresando la realidad de la

vida. Como si Isla no fuera más que una mota insignificante en su vida inmortal.

Y estuviera a punto de convertirse en un mero recuerdo que pronto pasaría al olvido.

Las tinieblas de Cronan se proyectaron hacia delante para tantearla. Él ya había saqueado su mente. Ahora quebraría su cuerpo y la remodelaría para obtener aquello que necesitaba. La usaría como arma para esgrimir el diamante que colgaba del cuello de Isla, ese del que él no podía apoderarse.

La había inmovilizado con sus sombras. Eran duras como el hierro, enroscadas a sus huesos. Pero Isla era más fuerte ahora y estaba más concentrada después de haberse sumergido en la Balsa de las Posibilidades y haber hecho las paces con su pasado. Era una espada dispuesta a atravesar su propio futuro.

—Todo se puede romper —susurró Isla mientras se desasía de la garra.

Antes de que Cronan pudiera hacer un solo movimiento, aferró la daga de energía que había ido creando…

Y le apuñaló la espinilla.

Cronan rugió y cayó de rodillas. Sus sombras se proyectaron hacia Isla. Pero la energía de ella fue más rápida: la disparó a la otra punta de la sala y las piezas rotas de la armadura de su padre se unieron para formar un escudo en pleno vuelo. Isla amontonó las distintas capas y la envolvió con su propia energía para amplificar el poder que el herrero había insuflado a la armadura. Las sombras de Cronan impactaron contra el acero y salieron rebotadas hacia la frente del gobernante, directas al interior de su mente. Forzaron la entrada. El rostro del gobernante se desencajó de terror y dolor mientras Isla, centímetro a centímetro, recuperaba el control de su cuerpo. Se levantó despacio y se plantó ante él. Cronan exhibía ahora unos ojos desorbitados y ciegos. A Isla le bastó un movimiento del dedo para distribuir las piezas de metal sobre su propia piel como las piezas de un puzle. Se irguió resplandeciente.

—Puede que pienses que el corazón es mi debilidad. Que el amor es mi ruina —dijo Isla mientras él gruñía en su tortura—. Que es más fácil cerrar el corazón. Usurpar y destruir en lugar de dar. —Esbozó una sonrisa burlona, el mismo gesto que él le había dirigido incontables veces—. Pero lo único que hay infinito en este mundo es el amor. No el poder. Ni tú.

Avanzó un paso hacia Cronan.

—Y no estoy sola —dijo.

Notaba el susurro de todas las almas en su interior, incluidas la de su padre y la de su madre. Notaba las almas de Grim y de Oro entrelazadas con la suya; podía sentir su energía uniéndose a la de Isla. Reforzándola.

—No estoy sola —repitió Isla—. Pero tú sí. Porque lo único que sabes hacer es destruir.

Ella no poseía la fuerza suficiente como para enfrentarse a él a solas, pero él sí. Cronan rugió mientras luchaba con su propia mente. Se retorció en el sitio, forcejeando para tratar de moverse. Sin embargo, no tenía a dónde huir. El enemigo contra el que luchaba estaba dentro.

—Esto es lo único que tienes. Y ahora… es mío.

Cronan le gruñó, pero no pudo hacer nada cuando ella le quitó la corona.

En el instante en que los dedos de Isla tocaron el metal, supo con seguridad que ese era el objeto de poder al que el gobernante se había vinculado. La energía vibró bajo su piel y el objeto estaba tan caliente que casi lo dejó caer. Cronan gritó al notar que el objeto le abandonaba, como si le hubieran robado una parte de sí mismo.

Isla se colocó la corona en la cabeza y tuvo la sensación de que el metal se derretía en su cráneo, como buscando un anfitrión.

Al instante notó que el poder inundaba su cuerpo. Una magia tan salvaje, tan concentrada, que invocó los poderes de la propia Isla y los liberó de la prisión de vacío de Cronan.

Despertó poder wildling más que suficiente para enviarlo a través del vínculo con el fin de completar el portal. Vio mentalmente de nuevo la balsa de plata. Pero, por primera vez, no estaba vacía.

Grim y Oro estaban sumergidos en sus aguas. Las dos mitades de su corazón esforzándose por recuperarla.

Isla se acercó instintivamente a uno de los dos. Pero la dama de plata se interpuso en su camino para impedírselo.

—Hay algo más que deberías saber —le dijo. Isla nunca la había visto tan triste, algo sorprendente teniendo en cuenta que Isla estaba a punto de recuperar la libertad. La dama pasó la mirada de Oro y Grim a Isla—. A lo largo de la historia, en momentos de grandes turbulencias en el universo, algunas almas se han emparejado.

Isla se quedó atónita. ¿Almas emparejadas? No sabía a qué se refería.

—Esas parejas no solo están unidas a través del alma, sino también del poder. —La mujer miró a Isla con auténtica congoja en los ojos—. Tú eres la primera que se vincula a dos almas. Dos uniones perfectas y marcadas por el destino. Tu alma está dividida, Isla. Y seguirá así hasta que mueras… o mates a uno de los dos.

A Isla se le saltaron las lágrimas. No sabía nada de uniones marcadas por el destino ni de almas vinculadas, y le traían sin cuidado; los amaba a los dos. Al margen de la lógica.

Al margen de las circunstancias. Pero oír eso le permitió comprender por qué la elección se le antojaba imposible.

—Tener que matar a tu pareja del alma es lo más cruel del mundo —continuó la mujer—. Pero las cosas son así. Uno de vosotros tres va a morir.

—No.

Isla estaba harta de esa profecía. Cansada de oír que tendría que apuñalar el corazón del hombre que amaba.

La mujer suspiró con sentimiento.

—Llevas preparándote para esto toda tu vida. Tu destino se escribió antes de que existieras siquiera.

—Yo lo voy a reescribir —gruñó Isla.

La mujer se limitó a sonreír sin alegría.

—Te comportas como si el destino fuera algo que nos pasa. Pero eres tú la que lo crea. Escribes tu destino con cada una de las decisiones que tomas.

Isla se quedó helada mientras meditaba la idea. Su mirada iba y venía de Oro a Grim, que flotaban en la balsa. No podía imaginar nada que la empujara a tomar la decisión de matar a uno de los dos. No podía hacerlo.

—No puedo —dijo—. No…, no tengo fuerzas para eso.

—Claro que las tienes —replicó la mujer en tono feroz—. Eres tan fuerte como para salvar no solo a tu mundo, sino también a los demás. Y todo empieza con esta elección. Has visto tu pasado y tu mente se ha aclarado. —Acarició la muñeca de Isla, donde llevaba el dije de su madre. Contenía el don de su progenitora: la capacidad de ver el futuro—. Si lo hundes en la balsa, verás los dos futuros. Y qué pasará si escoges a uno… o al otro.

Las lágrimas corrían por el rostro de Isla, porque… no quería saberlo. No quería verlo. Le daba miedo lo que pudiera descubrir.

—¿Estás preparada para verlo? —le preguntó la dama.

—No —respondió Isla.

La mujer asintió con una expresión decepcionada, pero también comprensiva.

—Pero estoy preparada para escoger. De una vez por todas.

Isla pestañeó y la mujer había desaparecido. Solo Grim y Oro permanecían allí, todavía alargando las manos hacia ella desde el agua.

Le tembló la mano. No le parecía bien hacer eso. Su misma alma parecía protestar, como si se estuviera desgarrando. Pero tenía que hacerlo.

Un sollozo sacudió su pecho cuando avanzó. No hacia los dos; solamente hacia uno de ellos. Le aferró los dedos.

Los amaba a los dos. Pero uno ocupaba un poco más de espacio en su alma.

—Le escojo a él —dijo—. Le escojo a él.

Isla notó que el puente entre los dos se materializaba, más fuerte que nunca, cuando le atrajo hacia sí. Le quemaba el pecho y tenía el alma en llamas. Remolinos de energía plateada le nublaron la visión.

Pestañeó. Todo había transcurrido en un instante. Cuando las vistas se despejaron, Cronan seguía ahí, todavía de rodillas, como si no pudiera incorporarse del todo. Se abalanzó hacia Isla. Hacia la corona.

Ella se la quitó y usó hasta el último vestigio de la energía que le quedaba para lanzarla a la otra punta de la sala.

La corona se hizo añicos y Cronan se retorció como si le hubieran apuñalado mil veces en el pecho. Rugió de dolor, de furia.

Pero, en lugar de ir en busca del objeto roto, atacó a Isla. La agarró por el cuello y la estampó contra el suelo. Isla oyó el

crujido de su cabeza. La otra mano de Cronan aferró el diamante de su garganta. Su expresión ya no era fría; era el semblante de un enajenado.

La presión aumentó en el cuello de Isla y ella empezó a asfixiarse mientras pateaba con debilidad bajo el cuerpo del gobernante. Ahora que la corona estaba rota y la conexión entre las mentes había desaparecido, Isla era impotente una vez más. Los márgenes de su visión empezaban a difuminarse. Notaba las extremidades pesadas. Cronan estaba a pocos segundos de apoderarse del diamante de una vez y para siempre. De usarla para irrumpir en el mundo de Isla y absorberlo.

—El amor no es nada más que una debilidad —dijo él enloquecido de furia—. Y tú solo eres una necia por romper mi corona, pensando que eso acabaría conmigo. Pero yo siempre resurgiré. Fabricaré una corona nueva. Y ese diamante brillará en el centro.

Isla sabía que no seguiría consciente mucho más tiempo. Empezaba a ver borroso el rostro de Cronan. Le ardían los pulmones, como si tuviera llamas dentro. La oscuridad empezó a colarse en sus ojos.

Pero, antes de que sucumbiera a las tinieblas, algo en ese mundo se rompió. E Isla sintió que la invadía un poder capaz de rivalizar incluso con el de Cronan, sobre todo ahora que él no llevaba la corona. Cronan debió de notarlo también, porque alzó la vista con tal frenesí que aflojó la garra una pizca. Isla respiró entrecortadamente.

—¿Qué es eso? —rugió Cronan a sus caballeros, que ya estaban inundando la sala. El castillo tembló. El cielo se desmoronó.

Isla notaba su presencia, le notaba abrirse paso como una espada, correr hacia ella entre una explosión de energía.

Le goteaba sangre por la comisura de sus labios cuando sonrió y dijo:

—Es mi marido.

La sala se estremeció con la llegada de Grim, un rayo de sombra color ónice. Los caballeros salieron proyectados hacia atrás y el propio Cronan perdió el equilibrio.

Grim no prestó atención a su antepasado. Ni se volvió a mirar al ejército de caballeros que se desperdigaba por la sala. No se fijó en que, al otro lado del techo de cristal, la galaxia se derramaba sobre ellos.

No. Solo la miraba a ella, como si fueran las dos únicas personas en todo el universo.

—Corazón —le dijo casi sin mover los labios. Pero ella notó la palabra como si la llevara tallada en el alma.

Estaba destrozada y sangrando, pero sus labios esbozaron una sonrisa que él imitó, y todos y cada uno de los pedazos serrados de sí misma encajaron por fin. El puente entre los dos era pleno y definitivo, resplandeciente. Isla no era capaz de distinguir dónde empezaba el alma de Grim y dónde terminaba la suya.

Era un amor capaz de rivalizar con el tiempo y el espacio, con el mismo destino. Era un amor capaz de dibujar albures y galaxias.

Ahora que tenía delante a Grim, Isla se preguntó cómo había sido capaz de sobrevivir sin él, a un mundo de distancia.

Pero ya no importaba. Grim había encontrado la manera de dar con ella, tal como siempre le había prometido.

Se le saltaban las lágrimas mientras lo miraba y seguía mirándole. Mil disculpas y promesas se le acumulaban en los labios. Pero no tuvo que pronunciar ni una palabra.

—Ya lo sé —le dijo Grim, e Isla sintió en las profundidades de su ser que lo sabía realmente. Él la conocía. Todas y cada una de sus partes.

La corona de Cronan seguía en el otro lado de la habitación, hecha pedazos. El gobernante estaba en el extremo opuesto, haciendo esfuerzos por incorporarse. Mientras Cronan gritaba órdenes a sus caballeros, Isla se puso de pie a toda prisa y corrió hacia Grim, que ya se apresuraba hacia ella.

Había terminado. La tortura había llegado a su fin. Estaban juntos, y nada, nada podría interponerse ahora entre ellos. Ni siquiera Cronan. Ahora que sus poderes se habían unido definitivamente, serían imparables. Salvarían su mundo. Cada pieza del plan de Isla se colocaría en su lugar.

Isla alargó las manos hacia Grim. Él ya tendía las suyas hacia ella. Los dedos estaban a un solo paso de distancia. Pero, antes de que llegaran a rozarse, una sombra se coló en la mente de Isla y habló.

No fue el dolor de la invasión lo que la llevó a abrir los ojos de par en par, sino las palabras.

«Crees que este amor es infinito. Mira con qué facilidad se rompe».

No.

Fue como si el tiempo se ralentizase. Isla trató de acercarse a Grim, de salvar los pocos centímetros que los separaban. Las sombras de su marido se derramaban por la sala, matando a todo aquel que encontraban a su paso. La mitad de los caballeros ya estaban muertos. Casi habían alcanzado el cuello de Cronan.

Pero Isla vio el momento exacto en el que Cronan entraba en la mente de Grim. Sucedió tan rápidamente que ni siquiera pudo pronunciar una palabra de aviso.

Y Grim se detuvo en seco. Sus sombras se dispersaron.

Parpadeó mirando en derredor con desconcierto. Sus ojos se posaron en ella…

Isla no vio en ellos el más mínimo destello de reconocimiento.

«¿Has visto qué fácil es arrebatarle los recuerdos a alguien? —dijo Cronan en su mente—. Tú deberías saberlo
mejor que nadie. Pero esta vez es permanente. Los recuerdos
que guardaba de ti se han esfumado para siempre».

Las crueles carcajadas de Cronan reverberaron en el cráneo de Isla.

«Todo se puede romper».

Imposible. Isla se negaba a creerlo. Nada podía romper
el lazo que los unía. Eran infinitos.

Sin embargo, cuando buscó el vínculo, ese nudo forjado
a través de incontables obstáculos, aventuras y recuerdos,
como un mosaico de minúsculas decisiones que ahora cons-
tituía un todo, cayó de rodillas y emitió un sollozo nacido en
lo más profundo de su ser.

El vínculo que los unía había desaparecido.

CAPÍTULO 45
GRIM

Había una mujer en el suelo a la que no conocía de nada. La envolvía un aura extraña. Era roja. Como las rosas, los corazones y la sangre. Grim nunca había visto un aura de ese color. Ni tan concentrada.

Los ojos verdes se abrían de par en par mientras sus emociones le golpeaban con la fuerza de un ariete.

Una tristeza desgarradora. Una desesperación infinita.

Y, por último, el sentimiento más intenso de todos: amor. Amor hacia él.

Imposible. Grim nunca establecería un vínculo tan fuerte con una mujer como para que le amara tanto. Era una desconocida. ¿Por qué le amaba?

Y luego notó algo más. Sus poderes. Era una wildling… y nightshade. Y starling. Además, de algún modo, tenía acceso también a las habilidades sunling, skyling y moonling. Solo se le ocurría un modo de que alguien…

—¿La conoces? —le preguntó una voz reverberante desde algún lugar de la sala.

Grim se volvió a mirar y vio a un hombre. Era Cronan, su antepasado. Grim sabía que estaba en otro mundo, uno en el que habían vivido los fundadores de Lightlark en un

tiempo pasado. Pero no recordaba por qué se encontraba allí. Frunciendo el ceño, rebuscó en sus recuerdos. ¿De verdad había estado colaborando con Oro, su enemigo, así como con los gobernantes skyling y moonling? Todos se habían propuesto traer de vuelta a alguien a su mundo… ¿Sería esa mujer?

No. Ella —aunque poseía una belleza deslumbrante y estaba dotada de un poder sobrecogedor— era una desconocida.

—No —dijo Grim.

La tristeza brotó a raudales de la mujer. Las lágrimas resbalaron por sus mejillas congestionadas. Grim la observó, fascinado por el enigma que entrañaba.

La fascinación no hizo sino aumentar cuando reparó en el objeto que colgaba de su cuello. El diamante Infinito. ¿Como era posible? ¿Sería algún tipo de espejismo, un truco? Pero percibía el poder que irradiaba la joya. ¿Se lo había apropiado? ¿Cómo?

—Esta mujer es el motivo de que tu reino esté al borde de la destrucción —dijo Cronan—. Está enamorada del rey sunling.

Sí, eso era lo que Grim sospechaba, tras percibir su arsenal de poderes. Entonces ¿por qué le miraba con esa expresión? ¿Por qué estaba tan triste?

Grim tanteó las emociones de Cronan y también de la mujer, tratando de calibrar las circunstancias. Las de Cronan eran casi inexistentes, como si el tiempo las hubiera erosionado, y su aura latía debilitada, casi privada de color. La mujer era el polo opuesto. Sus emociones eran tan intensas que la desbordaban. Ahora mismo, sin embargo, no esgrimía las emociones con desafío ni indignación. Ni siquiera intentó negar las palabras de Cronan. Y sin duda poseía poder suficiente para reducir a cenizas el reino de Grim.

¿Por eso estaba Grim allí? ¿Para detenerla?

—Eso es —dijo Cronan como si le leyera el pensamiento. Y tal vez lo estuviera haciendo—. Ella será tu ruina y la de todo aquello por lo que ha trabajado tu linaje. Ha intentado matarme y tú serás el siguiente.

—Grim —dijo ella, y esa voz… Le penetró en el alma. De no haber aplastado sus emociones con un puño férreo, tal vez le hubiera conmovido. Pero ella no le inspiraba ningún sentimiento.

La mujer sacudió la cabeza ante la impasibilidad de Grim.

—Me conoces —le dijo conteniendo un sollozo.

Él no la conocía.

—Mátala —le ordenó Cronan.

Y Grim hizo lo que hacía siempre: eliminar todo aquello que suponía una amenaza a su reino.

Le lanzó una espiral de sombras afiladas como cuchillos directamente a la garganta.

El diamante tenía que ser suyo.

Ella abrió los ojos de par en par. Esa única mirada proyectó a Grim hacia atrás en el tiempo, a una época en que había matado a alguna otra persona con esas mismas sombras. A una persona querida. Casi bastó para que las retirara.

Casi.

Un instante antes de que las afiladas sombras la alcanzaran, la mujer levantó los brazos, los cruzó delante de la cara y…

Proyectó una ola de poder que le golpeó en el pecho. La energía del estallido derribó a Grim, que patinó de espaldas por la sala hasta estrellarse contra la pared. La vio mirarle con una expresión de desolación infinita, el aura empapada de tristeza. Luego la mujer salió disparada hacia arriba, atravesó lo que quedaba del techo y se alejó planeando por el reluciente cielo.

Un segundo más tarde, estalló un trueno. Una tormenta acababa de estallar sobre ellos.

—¡Atrápala y trae su cadáver! —aulló Cronan.

Grim le miró con desdén. Cronan era su antepasado, pero no obedecería sus órdenes.

Cronan entornó los ojos con expresión desafiante.

—Acabará contigo y con tu pueblo. ¿Vas a dejar que se marche? ¿Armada con ese diamante? Solo tú puedes detenerla.

Grim llevaba siglos protegiendo a su reino de la destrucción. Si sucumbía, tanto dolor y sufrimiento habrían sido en vano. No dejaría que una sola mujer lo estropeara todo.

Envuelto en sombras, salió de la habitación tras ella.

CAPÍTULO 46
ORO

Ella había escogido a Grim.

Oro emergió del agua sin aliento. Estaba solo, de modo que había funcionado; habían abierto el portal. Una ola se abatió sobre él y le arrastró a las profundidades de la poza. Notó el escozor de la sal en la garganta. El mar estaba ahora embravecido y las corrientes circulaban con fuerza suficiente como para arrastrarle.

Casi deseaba que lo hicieran.

Grim y él le habían dado elección…, y ella había escogido.

Oro volvió a salir a la superficie mientras la realidad de su situación se apoderaba de su sangre y de sus huesos. En su corazón latía un dolor que llevaba siglos sin experimentar. Una sensación de pérdida desgarradora. Pura devastación. Lloraba el futuro que había imaginado con ella, una vida maravillosa que ahora se le antojaba una broma cruel.

Ya había escogido a Grim anteriormente, pero Oro nunca pensó que fuera una elección permanente, hasta ahora. Siempre supo que el amor que compartía con Isla era real, pero su amor por Grim también lo era. Y, por lo que parecía, más fuerte.

Oro cerró los ojos, y, por primera vez desde que Isla desapareciera en el centro de aquel laberinto, se concedió permiso para desmoronarse. Las lágrimas que se deslizaban por su rostro le producían una sensación extraña. No había vuelto a llorar desde la muerte de su madre, más de medio siglo atrás.

Esta vez Oro sí que había perdido a Isla.

Una lágrima cayó al agua y toda la isla tembló. Oro estaba vinculado irrevocablemente a ella por la maldición del nexo. E, igual que tenía rotos el corazón y el alma, la isla entera empezó a hundirse con él.

Los acantilados blancos de las inmediaciones se estaban desmoronando, precipitándose al mar entre nubes de polvo y espuma oceánica. Oro oyó gritos en la lejanía cuando una ola inmensa se alzó en el horizonte de camino hacia él y la isla, pero hizo caso omiso.

El poder abrasaba las venas de Oro. Conocía el peligro de emplear las emociones como combustible para las habilidades; sabía que era fácil pasarse de la raya, raspar hasta la última gota de poder hasta agotarlo todo. Pero esta pérdida había reventado los candados de su autocontrol.

La ola le alcanzó y se evaporó; su cuerpo había mudado en llamas. Oro se elevó en el aire y el viento le envolvió creando un tornado llameante al mezclarse con su fuego.

Oro era el rey de Lightlark. La persona más poderosa de este mundo.

Nunca se había permitido escarbar en las profundidades de su poder antes de ese momento. Tal vez encontrara algo ahí, algo capaz de acabar con ese dolor.

Un viento poderoso se levantó a su alrededor. El ciclón creció hasta generar una manga que lo elevó todavía más si cabe. Allá abajo el océano hervía en anillos de energía chisporroteante. Un rayo brilló en el cielo y el restallido del trueno reverberó a través de su cuerpo.

—¡Oro! —chillaba alguien por encima del rugido de las llamas de mar y viento. Miró abajo: una figura había atravesado el fuego hasta el centro del vórtice.

Era Enya.

Oro cerró los ojos. No quería verla, no quería ver a nadie. No soportaría oír lo que iban a decirle.

Sabía que había sido un necio por haber seguido amando a Isla todo ese tiempo, incluso después de enterarse de que estaba casada. Pero todas sus reglas, precauciones y temores se esfumaban cuando ella andaba cerca. Isla era su constelación y Oro había albergado esperanzas de que acabaran encontrando la manera de volver a estar juntos.

Ahora ella se había marchado… Y Oro sabía que nunca volverían a reunirse.

Solo el poder era capaz de llenar el inmenso vacío de su pecho. Oro llevaba casi toda la vida reprimiendo el motivo mismo de su grandeza. Se había negado a ceder a su fuerza sin precedentes, a perder el control sobre sí mismo. Pero ahora…

El tornado aumentó de tamaño. Ahora la energía corría por sus venas como un rayo. Eso le sentaba bien. Se elevó aún más en el cielo arrastrando rocas y árboles a su tempestad. Lo destruiría todo a su paso. Vertería poder hasta que estuviera tan vacío y hueco como ella le había dejado.

—Oro.

La voz de Enya era un resuello desesperado. Abrió los ojos y vio a su amiga de rodillas, aferrándose el cuello. El tornado succionaba el aire del vórtice con demasiada rapidez como para que pudiera respirar. Las llamas de Enya casi se habían extinguido.

Tenía los ojos abiertos de par en par. La expresión suplicante. La conocía de toda la vida y nunca le había mirado con tanto miedo. Ni siquiera cuando eran niños y él había transformado en oro a un asistente sin querer. Ni siquiera cuando había hecho arder el mar.

—Tus ojos —dijo Enya, y él levantó la vista hacia el agua que se había unido a su tornado. Creó una capa de hielo. Y, en su reflejo, vio llamas bailando en sus ojos.

—No estás… solo —le advirtió Enya con una especie de graznido, y Oro parpadeó. Era cierto que su desolación jamás había sido tan grande. Pero su corazón no solo pertenecía a Isla. También pertenecía a sus amigos.

«Enya». Imágenes de su amistad se cincelaron en su mente arrancando trocitos de su congoja. Ese amor se extendía como raíces que le impedían perderse y ahuyentaban la rabia y el dolor que alimentaban sus poderes.

Enya se derrumbó en el suelo y Oro vio su cabello rojo reluciente sobre la arena. ¿Así iba a morir? No. «No».

Bajó en picado a la playa envuelto en su tempestad, que se desplomó con él. Se arrodilló al lado de Enya y le dio la vuelta con desesperación, para colocarla de espaldas. Estaba tan quieta… ¿Él había hecho eso? ¿De verdad la había matado? El pánico le atenazaba el corazón. El horror de lo que había provocado apenas le dejaba respirar.

Enya tosió. Oro advirtió el leve sube y baja de su pecho. Estaba viva, a duras penas.

Casi llorando de alivio, la abrazó contra su cuerpo. Solo entonces recordó que no estaban solos…

«Cinder y Maren. Zed y Calder».

Se volvió a mirar el lugar donde antes estaba el acantilado y los vio flotando en una corriente de viento que Zed había invocado. De no ser por el skyling, se habrían preci-

pitado al mar junto con las rocas. Habrían muerto. Maren sostenía a Cinder, inconsciente, en sus brazos; debía de haberse desmayado por la cantidad de energía que había empleado para crear el portal. La starling le miró con una expresión severa. Lo había visto todo.

«Sé lo que es perder el control», le había dicho Oro.

Se refería a lo que había pasado siglos atrás. Se suponía que Oro había mejorado desde entonces. Pero esto…

Miró la destrucción que había provocado. La cicatriz que había dejado en la isla que gobernaba. Por poco… Por poco…

Esto no podía volver a pasar.

Oro estaba dispuesto a sofocar sus poderes, a enterrar los recuerdos de Isla, a guardarlo todo en una caja y esconderlo en el rincón más oscuro de su mente, igual que hizo en el pasado cuando perdió el control.

Pero entonces la poza de marea se onduló. Oro frunció el ceño y la miró con atención.

Una forma empezó a emerger, cobrando forma según lo hacía, y Oro casi se permitió albergar la esperanza de que fuera ella. De que estuviera sana y salva. De que hubieran conseguido vencer a Cronan y regresar.

En vez de eso, surgió una garra de las profundidades de la poza. Otra.

Y el agua estalló cuando la primera criatura irrumpió con un rugido que dividió el firmamento.

CAPÍTULO 47
ISLA

Grim iba a por Isla. Notaba su poder precipitarse hacia ella como una corriente de oscuridad capaz de borrar el sol del cielo.

No se acordaba de ella.

Eso no podía estar pasando. Isla quería creer que estaba en una pesadilla, otro de los trucos mentales de Cronan. Pero había visto el frío desinterés en los ojos de Grim. Había sentido el vacío allí donde antes había amor.

Las palabras de Cronan no dejaban lugar a dudas. No había ocultado los recuerdos de Grim, los había borrado. Para siempre.

Grim la habría matado de no haberse formado la tormenta a tiempo para que Isla desviara sus sombras. Había esperado hasta el último momento para rechazarlas, de tanta fe que tenía en su amor, en él, hasta que casi provocó la ruina de ambos.

Y ahora las sombras de Grim se aproximaban. Siguió ascendiendo, huyendo de su marido hasta que notó el fragor del trueno en los huesos. Mientras los portales rompían el cielo como costuras rasgadas y los monstruos empezaban a surgir, Isla observó la noche en busca de un remolino más pequeño que no la llevara a otro mundo, solo a unos kiló-

metros de distancia. Algo parecido al portal por el que habían escapado cuando los caballeros las encontraron a Lark y a ella en las cenizas del desierto.

«Allí». Tenía las sombras de Grim pegadas a los talones cuando voló a toda velocidad, instándose a acelerar, para cruzar una reluciente espiral de color… y desaparecer.

Aterrizó con fuerza contra una duna y rodó a trompicones hasta que perdió impulso. Sin aliento, tosió la arena que había respirado al caer. Le quemaba la garganta y se incorporó entre arcadas.

La armadura estaba esparcida por la arena. Mientras la tormenta amainaba en lo alto, usó los últimos restos de energía starling que le quedaban para fundir el metal y crear una pulsera a base de escamas redondeadas que tintinearon junto al brazalete que su madre le había dejado. Ahí estaban. Las dos posesiones que le quedaban.

Se puso de pie despacio al mismo tiempo que observaba el infinito mar de arena y ceniza circundante. Otra vez no, pensó. No tenía agua ni armas ni un lugar al que dirigirse. El portal se había cerrado en lo alto y, lejos de la tormenta, Isla carecía también de poder.

Pero entonces atisbó algo en la lejanía. Una especie de cráter que destellaba en tonos verdosos y azulados. ¿Sería otro espejismo? No. Parpadeó y seguía ahí.

¿Una aldea? ¿Un oasis en ese desierto infinito?

Oyó movimiento a su espalda. Se giró rauda como el rayo, preparada para atacar…, pero no era Grim. Se trataba de un ratón del desierto que huía de una serpiente. El animal se escondió en la arena y la cola del reptil cascabeleó furiosa mientras se hundía tras él.

Grim no sabía dónde estaba Isla. Y ella no podía dejar que la encontrara, no hasta que hubiera pensado un plan. Aunque hacerlo le rompió su ya maltrecho corazón, cortó de nuevo el puente que los unía, por si él lo utilizaba para encontrarla.

¿Cómo era posible que todo hubiera salido tan mal? Durante un glorioso instante, Isla llegó a pensar que habían ganado. Había roto el control de Cronan y se las había arreglado para herirle. Había hecho su elección por fin y traído a Grim a este mundo.

Y ahora…

Sacudió la cabeza y trató de concentrarse en el presente. Solo así conseguiría salir de esta situación. Porque si pensaba demasiado en la expresión impávida de Grim…, en cómo había intentado matarla sin pestañear…, se tiraría al suelo y lloraría hasta morir de deshidratación. Y sería una muerte penosa, después de todos los peligros que había superado.

Aunque le temblaban las piernas, avanzó como pudo por la arena hacia el enorme cráter. Según se acercaba oyó tintineos de vasos y murmullos de voces. Tal como pensaba, era una aldea. El sol se ponía cuando se internó en un mercado e Isla tuvo la sensación de que acababan de abrir los puestos. Los vecinos debían de hacer vida durante las horas más frescas, cuando bajaba ese sol implacable. Se acordó de la plaza durante el Centenario, cuando Isla observaba de lejos cómo los sunling salían a la calle al anochecer porque su maldición les impedía salir a la calle a plena luz del día.

Al pensar eso, el rostro de Oro se le apareció en el pensamiento y notó un dolor agudo al recordarle. No quiso hacerle daño, nunca quiso hacerle daño. E incluso ahora, cuando ya había elegido, sabía que el rey sunling siempre formaría parte de su alma.

Pero ante todo pertenecía a Grim. Todavía.

Serpenteó entre los puestos del mercado y cogió unas piezas de tela aquí y allá para fundirse con la multitud. No le

servirían para esconderse de Grim, pero sospechaba que Cronan también enviaría a sus caballeros tras ella. No quería que los aldeanos se fijaran en ella, no fueran a delatarla.

Los puestos del mercado eran de adobe y cristal, dos materiales que, en un lugar como ese, abundaban mucho más que la madera, pensó Isla. En el oasis había pocos árboles, pero la gente evitaba acercarse. Observó que algunas personas se arrodillaban ante ellos en actitud de reverencia.

Había una única charca de agua en el centro del cráter e Isla se preguntó si, en el pasado, el agua habría ocupado todo el hueco. Puede que eso —una pequeña balsa no mucho más grande que un charco— fueran los últimos restos.

Isla se puso a la cola de gente que esperaba para beber y, según se acercaba, advirtió que el agua relucía levemente, aunque su brillo no era nada comparado con el de la balsa de su mente. Cuando le tocó el turno, se percató de que no tenía un recipiente.

—Toma —dijo una voz a su espalda. Isla se dio media vuelta. La mujer que tenía justo detrás le tendió un vaso de cristal—. Me sobra uno.

Sus ojos eran de color miel y tenía la piel tirando a oscura. Las telas de su vestido eran finas, pero profusamente decoradas, con ondas que sugerían arena o agua.

—Gracias —respondió Isla al tiempo que lo aceptaba. Llenó el vaso y se retiró a un lado para beber. Aunque solo llevaba una hora en el desierto, agradeció la sensación del agua fresca en la garganta.

—Merece la pena, ¿verdad?

Isla bajó el vaso para mirar a la mujer que había tenido ese gesto tan amable con ella. Apuró el último sorbo y le devolvió el recipiente.

—El agua sagrada es la mejor que he probado —continuó la mujer. Observó a Isla.

Seguro que tenía un aspecto horrible, pensó Isla, después de haber pasado tantos días en una celda.

—Aunque nunca te había visto por aquí —añadió la otra.

En una comunidad pequeña como esa, sus nuevas ropas no bastaban para que pasara desapercibida, pensó Isla.

Buscó una explicación que tuviera sentido.

—Me estoy… escondiendo —dijo.

La mujer frunció el ceño.

—¿De quién?

—De mi marido.

Era verdad, al fin y al cabo.

La mujer asintió con expresión comprensiva. Buscó la mano de Isla y se la estrechó con suavidad.

—Soy Jessel —se presentó mientras la arrastraba por el mercado—. ¿Te apetece comer algo?

Isla pestañeó, sorprendida por la amabilidad espontánea de esa desconocida. Debería negarse. Tenía que seguir avanzando. ¿Y si era una trampa? Cronan gobernaba ese mundo e Isla no sabía qué implicaba eso en una comunidad pequeña como aquella.

Pero llevaba varios días sin comer. Estaba agotada y destrozada. Así que acompañó a Jessel a su casa.

Se trataba de una estructura subterránea, excavada bajo el borde del cráter. Isla supuso que vivían así para protegerse de las tormentas. No entendía cómo los árboles habían sobrevivido a ellas.

La estancia principal era pequeña y fresca, con un hogar en el rincón y asientos tallados en la roca de las paredes. Un pequeño fuego chisporroteaba con suavidad. Después de varios días en una celda, a Isla casi se le saltaron las lágrimas al

entrar en una sala cómoda como esa. Se respiraba un ambiente de hogar y le parecía increíble que hubiera perdurado algo parecido a un remanso de paz en ese mundo en ruinas.

Isla se sobresaltó al oír un gritito. Al momento entró un niño corriendo en la sala. Otro pequeño le siguió poco después.

—Prelis, Agor. Decidle hola a nuestra invitada —ordenó Jessel.

—Hola —saludó Prelis en tono alegre.

Agor se acercó a Isla.

—Tus ojos son del color de las copas de los árboles —le dijo en tono escéptico, casi como una acusación.

Isla supuso que no se trataba de un color corriente por esos lares. Los ojos de los niños eran del mismo tono que los de la mujer, ámbar.

—Es verdad —respondió Isla.

—¿Por qué? —quiso saber el niño.

Isla no supo qué responder. No podía soltarle sin más que venía de otro mundo.

Por suerte, Jessel acudió a su rescate.

—Agor, estoy preparando pastel de pimienta. ¿Quieres ayudar a recoger un poco de las arenas?

El rostro del niño se iluminó y de inmediato se olvidó de los extraños ojos de Isla. Se marchó corriendo, seguido de cerca por Prelis.

—Lo siento —dijo Jessel.

—No pasa nada —respondió Isla tratando de esbozar una sonrisa—. Tus hijos son adorables.

—Ah, no son míos —dijo ella—. No de mi sangre, al menos.

A Isla no le hizo falta preguntar qué había sido de los padres.

Jessel le señaló el banco excavado en la pared.

—Siéntate —le dijo. Observó a Isla con una mezcla de curiosidad y recelo—. Porque yo también quiero saber por qué tienes los ojos del color de las copas de los árboles.

Isla no tenía pensado sincerarse con Jessel. Puede que finalmente lo hiciera porque necesitaba hablar con alguien. Pero acabó contándole que procedía de un lugar donde había verde por doquier y crecían flores de todos los colores imaginables.

Y Jessel se limitó a escucharla. No parecía que nada la sorprendiera.

—Este mundo también fue así tiempo atrás —dijo. Isla no quería ni imaginar la sensación de vivir en un mundo en ruinas como este. Encontrar, de vez en cuando, señales de que un día fue algo distinto.

¿Acabaría así su propio mundo si Cronan se salía con la suya? ¿O lo devoraría sin más hasta que no quedara nada?

—Yo no soy tan mayor como para haberlo visto, claro —continuó Jessel—. Hace mucho mucho tiempo que está así. Pero aún quedan minúsculas muestras de lo que fue. Y hay seres… que lo recuerdan.

Remlar había dicho algo parecido. Él también procedía de este mundo y era de los pocos que lo recordaban. Isla tragó saliva para diluir la descarga de dolor ante el recuerdo. Todavía no se podía creer que Remlar hubiera muerto, que un ser tan antiguo hubiera dejado de existir. Murió soñando con un mundo mejor. E Isla le había fallado, igual que había fallado a todo aquel que había creído en ella.

—Cuando llegué —explicó Isla—, me capturó un grupo de carroñeros del desierto. Sabían manipular el poder. Pero no he visto a nadie de esta aldea emplear la magia…

Jessel negó con la cabeza.

—Hay muchas facciones en estas tierras —dijo—, y yo no sé gran cosa de ellas. Pero comercian con objetos procedentes de otros mundos que por una u otra razón han venido a parar aquí. Es posible que alguno de esos objetos les permita emplear las tormentas para romper el… bloqueo.

Así pues, los colgantes que portaban debían de ser algo parecido a los anillos de Azul.

Isla guardó silencio un momento, sumida en sus pensamientos.

—¿Qué sabes de él?

La expresión de Jessel se ensombreció mientras seguía amasando pan. Isla no tuvo que aclararle a quién se refería.

—Sé que es el causante de toda esta ruina. Él… y sus caballeros.

—¿Alguien ha intentado plantarle cara?

Jessel resopló una carcajada.

—Pues claro. Pero nadie tan tonto como para intentarlo ha regresado. —Señaló con el mentón un juguete de factura tosca que había en el rincón, hecho de cristal y piedra tallada. Pertenecía a los niños—. Eso fue lo que les pasó a sus padres. —Suspiró—. Lucharon… ¿Y para qué?

Jessel torció el gesto como alguien a quien le han arrebatado la esperanza. Miró a Isla de reojo.

—¿A eso has venido? ¿A destruirle?

Isla asintió. No sabía si hacía bien en revelárselo.

—Y para salvar mi mundo.

De momento estaba fracasando estrepitosamente en ambas empresas.

Jessel se limitó a mirarla con atención.

—Salva también el nuestro, ya que estás en ello, ¿quieres? —le pidió. Esbozó una sonrisa de medio lado. Hablaba

en tono desenfadado, pero a Isla no le pasó desapercibida la desesperación de su voz.

Los chicos volvieron pasado un ratito y la sala se llenó de risas y jaleo. Por una noche, Isla pudo olvidarse del horror de sus circunstancias. Comió, se lavó la suciedad y la sangre de la cara y descansó.

Jessel le ofreció cálidas mantas y un rincón blando en el suelo. Durante unas pocas horas, Isla se concedió el lujo de dormir, mientras los demás se marchaban a atender su puesto en el mercado. Cuando el sol volvió a brillar con fuerza, todos regresaron. Y, tan pronto como se hizo el silencio en la casa, Isla se marchó sin despedirse.

Solo era cuestión de tiempo que Grim la encontrara. No quería que él —ni Cronan— molestaran a Jessel y a los niños. Le correspondía a Isla afrontar ese lío; a ella y a nadie más.

Cuando salió, franjas rojas y doradas pintaban el cielo. El mercado estaba vacío. Solamente se cruzó con unas cuantas personas. Evitó llamar la atención todo lo que pudo mientras vagaba por ahí sin rumbo. No tenía ni idea de qué hacer ahora; solo sabía que Grim acabaría por encontrarla.

«Nunca podríamos ser unos extraños», le había dicho Grim antes de la primera vez que estuvieron verdaderamente juntos, y ella le creyó. Pero ahora él había olvidado su historia compartida. La miraba como si no fuera nadie.

Isla buscó un callejón desierto, se recostó contra la pared, se dejó caer al suelo… y por fin rompió a llorar. El dolor borboteaba en su pecho y brotaba de ella en forma de sollozos entrecortados.

Estaba sola. Completamente sola en el mundo.

Apoyó la frente contra las rodillas dobladas y se abrazó las piernas. Y entonces oyó una voz. Dorada, como un amanecer transformado en sonido.

«Oro».

Oía su voz, pero no distinguía las palabras. ¿Estaba escuchando un recuerdo? ¿O estaba verdaderamente ahí, como en sus sueños?

Buscó el hilo que los unía sin saber si seguiría ahí después de que hubiera escogido a Grim. Apenas se atrevía a respirar. Se preparó para lo peor…

El hilo estaba ahí.

Todavía.

Cuando accedió al vínculo, la embistió una ola de implacable tristeza. Era tan intensa que erigió una barrera entre los dos. Isla nunca había notado las emociones de Oro a través del puente, hasta ese momento. No sabía por qué estaba sucediendo ahora, pero la conciencia de que le había provocado tanto dolor le partió el corazón. Tenía que establecer contacto con él, como fuera.

Tiró del hilo como si fuera una cuerda y lo recorrió como quien recorre un puente. Empleó hasta la última brizna de concentración que tenía, hasta que los ruidos del mercado se esfumaron. Se puso de pie sobre las piernas temblorosas y se dio la vuelta…

Ahí estaba. Plantado en un acantilado que se desmoronaba y conteniendo un muro…, un muro de bestias. Enormes criaturas dotadas de colmillos, garras y escamas. Los ojos de Oro brillaban de un modo extraño, como si fueran de fuego. Estaba envuelto en poder, una energía increíble de viento, rayos y agua desconocida para Isla.

Oro estaba esgrimiendo sus propias emociones. Su tristeza.

La que Isla le había infligido.

—Oro.

El nombre sonó amortiguado, como si los elementos se lo hubieran tragado. Pero él se volvió a mirarla de inmedia-

to. Por un instante sus ojos ardieron con más fuerza y la energía destelló rabiosa. Pero Oro parpadeó y su mirada recuperó el tono ámbar de siempre.

—Isla —dijo en un tono tan delicado que ella se desmoronó por dentro.

Nunca antes había sido capaz de hacer eso, igual que nunca había podido comunicarse con Grim y con Oro en sueños antes de ahora. Por alguna razón, este mundo reforzaba los vínculos. Isla pensó en lo que la dama de plata le había dicho sobre las almas emparejadas.

Oro no expresó extrañeza. Solo la observó atentamente y frunció el ceño al ver las lágrimas que todavía le empapaban las mejillas.

—¿Qué ha pasado? ¿Dónde está Grim?

Isla se apretó los ojos con las manos como para obligarse a parar de llorar. ¿Cómo era posible que este hombre la quisiera tanto después de que escogiera a su enemigo? No se lo merecía.

—Está aquí, pero…

La emoción no la dejó continuar.

—¿Qué? —preguntó él con una expresión horrorizada, ya temiendo lo peor.

Isla tragó saliva con dificultad.

—Cronan le ha…, le ha borrado a Grim mis recuerdos. Es irreversible. El vínculo… se ha perdido.

Oro cerró los ojos y soltó una maldición. Sabía tan bien como ella que Isla necesitaba a Grim y sus poderes de transportación para volver a su mundo. Con la mano tendida, Oro seguía destrozando monstruos, aunque solo la miraba a ella.

—Ahora me está buscando. Me persigue para matarme. No creo… No creo que me quede mucho tiempo —siguió hablando Isla. Los márgenes de su visión empezaban a difuminarse, las sombras del callejón se alargaban. Se expandían.

Isla alargó la mano hacia él, desesperada por permanecer en la luz—. Lo siento —le dijo—. Siento no haberte escogido. Mereces a una persona que sea plenamente tuya. Y una parte de mí demasiado grande le pertenece a él.

Oro no dijo nada, pero Isla casi podía leer la respuesta en sus ojos. Le traía sin cuidado, se conformaría con las migajas de corazón que Isla le ofreciera. Pero no era justo.

—Isla —dijo Oro en un tono letalmente serio—. Tienes que cruzar el portal. Lo estamos manteniendo abierto y…

Ella misma podía ver lo que estaba entrando. Bestias del mundo en el que Isla estaba ahora. Las mismas a las que ella se había enfrentado.

Al verlas embestir el muro para debilitarlo, Isla corrió hacia delante como si pudiera ayudar a Oro a rechazarlas.

Pero necesitaba el poder de transportación para marcharse. Ahora no poseía ningún acceso a él. Tendría que enfrentarse a Grim. Sobrevivirle. Le conocía muy bien, seguramente mejor que nadie, pero nunca había luchado con él, en realidad no. No recurriendo a los poderes. Oro sí.

—¿Cuáles son las debilidades de Grim? —le preguntó a toda prisa, porque la figura de Oro ya se estaba desdibujando—. En la lucha.

La mirada que le devolvió Oro era puro desconsuelo y resignación. Un rugido resonó cerca, pero apagado.

—Solamente tiene una, que yo sepa.

—¿Cuál?

Él le dedicó una sonrisa triste.

—Tú.

Unos pasos se aproximaban desde la boca del callejón. Isla se giró hacia el sonido y vio a un carroñero que apenas le echó un vistazo antes de seguir avanzando.

Cuando se volvió de nuevo hacia Oro, había desaparecido.

CAPÍTULO 48
ORO

Oro y sus amigos llevaban horas rechazando una bestia tras otra. La poza de marea había desgarrado el velo entre los dos mundos y los siniestros seres no paraban de entrar.

El primero en entrar recordaba a una serpiente, aunque dotado de garras y una cola de escamas tan larga que Oro no alcanzó a ver el final cuando la expulsó de la poza. Zed había llevado a Enya y a Cinder a un lugar seguro. Oro, Calder y Maren se habían quedado a luchar.

Habían tardado una hora en reducir a ese monstruo. Pero justo cuando derrotaban a uno… aparecía otro. Y otro. Tenían que cerrar el portal. Y pronto.

Aunque acababa de ver las consecuencias de utilizar las emociones para alimentar sus poderes, Oro no tenía elección. De no hacerlo así, no podrían contener a los engendros.

Cuando había visto a Isla, pensó que la furia se apoderaría de él. El odio. Pero no fue así. Solamente sintió amor; un amor incombustible, obstinado, y se maldijo por ello. Por no ser capaz de olvidarla.

Luego, después de que le contara lo sucedido, Oro se sintió tan paralizado como antes de que Isla escogiera. Solo

quería ayudarla, pero estaba atrapado a un mundo de distancia mientras Grim la perseguía para acabar con ella.

—¡Mierda!

Un ser con garras largas como todo su cuerpo había aprovechado que estaba distraído para atacarle y le había traspasado la armadura.

En cualquier caso, el metal le dificultaba los movimientos. Oro se desprendió de la armadura en el aire y vio caer al agua las piezas doradas.

Ahora estaba furioso. Estaba furioso porque, aun teniendo el corazón destrozado, no soportaba que la mujer a la que seguía amando estuviera en peligro.

Maldito Grim. Oro sabía que la amaba, quizá más de lo que se amaba a sí mismo. Eso significaba que Cronan debía de ser más poderoso de lo que ninguno de ellos imaginaba. Tan poderoso como para poner a Grim contra Isla.

Oro creó una daga con la energía starling y le cortó las garras al monstruo de un tajo.

Sacudió la cabeza. «Puto Grim». A Oro le reventaba hasta la más mínima brizna de preocupación que sentía por él, pero, después de haber pasado tanto tiempo con el nightshade últimamente, le costaba poco olvidar todas las traiciones mutuas que habían protagonizado.

De modo que Oro no podía hacer nada más que preocuparse y recoger los pedazos del estropicio que Isla y Grim habían organizado. Solo sus amigos y él se interponían entre esas bestias y el resto del mundo. Y, mientras Oro se abalanzaba rugiendo contra otro engendro rabioso, se preguntó cuánto tiempo serían capaces de contenerlos.

CAPÍTULO 49
GRIM

Tardó dos noches en dar con ella. Se transportó a través de ese extraño mundo hasta que por fin avistó una inconfundible aura rojo escarlata.

¿De verdad pensaba que podía esconderse de él?

Se había disfrazado envolviéndose en las mismas telas del desierto con las que se cubrían las gentes de la minúscula aldea. Culebreaba con soltura por el mercado del oasis sin llamar la atención de nadie salvo de las pocas personas que se fijaban en sus ojos.

Eran verdes, del color de las esmeraldas. Del color de las serpientes y del engaño. Ella misma se desplazaba como una serpiente, arrastrándose por los rincones. La observó preguntándose qué haría a continuación. Si sería tan tonta como para pensar que podría esquivarle por siempre.

Ella dobló un recodo y le vio por fin.

Tuvo la elegancia de no mostrar sorpresa. Ni miedo. No, en todo caso su expresión era de determinación.

Qué ingenua. ¿De verdad pensaba que tenía la más mínima posibilidad contra él, aun pertrechada con todos esos poderes?

Saltó entre portales para abalanzarse directamente sobre ella.

Sobre la daga que ella debía de haber encontrado en el mercado, un trozo de metal retorcido que ahora sobresalía de la barriga de Grim. Como si la mujer hubiera sabido de antemano adónde se transportaría, cómo se proponía atacarla.

—Te conozco —le susurró ella al tiempo que se acercaba. Retorció la daga contra la carne de Grim y él gruñó al notar la descarga de dolor. Antes de que pudiera atacarla, ella salió disparada entre los puestos del mercado. La gente contuvo gritos al ver a Grim con el cuchillo clavado y la sangre chorreando por la barriga. Él no les prestó la menor atención. Tenía la mirada clavada en los tejidos de Isla, que ahora ondeaban en el aire; el resto de la wildling se había esfumado.

Todavía con la daga en el abdomen, la siguió entre un estallido de sombras. La muy zorra le había apuñalado. ¿Cómo había sido tan descuidado?

Debería haberla pillado por detrás y haberle rebanado la garganta antes de que le viera siquiera. Él tenía ventaja, se recordó. Le veía el aura. Podía transportarse entre portales. Sus sombras eran mucho más fuertes que las de ella.

Y había descubierto algo en esta última interacción: en ausencia de una tormenta, ella no podía usar sus poderes. No dejaría que volviera a sorprenderle.

Allí estaba. La vio correteando por las dunas, tratando de esconderse entre la arena.

Con un gruñido le disparó una sombra a la espalda y la vio caer. La mujer resbaló por el desierto empujada por la inercia, escupiendo arena, hasta que se detuvo por fin. Era la oportunidad que Grim estaba esperando.

Se transportó al lugar donde estaba ella con las sombras afiladas, dispuesto a acabar con la wildling de una vez por todas. Pero, antes de que pudiera hacerlo, ella se hundió en la arena como si el desierto se la hubiera tragado.

Y el cielo se arremolinó en lo alto. Grim puso los ojos en blanco. Maldito mundo y sus tormentas, que aparecían ante la menor traza de poder. Ahora mismo el suyo había invocado esa tormenta.

Sus sombras se escurrieron a su alrededor como tinta derramada mientras él miraba a un lado y a otro, buscándola. Apareció de repente envuelta en llamas.

Vale. Tenía poderes sunling gracias a Oro.

—Te ama —gruñó Grim—. Qué idiota.

Los ojos de la mujer resplandecían tanto como las llamas que la rodeaban cuando le disparó una corriente de fuego. Las sombras de Grim se precipitaron a su encuentro. Llamas y sombras convergieron siseando y crearon una cegadora luz plateada.

—Tú me amas —replicó ella apretando los dientes por el esfuerzo, y Grim lanzó una carcajada.

—¿Sientes amor por mi parte, wildling? —le dijo.

La desolación se apoderó una vez más de su rostro. Puede que Grim no sintiera nada más que rabia hacia esa mujer, pero en ella percibía un amor infinito. Se negaba a creer que ese amor fuera dirigido a él; seguro que pertenecía al rey sunling.

—Me llamo… —dijo ella resollando— Isla.

El aura se acentuaba según ella extraía fuerzas de las profundidades de sus poderes. Las llamas se intensificaron.

«Isla». El nombre sonaba igual que el siseo de una serpiente. Le sentaba bien.

Pero eso no importaba. Dentro de nada estaría muerta.

Le dirigió otra corriente de sombras, que ella detuvo con una ola de energía plateada y reluciente. Sus brazos extendidos temblaban del esfuerzo. Pero resistió en una postura de lucha no muy distinta a la de Grim.

Justo cuando estaba a punto de proyectarse hacia delante para pillarla desprevenida y aprovechar alguna brecha en sus defensas, el cielo retumbó y se arremolinó.

Ella alzó la vista. Su poder no flaqueó ni un instante, pero él lo notó, el instante en que se disponía a saltar. Ya había usado antes los portales para escapar.

«Esta vez no».

Un tornado bajó de los cielos como atraído por la energía de la mujer. Grim se abalanzó hacia ella y en el instante en que los cuerpos impactaron el embudo los absorbió a los dos.

Ascendieron juntos, chocando y girando, hasta que por fin el viento los liberó. Y esta vez no se estrellaron contra la áspera arena, sino sobre un suave manto de nieve. Grim aterrizó de espaldas e Isla cayó encima de él.

Tenía el rostro de la mujer a pocos centímetros del suyo. Ella entreabrió los labios y Grim siguió el movimiento con los ojos. Tragó saliva, paralizado por un instante. De cerca era todavía más hermosa. Ahora veía con claridad la carnosidad de sus labios y los distintos tonos de verde que albergaban sus ojos. Se fijó en la constelación de pecas en la zona de la nariz.

Era la mujer más bella que había visto en su vida.

Y también era su enemiga.

Sus sombras le envolvieron la garganta, pero ella voló hacia atrás antes de que pudiera estrujarla.

La nieve caía con fuerza en la cima de esa montaña. Grim notaba el hielo en la cara. Mientras la buscaba, el nightshade se había transportado a través de ese mundo y había visto la ruina que Cronan había causado. El lugar estaba destrozado. Prácticamente reducido a cenizas. Las zonas que habían sobrevivido eran casi inhabitables. Peligrosas.

Esa cima no era distinta. La montaña que tenían debajo estaba en movimiento constante, se rompía y se reformaba,

se congelaba y se descongelaba, como si intentara recomponerse.

Se precipitó hacia ella, pero en ese mismo instante el hielo desapareció a sus pies. Las sombras de Grim fulguraron, convertidas en garras que lo mantuvieron anclado al suelo. Ella se envolvió en ráfagas de nieve, anillos de hielo y viento que giraban a su alrededor como si fuera un planeta. De inmediato le envió una bola de energía, que las sombras bloquearon por los pelos.

—Esto te recuerda a Algid, ¿verdad? —le gritó ella a través del aullido del viento.

Grim frunció el ceño. ¿Qué sabía ella de Algid?

—Me llevaste —le dijo como si le leyera el pensamiento.

La montaña se desmoronó a sus pies y ella saltó hacia arriba antes de aterrizar más cerca de él. Cambió de postura y el agua envolvió a Grim, un agua helada que le arrastraba hacia ella. Se transportó, y el hielo se hizo añicos contra la nieve. Grim se materializó justo a su espalda, pero ella ya se estaba dando la vuelta, como si hubiera adivinado dónde iba a aparecer. Sus poderes entrechocaron una vez más.

—Me enseñaste el laberinto. Me dijiste que te escondías allí cuando eras niño. Con la esperanza de que nadie te encontrara.

Grim entornó los ojos al tiempo que proyectaba sus sombras hacia la mujer. Isla cayó patinando por la cima. ¿Por qué iba a contarle eso? ¿A ella? ¿A una wildling? Avanzó un paso. Otro más. Empujándola hacia el borde del precipicio.

—De ser así, seguro que me enredaste. Debes de ser muy hábil.

Ella negó con la cabeza.

—Me hablaste de tu hermana —le dijo.

Esas palabras hicieron trastabillar a Grim. Era imposible que le hubiera hablado de Laila. No le había hablado a casi nadie de ella. De… lo que había hecho. Llevaba siglos haciendo esfuerzos por no pensar en ella, por enterrarla en lo más profundo de su mente.

—Mentirosa —gruñó, aunque ¿cómo sabía que Grim había tenido una hermana? ¿Se había introducido en su mente de algún modo?

¿O… se lo había contado Oro? Pues claro. Grim había sido tan tonto como para hablarle al sunling de lo sucedido, en la época en la que eran amigos.

—Sí, soy una mentirosa —dijo ella mientras sus llamas azuladas crepitaban contra las sombras del nightshade—. Pero en esto no te miento.

La montaña se desmoronó entre los dos en ese instante y Grim perdió el control de las sombras. Ella vio la brecha y la aprovechó. Pero, en lugar de dispararle un proyectil mortal, voló directa hacia él y lo derribó de espaldas. Resbalaron sobre la nieve compacta y ella de nuevo acabó encima de él, usando el poder para sujetarlo contra el suelo. Para congelar sus sombras. El pecho del nightshade subía y bajaba contra el de ella, notaba el aliento de la mujer en la cara, y le desconcertó sentir un escalofrío en la columna vertebral.

Ella le arrancó con brusquedad la daga que le había clavado en el oasis y que todavía asomaba de la barriga de Grim. El nightshade se estremeció de dolor y se preparó para otro ataque —quizá le rajara el cuello esta vez—, pero, por el contrario, el dolor empezó a remitir como un grito amortiguado.

La wildling podría haberle matado allí mismo y, en vez de eso…, le estaba curando.

Y eso… Eso Grim no se lo podía explicar. Ella le sostuvo la mirada y debió de notar que estaba anonadado, porque le dijo con suavidad:

—Me enseñaste la tienda de regalices —susurró, y cada palabra formó una nube. El viento le azotaba la melena larga y oscura contra las mejillas, ahora enrojecidas del frío. La nieve, densa, se arremolinaba entre los dos, y Grim tuvo la sensación de que eran las dos únicas personas en ese mundo devastado—. Me diste una taza de chocolate caliente cuando estaba herida. —Los ojos de la wildling le escudriñaron el rostro, como si buscaran algo—. Dejaste que te clavaran doce flechas en el pecho para protegerme. Tú… diste la vida por mí.

Él sacudió la cabeza con vehemencia.

—Yo nunca haría eso —escupió mientras su piel se recosía bajo el contacto de ella.

Ella sonreía con tristeza.

—Pues lo hiciste por mí.

Tan pronto como tuvo la herida curada, Grim cerró el puño. Ella perdió el aliento y se aferró la garganta mientras las tinieblas le estrujaban la tráquea. La elevaron en el aire para alejarla de él. Ahora que había más distancia entre los dos, Grim por fin podía respirar.

—En ese caso solo fui un tonto que tenía merecido morir. Me alegro de no recordarlo —dijo al mismo tiempo que se incorporaba.

Ella forcejeaba para librarse de la garra con una expresión de rabia. Pateaba el aire como una posesa. A Grim casi le sabía mal que un fuego como el de la wildling se apagara. Hacía siglos que no encontraba un contrincante a su altura. Puede que nunca. Había sido emocionante batirse en duelo con alguien tan poderoso como ella.

Torció el gesto ante sus propios pensamientos. No había nada en esa mujer que fuera digno de elogio. Se dispuso a romperle el cuello para acabar con ella de una vez por todas, pero una ventisca los arrancó a los dos de la montaña, directos hacia otro portal de tormenta.

Fueron a parar a un bosque. O, más bien, a lo que quedaba de él.

Grim oyó que la wildling hacía esfuerzos por respirar. Bien. Sería más fácil matarla ahora. Le alivió saber que pronto se habría liberado de la maldición que ella le había lanzado, fuera cual fuese. Estaba claro que era peligrosa; Cronan tenía razón.

Avanzó un paso hacia ese sonido jadeante y entrecortado, y él mismo perdió el aliento al sentirse proyectado a través del bosque. Todos esos árboles retorcidos y torturados flotaban ahora en el aire con las raíces al descubierto, arrancadas del suelo. Y ella estaba en el centro de todo ello. Le sangraba la nariz. Entornaba los ojos en ademán concentrado.

Estaba usando las emociones como poder.

Pues muy bien. Grim soltó las riendas de las suyas.

Su poder se multiplicó, alimentado por el dolor y los remordimientos de su pasado, por sus errores más espantosos. Por todos los recuerdos que había enterrado.

Sin embargo, ahora que sus muros habían caído, nuevas emociones salieron a la superficie, como la curiosidad. Todos sus pensamientos giraron en torno a esa mujer que había arrancado un puto bosque de cuajo. ¿Quién era?

El poder encendía los ojos de la wildling cuando reunió los árboles para crear un cuchillo inmenso que lanzó directo hacia él. Seguramente sabía que compactando su poder tenía más posibilidades de romper el escudo de sombras.

Fascinante. Mientras veía acercarse la daga de árbol giratoria, Grim casi estuvo a punto de dejar que lo atravesase. Tampoco sería tan malo morir a manos de la mujer más interesante del universo.

Al momento redujo ese pensamiento a cenizas. Ella era su enemiga. Había demostrado que todo lo que decía Cronan era verdad.

Grim se transformó en sombras y el rugido de los árboles comprimidos le atravesó el cuerpo. Cuando el arma se estrelló tras él con un estallido atronador, sabiendo que ella estaría fugazmente agotada, voló hacia ella y la derribó. Con la wildling sujeta bajo su cuerpo, afiló las tinieblas para hundirlas en su pecho.

Pero, en el instante en que las sombras la tocaron, sucedió algo muy extraño.

Una fuerza prendió entre los dos y dividió por la mitad la tempestad que tenían encima. Y, cuando un rayo se abatió sobre ellos, Grim se sumergió un instante en su mente. En un recuerdo.

Un campo de batalla cubierto de sangre. Incontables drek cayendo del cielo. Y luego él, de rodillas, aullando de dolor. Sin embargo, no se trataba de un dolor físico. Aullaba por ella, que yacía exangüe en sus brazos.

Grim se apartó, pero no con la rapidez suficiente. Un portal de tormenta los arrastró a los dos y los depositó con brusquedad en una playa que debió de ser maravillosa en otro tiempo, pero que ahora no era más que una orilla sembrada de pedruscos.

Todavía impresionado por el recuerdo, Grim fue incapaz de recuperar el control antes de estamparse contra la áspera arena. Isla fue a parar al agua.

Y no emergió.

«Debe de estar inconsciente», pensó Grim. El océano haría el trabajo por él.

Pero la visión volvió a asaltarle. El dolor puro e insoportable que había visto en su propio rostro.

Estaba claro que en esta historia había algo más de lo que le había revelado Cronan. Si Grim se había comportado así, tenía que ser por algo. Y, si ella moría…, la explicación moriría con ella. Por más que quisiera apoderarse de Infinito, deseaba más obtener respuestas.

Grim entró en la rompiente. Desde allí veía el cuerpo de la wildling flotando justo por debajo de la superficie. Al momento estaba en sus brazos. La cabeza le colgaba a un lado cuando la llevó a la orilla. Era la primera vez que la veía tan quieta y la imagen le inspiró algo parecido a paz.

Le apartó un mechón mojado de la cara y se transportó de regreso a la morada de Cronan, con ella.

CAPÍTULO 50
ORO

O ro no llevaba demasiado rato durmiendo cuando una violenta explosión le arrancó de la cama. Había regresado a casa cuando los seres habían dejado de salir por el portal, a insistencia de sus amigos, que le habían asegurado que se las podrían arreglar con cualquier cosa que apareciese mientras él descansaba un rato. Pero ahora tenía la sensación de que algo había zarandeado el castillo.

Un fuerte dolor le atravesó, y Oro se aferró el pecho al notar que le faltaba el aire. Al momento comprendió que la sensación era más bien de que algo hubiera agitado la isla entera.

Salió al balcón de inmediato. Al cabo de nada Zed se había reunido con él en el cielo nocturno. Los dos miraron al horizonte…

Y siguieron mirando.

Que Oro supiese, era la primera vez que su amigo enmudecía. Pasó un ratito antes de que el skyling fuera capaz de articular palabra.

—¿Qué demonios es eso?

Una dentadura gigantesca, tan grande y abrupta como los acantilados, había rasgado la noche. El resplandor de un rayo iluminó el cuerpo al que pertenecían los dientes.

—Mierda —musitó Oro.

No se parecía a las bestias que habían combatido en la playa. Este ser era grande como una cordillera y estaba cubierto de escamas de obsidiana. Tapaba las estrellas como una noche eterna.

Volaba, pero Oro no distinguía las alas. Entonces notó la energía pulsante que lo envolvía. Y, cuando el monstruo abrió la boca, el grito rasgó el propio firmamento. La lluvia caía con fuerza, como si la bestia gobernase los mismísimos elementos.

Lo primero que hizo Oro fue respirar aliviado por no haber desplazado al resto de los reinos de vuelta a la isla, aunque algunos nightshade se habían quedado en los islotes. Sin embargo, la sensación le abandonó tan pronto como se dio cuenta de que el monstruo no tardaría demasiado en llegar a los nuevos territorios.

Salió disparado hacia el ser. Zed le adelantó, tan raudo que parecía una franja de cielo diurno en la oscuridad de la noche.

Unas alas crepitantes se unieron a Oro: Enya, con el fuego rizado a su espalda. Notó una punzada de culpa al verla, además de alivio. Su amiga había tardado dos días en recuperar las energías, después de que él… estuviera a punto de…

—Todavía está encima del agua —dijo Enya, devolviendo la atención de Oro a la bestia—. Intentemos que se quede ahí.

Oro asintió. No podía caer en la autocompasión. Ahora no. Volaron hacia el monstruo y los detuvo otro rugido sobrecogedor. Este surgió acompañado de una onda de energía que empujó a Oro hacia atrás. Las alas de Enya desaparecieron por completo.

La bestia… manipulaba la energía.

Abajo, el océano se encrespaba para formar una ola. Y sobre la misma estaba Calder, que movía los brazos con movimientos fluidos y precisos con la intención de modelar el agua hasta darle la forma de una inmensa daga.

El cuchillo de mar era tan grande como el propio ser. Los brazos de su amigo temblaban cuando le dio la vuelta para crear decenas de dagas de hielo a lo largo del filo.

Calder atacó, pero la bestia proyectó otro rayo de energía con todo el cuerpo que hizo implosionar la daga de agua. El amigo de Oro desapareció bajo las olas y el mar le arrastró a las profundidades.

Calder era moonling; Oro sabía que encontraría la manera de volver a la superficie. Pero el temor se apoderó de su pecho cuando vio que la atención del ser se desplazaba hacia abajo, hacia el océano, como si le estuviera buscando. Como si rastreara su energía. Oro salió disparado hacia ellos. Tenía que llegar antes de que…

El monstruo descendió en picado.

Y al momento rugió con furia; Zed volaba en círculos en torno a él clavándole una línea de dagas que iba lanzando según se desplazaba. Se movía a tal velocidad que un momento más tarde le había hecho trizas largas filas de escamas. El skyling era demasiado rápido para que la bestia le capturase. Y, por lo que parecía, necesitaba recuperarse entre una descarga de energía y la siguiente.

Zed les había abierto el camino. Oro salió disparado proyectando un torrente de llamas. Enya hizo lo propio por el otro lado. Entre los dos liberaron un infierno y la criatura aulló.

Las alas de Enya se alargaron cuando ella giró en el aire para unirlas en un solo rayo afilado, como una espada forjada del más potente fuego. Atravesó al monstruo, que rugió

de nuevo. El ser la golpeó con fuerza y disparó energía a ciegas, pero ella no flaqueó. Siguió girando y hundiéndole profundamente su espada de fuego mientras Oro le lanzaba sus propias corrientes de llamas a los puntos débiles. La bestia intentó moverse, escapar, pero Zed la detuvo con un inmenso muro de viento.

Justo cuando Oro pensaba que estaban a punto de vencerla, advirtió que las escamas del ser relucían. Cambiaban. Se teñían de un levísimo tono plateado.

—¡Apartaos! —chilló un instante antes de que el ser descargara otra explosión de energía, esta mucho más intensa que las anteriores. La ola embistió a Oro y estuvo a punto de hacerle caer, pero él consiguió rodearse de un escudo starling justo a tiempo.

Enya intentó protegerse con una bola de fuego. Sin embargo, cuando la energía la golpeó, sus llamas se apagaron. Y también sus alas.

Estaba cayendo.

Calder surgió de las olas y ascendió hacia ella. Zed planeó por un lado, Oro se acercó por el otro. Entre los tres lograrían rescatarla.

Sin embargo, antes de que consiguieran alcanzarla, el ser se dio media vuelta, surcó el aire como una flecha…

Y se tragó a Enya.

«No».

Oro sintió que el mundo se hacía pedazos mientras aullaba de dolor y la desolación le envolvía en forma de llamas, hielo, pura energía y viento. Voló directo al monstruo esquivando el golpe de la cola cuando el ser intentó derribarlo.

Esta vez no la emprendió con sus escamas. Rodeado de llamas azuladas, atravesó coraza, costillas y entrañas hasta que vio el destello de un pelo rojo.

No se atrevía a albergar esperanzas. No se atrevía a respirar cuando la recogió, la envolvió en su fuego protector y salió disparado por la boca del engendro con Enya en brazos.

Bajó la vista. Y ella le estaba mirando.

Viva.

Aunque fuera imposible…, estaba viva.

—No has muerto —le dijo Oro con incredulidad.

Ella frunció el ceño.

—Eso te lo podría haber dicho yo.

Oro se giró justo a tiempo para ver al monstruo estremecerse por última vez al tiempo que lanzaba un extraño rugido estrangulado. Tras eso, cayó.

Era tan grande que una parte de su cuerpo se estrelló en el mar y otra parte aplastó un bosque, además de reducir a polvo un acantilado.

Oro se posó en la playa, delante del orificio en el vientre del monstruo. Casi podía asomarse al otro lado. Enya se deslizó al suelo mientras Zed aterrizaba allí cerca. Calder cabalgó una ola para reunirse con ellos.

Zed lanzó un profundo suspiro.

—Hala, Enya —dijo—. Estaba seguro de que ibas a morir ahí dentro.

Enya miró al skyling de soslayo.

—¿Realmente pensabas que mi gloriosa muerte tendría lugar en la tripa de una bestia?

Zed encogió un hombro.

—A mí me parece bastante gloriosa.

Enya resopló.

—Mi muerte será mucho más espectacular, créeme.

Oro ni siquiera podía concentrarse en las palabras de sus amigos ni en el alivio que le producía haber acabado con

el monstruo. Estaba demasiado horrorizado por lo que había visto. El ser era capaz de controlar el poder.

Miró al cielo, como si pudiera asomarse al mundo en el que estaba Isla y pedirle que volviera antes de que sufrieran otro ataque. Si esto seguía sucediendo…, no sabía si la isla sobreviviría.

Lo único que podía hacer era albergar la esperanza de que ya estuviera de camino.

CAPÍTULO 51

GRIM

—¿Por qué no está muerta? —preguntó Cronan cuando Grim entró en la sala que tenía vistas a las estrellas tras la bóveda de cristal.

—Yo decido cuándo muere —dijo Grim. Cronan sonrió.

—Puede que mi estirpe no se haya debilitado, a fin de cuentas, si tienes las agallas de plantarme cara.

Grim lanzó una mirada elocuente a la corona rota, que volvía a adornar la cabeza de Cronan.

—Mi fuerza no es la que te debe preocupar.

Las galaxias se arremolinaron en lo alto cuando las tinieblas se condensaron entre los dos.

—Cuidado —le advirtió su antepasado. Le miró de arriba abajo con los ojos entornados y Grim sintió que las sombras volvían a forzar su mente. Sin embargo, esta vez se retiraron de inmediato—. Ella no te importa. ¿Por qué la mantienes viva?

—Creo que aún podría ser útil.

Útil contra él. Grim se calló esa parte.

—¿En qué sentido?

—Es poderosa. —Grim había visto ese poder en acción cuando se había batido en duelo con ella—. Podríamos convencerla de que se uniera a nosotros.

323

Cronan negó con la cabeza.

—Lo intenté, pero fue inútil. Es imposible manipularla o doblegarla.

—Deja que yo lo intente.

—¿Piensas que podrías triunfar en lo que yo he fracasado?

Grim encogió un hombro.

—Me tiene cariño. Puedo usarlo contra ella. No me costará demasiado.

Lo que Grim necesitaba era tiempo. Tiempo para averiguar algo más sobre los planes de Cronan… y para pensar qué iba a hacer al respecto.

—La subestimas —dijo Cronan—. Su don es la absorción. Alberga el poder de todas las vidas que ha arrebatado.

Grim frunció el ceño. Era más poderosa de lo que había pensado.

—Entonces podría sernos todavía más útil.

—Sí. Sería el arma definitiva, si pudiéramos controlarla. —El antepasado de Grim torció la cabeza—. Aunque también nos podría ser útil de otras maneras.

—¿Cómo? —preguntó Grim.

Cronan se volvió a mirarle con un destello en los ojos.

—Si tuvierais un hijo, sería el heredero más poderoso que ha existido jamás.

¿Un hijo? Grim nunca quiso tener descendencia porque, por culpa de la tradición que el propio Cronan había instaurado, solo el heredero más fuerte sobrevivía. Y… ¿un hijo con ella? Jamás. Pero no se lo dijo a Cronan. Le seguiría la corriente en sus delirios. Guardó silencio mientras su antepasado parloteaba.

—Yo mismo fui el fruto de dos grandes poderes… —reveló. Su mirada se perdió en el infinito, como si estuviera absorto en algún recoveco de su mente. Parpadeó y recuperó el peso de su expresión—. Muy bien. Que viva… de momento. Veamos si podemos convencerla.

Grim suspiró mientras Cronan se acercaba. No sabía por qué sentía un alivio tan grande, como si un nudo en su interior se hubiera aflojado.

—Ven —le ordenó su antepasado.

Cronan llevó a Grim al centro de la sala. Señaló la bóveda, que había reparado mientras Isla y Grim estaban fuera.

—Esta es la colección de toda una vida. Algunos de los planetas más poderosos del universo. Unidos. Bajo mi mando —dijo sonriendo con soberbia—. Son los mundos cuya existencia he respetado…, pues cada uno me sirve para un fin. Están gobernados por aquellos que han decidido servirme en lugar de oponer resistencia. Juntos conforman el Consejo Astral.

Grim observó los planetas con expresión impertérrita. Todo ese rollo le traía sin cuidado. No albergaba el menor deseo de formar parte de más putos consejos. Las reuniones con su propia corte ya eran bastante tediosas.

A pesar de todo fingió interés mientras su antepasado seguía hablando:

—Ya he conquistado buena parte de esta galaxia. Pero hay más. Y, para conseguir el resto…, necesito algo.

—¿El diamante? —preguntó Grim.

—Sí —reconoció Cronan. Un oscuro vacío se había apoderado de la galaxia que estaban mirando, semejante a la nube de irritación que proyectaba su antepasado—. Y algo más. Tu mundo está ubicado entre galaxias. Mi Consejo Astral y yo solo podemos acceder a ellas pasando por vuestro planeta. El diamante me expulsó. Necesito que me deje entrar de nuevo para poder absorber esa nueva frontera. —Arriba las estrellas destellaron—. Pero esa no es mi única ambición. Hay un lugar donde todos los mundos convergen. Un lugar que me permitiría conquistar el universo entero, la totalidad de las galaxias. Pero, para acceder a él…, necesito una llave.

—¿Una llave?

Cronan asintió.

—Una decisión que tomé hace tiempo me apartó de ella. Tengo que viajar atrás en el tiempo para cambiar las cosas… o buscar otra llave por todo el universo. Una vez que la tenga, solo el diamante me puede proporcionar poder suficiente para unir todos los mundos en uno. Un solo universo. Y yo los gobernaré a todos.

«Viajar atrás en el tiempo». Solo unos días atrás, Grim había ayudado a Oro a retroceder en el tiempo. Usaron un artilugio que ahora mismo llevaba consigo. Sin embargo, no recordaba cómo funcionaba exactamente.

Pero sí sabía que a Cronan le costaba mucho confiar en nadie. Si Grim se quedaba un tiempo con él, su antepasado acabaría averiguando cualquier cosa que no le hubiera revelado.

Mejor ganarse la confianza de Cronan cuanto antes.

—Pues entonces te vendrá bien esto —dijo Grim. Hundió la mano en el bolsillo y extrajo una maraña de hilos.

Cronan abrió los ojos de par en par. Estaba tan sorprendido que ni pensó en disimular.

—Los Hilos del Tiempo —susurró sobrecogido. La sala entera temblaba con la energía que estaba irradiando—. ¿Dónde los encontraste? —preguntó.

—En el fondo del océano.

Cronan se los arrebató como un niño ansioso y una luz dorada se derramó entre sus dedos. Los hilos se desenredaron, como si se reunieran con un viejo amigo. Penetraron en

su piel al instante. Solo uno permaneció visible, pegado a la palma de su mano.

Se volvió a mirar a Grim con una expresión de pura satisfacción en el semblante.

—Ahora solo necesito encontrar la Balsa de las Posibilidades.

Grim le miró sin entenderle.

—Una antigua fuente de conocimiento —explicó Cronan—. Lo sabe todo. Lo ha visto todo. Aquellos que reciben permiso para bañarse en sus aguas tienen la oportunidad de ver todas las posibles consecuencias de sus elecciones pasadas. Si la encontrara, podría revisar millones de escenarios para averiguar en cuál de ellos poseo la llave. —Cronan suspiró y fue como si las estrellas en lo alto suspiraran con él—. La balsa nos mostrará el camino. Los Hilos del Tiempo nos ayudarán a viajar al pasado y a cambiar lo que sea necesario. Y el diamante Infinito… nos permitirá amplificar el poder para que modelemos el universo a nuestro antojo.

Grim no sabía qué pensar. El mundo le había tratado con crueldad, eso lo tenía claro. ¿Le importaba lo que fuera de él, al margen de la supervivencia de su propio pueblo? No estaba seguro. Mientras veía a Cronan deleitarse en sus delirios de grandeza, no tenía claro que la suerte del mundo le preocupara lo bastante como para pararle los pies.

El deber y la imperiosa necesidad de que su reino sobreviviese le habían abrumado toda la vida. Aparte del cariño que sentía por su pueblo, notaba un gran vacío interior. E intuía de un modo extraño que un día algo ocupó ese vacío, algo por lo que valía la pena luchar.

Cronan soñaba con la continuidad de su estirpe, con un legado infinito. Era otra manera de alcanzar la eternidad. Pero Cronan estaba solo. No tenía sentimientos. No tenía

nada por lo que vivir verdaderamente, tan solo el deseo de acumular tanto poder como fuera posible. Qué existencia más triste.

Cronan se giró de golpe hacia Grim.

—Me parece que ha llegado el momento de celebrar una pequeña reunión. Trae a la wildling.

CAPÍTULO 52
ISLA

Isla se despertó temblando. Estaba empapada, chorreando sobre ese suelo de fría piedra al que ya se había acostumbrado. Abrió los ojos…

Y vio a Lark en el otro extremo de la oscura celda.

—Es interesante cómo se repite la historia, pequeña wildling —le dijo su antepasada con una especie de graznido. Hizo una mueca burlona.

Isla parpadeó y frunció el ceño al notar los músculos y los huesos doloridos.

—He visto a tu marido arrojarte aquí dentro como si fueras un saco de grano.

Isla tragó saliva cuando el dolor cobró intensidad. Lo recordó todo de golpe. Que casi había derrotado a Cronan. Que había traído a Grim a este mundo. Y lo que había pasado después.

Recordaba haberse batido en duelo con Grim en el bosque. Recordaba que los había arrastrado un portal… Pero nada más después de eso. Isla debía de haberse desmayado. Y Grim podría haberla matado entonces…

¿Por qué no lo había hecho?

Intentó no hacerse ilusiones acerca del significado de ese gesto. Especialmente cuando Lark le soltó con retintín:

—Solo te mantiene con vida para tener ventaja sobre Cronan. Es evidente. Luego vendrá a rematar la faena.

—¿Y eso te haría feliz? —le espetó Isla—. ¿Que tu heredera muriera? ¿Que ganara Cronan?

Lark la fulminó con la mirada.

—El día que tú mueras experimentaré la poca felicidad que me queda. —Frunció el ceño—. La única muerte que me haría más feliz sería la suya.

La antepasada de Isla se inclinó hacia delante, pero ella no la veía bien en la oscuridad.

—Bueno, y ahora que tu marido —Lark escupió la palabra con desdén infinito— no se acuerda de ti…, ¿no te arrepientes de haber venido?

No. Isla confiaba en que todo se arreglaría al final; encontraría la manera de recuperar su amor. Aferró el colgante con sus dedos fríos. El hecho de que Grim no recordase las cosas que habían vivido no les restaba realidad. Amar a Grim la había cambiado y esa era la única prueba que necesitaba. Él la animaba a ser más fuerte y nunca la trataba como si fuera de cristal. Tampoco retrocedía jamás ante sus partes más oscuras.

No podía perder la esperanza. Él no la había matado. Y seguro que eso significaba algo.

No mucho rato después, Grim volvió a aparecer en la puerta de la celda. Un millón de instantes flotaron entre los dos como estrellas en su propia galaxia, como una constelación de recuerdos. Pero él la miró como si no fuera nada. Lark se rio con carcajadas roncas y amargas que resonaron por el calabozo cuando Grim abrió la puerta y arrastró a Isla al exterior.

No había afecto en su contacto. Tiraba de ella sin contemplaciones. A duras penas la miraba.

—Grim —dijo Isla. Seguro que notaba la familiaridad con que ella pronunciaba su nombre. Pero él no respondió mientras la arrastraba por los túneles húmedos y silenciosos de la mazmorra—. Tú…, tú eres el hombre del que me enamoré. Este no eres tú. Nunca me harías esto. ¿Qué crees que has venido a hacer aquí?

—Silencio —gruñó él aferrándola con más fuerza, y las palabras murieron en los labios de Isla.

Ella se lo enseñaría, le demostraría que su amor merecía la pena. Solo necesitaba que la escuchara.

—Me va a matar —le dijo a toda prisa cuando llegaron al final del pasillo. Quizá la idea de su muerte, que le había impulsado a vincularse a ella, le devolviera los recuerdos.

Pero la expresión de él era vacua cuando respondió:

—Soy yo el que te va a matar. Solo que todavía no.

A continuación, la empujó a la luz cegadora del castillo.

Con una mano, sujetó las de la wildling a su espalda al tiempo que la arrastraba por otro corredor. Las manos que siempre la habían acariciado con suma delicadeza, que le provocaban escalofríos en los brazos, ahora la hacían sentir como si caminara al borde de un precipicio.

Isla nunca había recorrido esa parte del castillo a una hora tan tardía del día y le sorprendió el ajetreo que veía. Cronan no estaba tan aislado como ella había pensado. No solo se cruzaban con caballeros sin rostro, cubiertos de armaduras reforzadas con metal sombreador, sino también con grupos de individuos ataviados con extraños ropajes cósmicos de diversos colores relucientes.

Parecían vestidos para algún tipo de celebración… ¿Qué estaba pasando?

Casi todos estaban enfrascados en sus conversaciones y ni siquiera se fijaron en Isla. Pero un hombre enfundado

en un tejido verde que parecía de escamas la miró y le dedicó una mueca burlona. Su tez era pálida y llevaba el pelo cortado al rape. Emanaba el aire de alguien acostumbrado a que todos se postraran ante él. Isla notó que proyectaba su energía hacia ella, casi como si la paladease, y le entraron ganas de vomitar. De haber tenido pleno acceso a sus poderes, le habría incinerado allí mismo.

Pero no lo tenía, y Grim la arrastró por el pasillo hasta que se abrieron las altas puertas de la sala de la galaxia y la empujó al interior.

Cronan ya estaba allí dentro, de espaldas a la puerta. Miraba la bóveda de cristal como si admirase los mundos que había conquistado. Desde ese ángulo, su corona apuntaba a Isla igual que una colección de dagas.

Una parte de la corona seguía estropeada, como si no hubiera encontrado todas las piezas para arreglarla.

Su voz reverberó en el cuerpo de Isla cuando dijo:

—Mi descendiente me ha convencido de que todavía nos puedes resultar útil. Y es cierto que aún tienes algo que necesito. Pensaba arrebatárselo a tu cadáver, pero ahora…

Se dio media vuelta e Isla se sintió arrastrada por una fuerza invisible que la atraía directamente hacia él. Sus talones chirriaban contra el suelo pulido según intentaba oponer resistencia. Casi había llegado a la altura de Cronan cuando la misma fuerza la empujó al suelo. Se golpeó la cabeza contra el frío mármol y su pelo se desparramó alrededor de su cabeza. Contuvo el aliento y vio un fogonazo de luz antes de que su visión se perdiera lentamente en la negra extensión del techo, salpicada de relucientes planetas.

Cronan se acercó despacio hasta detenerse justo encima de ella. Solo entonces notó Isla que su cuerpo se crispaba. De nuevo la tenía bajo su control. Su brazo se elevó hacia el

techo con un movimiento burdo, como el de una triste marioneta.

Al momento, la pulsera con el dije de su madre quedó al descubierto.

«No».

—Sí —susurró Cronan en un tono de absoluta satisfacción—. Vi ese objeto en tu mente antes de que me atacaras… Seguro que pensaste que no viviría para usarlo.

El dije que le había dejado su madre, el que contenía su don: la capacidad de ver el futuro. La dama de plata le había sugerido a Isla que mirara, que viera los dos caminos que podría haber tomado, pero ella no la había escuchado. «Debería haberle hecho caso». Y ahora ya nunca tendría esa oportunidad.

Cronan rompió la cadena y arrancó el dije. La pulsera de metal cayó al suelo, superflua. El gobernante encajó el dije en su corona y la pequeña joya se fundió con el resto del metal.

Isla lo había perdido. El don de su madre, su único regalo… Y ya nunca lo recuperaría.

El cuerpo de Cronan se crispó y sus ojos cambiaron. Se transformaron. Los iris desaparecieron y la zona blanca del globo ocupó su lugar. Despacio, en sus labios se dibujó una horripilante sonrisa.

Súbitamente, sombras y humo se extendieron por la sala, que se pobló de visiones.

Isla se vio a sí misma. De pie delante de Grim. Sonriendo. Diciéndole que le amaba.

A continuación, se vio hundiéndole una daga desconocida en el corazón. En la visión, el rostro de Grim palidecía mientras un charco de sangre crecía a sus pies y él se desplomaba sobre Isla, rodilla contra rodilla.

Ella notó que le hervía la sangre. Luchó contra el impulso de vomitar. Se le saltaron las lágrimas.

Las tinieblas se despejaron e Isla vio a Grim plantado detrás de Cronan. La miraba todavía con más odio que antes si cabe. Ella intentó protestar, explicarse, pero algo le oprimía la garganta. No podía moverse.

Cronan posó una mano en el hombro de Grim. Juntos, codo con codo, ofrecían una imagen siniestra: una pareja dotada de un poder sin precedentes. Isla vio esfumarse sus últimas esperanzas de convencer a Grim de la realidad de su historia de amor cuando Cronan dijo:

—¿Has visto? Este es tu futuro. Ella te matará. Acabará con esta dinastía. Por eso debe morir. A menos que…

El humo chasqueó como un látigo, ascendió al techo y se transformó. De nuevo Isla se vio a sí misma, pero en esta ocasión hundía esa hoja desconocida en el corazón de Oro. Vio la luz desvanecerse en los ojos color ámbar.

Isla estuvo a punto de atragantarse con la bilis que le ascendió por la garganta.

—A menos que se una a nosotros. A menos que renuncie a cualquier lealtad a su vida anterior y nos ayude a reconfigurar el universo… juntos.

El espejismo desapareció de golpe y la fuerza invisible obligó a Isla a ponerse de pie.

Cronan se dirigió a ella esta vez.

—Tu mundo será destruido. Ya lo he decidido. Todos morirán.

Lo dijo con desenfado, casi como si no tuviera importancia, pero a ella no se le escapó el pliegue casi invisible que se había dibujado entre las cejas de Grim.

Cronan no le había revelado antes esa información. Hasta ese momento, Grim pensaba que su antepasado respetaría a su pueblo.

Isla le devolvió la mirada a Cronan, que seguía hablando.

—Mi consejo y yo viajaremos a la siguiente galaxia, donde nos aguardan más planetas y un poder infinito. Te ofrecemos la posibilidad de unirte a nuestra grandiosa empresa, de formar parte de un legado sin precedentes y de estar con el hombre que amas. —Pronunció las últimas palabras como si fueran un chiste—. Pero solo si te rindes ante mí.

Señaló su corona, que se transformó en un instante en un halo de huesos. Parecía confeccionada con un montón de esqueletos.

—Entrégame un hueso… como símbolo de que accedes a servirme por toda la eternidad —dijo Cronan.

Era la primera vez que Isla escuchaba esa oferta. No le dijo nada parecido cuando sencillamente había tratado de derretirle la mente.

Cronan de verdad pensaba que se iba a plantear la idea de unirse a él.

El antepasado de Grim había invadido hasta el último recoveco de su cerebro. Sin duda sabía hasta qué punto era improbable esa alianza. Raudas como el rayo, las tinieblas de Cronan penetraron en su mente. Hablando directamente en su cerebro, el nightshade añadió:

«Solo así podrás permanecer junto a tu esposo. Él pertenece a este lugar ahora. Por siempre. Si de verdad le amas tanto como dices…, la decisión debería ser sencilla».

Al momento abandonó la mente de Isla. La momentánea invasión le provocó una sensación ardiente en las cuencas de los ojos.

—Tienes tres semanas para tomar tu decisión. Después arrasaré tu mundo y todo lo que contiene —dijo Cronan, y su corona se transformó en metal una vez más. Las sombras se arrastraron hacia Isla, que se preparó para el estallido de dolor. Pero, en vez de eso, rodearon la curva de su cráneo y le

acariciaron el pelo, un gesto burlón con el que pretendía recordarle lo que podía hacerle en cualquier momento—. Sabré lo que has decidido.

Era imposible engañarle. Si Isla decidiera atacarle en el plazo que tenía, él lo sabría.

Cronan aflojó el control y ella cayó de rodillas. Oyó al nightshade abandonar la estancia mientras los brazos metalizados de dos caballeros la obligaban a ponerse de pie. La arrastraron hacia las puertas.

Isla intentó captar la mirada de su marido antes de salir, pero él le daba la espalda. Miraba los restos de la visión como si se hubiera quedado hipnotizado.

—Grim… —dijo Isla. Las puertas se cerraron entre los dos, ahogando su explicación.

CAPÍTULO 53
GRIM

Mucho después de que sacaran a la wildling de la sala, Grim aún era incapaz de moverse. Todavía flotaban hilos de humo en el aire, retazos de los futuros que el encantamiento había mostrado. Solo la daga que le atravesaba el corazón seguía entera…

Que el dije mostrara el futuro era fascinante, pero estaba claro que la pulsera significaba algo más para la wildling, al margen de su poder. Su aura prácticamente se había apagado por la tristeza cuando Cronan se la había arrancado. Debía de tener un valor sentimental.

Una prueba más de la necedad de la mujer.

—Borrarte los recuerdos fue un auténtico regalo —le dijo Cronan al regresar a la sala. Grim parpadeó mientras se preguntaba cuánto rato llevaría ahí, observándole. Los camareros entraron a toda prisa y, con semblante inexpresivo, procedieron a preparar la estancia para lo que parecía una cena.

Cronan se plantó junto a Grim.

—Te he hecho un gran favor. Los errores de tu pasado son la causa de que este futuro sea posible.

Grim notó el peso de la mano de Cronan en el hombro. Apretó los dientes. No le gustaba que le tocaran.

—Te he dado una segunda oportunidad en la vida. —Miró los Hilos del Tiempo que todavía sostenía—. Igual que tú me has dado a mí una segunda oportunidad. Gracias a esto, los dos podremos corregir nuestros errores del pasado.

«Nuestros errores». Grim se preguntó qué error habría cometido Cronan. Por qué hacía todo esto.

También recordó lo que había dicho Cronan. Iba a destruir su mundo y a todos sus habitantes. Incluido el reino de Nightshade.

Grim no se quedaría sentado mientras lo hacía. Pero estaba claro que su antepasado era poderoso. Solo tenía tres semanas para averiguar cómo detenerle.

Cronan no desconocía lo que estaba pensando Grim cuando no le estaba hurgando la mente con sus sombras. No notó ni un ápice de sospecha por parte de su antepasado. Solo un destello de satisfacción y… esperanza.

—Mientras la perseguías, ¿por casualidad te topaste con una balsa plateada? —preguntó Cronan.

No esperó respuesta. En un abrir y cerrar de ojos, las tinieblas se habían colado en la mente de Grim. Sus propias sombras reaccionaron obligando a las de Cronan a retirarse. Miró a su antepasado con rabia.

Cronan se limitó a fruncir los labios, en absoluto preocupado.

—No, no has visto nada parecido… —Cronan empezó a pasearse—. Quiero que la busques. La balsa se ha escondido deliberadamente de mí, pero quizá a ti se te revele.

Grim se obligó a asentir. Era lo único que podía hacer si no quería estrangular a su antepasado con sus tinieblas. Pero, para reunir toda la información que pudiera, Cronan tenía que creer que le guardaba obediencia, que estaba dispuesto a ejecutar sus planes igual que Grim había ejecutado los de su padre.

—¿Y si ella la ha visto? —preguntó.

Cronan negó con la cabeza.

—He inspeccionado su mente de punta a punta. Lo sabría.

Grim fue tan tonto como para sentir una pizca de compasión por la wildling. Los pocos instantes en que las sombras de Cronan habían penetrado en su cerebro se le habían antojado peores que muchas torturas que había soportado. Y Cronan solo había revisado los recuerdos de Grim correspondientes a unos días. ¿Cómo sería que examinara toda una vida?

¿Cómo era posible que ella no se hubiera hundido todavía?

No. Se negaba a sentir compasión por la mujer que sería su muerte. Lo había visto con sus propios ojos. Estaba destinada a matarle. Le traía sin cuidado que hubiera un segundo futuro igual de posible.

Estando viva, la wildling representaba una amenaza tan grande para él y para su reino como Cronan.

CAPÍTULO 54
ISLA

Isla se sentó de espaldas a la húmeda pared de la celda. Cronan le había ofrecido una elección imposible. Unirse a ellos… o morir. Escoger entre abandonar su mundo y a todo su pueblo; entre asesinar a Oro y no a su marido, que ni siquiera la recordaba y estaba tratando activamente de asesinarla…

O exhalar aquí su último aliento, por obra y gracia de Cronan.

Ninguna de las dos opciones salvaría a sus personas queridas. Había viajado a este lugar para tener más opciones, para aumentar sus posibilidades de supervivencia. Para traer de vuelta a los que había perdido. Para salvarse.

Habría preferido olvidar las esperanzas que albergó cuando por fin vio a Grim irrumpir en la sala de la galaxia: estaba allí para rescatarla y juntos salvarían el mundo.

Ahora esa esperanza estúpida se había extinguido. Apretó los labios para contener un sollozo.

—¿Por fin has comprendido que nadie va a venir a salvarte?

Lark. Su voz eran unas garras que arañaban la pared de piedra. El aire silbaba a través de sus palabras, como si todavía tuviera la garganta abierta.

Isla no respondió.

Lark se las arregló para soltar un bufido.

—Tardé años en perder la esperanza, pero supongo que es una tontería esperar algo parecido a fortaleza por tu parte.

Las palabras de su antepasada calaron en la piel desarmada de Isla.

Sin esperar respuesta, Lark continuó:

—¿Esta celda te parece desagradable? —Lanzó una carcajada casi enajenada—. Imagínate estar enterrada a kilómetros de profundidad.

Al oírla, Isla levantó la cabeza de golpe.

—No hace falta que me lo imagine. Tú me enterraste.

—Eso no era nada comparado con mi tumba. —Los ojos verdes de Lark destellaron en la oscuridad—. Y tú solo pasaste unos días encerrada. Yo estuve presa miles de años. En un sarcófago de metal que no me dejaba ni un centímetro para moverme ni para respirar. Sin poderes. Sin luz. Nada salvo oscuridad.

Isla tragó saliva. Por desesperada que estuviera ahora mismo, no se podía imaginar una existencia como esa. Y ser incapaz de morir. La muerte, en ese estado, habría sido un gesto de misericordia.

—Lo único que me animaba a continuar era el juramento de vengarme algún día —continuó—. Y ahora… mírame.

Lark era un ser muy antiguo e increíblemente poderoso. Isla sabía muy bien de lo que era capaz.

—Y entonces ¿por qué no has intentado fugarte todavía?

Su antepasada se volvió a mirarla y un rayo de luz de luna la iluminó desde arriba. Isla la observó impresionada. Media cara de Lark había desaparecido. Un ojo le colgaba a la altura de la oreja. Tenía el cuello hecho jirones. Su pecho seguía abierto de par en par, con los órganos apretujados de cualquier manera.

—¿Te parece que estoy en condiciones de fugarme de ninguna parte?

Isla respiró con dificultad. El estado de su antepasada era cada vez peor.

«Todo se puede romper». Incluso Lark, al parecer.

—¿Y por qué no te libras de su control con tus poderes? —quiso saber Isla. Si encontraran la manera de recuperar sus habilidades, tal vez pudieran escapar. Juntas, quizá pudieran detenerle.

—No lo entiendes. —Lark negó con la cabeza—. El vínculo de Cronan con este mundo está profundamente arraigado.

—Pero tú también eres de este mundo —arguyó Isla.

—Sí, pero este no es el mundo que dejé —dijo Lark—. Llevaba lejos miles de años. Y, en ese tiempo, Cronan lo ha envenenado contra todo aquel que no sea él.

—¿Por eso Grim puede usar sus habilidades? —preguntó Isla—. ¿Por la línea de sangre?

—Quizá. O tal vez porque Cronan lo permite… Aunque me extrañaría. —Lark volvió a ocultarse entre las sombras—. Cronan lo controla todo en este mundo, ¿no lo ves? Está entretejido en su misma estructura.

A medida que Isla comprendía adónde había traído a Lark, se iba haciendo cargo del enfado de su antepasada.

—Todo… excepto las tormentas —señaló Isla.

Lark gruñó.

—No puede controlar algunos de los mundos que interfieren en este. Al menos, todavía no.

Eso significaba que Cronan tenía una brecha, una debilidad. Si hubiera encontrado la manera de parar esas tormentas, ya lo habría hecho a esas alturas, ¿no? Estaba claro que lo que sea que le hubiera hecho al universo lo había dañado, provocando desgarros entre los mundos.

Tras eso, Lark guardó silencio.

Cronan había dicho que el diamante todavía se le resistía… y que tenía vedada la entrada al mundo de Isla. Estaba claro que algo se resistía a su control. Algo le estaba ganando la partida. Y eso implicaba que quizá hubiera una posibilidad de detenerle.

Sin embargo, tan pronto como la esperanza cobró vida, se marchitó.

Solo quedaban tres semanas para que Cronan conquistara el mundo de Isla. Y ella no podía hacer nada en su estado actual, atrapada en una celda con la mujer que casi había destruido todo lo que Isla amaba. Por si fuera poco, su marido se había vuelto contra ella. Estaba sola.

¿Cómo iba a impedir algo que parecía inevitable?

Acurrucada en el fondo del calabozo, en esa oscuridad infinita, trató de recordar la luz. Trató de recordar por qué era tan importante seguir luchando.

Cerró los ojos y vio la balsa plateada, como si se mirara a un espejo en su mente. Entró en el agua y presenció recuerdos que se le antojaron bolsas de sol escondidas en el fondo de su pensamiento.

Estaba en un bosque de flores silvestres, prados multicolores que ella había creado. Estaba aprendiendo a controlar la marea de poder que le ascendía entre las costillas. A usarla para crear vida. Él le había enseñado.

«Él». Se giró a un lado y descubrió un cabello dorado, unos ojos color ámbar y una reluciente armadura a su lado. Él le estaba enseñando a convertir la ceniza en brotes. La oscuridad en luz. Sus propios miedos en fuerza.

El cinismo en esperanza… y el odio en amistad. En otra cosa.

Ese fue siempre el poder que compartieron, ¿verdad? Transformar las cargas en un peso común que llevaban juntos.

Isla podía hablar con él y Oro la escucharía. Era paciente y amable, el amigo más fiel que había tenido jamás. Al verlo en sus recuerdos deseó, más que nunca, seguir contando con su amistad.

«Me siento perdida —dijo Isla mentalmente—. Estoy enterrada en oscuridad».

Y, en las silenciosas zanjas de su mente, una voz le respondió, como si una mano tirara de ella para ayudarla a salir a la superficie.

«Busca tu fuego», dijo. Y era la voz de él. Isla no sabía si de algún modo había oído su suplica desde el otro extremo del universo o si pronunciaba las palabras para sí, pero se aferró a ellas. Se aferró a ellas como si fueran brasas con las que alimentar la llama casi extinguida de su pecho.

«Busca tu fuego».

Él la había visto hacerlo antes. La había visto perderse y recuperar el rumbo. La había visto en sus momentos más lamentables… y en los más gloriosos.

Isla había superado infinidad de obstáculos para llegar hasta aquí. Y pensaba que todo habría sido para nada si su historia terminaba en este lugar, en la celda de un mundo en ruinas. Había sobrevivido a situaciones imposibles antes de ahora y lo haría de nuevo.

«Todo se puede romper».

Cronan se equivocaba. Ella no se extinguiría como un fuego olvidado.

Ella no sería otro de esos mundos que Cronan saqueaba y arrasaba.

Isla encontraría su fuego. Se prendería.

Y, cuando lo hiciera, Cronan ardería.

CAPÍTULO 55
ORO

O ro suspiró cuando la vio.

—Primero en mis sueños y ahora… ¿también me atormentas en mis horas de vigilia? —Hablaba en tono brusco—. ¿Cómo lo haces, por cierto?

Oro acababa de regresar a la sala del trono tras una reunión con sus amigos y Maren. Estaban recurriendo a Cinder para defenderse de las bestias que entraban por el portal y algunos días ella era el único motivo de que conservaran la vida.

Pero no podían seguir así. Necesitaban ayuda.

Fue entonces cuando Oro comprendió que precisaba a Grim para conseguirla. Y ahora que él no estaba…

Pero Oro se olvidó de todo cuando vio a Isla. Una parte de sí mismo sintió una aguda nostalgia al verla, como si su mente no hubiera aceptado del todo que ella le hubiera dejado. Isla no respondió a su pregunta.

—¿Cómo está Grim? —preguntó Oro en tono tenso.

Ella cerró los ojos al oír el nombre, como si el mero hecho de recordarle le doliera, pero se apresuró a reprimir la emoción.

—Igual.

Antes de que Oro pudiera preguntar algo más, Isla siguió hablando:

—Cronan piensa que puede convencerme para que le apoye —dijo—. Dentro de tres semanas destruirá nuestro mundo, Oro.

Él soltó una maldición. Lo peor era que no sabía si la isla sobreviviría tres semanas más a los ataques de los monstruos.

Ella debió de percibir el terror de su expresión, porque la preocupación le desencajó el rostro.

—¿Va todo…, va todo bien?

Se inclinó hacia delante, como si de algún modo pudiera acercarse a él.

La reacción defensiva de Oro fue como una ola que le invadiera.

—¿A ti te parece que todo va bien, Isla?

El fuego llameó a su alrededor.

Ahora que estaba extrayendo poder de las emociones —algo contra lo cual había prevenido a Isla infinidad de veces—, se sentía descentrado. A veces se preguntaba si sus sentimientos alimentaban los poderes o si los poderes controlaban sus emociones.

Isla apretó los labios. Al menos tenía la decencia de mostrarse contrita, se dijo Oro. Sin embargo, la inquietud no había desaparecido de sus ojos cuando le escudriñó. Oro se preguntó qué estaba viendo.

—Has cambiado.

Oro se levantó de su flamígero trono y se acercó a ella a grandes zancadas.

—Si he cambiado —dijo— se debe a que tú me has cambiado.

Ella abrió los ojos de par en par, brillantes de lágrimas no derramadas.

Y eso incendió la rabia nueva e incontrolable que Oro llevaba dentro.

—Ojalá nunca te hubiera conocido —le soltó—. Te lo digo en serio.

Ahora una lágrima se deslizó por la mejilla de Isla.

Oro se limitó a negar con la cabeza. Normalmente habría reprimido esas palabras y esos sentimientos, pero ahora brotaban por sí mismos, descontrolados y sin filtros.

—Me gustaría no haberte conocido porque, a pesar de todo lo que ha pasado…, todavía te quiero, joder —le dijo, y sintió deseos de arrodillarse ante ella para suplicarle que le liberara de ese vínculo—. Aunque no me correspondas. Aunque me mates. Ahora soy consciente de que… nada podría obligarme a no amarte. Y me asusta adónde nos puede llevar ese amor.

Las llamas que le envolvían cobraron fuerza. Pronto el fuego se había extendido por toda la sala. Él estaba plantado en el centro de ese incendio, delante de la mujer que todavía era dueña de su corazón, aunque fuera ella quien se lo había roto.

Oro cerró los ojos y, al dejar de verla, por fin pudo tomar el control de esas emociones descontroladas. Tragó saliva y respiró hondo. Trató de empujarlo todo al fondo de sí mismo para poder hablar con más lucidez.

Su voz se suavizó.

—No sé cómo sacarnos a todos de este entuerto —reconoció—. Tienes razón. No soy el mismo. Nuestro mundo merece algo mejor que yo. Pero no hay nadie más.

Oro abrió los ojos e Isla contuvo un grito. Él supuso que habían cambiado de nuevo. Le daba igual. Sus nuevos ojos cambiantes eran la menor de sus preocupaciones.

Pero Isla no parecía asustada, no como sus amigos. En lugar de alejarse se acercó a las llamas. Se acercó a él.

Alargó el brazo y tomó su mano ardiente como si no temiera quemarse.

Y él notó la caricia igual que si la tuviera ahí delante. El contacto le provocó un chispazo en la sangre y fue innegable: todavía existía algo entre los dos, un puente que seguía activo en ambos sentidos.

Ella le presionó la mano.

—Estás desorientado… —dijo—. Y siento mucho haberte colocado en esta situación. Pero sigues siendo la persona más noble y más fuerte que he conocido nunca —continuó—. Yo lo veo, aunque tú no lo veas ahora. Ninguna tormenta te puede desarraigar. Ninguna marea te empujará a la deriva. Yo te lo recordaré. Igual que tú me lo recordaste a mí.

Oro se acordaba de aquellos días en los que trató de enseñarle a Isla poderes que él mismo nunca había esgrimido. Él había sido la viva imagen del autocontrol durante siglos. Y ahora se estaba viniendo abajo. Se desmoronaba cuando el mundo más le necesitaba.

Oro hizo una mueca de dolor. No quería perder el control. No quería que todo esto y los sacrificios de sus antepasados hubieran sido en vano.

Ella le apretó las manos.

—No mires al pasado —le pidió—. Mírame a mí.

Oro lo hizo. Y se perdió en el verdor infinito. Ella era su primavera. Su verano. Su vida. Su amor.

Puede que nunca más fuera suya, pero él siempre sería suyo.

Despacio, el fuego que los rodeaba se atenuó. Las llamas que cubrían la piel de Oro se apagaron. Hasta que solo quedaron ellos dos, con las manos unidas.

—Eres fuerte. Nunca lo olvides.

Oro vio que la mirada de Isla se posaba en su muñeca, donde él llevaba el collar de la rosa al modo de una pulsera de varias vueltas, en la zona del pulso. Era la posesión más preciada de Oro. Ella despegó los labios y parpadeó.

—¿Qué necesitas? —le preguntó—. ¿Qué puedo hacer?

Isla lo preguntó aun estando presa en una celda, en un mundo distinto.

Oro se concentró en normalizar su respiración y apaciguar su pulso, y fue entonces cuando comprendió que seguramente sí había algo en lo que Isla podía ayudarle.

—Tu dispositivo para saltar entre portales. ¿Sabes dónde está?

Lo necesitaba para avisar a los nuevos territorios y conseguir ayuda para combatir a las bestias.

Ella frunció el ceño mientras hacía esfuerzos por recordar. Solo habían pasado unos días, pero parecía mucho más tiempo.

—Lo tenía Lark —dijo por fin—. ¿No lo habéis encontrado?

Oro negó con la cabeza.

Ella echó una ojeada a un lado. Oro se preguntó qué estaba viendo.

—A ver qué puedo hacer.

CAPÍTULO 56
ISLA

Isla no podía fingir que revelarle el paradero de su varita estelar iba a beneficiar a Lark. Pero quizá…, quizá Lark quisiera intercambiarla por algo.

—¿Qué quieres? —le preguntó Isla—. Ponle un precio.

Lark la miró con desgana.

—El corazón de Cronan, en una bandeja.

—Estoy en ello —respondió Isla—. ¿Qué más?

Lark se lo pensó. Inspiró hondo, entrecortadamente. El silencio se alargó e Isla se preguntó si su antepasada se negaría a responder con su clásica obstinación inmortal. Pero habló por fin:

—Mi pluma —dijo.

El objeto que empleaba Lark para almacenar sus habilidades. La pluma que Isla había encontrado en la alcoba de Aurora.

—Está aquí —continuó Lark—. La tiene tu marido. Noto su presencia.

Isla hizo una mueca de dolor al pensar en la última vez que había visto a Grim, pocas horas atrás. Le había dejado clarísimo lo que pensaba de ella.

Pero Oro no le habría pedido la varita estelar si no la necesitara con urgencia. Las bestias estaban entrando porque Grim y él habían abierto el portal para salvarla.

—Te la traeré —prometió Isla.

Cuando Grim la arrastró por la mazmorra unas horas más tarde, Isla tuvo la sensación de que trataba de mantenerse tan alejado de ella como fuera posible. No era difícil adivinar el motivo. Había visto su destino tan claramente como ella.

Pero si Isla quería tener alguna posibilidad de derrotar a Cronan, y si tenía que hacerse con esa pluma, necesitaba que Grim estuviera de su lado. Y, si él no podía recuperar los recuerdos perdidos…, tendrían que crear otros nuevos.

Cuando se conocieron, los dos vivían en distintos tipos de prisiones. Ella estaba encerrada en su alcoba wildling, atrapada en el papel que le había tocado por nacimiento y en su falta de poderes. Él no podía escapar de su deber para con su pueblo ni de su monstruosa reputación.

Juntos, sin saber cómo, se habían liberado.

El mismo Grim que se había enamorado de ella estaba ahí dentro, en alguna parte. ¿Y acaso esta situación no era la verdadera prueba de amor? ¿Descubrir si podían volver a enamorarse una y otra vez?

Durante el Centenario, incluso con los recuerdos borrados, ella había vuelto a sentir algo por él. Seguro que a Grim le podía pasar lo mismo.

No aceptaría el trato que Cronan le ofrecía. Encontraría otra manera. No se marcharía de allí sin su marido.

—Tu esperanza es patética —gruñó Grim. Su profunda voz retumbó en los túneles de las mazmorras.

—No lo es —susurró ella—. Encontrarás el camino para volver a mí. Lo sé.

Al oír eso, él se giró de golpe para mirarla a la cara. Estaban al final del túnel y la luz se reflejaba en el rostro de Grim. Su cara estaba limpia; la mugre cubría la de Isla.

Él la agarró por la pechera de la camisa y la arrastró hasta que solo los separaron unos centímetros de distancia. Pero no hubo absolutamente nada amoroso en el gesto. Apretando los dientes, Grim le dijo:

—No significas nada para mí. No eres nadie.

El gesto de Isla se crispó mientras hacía esfuerzos por sostenerle la mirada a pesar de las palabras que salían de sus labios.

—Eso… Eso no es verdad. Solo porque no te acuerdes no significa que no sucediera.

—¿Ah, sí? Pues, dime, ¿qué pasó? ¿Por qué estás tan desesperada por convencerme de que me quieres si sé que me vas a matar?

Los ojos de Grim escudriñaron los de Isla casi con desesperación. Y ella comprendió que esa intensidad no tenía nada que ver con ella o con su amor. Necesitaba entender.

Pues claro. Había perdido una parte de su mente. Quería saber qué contenía.

Isla abrió la boca. La cerró. No sabía cómo convencerle de que él había venido a rescatarla aun sabiendo que tal vez le matase. Grim tenía derecho a dudar. El amor que compartían no tenía sentido. Nunca lo había tenido.

Pero eso no significaba que no fuera real y que no valiera la pena luchar por él.

Ante el silencio de Isla, Grim le lanzó una mirada empapada de repugnancia.

—Muy bien. Perdona por no ser amable con mi futura asesina —le soltó.

Tras eso, la condujo de malos modos a los pasillos del castillo. Pero, en lugar de llevarla directamente a la sala de la

galaxia, dio un rodeo. Fueron a parar a una estancia que ella no conocía.

—Preparadla —le dijo a alguien situado a la espalda de Isla antes de cerrar de un portazo.

Isla suspiró y agachó la cabeza. Si quisiera escucharla…

Se dio media vuelta y se encontró ante cinco hermosas mujeres tan relucientes como si se hubieran untado luz de estrellas en la piel. Sus extremidades eran largas y delgadas. Le recordaron un poco a los espectros del bosque, pero sin garras ni colmillos.

—¿Quiénes sois? —les preguntó Isla. Se fue apartando según ellas se acercaban. No dieron muestras de haberla oído—. ¿Podéis…, podéis ayudarme?

Los ojos de las mujeres carecían de expresión. Carecían de emoción. ¿Se había introducido Cronan en sus mentes? ¿Las había quebrado de manera permanente, tal como había intentado hacer con ella?

La única respuesta fue el sonido del agua que corría allí cerca. Empujaron a Isla con firmeza a otra estancia y cerraron la puerta.

En el interior, Isla encontró una bañera de porcelana llena de agua humeante y burbujas de jabón. La orden estaba clara: tenía que bañarse.

Isla le dio vueltas a la cabeza y quiso negarse. ¿Por qué tenía que bañarse? ¿Qué estaba tramando Cronan?

Por otro lado, debía seguirle la corriente si quería disponer del tiempo que necesitaba con Grim.

Y un baño no le vendría nada mal.

Acababa de despojarse de las prendas mugrientas y de entrar en el agua, calentita y deliciosa, cuando se abrieron las puertas y las mujeres se colaron en el cuarto de baño. Lleva-

ban diversos tipos de jabón en las manos. Una le acercó una pastilla a la cabellera e Isla se apartó.

—Sé bañarme sola —dijo, pero, o bien las mujeres no la entendieron, o bien les traía sin cuidado, porque procedieron a enjabonarle el pelo. Le desenredaron los mechones y le frotaron la piel dañada y dolorida hasta que Isla le arrancó a una la pastilla de jabón y terminó de lavarse ella misma.

Tras ayudarla a salir de la bañera y secarla, la condujeron a una butaca situada frente a un espejo. Ella observó su reflejo, sorprendida de lo mucho que había cambiado. Tenía los pómulos más marcados, el rostro más delgado. Su piel estaba más pálida que de costumbre, como si el control de Cronan sobre ella y ese mundo le estuviera pasando una factura que iba más allá de sus habilidades.

Quizá no debiera sorprenderse de tener un aspecto tan distinto; a fin de cuentas, todo había cambiado en el tiempo que llevaba allí.

Se quedó muy quieta mientras le cepillaban la melena y la peinaban con un semirrecogido, una trenza estilo corona que le dejaba unos cuantos mechones sueltos. Dejó que le aplicaran afeites en el rostro, no muy distintos a los que Poppy le había enseñado a usar, que disimularon la palidez de su cara.

El vestido que le mostraron era absurdo incluso tratándose de ella. La delicada seda exhibía aberturas en forma de diamante en los lados, a la altura de la cintura, y un escote tan pronunciado que casi le llegaba al ombligo. Le dejaba todos los skyres a la vista. El que se había grabado en el brazo, que la ayudaba a controlar sus poderes. El que le había permitido acceder a sus habilidades en el laberinto. Los restos apenas visibles del que llevaba sobre la cicatriz en forma de estrella de la zona del corazón. Se trataba de una prenda es-

cogida para que se sintiera un mero adorno y también para exhibirla; ante quién, eso no lo sabía.

Cuando se miró al espejo, no vio a una mujer enfundada en un vestido que enseñaba demasiado, arreglada y maquillada como un accesorio decorativo. No. Vio a una guerrera pertrechada con su armadura. Este era el campo de batalla en el que había entrenado toda la vida en preparación para el Centenario. Isla estaba en su elemento y dispuesta a luchar.

No luchaba solo por Grim. Luchaba por el mundo y lo que les esperaba. Luchaba por Oro, que estaba haciendo todo lo que podía por defenderlo. Luchaba por todos aquellos que había matado. Y lucharía también por este mundo. Por estas gentes y estos seres cuyo hogar habían reducido a cenizas.

Cronan pensaba que lo tenía todo bajo control. Pero Isla estaba acostumbrada a vivir enjaulada.

Y ya había escapado antes.

CAPÍTULO 57
ISLA

Las mujeres acompañaron a Isla al exterior de la habitación y la guiaron por el pasillo hacia la sala de la galaxia. No tenía ni idea de lo que iba a encontrar cuando llegara. ¿Por qué Cronan había querido que se vistiera así? Nada había sugerido nunca que le importara lo más mínimo la apariencia de Isla. ¿Qué le había preparado?

Cuando las puertas se abrieron, descubrió que no estaba sola.

Había una mesa alargada en el centro de la estancia, en el mismo lugar exacto en el que Isla se había retorcido de dolor incontables veces. Seis hombres ocupaban los asientos de la mesa, pero solo reconoció a uno: el hombre de los extraños ropajes verdes y la sonrisa reptiliana. Los demás vestían con estilos variopintos y exhibían diversos colores de cabello y peinados. También variaban sus tonos de piel. Se volvieron a mirarla con una mezcla de fascinación y deseo manifiesto; otros con indiferencia.

Grim estaba sentado a un extremo de la mesa. Cuando posó los ojos en ella, frunció el ceño de inmediato.

El asiento de su lado, que presidía la mesa, estaba vacío.

Cronan se puso de pie en el extremo opuesto. Vestía los ropajes oscuros y la capa de costumbre. Su sonrisa emanaba

algo inquietante, porque no se reflejaba en el resto de las facciones.

—Nuestra invitada de honor ha llegado —dijo al tiempo que alzaba una enorme copa. Los demás comensales, con la excepción de Grim, le imitaron—. Contemplad a… mi llavemundo.

—Y menuda llave —dijo el hombre situado a la izquierda de Isla. Llevaba la barba recortada con tanto cuidado como un laberinto. Su piel era de color bronce, el cabello dorado. No despegaba los ojos de la piel expuesta de Isla por debajo de la clavícula.

—Siéntate —le dijo Cronan a Isla en un tono que era claramente una orden.

Isla se encaminó a la silla vacía con tanta seguridad como pudo, con el vestido ondeando tras ella. Aquello no era distinto a las fiestas del Centenario, se dijo Isla. Había cenado otras veces con personas que querían verla muerta.

Cronan permaneció de pie con la copa en alto.

—Los dioses han muerto —dijo—. Hoy festejamos en sus huesos y cadáveres.

Cuando Isla fue a sentarse, se percató de que las sillas estaban tapizadas a base de pieles. Hermosas y vibrantes pieles de distintos colores, como si no hubieran tenido reparos en desollar bestias magníficas para confeccionarlas. Y eso no era todo: la cubertería estaba fabricada con huesos parecidos al dedo sagrado de Horus que había ayudado a Isla a llegar a este mundo y que Cronan le había arrebatado.

Cronan buscó sus ojos desde el otro lado de la mesa y levantó la copa en un brindis dedicado a ella; estaba bebiendo de un cráneo.

Isla echó un vistazo a la mesa suntuosamente decorada y estuvo a punto de vomitar.

Sobre todo cuando los demás hombres alzaron sus copas para un nuevo brindis y se percató de que a todos les faltaba un dedo. Recordó las palabras de Cronan. Exigía un hueso a cada uno de sus seguidores.

Cronan sonrió mientras la veía atar cabos y su corona parpadeó de nuevo antes de convertirse en una de las muchas que albergaba dentro: la corona de huesos. El hueso del dios se había unido a los demás, más brillante que el resto.

La corona recuperó su apariencia metálica y la cena comenzó.

La conversación fluía animada mientras los hombres brindaban ruidosamente y bebían de sus cráneos. Solo Isla y Grim guardaban silencio. Ella miró de reojo a su marido y descubrió que su rostro permanecía impertérrito. Le habría gustado tener acceso a sus poderes y usar las habilidades de Grim para sentir sus emociones. Pero el vínculo entre los dos se había roto para siempre.

—La destrucción del planeta Finestra fue un regalo para la vista —dijo un hombre dos asientos más allá. Tatuajes multicolores cubrían su piel oscura e Isla tuvo la sensación de que uno se movía—. Cuéntanos cuál será el siguiente. ¿Vas a conservarlo o vas a absorberlo?

Cronan bebió un largo trago del cráneo que hacía las veces de copa.

—Hay mundos que merece la pena conservar, como ya sabes —dijo Cronan en tono pomposo, sin despegar los ojos de Isla—. Algunos albergan las bestias más grandiosas del universo, que se desarrollan mejor en sus hábitats naturales. Otros contienen depósitos minerales que amplifican el poder. Algunos generan energía que se puede extraer cada vez que uno la necesita.

Los hombres asintieron, pendientes de cada una de las palabras de Cronan. Isla se preguntó si serían los líderes de distintos planetas y qué recursos poseían sus mundos. Estaba claro que Cronan los consideraba valiosos, pues no solo había respetado sus vidas, sino que los había invitado a esta mesa.

Seguramente les había ofrecido a todos el mismo trato que a Isla. ¿Habría dudado alguno de ellos antes de aceptar?

—Otros mundos, sin embargo —continuó Cronan—, me resultan más útiles para alimentar mi poder. Es mejor que no existan.

Cronan deslizó una mano lánguida por delante de su corona, que volvió a cambiar. Esta vez se convirtió en un halo de chispas. La corona absorbió la luz y la energía de la sala como si fuera un vacío absoluto. Isla apretó los dientes para contener la rabia. Y a partir de las chispas se formó una galaxia: decenas de planetas girando en espiral. Se le secó la garganta.

Esos eran los planetas que Cronan había destruido. Vivían en su corona. Sin embargo, no vivían en su interior.

En ese caso, en realidad no los había absorbido. No era como ella. Cronan desplazaba el poder y lo coleccionaba, pero no tenía la capacidad de asimilarlo.

Isla no quería compararse con un monstruo como él, pero no pudo evitar pensar que su propio poder era más fuerte. Estaba segura de que Cronan preferiría no tener que guardar sus conquistas fuera de sí mismo, en una corona que, tal como Isla había demostrado, le podían robar.

La voz de Cronan la arrancó de sus pensamientos.

—Tomemos como ejemplo un mundo estúpido donde todas las personas, y no solo las élites, pueden acceder a los poderes. —Los ojos del gobernante se posaron en Isla con firmeza. Ella tuvo que contenerse para no gruñir—. Un

mundo donde el poder se extrae de las grandes fuerzas naturales. El sol. La luna. Las estrellas. El cielo. La oscuridad. La naturaleza. —Un zumbido resonaba en los oídos de Isla—. Os he reunido aquí para celebrar que por fin he encontrado el camino a nuestra siguiente frontera. Una nueva galaxia que saquear. Dentro de solo tres semanas, irrumpiremos en ese estúpido mundo del que os he hablado para llegar a ese nuevo universo. Será nuestra zona de pasto antes de que prosigamos el viaje. Será la puerta a nuestro destino.

Le dirigió una sonrisa a Isla. Esta vez sí se reflejó en sus ojos. En la mesa estallaron vítores y exclamaciones de alegría.

—Mataré a todos y cada uno de los habitantes. Hasta que ese mundo no sea nada más que un montón de polvo y ceniza perdido en el universo.

CAPÍTULO 58
GRIM

«No lo hagas».

Grim adivinó lo que iba a hacer la bruja. Podría haberla detenido, pero no lo hizo. Se quedó sentado y la vio aferrar el tenedor tallado en hueso.

Y lanzarlo por el aire, directo al corazón de Cronan.

Joder. Tenía una puntería perfecta. Habría dado resultado si Cronan no se hubiera girado en el último momento y hubiera detenido el tenedor a un centímetro de su pecho.

Las ovaciones se acallaron al instante.

Isla emitió un sonido ahogado cuando una fuerza la elevó en el aire con la cabeza hacia atrás y los brazos en cruz, rígidos. Estaba flotando por encima de la mesa. Para que todo el mundo la viera bien. Incluidos esos extraños dibujos que le marcaban la piel, de un color metálico; como el que le decoraba el brazo, que había empezado a arder.

Viéndola de tan cerca, Grim advirtió que la wildling movía los dedos, como si estuviera rompiendo el control de Cronan, aunque solo fuera mínimamente.

Era valiente, eso tenía que reconocerlo.

Y también era una idiota.

Cronan soltó una risita y el resto de la sala lo interpretó como una invitación a unirse a él. Isla se atragantó y el color desapareció de su rostro. Cronan dijo:

—Miradla. Mirad cómo lucha en vano por su patético planeta.

Isla jadeó cuando las sombras de Cronan se precipitaron al interior de su mente. Y así, sin más, sus recuerdos abandonaron su mente y se derramaron por la sala para que todos los presentes los vieran.

Vieron Lightlark. El mercado. El puerto. Vieron un claro intento de asesinato de la wildling por parte de unos moonling. ¿Sucedió durante el Centenario? Grim no se acordaba. Las imágenes cambiaron y Tynan, uno de los antiguos miembros del consejo de Grim, trató de asesinarla mientras dormía. ¿Eso pasó…, pasó en su castillo? ¿Y esa era… su cama? La habitación cambió y vieron a Isla atada por su propia gente y abierta en canal como si fuera comida sobre la mesa del comedor.

Grim frunció el ceño mientras los hombres se reían en derredor, proyectando gotitas de saliva.

—Ya veis —dijo Cronan—. Solo una necia se empeñaría en ser leal a un pueblo que la maltrata de ese modo.

Isla temblaba de furia. El movimiento de sus dedos se intensificó según se esforzaba por romper el control. Su cara estaba pálida a pesar de todas las capas de afeites que le habían aplicado. Justo cuando estaba al borde del desmayo, Cronan la liberó. El último recuerdo se esfumó en el aire sobre todos ellos e Isla cayó bruscamente en su silla. Respiró con dificultad y se dobló sobre sí misma clavando las uñas en la mesa.

Grim advirtió algo que le hizo entornar los ojos. Una cosa debía reconocer: ella tenía agallas. Negó con la cabeza y

casi sonrió, pero decidió no decir nada. Prefería ver cómo se desarrollaban los acontecimientos.

—Espero que aprendas —le dijo Cronan a Isla—, por tu propio bien. Y que te unas a nosotros. —Se volvió hacia el resto de los invitados—. Porque sería una excelente reina de las cenizas, ¿verdad?

Los hombres sentados a la mesa asintieron con vehemencia.

—Y, si no entra en razón, ¿la matarás? —preguntó uno de los presentes con aire indolente a la vez que tomaba un sorbo de su copa. Hizo chasquear los dedos y una de las ayudantes, una mujer de ojos velados, se la rellenó al instante.

—Sin demora —dijo Cronan.

—Sería una pena —comentó el hombre que Grim tenía enfrente. Habló con los ojos pegados al pecho de Isla, contenido a duras penas por ese vestido tan absurdo que llevaba.

Grim no entendía por qué le habían entrado ganas de pulverizar al hombre de la mirada lasciva. El otro le dirigió una sonrisa afable… hasta que reparó en la expresión asesina de Grim.

Cronan se percató del intercambio.

—¿Algún problema, Grimshaw? —le preguntó.

Grim frunció el ceño al oír ese nombre. Siempre lo había odiado. Le recordaba a su padre, que nunca le había llamado de otro modo. Despacio, se volvió a mirar a su antepasado.

—No. Solo pienso que los banquetes son una pérdida de tiempo.

Se hizo el silencio en la estancia. Los otros hombres le dirigieron miradas atónitas ante esa falta de respeto. Especialmente después de lo que acababan de presenciar.

Pero Grim sabía que a su antepasado le preocupaba más la continuidad de su línea de sangre. Sobre todo ahora, cuan-

do estaba a punto de conquistar una nueva galaxia. Y Grim era el único descendiente que le quedaba.

Cronan meditó un ratito las palabras de Grim.

—Estoy de acuerdo —dijo por fin en un tono demasiado desenfadado. Sus ojos se afilaron de súbito, y el cambio de tono fue repentino y escalofriante—. Menos mal que esto no es un banquete. Es una ejecución.

Una de las sillas se volcó cuando el hombre que la ocupaba salió disparado contra la pared. Se retorció, incapaz de escapar al control invisible, con los ojos desorbitados. Cronan se le acercó lentamente.

—Mi queridísimo amigo —dijo—. ¿Cuántos siglos hace que nos conocemos? —Su voz era casi un susurro cruel—. ¿Y así me lo pagas?

Mostró un pequeño frasco y los invitados a la cena contuvieron el aliento.

—Mis ayudantes han encontrado esto en tu alcoba. Puede que carezcan de emociones, pero no carecen de cerebro. ¿Veneno? Qué mezquino. —Hizo una mueca burlona—. Lo más triste es que creyeses que una gota de esto acabaría conmigo…

Tras eso, Cronan descorchó el frasco con los dientes, escupió el tapón y echó la cabeza hacia atrás para bebérselo todo. Tragó. Cerró los labios con fuerza. La sala al completo parecía contener el aliento.

No pasó nada.

Llamó a la camarera encargada de servir el vino y Grim adivinó lo que iba a suceder a continuación.

—Te he reservado una gota —dijo a la vez que le tendía la ampolla.

Sin protestar y con ademán decidido, la mujer bebió los restos. El cristal apenas había abandonado sus labios cuando la camarera sufrió un espasmo. La botella de vino cayó de su mano y se hizo añicos contra el suelo de piedra. El líquido se derramó por todas partes, rojo como la sangre. La mujer se desplomó pasado un instante.

Cronan se volvió hacia el hombre, que seguía pegado a la pared con los ojos muy abiertos, aterrado, para decirle:

—No es fácil acabar conmigo, ya deberías saberlo. —Hizo un mohín—. Pero no soy despiadado. Te concederé una oportunidad de sobrevivir. Me gusta ofrecer segundas oportunidades…

Cronan abrió la palma de la mano y de su piel brotaron los Hilos del Tiempo que Grim le había entregado. Pasó un dedo por encima y decenas de portales aparecieron en fila, muy cerca unos de otros, como un túnel de puertas que ondeaban como agua. El primero estaba situado a pocos centímetros del hombre pegado a la pared y abarcaban hasta el otro extremo de la habitación, pasando por el centro de la mesa.

—Cincuenta mundos. Los he conquistado todos, así que encontrarás allí a mis caballeros. Solo podrás cruzar al siguiente cuando hayas matado a un caballero. Si llegas al otro lado de esta sala, te perdonaré la vida. Fingiré que este desagradable incidente nunca sucedió.

Grim observaba esa exhibición de poder con horror y fascinación. Cronan había usado los Hilos del Tiempo para invocar distintos periodos temporales, así como sus portales. Estaba combinando su propio poder con el de los hilos…

Cronan liberó al hombre, que cayó al primer portal. Reapareció un momento más tarde, desaliñado y herido. Pero no muerto. Grim no sabía cuánto tiempo había tardado el hombre en matar a uno de los caballeros de Cronan, pero, desde su percepción, solo había estado fuera un instante. El hombre se precipitó al siguiente portal. Cuando volvió a sa-

lir vestía ropajes distintos que estaban cubiertos de sangre. Seguía vivo a pesar de todo.

En su siguiente reaparición… llevaba veinte dagas clavadas en la espalda. El resto de los portales se unieron y desaparecieron.

El hombre se desplomó de bruces en el suelo. Un charco de sangre se extendió bajo su cuerpo.

Cronan suspiró.

—Ni tres vidas… Qué pena. También para tu mundo.

El aura del hombre se desprendió de su piel y adoptó la forma de un planeta rodeado de anillos de energía. Se desplazó por la sala hasta fusionarse con la corona de Cronan. Él cerró los ojos e inspiró profundamente, como renovado por el poder del planeta. Al otro lado de la bóveda, uno de los mundos del sistema desapareció.

Cuando Cronan volvió a abrir los ojos, exhibía una expresión severa.

—¿Alguien más planea un asesinato? —preguntó. Fue posando la mirada en cada uno de los presentes, dejando a Isla para el final.

A diferencia de los demás, ella le sostuvo la mirada. No se sintió intimidada bajo su escrutinio.

Fue Cronan quien apartó la vista. Hacia Grim.

—Llévala de vuelta a las mazmorras —dijo antes de recuperar su asiento.

Grim la agarró del brazo y tiró de ella para que se pusiera de pie. Pero, antes de que abandonaran la sala, ella se volvió a mirar a Cronan por última vez, todavía con expresión desafiante.

Mientras Grim arrastraba a la wildling por los decorados pasillos, en silencio, se preguntó si entregarle a Cronan los Hi-

los del Tiempo habría sido un error. Su antepasado era más poderoso de lo que él había pensado. Aunque ¿realmente tenía elección? Las habilidades mentales de Cronan y el control que ejercía sobre todos los habitantes del castillo hacían que fuera imposible guardar secretos. El hecho de que hubiera descubierto el veneno lo demostraba.

La wildling, por otro lado, seguía empeñada en el engaño.

Qué idiota.

Tan pronto como llegaron a los oscuros niveles inferiores de la mazmorra, Grim se dio media vuelta y la aprisionó contra la pared.

Le deslizó los dedos por los lados del cuerpo y ella abrió los labios con un jadeo. Grim frunció el ceño. La piel que palpaban sus manos era cálida y se erizaba despierta a su contacto. Cuando buscó su aura, no sintió el menor miedo por su parte. No. Solamente olas de deseo.

—Si querías averiguar si llevaba ropa interior, podrías habérmelo preguntado —dijo ella con un susurro ronco.

Él la miró enfurruñado y la wildling le sostuvo la mirada con una expresión desafiante en sus ojos verdes. Entonces Grim esbozó una sonrisa sardónica. Acababa de encontrar lo que estaba buscando.

La prueba de lo que era exactamente. Su asesina.

Grim extrajo el cuchillo de la cinta de su ropa interior. Había reparado en la desaparición del cubierto en el instante en que ella se había desplomado de nuevo en su asiento. El numerito del tenedor solo había sido una distracción. Para conseguir el arma.

El cuchillo estaba fabricado con un hueso poderoso. Pero no le serviría para escapar de la celda. Así pues, ¿por qué se había tomado tantas molestias para robarlo?

—¿Qué es esto? —Aferró el mango con fuerza—. ¿Ya te estás preparando para apuñalarme el corazón?

—¿Por qué no dejas que me lo quede y lo averiguas? —replicó ella, y su voz todavía era ese susurro ahogado que le había atraído hacia sus labios. Así, teniéndola tan cerca, los sentimientos de la wildling se le antojaban abrumadores, como si se derramaran sobre él. Grim apretó los dientes.

No. Él no era ningún mentecato que se dejara enredar por los trucos de una seductora. En lugar de responder, se guardó el cuchillo en el bolsillo. Ella pareció intrigada. Debía de haber dado por supuesto que correría a buscar a Cronan para chivarse de su infracción.

Sería lo que habría hecho de haber estado dispuesto a secundar los planes destructores de su antepasado. Pero Grim aún estaba perfilando sus propios planes y tenía cada vez más claro que la wildling no tenía cabida en ellos.

Era transparente. Emotiva. Ni la mitad de lista de lo que se creía. Casi le parecía un insulto pensar que pudiera ser capaz de acabar con la vida de Grim en cualquier futuro posible.

Alargó la mano hacia ella para arrastrarla de vuelta a la celda. Antes de que pudiera hacerlo, ella se zafó de su mano y se dio la vuelta tan rápidamente que Grim apenas vio el movimiento. Al instante notó el golpe de la pared en la espalda. Perdió el aliento. Y la wildling estaba de puntillas delante de él, ni de lejos próxima a su altura, clavándole esos ojos verdes, tan fieros y brillantes.

El cuchillo que Grim acababa de guardarse en el bolsillo apuntaba ahora a su garganta.

CAPÍTULO 59
ISLA

—¿No se suponía que tenías que apuñalarme el corazón, wildling? —le preguntó Grim con una mezcla de sorna e irritación en la voz—. Al menos te resultaría más fácil alcanzarlo.

Ella le miró anonadada, con la mente atrapada en esa palabra, «corazón». Pero mantuvo la hoja firme contra su garganta.

—Va a destruir nuestro mundo y todo lo que contiene. ¿Y te parece bien?

Él se limitó a observarla impasible. Hasta parecía aburrido. Isla añadió con rabia:

—Puede que yo ya no te importe, pero ¿de verdad puedes decir lo mismo de tu pueblo?

Lentamente, Grim inclinó la cabeza hacia ella, rozando con la piel el filo de la hoja. Por fin Isla le llevaba ventaja. Estaba a punto de exigirle que le entregara la pluma de Lark cuando, en un abrir y cerrar de ojos, sus posiciones se invirtieron. Ahora Isla estaba aprisionada contra la pared, con las manos vacías.

Su pulso latía contra el filo del cuchillo que tenía pegado al cuello.

—No pretendas saber lo que me importa y lo que no —dijo Grim con voz afilada. Sus ojos ardían intensos. Ella

casi veía las chispas que proyectaban bajo la tenue luz. La hoja rozaba la piel de Isla, como si él estuviera considerando rajarla. Como si fuera capaz de matarla allí mismo, en ese pasillo, sin esperar tres semanas a que tomara su decisión.

Sin embargo, por primera vez…, Isla albergó esperanza. Porque le conocía, y ahora estaba segura de que nunca abandonaría a su pueblo. Estaba jugando, igual que ella, y no obedeciendo a Cronan a ciegas.

—Si quieres oponerte a él…, yo puedo ayudarte —jadeó Isla—. Queremos lo mismo.

—Tú no sabes lo que yo quiero —replicó él con firmeza. Aplicó presión al cuchillo e Isla notó que se le abría la piel. Una gotita de sangre resbaló al diamante que reposaba en la base de su cuello.

—Puede que no. Pero lo sabía… antes —prosiguió ella—. No tienes por qué ponerte de su lado solo porque sea tu antepasado. Ya has cambiado la estirpe al romper la tradición. Pusiste fin a la práctica de obligar a los herederos a luchar a muerte en la infancia. Hiciste que los entrenamientos nightshade no fueran tan brutales. Protegiste a tu pueblo durante las maldiciones y las tormentas. Tu gente… confía en ti. Creen en ti.

La hoja se hundió un poco más e Isla añadió:

—Yo… Yo creo en ti. Sé que volverás a tu ser. Sé que… volverás a mí.

Grim estaba temblando. De rabia, quizá, pero ella casi podía notar cómo su autocontrol empezaba a flaquear. Porque, hasta ese momento, él había evitado mirarla, por principio. Pero ahora posó la mirada en ella como si no pudiera evitarlo.

Los ojos la recorrieron despacio y se detuvieron en la pierna de Isla, desnuda hasta el muslo gracias a la abertura del vestido. Grim tragó saliva.

—Llevé un vestido muy parecido hace tiempo —siguió hablando ella, para observar la reacción de él. Podría haberla arrastrado de vuelta a la celda o haberse apartado, pero no lo hizo, así que Isla continuó—: Esa noche… bailé delante de ti. Estábamos buscando una espada…

No mencionó que esa misma espada se encontraba ahora en la sala de la galaxia de su antepasado.

—Me aprisionaste contra la pared, igual que ahora —dijo Isla, y le oyó tragar saliva otra vez. Buscó la mano de Grim, la que no sujetaba el cuchillo. Con sumo tiento, como si el instante fuera de cristal, la atrajo a su muslo y le desplegó los dedos uno a uno. Y él se lo permitió. Incluso tuvo que inclinarse una pizca para poder acariciarla.

Grim contuvo el aliento mientras cerraba la mano contra la fina tela. Sin despegarle los ojos, Isla le desplazó la mano despacio por la abertura, hacia su cadera. Jadeó involuntariamente al notar el roce de sus dedos callosos contra la piel desnuda.

—Hiciste esto mismo —prosiguió Isla—. Y yo sentí…

Podía sentirle ahora, contra el vientre. Se pegó a él, solo una pizca, y la mirada de Grim se intensificó.

Ella abrió los labios. Y de inmediato los ojos de Grim se desplazaron a su boca. Por un momento Isla se preguntó si de verdad la besaría, con el cuchillo todavía contra su garganta. Si se acordaría de ella y le demostraría lo mucho que la echaba de menos, allí, contra esa pared.

La mano de Grim le aferró la cadera para presionarla contra su cuerpo. En sus ojos destelló algo que Isla había atisbado a menudo. Deseo. Necesidad.

Pero entonces él se apartó.

—No me pongas un cuchillo en el cuello a menos que pretendas usarlo —gruñó antes de guardarse el arma y llevarla de vuelta a la mazmorra.

CAPÍTULO 60
GRIM

Grim frunció el ceño al pensar lo necio que había sido. Cronan y él estaban sentados a la mesa del comedor antes de que el resto de los señores se reuniera con ellos.

Antes de que ella se reuniera con ellos.

Grim la había acariciado el día anterior. Y fue como tocar llamas. Sin embargo, no había sentido deseos de apartar la mano. Tenía que ser más cuidadoso. Esa mujer estaba destinada a matarle. No sería tan tonto como para dejarse arrastrar al borde del precipicio por una seductora.

Era el gobernante de Nightshade. El heredero de Cronan. Un guerrero de pies a cabeza. Le habían arrancado los sentimientos a base de entrenamiento.

No obstante, más que el calor de su piel, le obsesionaban sus palabras.

«Puede que yo ya no te importe, pero ¿de verdad puedes decir lo mismo de tu pueblo?».

Si durante siglos soportó lo insoportable fue por la supervivencia de su pueblo. Para darle un sentido a su dolor, de algún modo.

Cronan había dejado claro que lo destruiría todo, solo porque podía hacerlo…, y porque eso le haría más poderoso.

Grim no quería más poder. Ni siquiera quiso nunca el que poseía.

La única esperanza para su reino era que se las ingeniara para convencer a Cronan de que merecía la pena salvar a Nightshade, cuando menos. Y, si no lo conseguía, tendría que matar a su antepasado.

—Pareces distraído —dijo Cronan, que le miraba con atención mientras bebía sorbos de vino. Podría haberle explorado con sus sombras fácilmente, pero no lo hizo.

Su antepasado le temía. Grim lo notaba. Pero ¿por qué, si Cronan poseía un poder inagotable? ¿Y por qué le había borrado los recuerdos? No tenía ningún sentido.

A menos que pensase que… juntos… la wildling y él podían derrotarle.

Grim parpadeó y se dio cuenta de que Cronan estaba esperando una respuesta. Claro.

—Disculpa —dijo Grim con desgana. Agachó la cabeza para recomponer su expresión. Cronan no debía saber que estaba tramando algo contra él. Optó por una verdad a medias—. Ha sido inquietante… perder tantos recuerdos. He estado intentando rellenar los huecos.

Cronan se recostó en la silla.

—No te preocupes —le respondió—. Tus recuerdos relativos a la wildling solo servían para debilitarte. Estás mucho mejor sin ellos.

Grim asintió, pero se preguntó para sus adentros si sería verdad.

Cronan siguió tomando sorbos de vino, sumido en sus pensamientos.

—De hecho —continuó—, si hay algo más que te gustaría olvidar, algo que sientas que te cohíbe…, estaría encantado de liberarte de cualquier carga.

Grim cerró el puño debajo de la mesa. Como si fuera a aceptar voluntariamente que su antepasado hurgara en su cabeza otra vez… Por más que estuviera mejor libre de los recuerdos de la wildling, había sido una invasión. Las lagunas eran perturbadoras.

Si bien… Al pensar en momentos que le gustaría borrar de su mente, le vino Laila a la cabeza de inmediato, las sombras de Grim atravesándola y su sangre encharcándose en el suelo. El recuerdo le había atormentado casi toda la vida. ¿Cómo se sentiría si… desapareciera sin más? ¿Le haría eso más fuerte?

No. No borraría a Laila de su mente. Era el único lugar en el que todavía existía.

Además, él también sabía borrar recuerdos. Quizá no con tanta eficacia como Cronan —Grim nunca había dominado del todo las habilidades mentales—, pero sí lo suficiente. Y la idea nunca se le había pasado por la cabeza.

Sobre todo porque había aprendido de todo ese dolor. Le resultaba útil.

Pero no le dijo nada de eso a Cronan. En vez de ello, respondió:

—Gracias. Me lo pensaré.

Y un cuerno se lo pensaría.

Cronan emitió un «hum» complacido cuando los camareros empezaron a traer fuentes y fuentes de comida. Había carnes, verduras y frutas que Grim no conocía. En realidad, le traía sin cuidado, pero fingió observar los alimentos, aunque solo fuera para no tener que hablar con su antepasado. Por desgracia, eso no hizo callar a Cronan.

—¿Y cómo te va con nuestra prisionera? ¿Algún avance en el intento de atraerla a nuestra causa?

«Nuestra causa». Grim estuvo a punto de echarse a reír al oírlo. Pero tendría que seguir con la farsa hasta que fuera capaz de garantizar la seguridad de su pueblo.

En realidad, Grim no había dedicado ni un solo minuto de su tiempo a tratar de convencer a la mujer de nada. Todavía estaba intentando descifrarla, entender qué papel había tenido en su vida.

Apretó los dientes al recordar la sensación de ese cuerpo pegado al suyo mientras ella sostenía un cuchillo contra su cuello. Nunca pensó que esa situación pudiera inspirarle algo que no fuera rabia.

Pero había experimentado muchos otros sentimientos.

—Es obstinada —musitó Grim. Vago, pero no insincero.

Cronan arqueó una ceja.

—No me digas que también puede contigo.

—Pues claro que no —gruñó Grim. Le hervía la sangre solo de pensar en ella—. Es emocional y el amor que siente por mí la hace vulnerable. Le gusta plantar batalla, pero al final hará lo que le diga. Cualquier día de estos estará de nuestro lado.

Cronan se rio. Y Grim siguió oyendo su voz complacida cuando los señores de los planetas fueron entrando en la habitación y ella tomó asiento junto a él. Grim no estaba de acuerdo con su antepasado: la wildling era el problema, no la solución. Definitivamente tenía que morir.

Pero antes necesitaba más información. Ella recordaba todo lo que Grim había olvidado. Todo lo que Cronan le había arrebatado. Por eso insistió en acompañarla a su celda después de la cena.

Ella no tardó nada en tratar de entablar conversación.

—¿Cómo está Espectro? —preguntó.

Grim estuvo a punto de tropezar al oír ese nombre. Frunció el ceño ante su propia incompetencia, ante la facilidad que

tenía ella para descolocarle. Era ella la que estaba siendo conducida a una celda, aunque a veces Grim se sintiera como si fuera él quien llevara los grilletes.

—¿Por qué lo preguntas? —dijo.

—Así que lo recuerdas —murmuró ella casi para sus adentros. Parecía aliviada.

—Pues claro que sí —gruñó Grim.

—¿Recuerdas cómo lo adoptaste?

El aura de la wildling irradiaba curiosidad. Y esperanza.

Qué pregunta tan absurda. Él…

Grim frunció el ceño. Tenía la mente en blanco. Como si su memoria fuera una biblioteca que hubiera sido parcialmente saqueada. Como si algunos libros estuvieran reducidos a cenizas o hubieran desaparecido. No mentía cuando le dijo a Cronan hasta qué punto resultaba inquietante.

Ella rellenó los huecos. Habló con dulzura.

—Le encontré. Le criamos juntos.

«Juntos». La palabra le chirrió. Para Grim no existía un «juntos». Con nadie. Y desde luego no con una wildling. Por encima de todo, él era el gobernante de un reino que se había separado del resto tiempo atrás. El único ser que le había proporcionado algún consuelo era ese que ella había tenido la desfachatez de nombrar.

—Mi dragón sobrevivirá —dijo Grim empujándola hacia delante.

—¿Sí? —preguntó Isla volviéndose a mirarle. Llevaba puesto otro vestido absurdo, este con las mangas color burdeos que le dejaban los hombros al descubierto—. ¿Y si Cronan decide que quiere quedarse el dragón?

La mera idea de que Cronan pudiera acercarse a Espectro afiló las sombras de Grim, que se transformaron en pinchos. Isla se dio cuenta. Siguió insistiendo, como haría cualquier buen guerrero al dar con un punto débil.

—¿Te quedarás mirando mientras Cronan se apodera de él?

No, no lo haría. Lo sabía, pero no dijo ni una palabra. Eso no impidió que la wildling siguiera insistiendo.

—¿Y si decide que no necesita un heredero? ¿Y si te utiliza para conquistar nuestro mundo y luego te mata?

—Eres tú la que está destinada a matarme —le escupió. Grim sacudió la cabeza con aire de incredulidad—. Qué poca vergüenza. ¿Intentas convencerme de que colabore contigo cuando los dos sabemos lo que harás en el futuro?

—En uno de los futuros posibles —señaló ella con voz entrecortada—. No es seguro.

Grim resopló una carcajada cruel.

—Entonces hay muchas probabilidades de que me mates. ¿Crees que eso me convierte en algo que no sea tu enemigo?

Isla tragó saliva. Muy bien. Guardó silencio unos instantes antes de decir con un hilo de voz:

—Cuando nos conocimos, tenías pensado asesinarme.

Grim no reaccionó. No le sorprendía. También tenía pensado matarla ahora.

—Pero nos enamoramos. Tú… cambiaste de idea. Me escogiste a mí por encima del mundo. Por encima de ti mismo.

—Y mira cómo hemos acabado —replicó Grim en tono mordaz mientras doblaban un recodo hacia la celda.

Sin pronunciar palabra, la empujó al interior y cerró la puerta.

Debería volver a la cena, con Cronan. Pero no podía moverse. Todavía tenía demasiadas preguntas. No se debía a que estuviera fascinado con la wildling, se dijo. Se debía a la frustración de no recordar nada. A lo desorientado que estaba

por las piezas que le faltaban en la mente, como si le hubieran robado algo.

Cronan afirmaba que al borrarle los recuerdos le había liberado. Grim se preguntaba si no había hecho todo lo contrario.

¿Le había quitado Cronan algo más que los recuerdos de la mujer? ¿O acaso esos recuerdos albergaban algo de vital importancia?

Estaba harto de no saber. Isla se quedó allí, al otro lado de los barrotes, mirándole, y sus emociones eran tan intensas que prácticamente podía paladearlas. La mirada de Grim descendió al collar que ella llevaba.

Era una wildling. No tendría que llevar esa piedra.

Casi sin pensar lo que estaba haciendo, introdujo la mano entre los barrotes de la celda, aferró el diamante que colgaba del cuello de Isla y tiró de él para acercarle la cara.

—¿De dónde has sacado esto? —le preguntó tirando de la joya, como si pudiera arrancársela.

Sin despegarle los ojos, Isla dijo:

—Me lo regalaste tú.

Imposible. Pero… las emociones de la mujer eran estables.

Soltó el diamante, anonadado. Tenía que ser un truco.

Retrocedió para alejarse de los barrotes, como si la distancia pudiera ayudarle a pensar con más claridad. Cuando la tenía cerca… Cuando la tenía cerca era incapaz de pensar a derechas, maldita sea. Si las maldiciones no se hubieran roto, lo habría atribuido a sus encantos wildling. Y ella no tenía poderes allí. Así pues, ¿qué era? ¿Qué le estaba haciendo?

Un momento… Ahora que lo pensaba… Tampoco recordaba cómo se habían roto las maldiciones.

¿Las habría roto ella?

La mujer se rio con suavidad.

—¿No te has preguntado por qué este collar no se puede quitar a menos que yo muera? ¿Por qué él no me lo ha arrebatado junto con todo lo demás?

Grim se quedó muy quieto. No respiraba. Todavía no entendía por qué lo tenía ella.

—¿Y qué me dices del que tú llevas en torno al cuello? ¿Has intentado quitártelo? —siguió preguntando la wildling.

Grim frunció el ceño. Se llevó la mano al cuello… y palpó una fina cadena. Se había bañado varias veces en ese lugar, pero no se había mirado al espejo. Ni siquiera se sentía él mismo.

Daba igual. Sus sombras devoraron el collar para reducirlo a cenizas.

No lo consiguieron.

La revelación fue brutal como el impacto de un maremoto.

Isla avanzó un paso hacia él con una expresión implacable. Le acercó el cuerpo. Era mucho más bajita que él y a pesar de todo encontró la manera de dedicarle un gesto de superioridad.

—Hola, marido —susurró. Alargó la mano a través de los barrotes como para estrechar la de él—. Soy tu esposa.

No. «No». Grim no se atrevió a tocarla.

—Un gobernante nightshade jamás ha tomado una esposa —gritó. Era una tonta si pensaba que podía convencerle de una idea tan absurda. Tenía que haber otra explicación… Algún otro modo de que…

—Pero tú sí —dijo la wildling. Ahora aferraba los barrotes. Estaba tan cerca de él como podía—. Tú me escogiste. De una cola en la que nunca debí estar. Me llevaste a tu habitación… y me besaste.

—Yo no beso a nadie —dijo Grim en tono feroz.

—Me besaste —repitió ella. Y, por alguna razón, él se inclinó hacia la mujer como atraído por una fuerza invisible. Ella

introdujo la mano entre los barrotes para pegársela al pecho. Grim estaba demasiado anonadado por todo eso como para impedírselo. El contacto le provocó un cosquilleo en la piel.

—Te apuñalé por ello. Aquí.

Le dio unos golpecitos en un punto situado muy cerca del corazón y Grim notó un escalofrío en la columna.

—¿Te besé y tú me apuñalaste? —gruñó perplejo. Lo que decía no tenía ningún sentido. Además, ¿por qué la estaba escuchando? ¿Por qué la dejaba tocarle?

Ella asintió.

—Compruébalo.

Él se retiró la camisa con desconfianza, aunque solo fuera para poder acusarla de mentirosa. Pero allí, justo donde ella le había indicado, había una cicatriz. Una que Grim ya debería haberse borrado, igual que se había borrado las demás.

¿Por qué había conservado esa? No entendía nada.

Ella debió de advertir su perplejidad, porque dijo:

—Más adelante me dijiste que la habías conservado para acordarte de mí.

Grim negó con la cabeza. Ya había oído bastante. Cronan tenía razón. Esos recuerdos eran vergonzosos.

—No soy un pobre incauto al que vayas a volver a engañar. ¿Tan débil me crees?

—El amor no te hace débil —respondió ella—. A nosotros nos hizo más fuertes.

—¿Ah, sí? —replicó él con desprecio al tiempo que señalaba la celda—. ¿Y cómo explicas esto? Eres una prisionera.

En los labios de Isla se dibujó una sonrisa que le atravesó como una guadaña.

—No. Tú eres el prisionero —le dijo inclinándose hacia él. Grim notó su aliento cálido en los labios—. Y yo te voy a liberar.

CAPÍTULO 61
ISLA

Al día siguiente fue Grim el que acudió a sacar a Isla de la celda en lugar de un caballero. Miró con frialdad a Lark, que languidecía en su rincón; se estaba debilitando por momentos y ya no hablaba demasiado, algo que Isla habría agradecido si no fuera porque aún necesitaba conocer la ubicación de la varita estelar.

Pero, para eso, tenía que recuperar la pluma. Y solo Grim se la podía proporcionar.

Sin pronunciar palabra acompañó a Isla a la estancia de la bañera, donde la esperaban las asistentes de mirada inexpresiva. La bañaron y la vistieron como de costumbre. Pero, antes de que terminaran de aplicarle los afeites, vio a Grim parado tras ella. Mirándola con los ojos entornados.

—¿Qué…?

—Fuera —les dijo a las asistentes en tono autoritario.

Como no salieron de inmediato, aulló:

—FUERA.

Se desplazaron hacia la puerta, pero no con la rapidez suficiente, al parecer. Grim las transportó al exterior entre una explosión de humo.

Estaban solos.

Isla se volvió a mirarle sin levantarse de la silla mientras él caminaba directo hacia ella.

—¿Por qué iba a casarme contigo? —preguntó como si el pensamiento le obsesionara. La miraba con los ojos muy abiertos, enrojecidos. Por lo que parecía, no había pegado ojo.

Había tanta rabia en su voz, tanta irritación, que Isla no supo qué decir. Se sentía insultada.

Grim puso los ojos en blanco con aire de impaciencia.

—Los nightshade no se casan. Y tú…, tú eres una wildling.

Su manera de pronunciar la palabra, escupiéndola como un insulto, no la hizo sentir mejor.

Él suspiró y dobló los dedos, como si hubiera comprendido que así no le iba a arrancar una respuesta.

—Mira —le dijo con voz cansada—. Es obvio que eres atractiva.

Ella enarcó una ceja. Él borró la frase con un gesto apresurado.

—No quería decir eso. Es que… necesito saberlo. ¿Qué motivos tendría yo para casarme… contigo?

Isla nunca le había visto tan aturullado. Parecía casi enajenado.

—Tú… me amabas —respondió por fin.

Grim negó con la cabeza, como si lo descartara de antemano.

—¿Tenías algo que yo necesitaba? ¿Me encontraste herido? ¿Me… envenenaste?

Isla abrió la boca con aire indignado.

Pero la esperanza inundó los ojos de Grim.

—Es eso, ¿verdad? Me envenenaste.

Una vez que la idea caló en su mente, nubes de rabia nublaron su expresión.

—No, no. Yo…

Isla se interrumpió cuando las sombras de Grim la aprisionaron contra la pared. Perdió el aliento, pero reparó en que su cabeza no había impactado contra la pared. Fue como si las sombras hubieran amortiguado el golpe, aunque fuera mínimamente. ¿Había sido un gesto inconsciente? ¿Quizá una parte de él, oculta en lo más profundo, todavía la recordaba?

La esperanza de Isla se extinguió cuando reparó en la expresión de Grim: sólida, atrapada en la furia. Se comportaba igual que Cronan cuando aferraba un pensamiento de la mente de Isla y empezaba a excavar, a diseccionarlo, obsesionado con obtener una respuesta.

—Entonces ¿qué fue? ¿Me amenazaste?

¿Qué? ¿Qué poder podría haber tenido ella sobre él? Grim debió de llegar a la misma conclusión, porque pasó a la teoría siguiente.

—¿Empleaste un elixir?

Ella le fulminó con la mirada a la vez que negaba con la cabeza.

—¿Y entonces qué hiciste?

—No hice nada.

Las sombras la liberaron súbitamente y ella se desplomó en el suelo. Grim se cernió sobre ella e Isla empezó a sospechar que todo era inútil. Nunca confiaría en ella. Nunca la creería.

—Yo… necesito entenderlo —dijo él con brusquedad, pero haciendo lo posible por adoptar un tono amable. Que no fue amable en absoluto.

Isla recordaba muy bien lo que implicaba tener lagunas en la mente. Sabía que Grim debía de estar frenético. Ella se había sentido igual cuando fue él quien le reveló que compartían toda una historia de amor.

Un romance que él le había borrado de la mente.

Al menos ella fue recordando poco a poco, con el tiempo. Grim nunca lo haría. Sin embargo, si Isla quería que se enamorara nuevamente de ella, él tenía que recordar que la había amado en el pasado. Y para eso tenía que saber más.

—Tú… sabes muy bien lo que es sentirse atrapado y solo —dijo Isla despacio, sin levantarse del suelo—. Yo también conozco la soledad —continuó—. Cuando era niña, más que educarme, me afilaron como una espada. Me convirtieron en un arma. Pasé toda la infancia pensando que era débil, que carecía de poderes. Que decepcionaría a mi pueblo.

Él asintió una vez como si se hiciera cargo. Isla ya sabía que lo entendería, porque su historia se parecía mucho a la de Grim.

—Encontré una llave para salir de mi jaula debajo de un tablón del suelo —siguió hablando—. Una varita impregnada con tu poder de transportación que le habías entregado a tu general. Mi…, mi padre. —Le vio mirar hacia arriba como si buscara el recuerdo y procesara la información—. Tú…, sin saberlo…, me concediste la libertad. Y eso fue lo que me condujo a ti. —Isla tragó saliva con dificultad—. Ya te he contado cómo nos conocimos.

—Cuando me apuñalaste —dijo él con voz monótona.

Ella puso los ojos en blanco, pero siguió adelante.

—Tras eso, me utilizaste. Para conseguir algo que necesitabas.

Grim resopló.

—Por fin una parte de la historia que suena creíble.

Ella le asesinó con la mirada.

—Pero entonces… cambiaste de idea. Me escogiste y… y supongo que seguimos escogiéndonos el uno al otro. Cada día. A pesar de todos los obstáculos. Nuestras intenciones

no eran puras, ni las tuyas ni las mías. No fue un proceso fluido ni deliberado. Pero con el tiempo comprendimos…

Isla respiró entrecortadamente. No sabía si estaba revelando demasiado, demasiado pronto. No sabía si se trataba de algo que tenía que revelarle fragmento a fragmento, igual que ella había recuperado la memoria.

Grim permaneció largo rato mirando al suelo, sumido en sus pensamientos. A continuación, buscó de nuevo los ojos de Isla. No había reconocimiento en ellos. Pero sí un leve vestigio de comprensión.

—Entonces fue la soledad —dijo por fin, enderezando la espalda, como si la respuesta fuera así de simple—. Yo me sentía solo y tú estabas allí.

La rabia se apoderó de Isla. Había sobrevivido a heridas de puñal que le habían dolido menos.

—Qué mal concepto tienes de ti mismo —le soltó para borrarle la satisfacción de la cara. Grim pensaba que había desentrañado el misterio, pero se equivocaba—. El amor es una elección, y tú la hiciste.

Los ojos de Grim destellaron con rabia. Con una expresión de desafío.

—¿Y qué vas a elegir tú, wildling? —le preguntó.

Isla le sostuvo la mirada y él hizo lo propio. De nuevo se habían enzarzado en un duelo.

Grim fue el primero en desviar los ojos, pero no había triunfo en su expresión. Fue más bien como si estuviera harto de ella.

—Ahora eso da igual. Ya tengo las respuestas que necesito. —Se inclinó para poder decirle las palabras directamente a la cara—. Puede que en el pasado significaras algo para mí…, pero eso no se va a repetir. Nunca me voy a encariñar de una persona tan débil y tonta como tú. Si crees que

hay alguna posibilidad de que esté de tu lado…, no malgastes el aliento.

A continuación, se irguió todo lo alto que era, se dio media vuelta sobre los talones y se marchó.

Tras eso, los caballeros empezaron a acompañar a Isla en el camino de ida y vuelta al comedor. Durante las cenas, Grim evitaba mirarla siquiera. Y su indiferencia se le antojaba peor que su odio.

Le echaba de menos más de lo que Isla podía expresar, pero, aun cuando estaban sentados en la misma mesa, él nunca había estado tan lejos. Empezaba a comprender que quizá nunca lograra convencerle de que le entregara la pluma. Oro no tenía tanto tiempo y la idea de que estuviera defendiendo el mundo él solo… La idea de volver a fallarle, otra vez, de no poder ofrecerle la varita, que era lo único que le había pedido…

No. No le fallaría. Se haría cargo del asunto ella misma y robaría la maldita pluma.

A Isla no le costaba nada guardar silencio durante las cenas. Comer y escuchar la conversación, por si alguien decía algo que le sirviera de ayuda. Pero no había nada. A Cronan, descubrió, solo le gustaba hablar de los planetas que había conquistado, de los mundos que había reducido a cenizas y de todo el poder que obtendría cuando invadiera el mundo de Isla… y la galaxia que se extendía a continuación.

Con la llegada de los nuevos invitados, el ambiente era cada vez más festivo. Después de las cenas celebraban fiestas, a las que Isla nunca estaba invitada. Pero los oía arriba.

Celebraban a diario que el planeta de Isla se encaminaba a la destrucción.

Los caballeros no le quitaban ojo de encima. Isla nunca tenía ocasión de escabullirse. Observaba sus movimientos y descubrió que no existía una llave que pudiera robar. Por lo que parecía, la puerta del calabozo se cerraba al tacto de los caballeros… y de Grim.

¿Habría encantado Cronan la cerradura para que solo los obedeciese a ellos? Eso le dificultaría la huida.

Cronan siempre ordenaba a los caballeros que se la llevaran antes de que finalizara la cena. Eso le ofrecía un margen de tiempo para escabullirse de forma segura. Grim no estaría en su alcoba. Y todos los caudillos de los planetas estarían juntos en un mismo espacio.

Sin embargo, para controlar a uno de los caballeros, necesitaría un arma y no la tenía. Ni siquiera el cuchillo que había intentado escamotear de la mesa; gracias a Grim. Todavía disponía de la armadura, pero la había convertido en una miniatura y las placas eran demasiado pequeñas como para infligir una herida profunda. Sin sus poderes, no podía transformar el metal. Examinó incontables posibilidades mentalmente e incluso inspeccionó las dependencias en las que la bañaban y la vestían a diario, pero no encontró nada afilado. Nada en absoluto.

Esa noche, cuando la devolvieron a la celda, se volvió a mirar a Lark y una idea cobró forma en su mente. Una que a su antepasada no le iba a gustar, estaba segura.

—¿Hasta qué punto deseas esa pluma?

CAPÍTULO 62
ISLA

Isla hundió las manos en el pecho abierto de Lark y le arrancó una de las costillas rotas. Lark siseó con lágrimas en los ojos, pero no gritó.

La bruja era muy fuerte, eso tenía que reconocerlo. Cualquier otro se habría desmayado del dolor.

Isla se acercó a la puerta de la celda. Escondió una mano detrás de la espalda y usó la otra para hacer repicar el metal. Con fuerza. Siguió haciendo ruido hasta que oyó pasos. Uno de los caballeros se plantó ante ella.

A esas alturas ya había observado a fondo a los caballeros. Portaban una armadura que les cubría hasta el último centímetro del cuerpo…, salvo un pequeño hueco entre el casco y la coraza. Solo se veía cuando se daban la vuelta.

Su inteligencia era increíblemente limitada.

—El techo —dijo Isla señalando arriba.

No hizo falta nada más para que el guardia levantara la cabeza como un idiota. Y, antes de que pudiera pedir ayuda, Isla deslizó la costilla entre los barrotes y se la clavó en la garganta. La sangre manó a borbotones. El caballero intentó gritar, pero Isla le había cortado las cuerdas vocales.

Introdujo las dos manos a través de la reja y lo sujetó antes de que se desplomara en el suelo para evitar que hiciera ruido. El peso del caballero le dobló las rodillas, pero resistió. Despacio, apretando los dientes, Isla consiguió acercarle el brazo a la cerradura. Pegó la palma al mecanismo y…

La puerta se desbloqueó y ella la empujó sin soltar al caballero. Para cuando lo depositó con cuidado en el suelo, estaba jadeando del esfuerzo. Se enjugó las palmas sudorosas en las rodillas.

Miró a Lark por encima del hombro. Únicamente vio sus relucientes ojos verdes. Pensaba que su antepasada correría a la puerta, pero permaneció muy quieta.

—Mi pluma —le espetó Lark.

Vale.

Isla miró al guardia. Un charco de sangre se extendía en torno a él. No tenía mucho tiempo. Normalmente no había más guardias en esa planta, en particular durante las fiestas, cuando se requerían los servicios de todos en la planta superior. Cruzó los dedos para que ninguno les hiciera una visita de control en los próximos minutos.

Corrió por el pasillo. Tenía el camino grabado en los huesos tras varias semanas en el castillo. Cuando llegó a la planta principal, redujo el paso. Abrió la puerta con sumo cuidado.

El corredor del castillo estaba despejado. Todo el mundo se encontraba en la sala de la galaxia. La música y las risas se dejaban oír en la lejanía. Por lo que parecía, la fiesta había empezado temprano esa noche.

El corazón de Isla latía con furia mientras avanzaba en sentido opuesto al ruido, hacia la zona de la que había visto salir a los señores de los planetas. Esperaba que sus alcobas estuvieran por allí…, y también la de Grim.

Al doblar un recodo, tuvo la sensación de que el castillo había cambiado por completo. Cada sección tenía un aspecto distinto, como si estuviera compuesto de distintos palacios recortados y unidos de cualquier manera. Igual que la galaxia de Cronan, que él había reconstruido. Igual que su corona. Tomando lo mejor de cada planeta para crear un universo a su gusto, sin la menor consideración por los destrozos que dejaba a su paso.

Isla no sabía cuánto tiempo tenía. No estaba segura de cuánto rato había tardado en escapar de la celda después de la cena. La fiesta podía estar comenzando o a punto de concluir. Podía cruzarse con un caballero o alguno podía bajar al calabozo y toparse con el cuerpo. Con el corazón desbocado, abría puerta tras puerta, hasta que finalmente… encontró la alcoba de Grim.

No tenía nada de especial. Solo una cama impoluta con las almohadas debajo de las mantas. Una silla retirada del escritorio angular. Pero supo al instante que era la suya. Lo supo sin más. Porque le conocía. Conocía las marcas que dejaba en un espacio. Sabía cómo le gustaba distribuir las cosas.

Cruzó la puerta en silencio, la cerró sin apenas hacer ruido… y se quedó helada al oír el correr del agua.

Grim estaba aquí. Se estaba bañando. Isla debería marcharse, pero ¿cuándo volvería a tener otra oportunidad como esa? Dudaba mucho que la encontrara una vez que descubrieran el cadáver del caballero.

Con un aleteo nervioso en la barriga, se precipitó hacia delante y echó una ojeada a la alcoba. Miró el interior de cada uno de los cajones. Abrió todos los armarios. Nada.

El agua dejó de correr.

Isla no podía marcharse sin la pluma, pero tampoco podía dejar que Grim la encontrara allí. Oyó pasos. No tenía

otra opción. Frustrada y desesperada se dirigió a la puerta. La abrió.

El pomo resbaló de su mano cuando la puerta se cerró. Isla despegó los labios al ahogar un grito.

—¿Qué cojones estás haciendo aquí?

Despacio, con el corazón acelerado, Isla se dio media vuelta. Grim estaba allí plantado, con el pecho desnudo y una toalla atada a la cadera.

A Isla le costaba tan poco imaginar que solo era un día normal de su vida juntos… Que el instante los empujaría a retozar en esa cama tan aseada…

Pero todo había cambiado. El que las mismas sombras que un día la habían acariciado la tuvieran ahora apresada contra la pared lo demostraba. Le sujetaban las manos por encima de la cabeza.

—Te he preguntado qué haces aquí —repitió Grim.

Se acercó a grandes zancadas hasta situarse frente a ella y la miró de arriba abajo. Una gota de agua de su pelo aterrizó en la mejilla de Isla y le resbaló por el cuello. Él siguió el movimiento con los ojos antes de volver a mirarla a la cara.

—Quizá prefieras contárselo a Cronan —decidió él, ya alargando la mano hacia el pomo.

—¡No, espera! —pidió Isla sin poder contenerse.

Grim la observó expectante.

—Llévame a la celda. Te prometo… Te prometo que no volveré a escaparme.

No le había convencido. Grim entornó los ojos. Las sombras se tensaron en las muñecas de Isla hasta el dolor.

—¿Qué-haces-aquí? —insistió él.

Isla no podía decírselo. Grim era capaz de destruir la pluma; o peor, entregársela a Cronan. Y entonces ella perdería toda capacidad de negociación con Lark. Oro necesitaba

la varita estelar. Ella le había metido en este lío y haría todo lo que estuviera en su mano para ayudarle.

Los labios de Isla permanecieron pegados y él se inclinó hacia delante para mirarla de cerca. Tenía las mejillas enrojecidas del agua caliente. El cabello oscuro ya se le estaba rizando alrededor de las orejas.

—¿No? —dijo Grim.

Isla negó con la cabeza.

—Muy bien.

En un abrir y cerrar de ojos, las prendas negras de Grim y la armadura habían remplazado la toalla. La empujó a través de la puerta tornándolos a los dos inmateriales por un instante.

Pero no fueron a parar al pasillo sembrado de estrellas. Estaban en las mazmorras, justo delante de la celda de Isla. Como si Grim quisiera comprobar cómo, exactamente, se las había arreglado para escapar.

Él frunció el ceño al ver al caballero muerto.

—¿Eso es…? ¿Eso es una costilla?

Isla no supo si el tono era de horror o de admiración.

Los ojos de Grim buscaron los de Isla de nuevo. Su voz fue letal en esta ocasión.

—Última oportunidad —dijo.

Ella guardó silencio.

—Muy bien.

En lugar de empujarla a la celda, como Isla esperaba, la agarró de la mano y la arrastró al pasillo, donde ya había otro caballero esperando.

—No —suplicó Isla, volviéndose hacia él con ojos aterrados. Los de Grim carecían de la menor calidez.

—Dile a Cronan que su prisionera acaba de escapar.

El caballero asintió antes de salir corriendo.

Isla negó despacio con la cabeza.

—Vaya —musitó—. Había olvidado lo cerdo que puedes ser.

Grim se giró de golpe hacia ella.

—¿Qué has dicho? —le preguntó.

—He dicho —articuló Isla con claridad— que eres un cerdo.

Se desafiaron con la mirada. Oyeron el correteo de varios caballeros, que ya se acercaban a las mazmorras. Los pasos que resonaban en la planta superior provocaron una lluvia de polvo y piedrecillas sobre los dos.

Isla tragó saliva y sintió que su orgullo se desvanecía. Sabía lo fácil que le resultaría a Cronan entrar en su mente y arrancarle la respuesta. Y podía hacer algo peor que apoderarse de la pluma: podía matarla. En particular porque Isla no le había ofrecido ninguna señal de que fuera a cambiar de idea acerca de colaborar con él.

—Por favor.

Isla buscó en los ojos de Grim algún rastro de su marido. Pero solo vio una mueca despectiva.

—Ya te lo dije. No eres nada. Espero que te mate por esto —le dijo—. Así nunca tendré que volver a verte.

Y ella no pudo sino creer que hablaba muy en serio.

La mesa del comedor había desaparecido de la sala de la galaxia. También los invitados y cualquier resto de la celebración. Solo Cronan y un tufillo a vino permanecían allí. Él estaba contemplando su galaxia. Su corona destelló a la luz de las estrellas.

—¿Por qué has escapado? —le preguntó. Lo dijo en tono tenso. Cortante. Igual que Grim.

Y, del mismo modo que había guardado silencio ante su marido, Isla siguió callada. Levantó el mentón.

Raudo como el rayo, Cronan se dio media vuelta con los ojos ardiendo de rabia e Isla se sintió proyectada hacia delante por una fuerza invisible. Al momento estaba flotando delante de él. Grim se limitaba a observar la escena a unos pasos de distancia. Su semblante permaneció inexpresivo.

Cronan la devolvió al suelo y las tinieblas de siempre salieron de su corona para flotar hacia ella. Las galaxias desaparecieron, fundiéndose bajo el dolor cegador e insoportable. Isla chilló entre espasmos mientras notaba la bilis subiéndole por la garganta. La tortura fue peor que cualquiera de las anteriores. Cronan había renunciado a fingir que quería preservarla en su propio beneficio. Ahora le hundía las sombras en el cerebro como si de verdad quisiera destruirla. Si se dejaba llevar, Isla se desmayaría, pero estaba decidida a resistir. Opondría resistencia.

En lugar de doblegarse ante las sombras que se abrían paso por su cerebro buscando el motivo que la había inducido a escapar de la celda, obligó a sus pensamientos a tomar un rumbo distinto.

Oro era la causa de que estuviera buscando la pluma, así que lo expulsó de su mente. Usó sombras para tapar el sol. Apagó la luz del rey. Se distanció de lo que sentía por él y se partió por la mitad: la parte que amaba a Oro y la parte que amaba a Grim.

Creó un muro muy débil para que Cronan pudiera romperlo y creyera que había quebrado su fuerza de voluntad. Entonces y solo entonces dejó entrar a Cronan.

Y pensó en Grim. En su historia de amor. En cómo la curiosidad había mudado en odio y luego en amistad. Y en amor. En sacrificio.

Cronan nunca lo entendería. Nunca sabría que el verdadero amor era más poderoso que nada, porque creaba mundos enteros en el interior de los planetas. Y ella había vivido en su propio mundo con Grim.

Cronan emitió un sonido de asco y frustración al tiempo que hundía las garras más profundamente en el cerebro de Isla.

«Toma», dijo Isla para sus adentros, y escondió un motivo detrás de otros recuerdos, como un tesoro que aguardara a ser descubierto. Una explicación plausible acerca de por qué podía haber entrado en la alcoba de Grimm a esas horas de la noche.

Y, cuando Cronan encontró esa razón, ella hizo acopio de todas sus fuerzas.

Reunió todo el amor por Grim, todo el que había perdido una vez y reencontrado, y que ahora volvía a estar en peligro. Recordó y recordó, y no importaba que Cronan la obligara a olvidar, porque su alma nunca lo haría.

Muy despacio, empezó a notar los dedos. Rozaron el frío suelo de piedra. Apretó los dientes y liberó la muñeca a continuación.

Rebuscó en lo más profundo de sí misma hasta que pudo mover el brazo, y esta vez no intentó golpear a Cronan, sabiendo que sería inútil.

En vez de eso, alargó el brazo y rodeó el tobillo de Grim con la mano.

Él emitió un jadeo como si le hubiera quemado.

Las tinieblas de Cronan abandonaron la mente de Isla. Su expresión era de rabia, pero no de furia. No parecía que se hubiera dado cuenta de que había roto su control. De que Isla se había movido.

Grim no dijo ni una palabra.

Y ella supo que había conseguido ocultarle la verdad —acerca de Oro y de la varita estelar— a Cronan. Le había hecho creer una mentira.

Hacerlo había consumido casi todas sus energías. Los ojos de Isla se quedaron en blanco y la oscuridad se apoderó de ella.

Lo último que vio fue la expresión horrorizada de Grim, como si uno de esos recuerdos se hubieran abierto paso a su mente.

CAPÍTULO 63
GRIM

La bruja había logrado que viera algo.

Y por más que Grim se esforzara en olvidar ese recuerdo, en enterrarlo junto con las demás partes inútiles de su alma, no podía hacerlo. Veía el recuerdo como si estuviera nadando en él, como si la bruja, de algún modo, le hubiera sumergido en ese instante. Y también experimentaba sus propias emociones. Era como si sus sentimientos se hubieran fundido con los de ella de alguna manera. Como si estuvieran entrelazados. Nunca había sentido eso con nadie en todos sus siglos de vida. Nunca hasta conocerla a ella.

Tendido en la cama, Grim lo revivía una y otra vez, como una droga que no pudiera dejar.

Un vestido blanco tirado en el suelo. Sus propias prendas al lado, en un montón negro. Y ella…

La bruja tendida en la cama, completamente desnuda, como si solo existiera para él.

Vestida, sin ropa, cubierta de mugre o recién bañada y maquillada, era hermosa. Lo supo desde el primer instante que la vio, cuando solo atisbó a una extraña en el suelo. La wildling era despampanante. Así de sencillo.

Pero no había nada sencillo en la espectacular perfección que exhibía cuando estaba tendida en las sábanas de Grim. Mirándole fijamente con ojos que prometían hacer realidad todo lo que él quisiera.

Grim no solía postrarse ante los dioses. No rezaba. Pero se postraba ante ella y la adoraba como un fanático.

Los sonidos que emitía, su sabor, cómo se retorcía contra Grim, necesitada y ansiosa… Todo ello hacía que Grim se sintiera morir. Él gemía contra ella, que respondía arqueando la espalda, haciendo lo posible por acercarse todavía más si cabe.

Grim le aferraba las caderas para pegarla a su cuerpo y podría haberse derretido sin que ella le tocara siquiera, solo de sentir el ascenso y el estremecimiento de su placer. Estuvo a punto de unirse a ella, que se desplomó, cansada y ahíta, y él se habría conformado con descansar, de ser eso lo que ella quería.

Pero, antes de que Grim pronunciara una sola palabra, ella le estaba arrastrando para colocarle encima. Le estaba envolviendo con las piernas y frotándose contra su rigidez. El movimiento le hacía ver las estrellas.

—Por favor —jadeaba ella contra su boca. «Lo que quieras —pensaba él—. Te lo daré todo, especialmente si me lo suplicas».

Así que Grim le aprisionaba las manos sobre la cabeza y se inclinaba para susurrarle: «Esta noche grita todo lo que quieras».

Entonces se hundía despacio en ella y le temblaban los brazos mientras luchaba contra la necesidad de hacerse pedazos. Ella lo tomaba todo, clavándole las uñas en los nudillos, hundiéndole los talones en la espalda. Gemía mientras empezaba a moverse y él tenía que obligarse a respirar. Y sus

tobillos se entrelazaban sobre la espalda de Grim mientras este le daba todo lo que ella quería.

Y en ese momento creía en todo, en todo absolutamente, porque solo una fuerza superior podía crear algo tan perfecto.

El cuerpo de Grim dio un respingo, arrancándolo del instante. Del recuerdo.

Estaba jadeando. Estaba congestionado. Estaba…

Estaba perdiendo la puta cabeza.

Era exactamente esto lo que ella quería, Grim lo sabía. Quería hacerle dudar. Hacerle sentir.

No le daría esa satisfacción.

CAPÍTULO 64
ISLA

Grim empezó a recular de manera visible cada vez que Isla andaba cerca. Apartaba la silla durante la cena todo lo que podía, como si le doliera físicamente su proximidad. De ahí que Isla estuviera segura de que había presenciado uno de sus recuerdos. Su plan estaba funcionando.

Solo esperaba que su conducta implicase que estaba luchando contra el deseo que ella le inspiraba… y no que Isla le asqueaba.

Aunque él fingía que no existía, ella estaba pendiente de todo lo que hacía Grim. Por eso, cuando le vio alargar la mano hacia la copa de vino con la mano derecha, se puso rígida. Conocía hasta el más mínimo detalle de su marido; como el hecho de que su mano dominante siempre estaba a punto para empuñar la espada o esgrimir las sombras, incluso en mitad de una comida.

Además, aunque lo lógico habría sido que el entorno, con su propio antepasado como anfitrión, le hubiera relajado, la postura de Grim era demasiado rígida. Sus ojos, pendientes de todo lo que había en la habitación excepto de ella, permanecían alerta.

—¿Te pasa algo en el brazo? —le preguntó Isla con voz queda mientras todos los demás estaban enfrascados en una conversación sobre los preparativos de la inminente invasión del planeta.

Grim se puso tenso, pero no dio muestras de haberla oído por lo demás.

—Puedo…, puedo ayudarte.

Él resopló con crueldad, como si pensara que Isla le ofrecía ayuda para saltar de un acantilado. Ella no se lo podía reprochar, en realidad, después de lo que Grim había visto.

La noche siguiente, el dolor de Grim parecía haber empeorado. Prácticamente hizo una mueca de dolor cuando le empujaron el brazo y no lo usaba para nada. Isla se preguntó cuánto tiempo pasaría antes de que su antepasado se percatase.

Cuando Cronan despachó a Isla de la sala de la galaxia por esa noche, fue Grim quien la acompañó a la celda.

Cuando llegaron a la intimidad de las mazmorras, ella se giró y le dijo:

—Así pues, ¿has decidido aceptar mi oferta?

Grim le devolvió una mirada penetrante.

—¿Qué puedo ponerme? —preguntó.

Como wildling, Isla poseía conocimientos básicos de sanación. Pero este no era su mundo y aquí apenas quedaba naturaleza. No estaba segura de que pudiera ayudarle, pero haría lo que pudiera.

—¿Qué tipo de herida es?

—Un corte —respondió él, lacónico.

Eso era raro.

—¿Cronan no tiene remedios?

Los cortes no le habían provocado molestias a Grim antes de ahora. A menos que el arma estuviera impregnada de veneno, como las heridas infligidas por los drek.

—No han funcionado.

Isla debería haber adivinado que acudía a ella como último recurso. Pero dio gracias de que le dirigiera la palabra siquiera.

—¿No se lo puedes decir a Cronan?

La mandíbula de Grim se crispó. No respondió.

—No quieres que lo sepa. —Isla inclinó la cabeza—. Le estás… ocultando algo.

Grim debió de notar que ella se hacía ilusiones, porque adoptó una expresión rabiosa.

—Solo porque no esté de acuerdo con él en todo no significa que vaya a aliarme contigo.

Escupió la última palabra, como si la idea de cooperar con ella le asquease. La miraba y solo veía a su asesina.

Pero Isla notaba que estaba descentrado. ¿A causa del recuerdo? ¿Y este alimentaba su odio… o lo atenuaba?

—¿Puedo verlo?

Grim no se movió. Muy bien. Tampoco se fiaba de ella. ¿Cómo quería que le curase si no le dejaba examinar la herida?

Además, ¿por qué le daba tanta importancia? A menos que… el propio corte fuera algo trascendente.

Un momento. ¿No se habría practicado Grim las punciones de un skyre?

Isla frunció el ceño. Debía de haber examinado las investigaciones de Isla cuando intentaba recuperarla. Si había tratado de seguir sus pasos…

¿Y si el skyre le estaba matando lentamente? Entrañaban un gran peligro. Era fácil meter la pata. Y si ya le estaba provocando tanto dolor…

—Sea lo que sea lo que no quieres que vea, camúflalo.

Isla sabía que Grim podía crear espejismos.

A regañadientes, él alargó el brazo y se levantó la manga despacio.

Isla vio un círculo toscamente grabado en su piel. Las líneas no se estaban curando; en ese preciso instante, la piel se dividía y se recosía, como si algo intentara borrar la marca para revertir el skyre… y los poderes de Grim se lo impidieran.

Por eso Grim era capaz de emplear sus poderes en este mundo. No eran los lazos de sangre con Cronan, a fin de cuentas. De algún modo, había descubierto el skyre especial de Cronan.

Cronan debió de saber de inmediato que Grim había encontrado un modo de sortear su escudo. Isla suponía que no estaría entusiasmado, pues querría que su heredero fuera tan dócil y servil como el resto de sus súbditos. Pero, aunque pudiera borrarle el skyre por la fuerza, no lo haría si pretendía que Grim le fuera leal…, igual que estaba intentando granjearse la lealtad de Isla. Así pues, estaba usando sus poderes para suprimirlo.

¿Significaba eso que Cronan temía que Grim le atacara? ¿Tenía miedo de que Grim se aliara con Isla y encontraran juntos la manera de destruirle?

Isla se mordió el labio. Allí no tenía el elixir de sanación y, aunque lo tuviera, tampoco estaba segura de que funcionase. No en una herida como esa.

Pero sabía de alguien que podía ayudarle.

Grim la acompañó a la celda. Lark estaba acurrucada de lado, mirándolos a los dos con expresión asesina.

—¿La parejita feliz se ha reunido por fin? —preguntó.

Isla suspiró.

—Necesito tu sangre —le dijo en tono inexpresivo—. ¿Qué quieres a cambio?

El poder de Lark era la regeneración. Si la teoría de Isla era cierta, su sangre sería la cura más potente.

Su antepasada adoptó una expresión de hastío.

—Ya sabes lo que quiero —dijo—. Lo tiene él.

El pulso de Isla se aceleró. La pluma era el medio para poder averiguar dónde estaba la varita estelar que Oro necesitaba. No podía sacrificar ahora su única moneda de cambio.

—No, yo…

Lark volvió su mirada burlona hacia Isla. La pregunta era evidente: ¿a quién quería ayudar Isla, a Oro o a Grim?

Ella tragó saliva.

Como no respondió de inmediato, su antepasada tendió la mano hacia Grim con la palma abierta.

—Quiero mi pluma.

Grim la miró anonadado. Al principio, Isla se preguntó si acaso no se acordaba. Al fin y al cabo, había sido Isla la que había descubierto el objeto.

Pero luego su marido hundió la mano en el bolsillo. Pues claro. Por eso Isla no la había encontrado en su alcoba: la llevaba encima. Debía de estar en el cuarto de baño mientras él se bañaba, en la ropa sucia.

—¿Para qué la quieres? —le preguntó Grim mostrándole la pluma. Estaba medio requemada, pero los ojos de Lark destellaron igualmente.

—Forma parte de mí —respondió la wildling—. Quiero volver a estar completa. —Miró con desagrado los huecos de su cuerpo, todas las heridas desgarradas y recompuestas de mala manera—. Lo más completa posible.

Grim se quedó pensando, como si sopesara sus opciones. La antepasada de Isla casi había arrasado sus tierras. Había matado a cientos de nightshade.

—¿Quieres curarte o no?

Grim recorrió con la mirada las heridas. Quizá se estuviera planteando si quitarle la sangre sin entregarle la pluma a cambio.

Lark debió de intuirlo, porque esbozó una sonrisa perspicaz.

—Mi sangre no se extrae fácilmente. Y, si lo intentas, estoy segura de que a Cronan le encantará enterarse de que me has hecho esta visita. —Ladeó la cabeza—. Así pues, ¿qué me dices?

La herida debía de estar causándole más problemas de lo que Isla pensaba, porque Grim le tendió la pluma a Lark. En el instante en que el objeto tocó la mano de su antepasada, hubo un estallido de luz. El cuerpo empezó a recomponerse ante los ojos de Isla. No se curó del todo, pero estaba mucho mejor que antes. Lark profirió un suspiro profundo y entrecortado, sonriendo.

Grim abrió la mano para exigir su pago. Obviamente no quería enseñarle la marca, ni siquiera camuflada.

Lark le lanzó una mirada asesina. Tampoco se fiaba de él. Se rajó la piel con una uña afilada y una única gota de sangre apareció. La dejó caer en la palma de Isla.

—Si la usas para otra cosa, lo sabré —le dijo a su descendiente—. Y ahora soy mucho más capaz de hacerte daño aquí dentro.

Isla apretó los dientes al comprender que, recuperada, Lark representaba un peligro mucho mayor para ella.

—Muy bien —dijo Grim, que parecía molesto con la situación al completo. Agarró el brazo de Isla de malos modos…

Y aparecieron en la alcoba del nightshade.

La última vez que Isla había estado allí, Grim no llevaba camisa. Y él la había traicionado al delatarla ante Cronan. Todavía notaba los desgarros en la mente que le habían provocado sus sombras.

Grim no perdió ni un momento. Sentado en la cama, se retiró la manga para dejar el círculo al descubierto. Ella se sentó a su lado con sumo tiento, por si le oía protestar. No lo hizo.

—¿Por qué me ayudas? —le preguntó él antes de que Isla le aplicara la sangre.

Ella levantó la mirada. Grim la observaba con los ojos entornados. Isla imaginó que estaba examinándole las emociones. Él lanzó una ojeada al símbolo en el brazo de Isla, pero no preguntó.

—¿No es evidente? —preguntó ella. A continuación, posó los dedos en la marca. Grim también le ocultaba la verdadera forma al tacto. Isla cubrió bien toda la zona para asegurarse.

Él se puso rígido de pies a cabeza y se apartó una pizca.

—No me gusta que me toquen —dijo entre dientes.

—Ya lo sé —susurró ella.

Dejó la mano sobre su piel mientras el cuerpo de Grim se resistía y la acogía a un tiempo. Isla notó que la cura le dolía por la tensión de sus manos, con los nudillos blancos. Aferraba con tanta fuerza la estructura de la cama que la madera se astilló.

Ella no aflojó. Necesitaba tiempo para sanar del todo el skyre, de modo que quedara totalmente impregnado en su piel, impenetrable incluso para el poder de Cronan.

Isla estaba vuelta hacia él, de modo que las rodillas de ambos casi se tocaban. La mandíbula de Grim se crispó. Su voz era ronca cuando le habló, clavándole la mirada.

—No te entiendo —dijo—. Te llamé débil. Te llamé tonta. Te dije… que te mataría…

Isla encogió un hombro.

—Eres un cabrón en todas las vidas, supongo —respondió Isla—. En cada versión de nuestra historia de amor.

—No hay ninguna historia de amor —replicó Grim. Cerró el puño y le temblaron las venas del brazo. Su voz destilaba tanta malevolencia que Isla estaba segura de que se estaba planteando si echarla de la alcoba, aunque necesitase la ayuda.

—Todavía no —musitó ella.

Tras una larga pausa, Grim habló como si le costara arrancarle las palabras al dolor.

—Esto… Esto no me va a ablandar. Si esa era tu intención, no va a funcionar. Solo te estoy utilizando.

—No lo hago por eso —respondió Isla negando con la cabeza. Aplicó más presión y él siseó.

—¿Y entonces por qué? —quiso saber él—. ¿Por qué malgastar esfuerzos en curarme solo para matarme más tarde? No tiene sentido.

Él había hecho lo mismo. Ella no lo sabía en aquel entonces, pero Grim pensaba matarla utilizándola para desbloquear la espada de Cronan. A pesar de todo, la había curado en múltiples ocasiones. Pero Isla sabía que al Grim que tenía delante todo eso le traía sin cuidado. Y lo único que podía hacer era decirle la verdad.

—Porque te amo.

La palabra fue un error. El rostro de Grim cambió por completo, transformado en el vivo retrato de la rabia.

—No me amas. Amas a una versión débil y estúpida de mí que ha muerto.

Hizo un gesto de asco. Y, tan pronto como el skyre hubo sanado completamente, la transportó de vuelta a la celda, donde Isla aterrizó de un trompazo envuelta en las impertinentes carcajadas de Lark.

CAPÍTULO 65
ISLA

Con un gemido, Isla se incorporó para sentarse y fulminó con la mirada a su antepasada, que seguía soltando carcajadas.

—Ya tienes tu pluma —le dijo—. Ahora dime, ¿dónde está el dispositivo para saltar entre portales?

Lark hizo una mueca burlona.

—Has tomado una decisión. La pluma ha sido el precio por la sangre que tu marido necesitaba.

Isla pegó una palmada en el húmedo suelo de la celda, agotada y furiosa.

—No tengo tiempo para tus juegos. Cronan va a destruir mi mundo en menos de dos semanas.

—Esto no es un juego —dijo Lark—. Teníamos un acuerdo y tú lo has cambiado. Yo he cumplido mi parte del trato.

Al parecer le divertía la rabia de Isla. Ella cerró los ojos con fuerza.

—¿Qué más quieres? —le preguntó. No tenía tiempo para esto. Oro estaba en apuros. Como la otra guardaba silencio, abrió los ojos.

Lark fingió que se lo pensaba.

—A ver… Te quiero ver muerta —fue su respuesta—. ¿No? —Suspiró—. Bueno, pues muy bien. Dudo mucho que encuentres el dispositivo. Lo escondí a conciencia, ¿sabes? No darás con él sin mi ayuda.

Isla tenía ganas de gritar. Habría matado a Lark con sus propias manos en ese mismo instante de haber sabido cómo hacerlo. Pero tuvo que conformarse con acurrucarse en la fría piedra del suelo. Ni siquiera tenía fuerzas para llorar.

Ya casi no tenía esperanzas. Como cualquier músculo, se le estaba agotando. Casi no le quedaba tiempo antes de que Cronan acabara con ella y con todos aquellos que amaba, pues Isla nunca se uniría a él. No tenía mucho margen para convencer a Grim de que se aliara con ella. Y empezaba a sospechar que, aunque tuviera todo el tiempo del mundo, él no daría su brazo a torcer. Isla sabía muy bien hasta qué punto era firme su decisión de no enamorarse antes de conocerla.

Guardó silencio mientras las asistentes se afanaban a su alrededor, vistiéndola y maquillándola para otra cena. Una vez en la sala, apenas hizo caso cuando los hombres intentaron hablar con ella. No se estremeció horrorizada ante sus miradas lascivas. No tenía energías para que le afectase. Ni siquiera sintió nada cuando Grim se sentó a su lado como si ella no estuviera.

El dolor tenía un límite. Y ella lo había alcanzado.

Isla no pensaba que las cosas pudieran empeorar hasta que la cena sufrió una interrupción. Las puertas se abrieron de golpe y los caballeros arrastraron a alguien al interior.

No.

Era la mujer del oasis. «Jessel». La mujer se fijó en Isla al instante y la miró entornando los ojos. Debió de pensar que formaba parte de esto.

Isla se puso de pie, y una fuerza invisible la devolvió bruscamente al asiento.

Cronan le sonrió mientras iban entrando más personas de todas las edades. Los andrajos que vestían contrastaban con la reluciente armadura del anfitrión.

El antepasado de Grim se levantó de la silla.

—Cuando conquisté este mundo —dijo—, prometí a los supervivientes que respetaría sus vidas. Todos aquellos que no opusieron resistencia pudieron conservar sus casas. Sus existencias. Y mirad cómo me lo pagan…

Sus tinieblas se desplegaron por la sala y varias imágenes cobraron forma ante los presentes. Isla vio a grupos de personas reunidas en secreto, tramando ataques, liquidando caballeros. Personas capturadas y llevadas a rastras. Isla reconocía en ellos a las personas que acababan de entrar en la estancia.

El espejismo cambió y apareció Jessel ayudando a Isla. Era un recuerdo que Cronan le había robado de la mente después de que Grim la trajera de vuelta al castillo.

Jessel ni siquiera la miró. Isla tenía el corazón en la garganta. Quería hacer algo, pero sabía que Cronan la detendría. Esto era casi peor que ser inmovilizada; aunque nada le impedía moverse, hacerlo habría sido inútil. A su lado, el rostro de Grim no reflejaba la más mínima emoción.

Cronan hizo chasquear la lengua y se dirigió a la sala.

—Aprended la lección. Aprended que aquellos a los que salvéis, aquellos cuyas vidas respetéis, acabarán por traicionaros. Debéis sacrificarlos u os convertiréis en el sacrificio.

A Isla se le revolvieron las tripas.

—Pero yo siempre ofrezco una segunda oportunidad. Una oportunidad de demostrar fuerza.

Uno de los caballeros obligó a la primera persona a adelantarse. Era apenas un muchacho y las ropas le colgaban del

escuálido cuerpo. «Está famélico». El chico se moría de hambre mientras Cronan estaba sentado a una mesa que albergaba un festín a medio comer y cubiertos fabricados con huesos de dioses.

El muchacho ni siquiera miró la comida. En vez de eso, clavó los ojos en Cronan, decidido a afrontar su destino con valentía.

Cronan echó mano de un cuchillo de la mesa y se lo tendió.

—Toma —dijo en tono magnánimo—. Clávamelo y te perdonaré la vida.

La mano del muchacho temblaba cuando cogió el cuchillo. Pero luego su mirada se afiló. Con suma rapidez, más de la que cabía esperar teniendo en cuenta su estado de desnutrición, se abalanzó sobre Cronan…

Ni siquiera logró acercarse antes de que el cuchillo saltara de su puño y le atravesara la mano. Sin embargo, en lugar de salir por el otro lado, la hoja se hundió completamente en su carne y ascendió por su brazo bajo la piel, cortando tejido y hueso, mientras el chico gritaba de angustia y dolor. Estaba tan delgado que Isla veía la forma del cubierto con total claridad y abrió la boca horrorizada. El cuchillo se desplazó del hombro del muchacho a su pecho, donde por fin le penetró el corazón mientras el otro extremo asomaba de las costillas entre un chorro de sangre. El chico se desplomó. Estallaron gritos en la sala.

—El siguiente —dijo Cronan con tranquilidad.

Empujaron a otra persona adelante. Más joven. Solo un niño.

Los comensales reían entre dientes, divertidos por el espectáculo. Isla apenas los oía, el zumbido de los oídos se lo impedía. Tenía que hacer algo, aunque no sirviera de nada. Echó un vistazo rápido a los objetos que tenía delante para

decidir cuál podía utilizar como arma. ¿Un plato? ¿Otro cuchillo?

La detuvo una mano en la rodilla. Bajó la mirada y luego la desplazó a la cara de Grim, pero su expresión no revelaba nada. Todavía parecía aburrido, como si contemplara lo que estaba ocurriendo ahí delante con desinterés.

Pero sus dedos se cerraron sobre la pierna de Isla y ejercieron presión. Para impedir que hiciera algo imprudente.

A Isla le escocían los ojos. No podía quedarse ahí sentada y dejar que Cronan los matara a todos. Eran niños. Y Jessel la había ayudado.

Al momento siguiente el niño estaba sangrando en el suelo, muerto, e Isla jamás se había sentido tan impotente.

—El siguiente.

Un hombre. Mayor. Cronan le ofreció el cuchillo y el hombre se limitó a escupir a sus pies. Ni siquiera lo cogió.

Y ella no pudo hacer nada más que mirar mientras Cronan le cortaba el cuello al hombre prácticamente hasta el hueso. Cayó al suelo como un muñeco sin vida. Los caballeros sacaron el cuerpo de la habitación, todavía con la sangre manando de la herida y la cabeza colgando de unos jirones de piel. Isla estuvo a punto de vomitar.

Obligaron a avanzar a la siguiente. Una anciana. Cronan se rio cuando la mujer se arrojó a sus pies y le suplicó, pero él no tuvo piedad.

Una y otra vez, una persona tras otra. Los dedos de Grim seguían cerrados sobre la pierna de Isla como ancla contra la rabia. Contra la tristeza. Contra el dolor. Ella sabía que también a él le desagradaba la exhibición.

Pero no hizo nada por detenerla.

Cuando Jessel fue arrastrada hacia delante, una gruesa capa de sangre ya cubría el suelo.

Cronan era la persona más poderosa del universo. Eso estaba claro. No eran rivales para él. Nadie lo era.

A pesar de todo, Isla se puso de pie. No podía quedarse sentada en la puta silla, mirando.

La sala al completo se volvió a mirarla, incluida Jessel. Isla notaba los ojos de Grim clavados en ella, pero no le hizo caso.

El mundo parecía lejano y ruidoso, como una ola en el horizonte, cuando rodeó la mesa con decisión. No tenía poderes y Cronan gobernaba su cuerpo y su mente. Mientras Isla se acercaba, el antepasado de Grim la observó con curiosidad, como si le intrigara saber qué se proponía hacer.

Cronan estaba esperando su buena disposición. Todavía albergaba esperanzas de que se uniera a él.

Cuando llegó a la altura de Cronan, Isla extendió la mano y dijo:

—Déjame a mí.

Cronan no tenía motivos para temer a Isla. Ella no podía acceder a sus habilidades allí. No había ni rastro de tormenta. Y, aunque hubiera sido capaz de esgrimir poder, él ya la había superado otras veces.

Así que le tendió el cuchillo.

Ella se lo ofreció a Jessel.

—Clávamelo —dijo Isla— y podrás vivir.

Le ofreció la misma oportunidad que Cronan les había brindado a los demás.

La mujer aceptó el cuchillo con inseguridad. Tenía una mirada penetrante, los ojos rebosantes de rabia y desconfianza, pero una chispa de esperanza prendió en ellos. Jessel esgrimió el arma y se abalanzó sobre Isla.

Fue demasiado fácil. Isla la esquivó, le dio media vuelta y le arrancó el cuchillo.

Y le abrió la garganta a la mujer.

CAPÍTULO 66
GRIM

Se hizo el silencio. La wildling le devolvió el cuchillo a Cronan con delicadeza y regresó a su silla en silencio, pasando por encima del cuerpo.

Cronan parecía complacido.

—Da la impresión de que aún podría pasarse a nuestro bando —dijo uno de los señores—. Tú tenías razón, mi señor.

—Pues claro que sí —respondió Cronan—. Te dije que al final entendería que le conviene unirse a mí.

Volvió a su asiento presidencial en la mesa y levantó la copa en un brindis. Ella le devolvió el gesto.

Bebieron, y Grim vio cómo el vino rojo teñía los labios de la wildling.

Aunque la conversación se reanudó en torno a la mesa, Grim no pudo evitar que sus pensamientos volvieran a ella una y otra vez. ¿A qué estaba jugando? Con ese corazón tan tierno que tenía, no parecía la clase de persona que mataría a una inocente sin más.

«No la conoces», se recordó. Eso solo demostraba que ella era una mujer impredecible, una asesina a sangre fría de ser necesario. Capaz de matar a alguien a quien juraba amar.

Sin embargo, al mirarla recostada en su silla, reparó en que la sonrisa no se reflejaba en sus ojos. Por primera vez Grim deseó tener habilidades mentales, como Cronan. Deseó percibir algo más que sus emociones. Su aura estaba más pálida que antes, como si hubiera perdido parte de su esencia. Lo que antes era rabia y ferocidad había mudado en ceniza y vacío.

¿Acaso Cronan… le había quebrado el alma? ¿La conducta de Grim la había convencido de que no existía la más mínima posibilidad de que se aliara con ella contra su antepasado?

¿De verdad había decidido unirse a ellos?

La imagen de Isla degollando a la mujer, su mirada dura y cruel, seguía grabada a fuego en la mente de Grim horas después. Se dijo que solo le preocupaba porque sabía que también le mataría a él si no llevaba cuidado.

Por eso necesitaba saber si ella estaba tramando algo.

La noche estaba avanzada cuando se transportó a las mazmorras. Grim ni siquiera tenía claro qué se proponía hacer. ¿Interrogarla allí mismo? ¿Intentar que le revelara por qué había matado a la mujer?

Estaba doblando un recodo cuando la oyó. «Es ella».

Lloraba. Su pena envolvió a Grim densa como niebla.

Estaba convencido de que la exhibición de la wildling durante la cena había sido una representación. Pero hasta Cronan se la había tragado… Y eso significaba que ella había conseguido ocultarle una parte de su mente.

Y sin poderes.

Pero, en ese caso, ¿por qué había matado a la mujer? ¿Para hacerle creer a Cronan que estaba de su parte?

De súbito recordó algo que había dicho su antepasado. Que el don de la wildling era la absorción. ¿Había matado a la mujer para mantenerla viva en cierto modo?

¿Albergaba la esperanza de poder devolverle la vida en algún momento del futuro?

Era lo único que podía explicar su actual sufrimiento. Grim sabía que tenía que contárselo a Cronan como había hecho la otra vez, para demostrarle a la wildling que su fe ciega en él era inútil.

Sin embargo, escuchando sus sollozos, Grim no pudo soportar la idea de volver a traicionarla. No después de que le hubiera curado el brazo. No después de verla hacer algo por esas víctimas inocentes mientras él permanecía sentado como un cobarde. Fue algo concerniente al espíritu desafiante de ella y a su fuerza tranquila, algo relativo a su fe absurda e inquebrantable lealtad hacia él lo que indujo a Grim a volver a sus aposentos en lugar de acercarse a la sala de la galaxia. Y a crear una barrera de sombras en torno a la celda de la wildling para que los caballeros no la oyeran llorar.

CAPÍTULO 67
ORO

Estaba a solas en su balcón, mirando al horizonte con inquietud en lugar de descansando como creían sus amigos, cuando Oro vio a Isla materializarse ante él.

«Isla». Su mera aparición era un bálsamo para su alma, pero también le provocaba dolor. Ella era la fiebre y la medicina.

Esta vez tenía un aspecto más limpio. Elegante, incluso. Prefería verla así que llena de heridas, por supuesto, pero a Oro le preocupó que sus circunstancias actuales pudieran ser más peligrosas que antes.

En particular, cuando reparó en las lágrimas de su rostro… y en la sangre de su manga.

Ella le habló en tono apresurado, como si no supiera con seguridad cuánto tiempo tenía.

—Lo siento —dijo negando con la cabeza—. No consigo que Lark me diga dónde está mi varita.

Oro intentó que no se le notara la desesperación que sentía. No serviría de nada angustiarla todavía más.

Esos últimos días habían sido desesperantes. Le había tocado derribar un muro de monstruos tras otro, hasta que él mismo se había convertido en muralla entre esas bestias y su isla.

Lo que una persona podía soportar tenía un límite. Hasta Cinder estaba debilitándose. Había consumido ya demasiada energía, así que, dos días atrás, Oro las había enviado a Maren y a ella a isla Estrella, donde estarían a salvo y podrían descansar. Sus amigos habían resultado heridos en el último ataque.

La única barrera entre los dos mundos que quedaba era Oro, que mantenía la puerta abierta intentando al mismo tiempo que no entrara nada más.

Estaba seguro de que acabaría por sucumbir. No podía hacerlo solo. Necesitaba ayuda.

—¿Crees que está en Nightshade? —le preguntó Oro a Isla. Al fin y al cabo, Lark había ido allí al salir de Lightlark.

—Seguramente.

Oro frunció el ceño. Bueno, entonces tendría que buscarla él mismo.

—Tendré que desplazarme allí —dijo—. La buscaré.

El viaje duraría varios días, pero no tenía elección; necesitaban el dispositivo.

Se levantó. Iría a buscar a Cinder y les pediría a ella y a sus amigos que vigilaran el portal. Habían tenido varios días para recuperarse.

—¡No, no vayas todavía! —La voz de Isla le detuvo—. Lark dijo que nunca la encontrarías sin su ayuda.

Oro cerró los ojos. Pues claro. La bruja la habría enterrado o escondido en algún sitio que nadie pudiera adivinar.

No tenían tiempo. Cada hora era importante.

El ataque de Cronan tendría lugar en pocos días. Si volaba a Nightshade y no encontraba el dispositivo…, quizá no le diera tiempo a volver a Lightlark antes de la invasión de Cronan.

Cuando abrió los ojos de nuevo, vio a Isla acuclillada en el suelo, enroscada sobre sí misma. La conocía y supo que estaba

perdida en sus pensamientos. Con toda probabilidad odiándose por todos los errores de los que siempre se echaba la culpa exclusiva. Se estaba apagando. Perdiendo las fuerzas.

Pero Oro necesitaba que siguiera luchando, por todos los que estaban en Lightlark y por ella misma.

—Entonces tendrás que encontrar otra manera de convencerla —le dijo Oro.

Era un desafío. Esperó, con la esperanza de que eso fuera suficiente para prender el fuego interior de Isla, que siempre había sido como la llama imperecedera de isla Sol. Nunca se apagaba. Incluso cuando tenía todas las posibilidades y circunstancias en contra.

Si se extinguía…, el mundo estaba condenado sin remedio.

Isla despegó los labios como para poner otra excusa. Pero luego, despacio, levantó la barbilla. Enderezó la columna.

—Lo haré —prometió con voz firme.

—Bien —respondió Oro—. Esperaré.

CAPÍTULO 68
ISLA

Por la mañana, los caballeros de Cronan llevaron a Isla a la sala de la galaxia, igual que había sucedido a diario antes de la llegada de Grim.

Ella dio por supuesto que Cronan se proponía reanudar sus sesiones de tortura y que quizá desconfiaba de los motivos que la llevaron a matar a Jessel. Al entrar, sin embargo, descubrió con sorpresa que había una pequeña mesa puesta en el centro de la estancia. Abarcaba tan solo una fracción de la que usaba el consejo para cenar y estaba fabricada con madera antigua, profusamente decorada.

Si Isla hubiera tenido acceso a sus poderes, habría percibido las propiedades del mueble.

Y lo habría convertido en una estaca para clavársela a Cronan en el corazón.

El nightshade se levantó y señaló el asiento de enfrente. Uno de sus guardias empujó a Isla a la silla sin contemplaciones. A continuación, los caballeros se marcharon y las puertas se cerraron.

Ahora todo estaba en silencio. Isla esperó a que Cronan hablara, a que le explicara por qué la había traído. Pero entonces un pelotón de camareros cargados con bandejas irrum-

pió en la sala. Ella los vio servir el té y se acordó sin poder evitarlo de Oro y su demostración durante el Centenario. Y de todos los tés que habían compartido a lo largo de los meses siguientes.

No podía fallarle; le sacaría a Lark la respuesta que necesitaba por las buenas o por las malas.

Una vez que la bebida estuvo servida, se quedaron solos por fin.

—¿Estás dispuesta a servirme? —preguntó Cronan. Directo al grano—. El numerito de anoche me sorprendió. ¿Acaso mi descendiente ha logrado convencerte de que te unas a nuestra causa?

—No.

Isla le sostuvo la mirada. Necesitaba más tiempo. Solo quedaban diez días antes de la invasión.

Un destello de rabia asomó al semblante de Cronan, pero Isla no tuvo la sensación de que su respuesta le hubiera sorprendido demasiado.

—Lo sospechaba. Grimshaw es poderoso, pero carece de visión de futuro. —La escudriñó—. Tú, en cambio…, piensas a largo plazo. Y como no reaccionaste bien a nuestras sesiones anteriores…

«En las que me torturaste», pensó Isla, que aferraba con fuerza la curva de la mesa.

—He pensado que podíamos mantener una conversación más… civilizada —dijo en tono animado, como si no fuera él quien la tiraba al suelo cuando le parecía para reventarle la mente como quien abre una nuez.

Isla guardó silencio. Cronan le señaló el té y ella se limitó a mirarlo.

—Solo es té —le aseguró él—. No lleva nada, te lo aseguro. ¿Por qué iba a molestarme? Podría obligarte a hacer

todo lo que se me antojara sin recurrir a las drogas, incluido... decirme la verdad.

Isla tragó saliva ante esa amenaza. Preferiría mil veces
beber té potencialmente venenoso que soportar las sombras de Cronan hurgándole la mente.

Bebió un sorbo y notó el sabor agradable y relajante de
una flor desconocida. Le recordó que, aunque ese mundo
solo era la sombra del glorioso planeta que fuera una vez, una
parte de la belleza había sobrevivido. Había resistido.

El cristal tintineó contra el plato cuando Isla dejó la taza.

—Bueno —continuó Cronan—. Voy a hacerte unas preguntas. Y espero que no tenga que meterme en tu cabeza
para conseguir las respuestas.

Isla se recostó en la silla y esperó.

—¿Por qué mataste a esa mujer si te había ayudado?

Ella tomó un sorbo de té. Le dijo exactamente lo que
pensaba que Cronan quería oír. Casualmente, era la verdad.

—Para absorber su poder.

La mujer iba a morir de todos modos. Lo que Isla no le
dijo fue que todavía albergaba esperanzas de poder matar a
Lark y traer a todo el mundo de vuelta. Incluida Jessel.

Si era Isla quien acababa con su vida y no Cronan, al
menos había esperanzas.

Él unió los dedos delante de la barbilla mientras sopesa-
ba la respuesta.

—¿Lo ves...? Tú y yo no somos tan diferentes. Los dos
coleccionamos poder. Eso nos hace más fuertes.

Ladeó la cabeza antes de continuar.

—Pero tú estás escindida. Wildling... y nightshade. Vida...
y muerte. Asesina... y creadora. —Hizo un mohín—. Veo tu
guerra interna. Ya hace un tiempo que te sientes dividida,

¿verdad? Entre la persona que eres en realidad y la persona que los demás quieren que seas, ¿no?

—Sí —respondió Isla con sinceridad.

Al momento notó un leve dolor en el cerebro, un pinchazo, y vio un recuerdo resbalar de su mente a la sala. Cronan se lo había extraído con una sombra fina como una cuchilla de afeitar. Pues menos mal que no pensaba usar sus métodos.

El recuerdo fluctuó entre los dos. Isla se vio a sí misma envuelta en serpientes. Le brillaban los ojos mientras se pavoneaba en la sala del trono de Grim con la cabeza del night-shade que había intentado asesinarla en la mano, colgando del pelo.

Cronan emitió un «hum» que reverberó en la sala.

—La reina de la oscuridad —dijo—. Esa eres tú. Todo lo demás son máscaras. Velos que no se ajustan a la verdad.

Como Isla no respondía, Cronan rio entre dientes.

—¿No?

Isla no notó que hurgara en su mente, así que debía de estar viendo la expresión de desafío en su semblante.

—Dime, sinceramente —continuó él—. ¿Preferirías estar encerrada y sin poderes en esa habitación tuya…?

Isla pensó que hablaba de su celda en las mazmorras, pero un nuevo recuerdo brotó entre los dos, uno que Cronan le había extraído hacía tiempo. La sala de la galaxia desapareció e Isla estaba de vuelta en los nuevos territorios wildling, atrapada y sola. Sabía que no era real, sino solo un espejismo, pero el corazón le latió con furia igualmente.

—¿… o matar a personas inocentes, con tal de ser libre?

Ella frunció el ceño. Tenía la respuesta preparada, pero él desdeñó la cuestión con un gesto de la mano antes de que Isla pudiera pronunciar una sola palabra.

—No hace falta que digas nada —dijo Cronan—, teniendo en cuenta que ya elegiste en su día. Si te hubieras quedado en tu alcoba, muchas personas de tu mundo seguirían vivas…

Era verdad. Pero Isla sabía ahora que muchas más habrían muerto. Sin embargo, no se atrevía a pensar en lo que sabía, por miedo a que él volviera a entrar en su mente.

—¿Por qué le eres tan fiel a un mundo que te considera una villana? —le preguntó Cronan con auténtica curiosidad.

—Porque es mi deber —respondió Isla—. Lo ha sido desde mi nacimiento.

—No. Tu deber es gobernar.

—Yo no creo que gobernar signifique matar y controlar. Creo que significa ayudar a tu pueblo. Sacrificarte por ellos.

En los labios de Cronan se dibujó una sonrisa escabrosa como un fragmento de cristal.

—¿Y eso es lo que has hecho, Isla? ¿Ayudar a tu pueblo?

Ella no agachó la mirada y él canturreó para sí mientras tomaba otro sorbo de té.

Ella aprovechó la oportunidad para formularle su propia pregunta.

—¿Fuiste tú el que creó el nexo?

Remlar se lo había dicho, pero necesitaba oírlo de sus labios.

La pregunta pilló a Cronan por sorpresa.

—La idea no fue mía. Pero fui yo el que vinculó a los gobernantes con sus súbditos.

—¿Por qué?

—Les hice lo mismo a los caudillos de mis planetas. Es más fácil dominar a una persona de cuya vida dependen miles o millones de súbditos… Y también es más fácil matarlos a todos.

Isla tragó saliva. Por alguna razón, cuando Cronan había hablado de acabar con todo su planeta, había imaginado una invasión. Una guerra. Pero Cronan no tenía que matar a miles de súbditos. Le bastaba con asesinar a los gobernantes.

—¿Y Horus qué tiene que ver con eso? —preguntó Isla. Los rebeldes de Lightlark estaban convencidos de que la muerte de Oro pondría fin al nexo. Y Remlar se lo había confirmado.

—Su linaje sufrió el nexo original —explicó él—. Yo me limité a adoptarlo. Esa familia no siempre ha sido tan noble…

Sin embargo, las maldiciones eran un poder nightshade. ¿Sería un nightshade el que maldijo a la familia de Oro en un principio? ¿U otro poder distinto?

La siguiente pregunta de Cronan arrancó a Isla de sus pensamientos.

—¿Alguna vez has visto una balsa de plata?

La taza de té se detuvo de camino a los labios de Isla. Fue una vacilación momentánea justo antes de apoyarse en los labios la cálida porcelana. Su semblante permaneció impertérrito y tranquilo mientras bebía y dejaba la taza. Ya se había convencido de que Cronan no se había percatado de nada cuando sus sombras la asaltaron de repente, directas al centro de su cerebro. Isla soltó la taza y la oyó romperse, pero no veía nada. Solo negrura, como si hubieran apagado la luz.

Casi la veía en el último rincón de su mente, una parte que él aún no había invadido. Plateada, reluciente como una estrella. El agua parecía retroceder ante las tinieblas, ocultarse aún más en su cabeza, como si se escondiera.

Cronan siguió presionando para invadir más espacio; las sombras eran como flechas que buscaran el fondo de su cráneo.

Ella construyó su muralla a toda prisa. Pretendía hacerle creer que había alcanzado el límite de sus pensamientos. Cronan ya sospechaba que era capaz de hacerlo, Isla lo sabía.

Así que, cuando las tinieblas tocaron el límite, la decepción de Cronan ardió a través de su mente.

—No. Nunca he visto una balsa plateada —respondió.

Fue como si no la hubiera oído o no la creyera. Le notaba arañando, rasgando según avanzaba, y ella nunca le había visto tan apurado. Tan desesperado. Isla notó que su rabia crecía, una energía ardiente en su cráneo y la presión de la magia contra el hueso. Chilló, incapaz de soportarlo. Pensó que le estallarían los ojos.

Pero fue inútil. Cronan no encontró nada.

Salió de su mente de golpe y ella se desplomó sobre la mesa apoyando las manos en los fragmentos rotos de la taza. Las palmas le sangraban, el rojo de la sangre mezclado con el té caliente. Le faltaba el aire y tenía el pulso tan acelerado que el corazón parecía traquetear contra las costillas.

Cronan la miró enfurruñado, con un gesto de infinito desdén en los labios. Toda su cortesía anterior se había esfumado. Isla comprendió que tenía un motivo para mantenerla con vida, para convencerla de que se aliara con él. Su obsesión con la balsa plateada había eclipsado todo lo demás.

—Lleváosla —dijo Cronan, y los dos caballeros entraron a toda prisa en la sala. La agarraron por debajo de los hombros. Isla tuvo la sensación de que carecía de huesos cuando la arrastraron por los pasillos. No podía sostener la cabeza erguida. Se le nubló la visión.

A la mierda Cronan.

A la mierda ese castillo.

A la mierda esos guardias que le obedecían en todo.

Con la voz ronca de tanto chillar, le preguntó a uno de los caballeros:

—¿Hay una persona ahí debajo? ¿O solo una bestia sin mente, que se limita a cumplir órdenes?

No obtuvo respuesta. Pues claro que no.

Isla rio con pesar, delirante de dolor y agotamiento.

—Me encantaría saber qué os empujó a seguirle. ¿Destruir mundos? ¿Matar a millones de personas? ¿O…?

Antes de que pudiera pronunciar otra palabra, la estamparon de bruces contra la pared. Los dientes le vibraron del impacto. Notó que le sangraba profusamente la nariz. Por alguna razón, eso la hizo sonreír.

—¿He dicho algo que os haya molestado? —Suspiró—. Si oír vuestras motivaciones expresadas en voz alta os provoca esta reacción, entonces…

Le ardió el cuero cabelludo cuando los caballeros la agarraron del pelo y le estrellaron de nuevo el cráneo contra la piedra. En esta ocasión, la frente se llevó el grueso del golpe. Dolía menos que las sombras de Cronan. Y no sintió ni una pizca de arrepentimiento por haber abierto la boca, ni siquiera cuando se le nubló la visión.

Le aferraron la melena con el puño para estamparle la cabeza de nuevo, pero, antes de que pudieran hacerlo, una voz surgida de la oscuridad resonó en el pasillo.

—Soltadla.

Los caballeros se detuvieron, pero no le soltaron el pelo. Ella miró de reojo con la mejilla pegada a la piedra sanguinolenta y vio a Grim avanzar a toda prisa hacia ellos.

—Nosotros no acatamos tus órdenes —le escupió uno de los caballeros. Así pues, era una persona. Su voz sonaba extraña, profunda y reverberante, como si fuera un ser antiguo, quizá más que el mundo del que procedía Isla.

Eso no impidió que Grim los convirtiera en dos montones de cenizas.

El metal. Grim había reducido el metal sombreador a cenizas…

Isla resbaló por la pared, ya liberada del puño. Sus botas resbalaron sobre el estropicio.

Sabía que su marido era poderoso. Ella había compartido ese poder. Pero, en este mundo, su poder parecía haberse multiplicado.

—Yo…

—No hables —gruñó él antes de agarrarla del brazo.

Isla sintió que su contacto la equilibraba en lugar de percibir la brusquedad de aquellos primeros días, cuando Grim acababa de perder los recuerdos. La ayudó a levantarse, pero las rodillas de Isla se doblaron de inmediato. Un dolor pulsante se había apoderado de su cabeza. El mero intento de permanecer de pie se le antojaba una tarea complicadísima. Él lanzó un profundo suspiro antes de agacharse… y cogerla en brazos.

Fue como un eco del pasado. De todos los recuerdos que ese instante evocaba.

Y él no tenía ni idea.

Mareada, Isla le apoyó la cabeza en el hombro y dijo:

—Una vez mataste a todos los presentes porque uno se atrevió a tocarme.

Levantó los ojos para mirarle. Su visión iba y venía, pero se dio cuenta de que él fruncía el ceño. Grim le devolvió la mirada un momento antes de concentrarse de nuevo en el pasillo.

—Qué dramático —dijo en tono inexpresivo.

Una sonrisa bailó en los labios de Isla. No tenía fuerza en el cuerpo y casi había perdido las energías, pero hizo un esfuerzo por seguir consciente.

—Lo fue —dijo—. Luego me llevaste en brazos…, como ahora…

Una carcajada enloquecida brotó de los labios de Isla. Casi sonó como un sollozo. Levantó una mano. Todavía le sobresalían los cristales de la palma.

—No te lo vas a creer…, pero entonces también tenía las manos heridas.

Él se detuvo en ese momento, como si no hubiera reparado hasta entonces en la sangre de sus manos.

—Me las curaste, sentada en tu regazo.

Esas palabras hicieron que Grim frunciera el ceño.

—¿Por qué estabas sentada en mi regazo?

Ella se encogió de hombros.

—Dijiste que era para que me quedara quieta…, pero yo tengo otras teorías.

Él la miró de hito en hito, como si le estuviera costando mucho centrarse en sus heridas.

—Tus poderes están reprimidos aquí. Te quedarán cicatrices.

Isla suspiró.

—¿Importa acaso, si voy a morir dentro de diez días?

Grim entornó los ojos.

—Tienes otra opción. Una alternativa.

Isla le miró a los ojos.

—Has planeado matarme si no lo hace él. ¿Te crees que no lo sé?

Grim ni siquiera intentó negarlo. La observaba como si ella estuviera perdiendo la razón.

—Olvidas, marido mío, que ya he vivido todo esto contigo. Cada paso del camino. Es evidente que algunas cosas se repiten en todas las ocasiones. —Que Grim conspirara contra ella. Que al final la salvara. Isla torció la cabeza al ver su

expresión de incredulidad—. Espero que esta vez el final sea el mismo.

—¿Te refieres a la muerte?

Ella negó con la cabeza, pero se mareó con el movimiento y soltó un gemido.

—No. La muerte no fue el final. En realidad fue solo el principio.

Isla sabía que estaba desvariando. Le costaba ordenar sus pensamientos. Se le escapaban en todas direcciones, como si le hubieran cortado las conexiones del cerebro.

La mirada de Grim se despegó del rostro de Isla como si hubiera despertado de algún tipo de trance. Emprendió la marcha de nuevo por el pasillo a grandes zancadas. Debió de impacientarse, porque de repente saltaron entre portales…

Isla estaba en la alcoba de Grim.

La soltó de inmediato, igual que si el contacto le quemara. Ella se dejó caer al suelo y su vestido se desplegó alrededor. Extendió las doloridas manos ante ella. Realmente lo que tenía en las palmas era una carnicería.

—Toma —dijo Grim al tiempo que le tiraba de mala manera frascos de remedios y vendas. Incluso le lanzó una aguja e hilo de sutura. Accesorios que debía de haber buscado para sí mismo, cuando intentaba curarse el brazo.

Ella se quedó mirando los utensilios, todavía con la mente embotada. Extraerse los fragmentos de las dos manos sería complicado y casi con toda seguridad precisaría puntos.

Levantó la vista. Él se recostó contra el poste de la cama con los brazos cruzados. No la ayudaría a menos que ella se lo pidiera.

Cerdo.

Isla no quería suplicar, no en esta situación, pero le preocupaba que fuera peor el remedio que la enfermedad si se curaba a sí misma en ese estado. Por fin, susurró:

—¿Me ayudarías, por favor?

Él la miró torciendo la cabeza.

—¿Estás deseando volver a sentarte en mi regazo, wild-ling?

Isla hizo caso omiso de la ola de emoción que le provocaron sus palabras. Aun ofuscada como estaba y en su situación, tenía su orgullo.

—Da igual —le dijo—. Puedo hacerlo sola.

Y podía. Se había curado a sí misma infinidad de veces antes de conocerle. Se las arreglaría incluso ahora, aunque todo le diera vueltas.

Él se quedó allí de pie, mirando.

Isla hizo una mueca de dolor al retirarse el primer fragmento de cristal, que tintineó contra el suelo. Era más difícil y más doloroso hacerlo sola, pero se negaba a suplicarle ayuda a Grim de nuevo. Había olvidado hasta qué punto el maldito nightshade podía ser irritante.

Una vez extraído todo el cristal, se vertió alcohol en las dos manos. Todo su cuerpo se tensó al notar el escozor. Maldijo de viva voz.

Grim levantó una ceja.

—Eres muy malhablada —murmuró.

—No lo sabes bien —musitó ella. Le vio abrir los ojos de par en par durante un breve instante. Ella le sostuvo la mirada como si le desafiara—. Pero lo sabías… antes.

Él tragó saliva.

Isla desvió los ojos para coger la aguja y atravesarse la piel. Maldijo de nuevo e hizo oídos sordos a la risita grave de Grim. Cuando remató los puntos de una mano, cortó el

hilo con los dientes. Oyó que él tragaba saliva otra vez y le pilló con los ojos pegados a su boca. Los despegó con esfuerzo para buscar el rostro de Isla.

—¿Dónde aprendiste a curar tan bien?

Ella reanudó el trabajo.

—En el mismo sitio tú —replicó.

Le miró de reojo mientras el comentario calaba en él, mientras Grim comprendía que quizá tuvieran una infancia brutal en común. Aunque ella ya le había hablado del encierro en su alcoba y de los entrenamientos, él no debía de haberse parado a pensar lo que eso implicaba. Los ojos de Grim se endurecieron según sacaba conclusiones, pero no dijo nada. Isla siguió cosiendo y su visión venía y se iba. Le costaba concentrarse. Hizo una mueca de dolor cuando la aguja pinchó en el lugar equivocado. Apenas podía sujetarla.

Su trabajo no debía de ser lo bastante rápido y limpio para el gusto de Grim.

—Trae —le dijo rebosante de impaciencia a la vez que se despegaba del poste de la cama. Se arrodilló ante ella sin contemplaciones, pero su contacto fue delicado como una pluma cuando apoyó la mano de Isla en la suya. La palma de ella era mucho más pequeña. Grim cogió la aguja y empezó a coser la herida.

Ella aprovechó el instante para observar su cara con detenimiento. Grim entornaba los ojos con ademán concentrado mientras trabajaba.

—¿Qué pasa? —preguntó él.

Los rasgos de Grim empezaban a emborronarse. Isla parpadeó para volver a enfocar su cara.

—Al principio siempre somos enemigos —dijo—. Nos han enseñado a odiarnos. Mentimos, robamos y luchamos. Hasta que descubrimos que no somos tan distintos. Que es-

tamos…, que estamos en el mismo bando. —Isla tragó saliva—. Me dices palabras hirientes y luego… me sanas. —Soltó una risotada enloquecida—. Siempre es así.

Grim frunció el ceño.

—Lo dices como si no fuera solamente la segunda vez.

Ella encogió un hombro.

—Aunque fuera la centésima, creo que sucedería lo mismo. Siempre somos… la maldición y el remedio del alma del otro. La herida… y la sutura. Solo porque todas las veces estamos en lados opuestos del destino.

Isla no sabía si sus palabras tenían sentido. Notaba que no pensaba a derechas, pero tenía que decirlo.

—Pero nosotros soñábamos con un mundo en el que no lleváramos coronas. En el que no fuéramos enemigos. Un mundo en el cual al destino no le molestara que nos amáramos. En el que no fuéramos la perdición o la ruina del otro. Un mundo… sin profecías. En el que no hubiera nada en juego. En el que pudiéramos ser solo el bálsamo, no la espada.

Isla cerró los ojos con fuerza mientras recordaba el espejismo que Cronan les había mostrado. Uno de los futuros posibles. Ella no quería hacerle daño a Grim.

Ella nunca quiso hacerle daño.

—Nuestro mundo siempre nos ha esgrimido como armas. Solo consideraba las heridas que podíamos infligir. Pero también podemos sanar, y lo hicimos. Y lo hacemos. Cada una de las veces.

Abrió los ojos. Grim le sostenía la mirada. Había terminado, los cortes estaban cerrados. Sin embargo, no soltó la mano de Isla ni agachó la mirada. Ella se sentó de rodillas para ponerse a la altura de él.

Los daños que le habían causado en la cabeza tanto Cronan como los caballeros le provocaban un dolor pulsante y

le costaba encontrar las palabras. A pesar de todo, Isla consiguió decir:

—¿Quieres saber por qué nos enamoramos? No porque nos sintiéramos solos, sino porque los dos estábamos heridos. Y en el otro… encontramos la cura.

Perdió el aliento. Todo su mundo se concentró en el frío color gris de los ojos de Grim, que le sostenía la mirada. Se acercaron. Más cerca. Como si la fuerza de gravedad que existía entre los dos fuera irresistible. Hasta que solo unos centímetros separaban sus bocas. Los dedos de él se cerraron sobre los de Isla.

Al instante, Isla se había marchado. De vuelta a su celda.

Curada y todavía cubierta de sangre.

CAPÍTULO 69

ORO

Oro estaba tan convencido de que Isla averiguaría la ubicación del dispositivo que emprendió el viaje a Nightshade. El vuelo duraba varios días desde Lightlark. Lo sabía porque, unos meses atrás, había hecho el mismo trayecto exacto. Únicamente para verla.

Durante aquel viaje los días habían pasado con una lentitud desoladora. La preocupación por Isla le consumía. Era raro recordarlo después de todo lo que había pasado últimamente. Al menos, en aquel momento, ella estaba en este mundo. Ahora Oro no podía acceder a ella, por muy lejos que volase.

E Isla estaba atrapada con la persona más poderosa que había existido jamás.

Oro casi podía notar su dolor a través del hilo que los unía, como si Cronan le estuviera haciendo daño. Sujetó el lazo con más fuerza.

Y vio una balsa.

Una balsa plateada y rutilante en el interior de su mente. ¿Le estaba enviando Isla la imagen?

Pasado un instante, volvió a ver el inmenso mar a sus pies. Allí no había nada salvo onduladas olas que se exten-

435

dían hasta el horizonte. Siguió volando entre nubes tenues mientras el sol le caldeaba la nuca y la espalda.

Oro empezaba a pensar que se había imaginado la balsa cuando el océano se aplanó. Las olas estaban tan quietas que la superficie parecía un espejo. El agua resplandecía, plateada y titilante.

La balsa.

Se vio reflejado en la superficie de plata, en pleno vuelo. No estaba solo… Una mujer de cabello y ojos plateados surcaba el cielo a su lado.

Oro se volvió a mirarla, pero en el aire no había nada. Ninguna presencia en cientos de kilómetros.

En ese instante, una voz resonó en su mente.

—Oro Rey, soberano de Lightlark, la balsa te ha elegido.

Oro parpadeó. ¿Qué balsa?

La mujer respondió, como si le leyera el pensamiento:

—La Balsa de las Posibilidades.

Oro devolvió la mirada al agua. Vio una zona ondulada, como si algo hubiera caído del cielo. Y, según la superficie se movía, cambió la imagen reflejada.

—Vas a tener que tomar una decisión —dijo la voz. Ya no veía a la mujer, pero sentía su presencia y su poder en el aire circundante.

—¿Qué decisión? —preguntó.

La mujer no respondió, pero ahora la balsa mostraba una imagen. Un recuerdo.

Oro se vio a sí mismo con su hermano. Violet, la gobernante wildling, se encontraba a su lado. Oro estaba presenciando el instante en que Egan le dijo que quería abdicar.

—Formula una pregunta a la balsa. Observa qué habría pasado si los acontecimientos se hubieran desarrollado de manera distinta.

Oro no sabía quién era la mujer ni qué balsa era esa. O puede que estuviera sufriendo alucinaciones por falta de sueño. A pesar de todo, no pudo resistirse a hacer la pregunta que le había obsesionado durante todo su reinado. Cada vez que se veía obligado a tomar una decisión complicada. En tiempos de guerra y desesperanza.

«¿Qué habría pasado si Egan no hubiera abdicado?».

En la balsa vio un universo alternativo que se parecía mucho a su pasado. Aurora, como era inevitable, descubría el romance de Egan y Violet. Lanzaba las maldiciones por despecho y sentimiento de traición. Miles de personas morían, incluido el hermano de Oro. Y Oro ascendía al trono.

Otra pregunta, pues…

«¿Y si Egan no se hubiera enamorado de Violet?».

La balsa no mostró nada.

—En todos los universos posibles, ellos dos se enamoraban —dijo la mujer—. Siempre fue inevitable.

Oro apretó los dientes y volvió a probar.

«¿Y si Grim no hubiera encontrado el corazón de Lightlark para Aurora?».

Fue eso lo que le permitió lanzar las maldiciones, empleando el poder nightshade que albergaba el corazón.

Gracias a esa pregunta, Oro vio desplegarse una serie de acontecimientos distintos. Aurora, furiosa, recurría a la energía starling para arrasar el castillo. Primero mataba a Violet… y luego a Egan.

Y a continuación a Oro, que estaba con ellos.

Con la muerte de su rey y de su inmediato heredero, la isla al completo se desmoronaba y fracturaba hasta que no quedaba nada salvo un montón de ruinas que se hundían en el fondo del mar; hasta que no quedaba nada en absoluto.

Oro se puso tenso y pestañeó mientras la imagen desaparecía en la balsa. El corazón le latía desbocado.

—Ya lo ves —dijo la mujer—. El derramamiento de sangre habría sido aún peor.

No podía ser real. Pero Oro sentía en los huesos que la balsa le estaba mostrando un universo alternativo muy posible y verdadero. Y Oro había odiado tanto tiempo a Grim por su papel en las maldiciones… Sin saber que, en realidad, el nightshade había salvado la isla. Le había salvado a él.

No. Tenía que haber algún elemento capaz de cambiarlo todo, de impedir tantas muertes. De evitar las maldiciones.

«¿Qué habría pasado si yo no me hubiera enamorado de Isla Crown?».

La balsa permaneció inmóvil y Oro vio su rostro ceñudo reflejado en las aguas.

—En todos los universos posibles, tú te enamorabas de ella —dijo la mujer—. Si la conocías, ibas a amarla.

«Amor». Oro cerró los ojos para cortar el paso a los recuerdos.

Muy bien. Tenía que pensar una pregunta mejor.

«¿Qué habría pasado si no la hubiera conocido?».

El agua de la balsa se onduló.

Se vio a sí mismo tal y como era al principio del Centenario. Frío, con la mirada inexpresiva. Cerrado a sentir nada. Moribundo. Y las cosas no hacían sino empeorar a lo largo de las pruebas. Y al final del Centenario. El corazón de Oro permanecía congelado.

Las maldiciones no se rompían. Por fin le pasaban factura y Oro moría. Y la isla sucumbía con él.

Oro apretó los dientes según trataba de discurrir la pregunta adecuada para dar con el universo ideal. Para poder

entender de una vez por todas en qué se habían equivocado, qué error los había llevado a las circunstancias actuales.

Trató de encontrar un camino posible en el cual él no tuviera la sensación de que tenía el corazón y el alma destrozados.

«¿Y si Cleo no hubiera participado en el último Centenario? ¿Y si no se hubieran lanzado las maldiciones? ¿Y si el padre de Grim nunca nos hubiera declarado la guerra? ¿Y si yo no hubiera perdido a mis padres?».

Voló hacia Nightshade viviendo infinidad de versiones de su propia vida. Explorando finales alternativos de una historia que ya conocía.

E incluso en los universos en los que su familia seguía viva a su lado, incluso en las posibilidades en las que las maldiciones nunca se lanzaron, en las alternativas en que todos sus problemas parecían haberse resuelto…

Oro nunca acababa siendo tan feliz como cuando estuvo con Isla.

Comprenderlo con tanta claridad le dolía. No necesitaba la balsa para saberlo, pero, aun después del desengaño de esas últimas semanas, eso no había cambiado. Aunque ya no estuviera con ella, aunque ella hubiera elegido a Grim, el mero hecho de haberla conocido y haber pasado un tiempo con ella le había hecho más dichoso que cualquier vida alternativa.

—¿Por qué me enseñas esto? —preguntó Oro con voz tensa. Notaba un dolor pulsante en la cabeza. Llevaba horas volando, pero su mente estaba más fatigada que su cuerpo. Todo eso pertenecía al pasado. Ya había sucedido. Por más que ahora supiera qué otros rumbos podría haber tomado su vida, no tenía la menor importancia.

—Ya te lo he dicho. Porque muy pronto tendrás que tomar una decisión. Ya habías explorado buena parte del pasado. Pero, hasta ahora, no te habías sumergido en el tuyo.

Oro no sabía cómo podía saber la mujer que había estado explorando los Hilos del Tiempo, pero estaba en lo cierto. Se había perdido en el pasado, había seguido los pasos de sus ascendientes a lo largo de miles de años. Había presenciado cómo la historia se repetía una y otra vez.

—Puedes romper el ciclo —dijo la mujer.

—¿Cómo? —preguntó Oro con desesperación.

Sin embargo, al mirar abajo, descubrió que la balsa había desaparecido. Solo vio olas oscuras y onduladas. El brillo de la luna en el cielo se reflejaba en el mar. Había pasado un día entero sumergido en su mente.

Tragó saliva según recordaba una y otra vez las palabras de la mujer. Tenía mucho tiempo para meditarlas mientras volaba hacia Nightshade a toda velocidad.

CAPÍTULO 70
ISLA

Lark dormía.

La pluma estaba entre sus manos, como si no quisiera separarse de ella ni un instante. Hasta ese momento no había visto a su antepasada dormir como un tronco. Puede que el dolor fuera excesivo, después de lo que Cronan le había hecho. Ahora, por lo que parecía, estaba lo bastante recuperada como para descansar.

Isla le había pedido a Oro que esperara, pero sabía que no lo haría. Su fe en ella era inquebrantable, incluso ahora. Seguramente ya se estaba dirigiendo a Nightshade. Habría abandonado su isla en mitad de una invasión de monstruos. Habría dejado a sus amigos luchando sin él… Todo porque estaba convencido de que Isla cumpliría su cometido de averiguar la ubicación de la varita estelar.

Ella lo había intentado, pero no tenía nada que ofrecerle a Lark. Nada con lo que negociar.

Isla se tumbó en el mugriento suelo de la celda y levantó la vista hacia la única ventana, ubicada en la parte alta de la pared. Desde ese ángulo veía un retazo de luna que le devolvía la mirada. Pero una extraña sombra en el cielo la tapaba casi por completo, peculiar incluso en la oscuridad.

441

Y entonces quedó totalmente oculta.

Detrás de un nubarrón.

Muy despacio, Isla empezó a notar que la semilla de poder cobraba vida en su interior.

Echó un vistazo a la figura dormida de Lark. Ahora que estaba casi curada, suponía un peligro. Pero la tormenta inminente no la despertó. Era como si su cuerpo estuviera recuperando todo el sueño que había perdido cuando era un montón de pedazos sueltos mal encajados.

A continuación, Isla dirigió la mirada a los barrotes de la celda. Aunque quisiera escapar, no podía. El metal no solo llevaba sombreador, sino que estaba vinculado a Cronan. Él lo controlaba.

Por eso no se molestaba en encadenar a las prisioneras. Puede que las tormentas les dieran acceso a sus poderes, pero las habilidades de las wildling no podían destruir los barrotes.

Sin embargo…, Isla podía usar sus poderes dentro de la celda.

De nuevo posó los ojos en Lark.

La tormenta avanzaba rápidamente. Notaba que sus habilidades se desplazaban con ella. Ahora bien, ¿cómo podía usar sus poderes para sacarle a Lark la información que necesitaba? Lo último que le convenía ahora era batirse en duelo con su antepasada en un espacio tan pequeño. Si pudiera leerle la mente…

¿Y por qué no? El padre de Isla era nightshade. Isla albergaba ese poder.

Y durante las largas y dolorosas sesiones de tortura… Cronan le había enseñado todo lo que necesitaba saber.

Isla cerró los ojos, se concentró y, pasados unos instantes, las sombras brotaron de su esencia. Salieron disparadas hacia Lark, prácticamente invisibles.

Fue cuidadosa, delicada, como un sueño que se adentrara en la mente de Lark, como la marea que sube. Su antepasada protestó un poco en sueños, pero no despertó.

Isla no tenía mucho tiempo. Los retazos de habilidades que había reunido empezaban a menguar.

Sabía cómo buscar lo que necesitaba. Cronan se lo había mostrado una y otra vez. Revolvió la mente de Lark hasta que dio con los recuerdos de pocas semanas atrás. Cuando su antepasada estaba en Nightshade.

Allí. Los últimos recuerdos de Lark pertrechada con el dispositivo. Una sonrisa lánguida se extendió por el rostro de Isla.

«Tú y yo no somos tan distintos», le había dicho Cronan.

Isla no sabía si eso la convertía en un ser tan malvado como él, pero le daba igual. Buscó en la mente de Lark la ubicación de la varita estelar… y extrajo el recuerdo.

Oro no se mostró sorprendido de que hubiera conseguido la información. Cuando Isla se lo dijo, encogió un hombro.

—Siempre he creído en ti.

Isla se ruborizó. Era una tontería que pensara así, porque cualquier otra persona consideraría la vida de Isla una sucesión de errores. De malas decisiones. Pero Oro siempre veía su lado bueno.

—Estás en Nightshade —le dijo Isla al reconocer el castillo que fue su hogar. Había vivido en muchos lugares, pero en ninguno se había sentido segura y a gusto. Peligros lejanos y futuros obstáculos le impedían echar raíces.

Oro asintió.

—Astria me ha dejado entrar en el castillo. Me ha preparado una alcoba. El consejo, como te puedes imaginar, no está entusiasmado.

Isla estuvo a punto de sonreír al imaginar sus reacciones.

—Debes…, debes de estar agotado.

Lo que pretendía decir, pero se había callado era que tenía mal aspecto. Debía de haber volado a toda velocidad. Unas ojeras moradas le ensombrecían los ojos. La última vez que lo había visto tan cansado fue durante el Centenario.

Cuando se estaba muriendo.

—Me recuperaré —le aseguró Oro. Buscó los ojos de Isla con una expresión perspicaz e Isla supo que se había percatado de su preocupación. Era un experto en interpretar a Isla—. ¿Cómo estás tú?

—Me recuperaré —le imitó ella.

A continuación se hizo un largo silencio. Los dos sabían que el otro guardaba secretos. No lo hacían con malicia. Isla no quería preocupar a Oro y sospechaba que a él le pasaba lo mismo.

—¿Cómo te va? —le preguntó Oro por fin—. ¿Con él? Ella soltó una risita nerviosa.

—¿Quieres que te explique cómo intento seducir a mi marido?

Lo dijo en tono desenfadado, pero Oro giró la cara. Cerró los puños. Isla se sonrojó de la vergüenza. No pretendía hacerle daño.

—Lo siento, yo…

—No pasa nada, Isla. ¿Cómo va? —repitió.

—No muy bien.

Oro la miró con sorpresa.

—Pero su devoción hacia ti…

—Ya. —Isla lo sabía mejor que nadie. Se encogió ligeramente de hombros—. Pero ya se había comportado así. Cuando nos conocimos. Peor, incluso… El problema es que ahora no tenemos tiempo.

Acercó la cabeza a las rodillas.

—¿Qué tienes? —le preguntó Oro—. ¿Qué te preocupa?

Isla inspiró hondo y expresó un miedo que llevaba en lo más profundo del corazón.

—¿Y si solo acabamos juntos porque las circunstancias nos empujaron a ello?

Antes Grim estaba aislado y desesperado. Aquí, en Skyshade, tenía a Cronan.

Puede que Grim tuviera razón. Quizá se sentía solo y ella estaba allí, presa de la misma desesperación por conectar con alguien.

—Isla —le dijo Oro con tanta dulzura que ella levantó la cabeza—. No eres una persona a la que uno pueda amar empujado por las circunstancias.

Ella lanzó un suspiro entrecortado. Oro se inclinó hacia delante.

—Hay que amarte de corazón. Por propia elección. Te lo prometo.

A Isla se le saltaron las lágrimas.

—No…, no sé qué hacer. No sé si seré capaz de conectar con él antes de…

Se interrumpió para no estallar en lágrimas.

Oro llenó el silencio igual que había llenado la oscuridad.

—Estoy seguro de que lo conseguirás —le prometió—. Igual que sabía que encontrarías la ubicación del dispositivo.

—Tienes demasiada fe en mí.

Oro se limitó a sonreír.

—No —dijo—. Es que tú tienes muy poca.

Él alargó el brazo y le tomó la mano como si le tendiera un salvavidas. Un ancla. Isla notó sus manos cálidas como el fuego, y su calor despertó las llamas de su corazón.

—No te rindas ahora, Isla. Él te amaba. Recuérdaselo. Saca fuerzas de flaqueza.

—Busca tu fuego —musitó ella.

Él la miró anonadado.

—¿Qué?

—Busca tu fuego —repitió Isla—. Fue algo que tú me dijiste.

Él frunció el ceño, como si no se acordase.

—Oí esa frase mentalmente… en un momento en que estaba hundida. Tú… me lo dijiste.

Oro se quedó pensativo.

—Es algo que siempre me decía mi madre, cuando era niño. Lo llevé siempre conmigo.

Isla le miró fijamente.

—¿Encontraste tu fuego? —le preguntó.

Sin apartarle los ojos del rostro, Oro respondió:

—Sí.

A Isla se le encogió el corazón. Sabía a qué se refería.

—Y te quemó, ¿verdad?

La expresión de Oro no cambió. Asintió.

—Lo hizo. —Alargó la mano como para pasarle un mechón suelto por detrás de la oreja antes de añadir—: Pero valió la pena.

CAPÍTULO 71
ORO

Lynx le estaba esperando en el exterior del castillo Nightshade, moviéndose sin cesar.

—Acabo de hablar con ella —le dijo Oro—. Está bien. Me ha dicho dónde está el dispositivo para saltar entre portales.

El gran felino inclinó la cabeza y Oro alargó la mano para acariciarlo. En el instante en que sus dedos rozaron el pelaje de Lynx, las sensaciones le abrumaron.

Un dolor desgarrador le atravesó la cabeza, como si se la abrieran en dos. Al momento vio la imagen de unas manos sembradas de fragmentos de cristal, seguida de fogonazos de sangre en la pared. Veía desde el punto de vista de Isla cómo le estampaban la cabeza contra la piedra.

Finalmente, Oro vio un rostro. Grim. Casi le alivió comprobar que estaba sano y salvo, hasta que la escena cambió. Y entonces…

Oro trastabilló hacia atrás y brotaron llamas de sus manos.

Grim estaba a pocos centímetros de distancia, a punto de besarla.

Sintió una mezcla de rabia y tristeza, pero también esperanza al comprobar que hacían avances; Grim acabaría ayu-

dando a Isla. Tenían que traerla de vuelta a este mundo. Oro miró a Lynx, que únicamente parecía preocupado.

—Conseguiremos que vuelva —le prometió a la vez que se acercaba al animal. Lynx agachó la cabeza, esta vez con tristeza, y Oro le pegó la mejilla para consolarlo—. Te lo prometo, vamos a traerla. Cueste lo que cueste.

—Le gustas mucho más que Grim —dijo una voz a su espalda.

Oro se dio la vuelta y vio a Astria, la general de Grim —y prima de Isla— cargada con un gran barril de camino a los establos. Lo sujetaba con las dos manos y trastabillaba por el peso. Las espadas que siempre llevaba entrecruzadas sobre el pecho destellaron a la luz de la mañana.

Astria notó que Oro miraba el contenido del barril y suspiró.

—No tienes ni idea de la cantidad de comida que hace falta para alimentarlos a Espectro y a él. Este, al menos, suele buscarse su propia comida —dijo señalando a Lynx con la barbilla. Echó una ojeada cariñosa hacia Espectro—. Aquel es un mimado.

Espectro sonrió como si fuera un cumplido. A continuación devoró todo lo que contenía el barril de dos bocados antes de mirar a Astria con expresión expectante.

La nightshade suspiró.

—¡El cocinero dice que te has zampado todas sus reservas de carne! Solo nos quedan verduras. ¡Estamos bajo mínimos!

Espectro no se inmutó.

Astria negó con la cabeza. Se volvió a mirar a Oro.

—Por favor, dime que van a volver pronto.

La cara que puso Oro transformó su expresión tranquila en un gesto preocupado.

—Las cosas no van bien, ¿verdad?

Oro supuso que Lynx también la iba poniendo al día.

—Lo que sea que te imagines, pero peor.

Ella maldijo.

—¿Qué necesitas?

Pasado un ratito, Lynx y Espectro los transportaban a los dos al lugar en el que, según había dicho Isla, estaba escondido el artilugio para saltar entre portales. Oro solo tuvo que tocar la frente de Lynx para transmitirle la información. El felino se encargó de todo lo demás.

Cuando Oro se apeó del animal, no vio nada más que un prado. Lark había escondido el dispositivo de Isla en un complejo de túneles que había excavado con sus poderes wildling.

Se quedó plantado encima del lugar en el que, en teoría, estaba el artilugio. Tan solo kilómetros de roca le separaban de él.

—Puedo buscar la entrada de los túneles. Quizá sea más fácil por allí —se ofreció Astria. Enya y ella ya habían rastreado otras veces las maniobras de Lark.

Oro negó con la cabeza.

—Isla me dijo que Lark perforaba los túneles y los iba cerrando a media que los recorría.

Astria maldijo de nuevo. Oro asintió; estaba de acuerdo.

No tenían más remedio que perforar la roca. Astria, Lynx y Espectro se retiraron a un lado del prado. Oro inspiró hondo y envió una onda de energía hacia abajo. La tierra tembló y se fracturó. Él se elevó en el aire mientras la nube de polvo se posaba.

De momento únicamente había logrado romper unos cuantos metros. Según Isla, el dispositivo se encontraba a kilómetros de profundidad.

Todavía estaba mirando hacia abajo cuando Astria se acercó.

—Mis sombras no te van a servir de mucho. Podríamos pedirles a nuestras fuerzas que excaven, pero…

No tenían tiempo. Una wildling podría hacerlo con facilidad. Pero todas habían sido desplazadas a otros territorios durante la batalla. Su vínculo de amor con Isla era inútil, pues los poderes de ella estaban bloqueados.

Oro cerró los ojos con fuerza. Necesitaba a Isla y a Grim a su lado. El mundo los necesitaba. Nunca había visto esa realidad tan clara como ahora.

Sin saber hasta dónde llegaría, Oro empezó a excavar.

Horas más tarde, estaba agotado. A pesar de todo, seguía disparando una bomba de energía tras otra al interior de la roca.

Abundaba el mineral en esa zona y el terreno era difícil de atravesar. El sudor le goteaba por la cara sucia de tierra mientras Oro seguía avanzando, aunque se le estaban agotando las energías.

A tanta profundidad, los rayos del sol apenas le alcanzaban. El frío y oscuro aislamiento solo servía para acentuar la angustia que le atenazaba el pecho. ¿Y si las bestias estaban arrasando Lightlark en este mismo instante? ¿Y si sus amigos le necesitaban?

Se detuvo a observar si percibía los agudos calambres que implicarían que la isla estaba en peligro, pero no notó nada. Oro se aferró a la esperanza de que todo iba bien por allí.

A continuación pensó en Isla. ¿Estaría sana y salva ahora mismo? La temperatura de su energía se disparó mientras recordaba las imágenes que Lynx le había mostrado. La sangre. Oro no sabía quién le había hecho daño a Isla, pero quería asesinarlo. Muy lentamente. Imaginó que rompía cada uno de los dedos que habían osado lastimarla y que luego les

prendía fuego. Los congelaba. Y volvía a incendiarlos, una y otra vez, hasta convertir los huesos en cenizas y la sangre en hollín bajo sus botas.

Su único consuelo era pensar que la mujer a la que amaba los asesinaría con sus propias manos tan pronto como tuviera oportunidad.

—Amarte despierta mis instintos asesinos —le susurró a la interminable oscuridad a la vez que proyectaba su energía una vez más. El suelo rugió cuando estalló a su alrededor proyectando bloques de roca de los que Oro se protegía con un muro de energía reluciente. Otro estallido de luz plateada—. Amarte me torna imprudente —dijo. Había llegado al fondo del profundo cráter de su energía interior, que se apagó con un chisporroteo.

Le fallaron las piernas y Oro cayó de rodillas sobre el abrupto terreno, con las manos apoyadas en la tierra. Levantó la mirada… y no pudo ver el cielo. Estaba envuelto en oscuridad.

Buscó sus habilidades y se dio cuenta de que no le quedaba poder suficiente para salir volando. Se tumbó, tan cansado que habría podido dormirse ahí mismo, en las profundidades de la tierra.

Se sentía igual que cuando estuvo con Grim en el fondo del mar. Los dos privados de sus poderes. Pero allí al menos se tenían el uno al otro. A pesar del odio, se transmitían fuerza mutuamente. Nunca habría podido salir de aquel lugar sin él.

¿Qué sería de Oro, ahora que estaba solo?

Hizo esfuerzos por mantener los ojos abiertos, pero no pudo. Y, mientras su cuerpo se quedaba inmóvil sobre la tierra, no pudo evitar pensar que únicamente había logrado excavar su propia tumba.

CAPÍTULO 72
ISLA

Esa noche, durante la cena, Isla estaba pensando en las palabras de Oro cuando oyó que pronunciaban su nombre.

Notó que una fuerza invisible le levantaba la cabeza de golpe. Cronan la miraba con expresión expectante, y también Grim.

—¿Sí? —preguntó, representando su papel.

—He dicho… que creo que ha llegado la hora de que les muestres a nuestros amigos por qué nos serás tan valiosa cuando te unas a nosotros.

Isla tragó con dificultad el último bocado del plato. Una verdura morada, carbonizada, con glaseado de algo parecido a miel que, debía reconocerlo, cada noche aguardaba con ilusión.

Uno de los otros señores —un hombre particularmente pomposo que siempre masticaba con la boca abierta— dijo:

—¿Un duelo? ¿Por fin?

Cronan sonrió.

—Paciencia, Alaric. Habrá duelo… si decide no unirse a mí —dijo.

El terror se deslizó por la columna vertebral de Isla.

Y, en ese preciso instante, Cronan le liberó los poderes.

Isla se tambaleó hacia delante al notar que la sangre corría con fuerza por sus venas. La niebla desapareció de su mente. Ahora le costaba menos moverse. El veneno había desaparecido. Por fin pudo respirar una buena bocanada de aire.

Era una prueba. La última vez que Isla tuvo acceso a sus poderes en presencia de Cronan, había escapado. Esta vez…

Se quedó quieta. Mientras notaba los ojos de Grim clavados en ella.

No se marcharía sin su marido.

—Muy bien —la animó Cronan con voz engolada—. ¿Por qué no les enseñas lo que eres capaz de hacer?

Isla no movió ni un dedo.

El otro torció la cabeza.

—¿No? A lo mejor solo necesitas un pequeño aliciente. —Pasó la vista por los presentes—. Si alguien es capaz de derrotarla, le regalaré el planeta que elija de la galaxia que vamos a conquistar. Será el segundo en escoger, después de mí.

Al instante todos los señores irradiaron poderes siderales. Se volvieron a mirarla con ojos hambrientos, como si llevaran varios días esperando para poder hacerle daño. Se abalanzaron sobre ella.

Isla cerró los puños.

Y todos y cada uno salieron proyectados hacia la pared. Uno quedó atrapado tras un muro de llamas. Otro envuelto en una sombra. A un tercero lo apresaron corrientes de energía. Remolinos de viento envolvieron a otro señor y uno más quedó paralizado por todo el vino que había en la mesa. El último fue apresado por un fragmento irregular de la propia mesa.

Solo Grim, Cronan e Isla permanecían en sus asientos.

Grim miraba sin cesar a un lado y a otro de Isla. Fue entonces cuando ella fue consciente de que su sombra se había desprendido del suelo y se había multiplicado. Las répli-

cas se alargaban a su espalda como reverberaciones, esgrimiendo dagas de sombras. Poderes robados. De Sairsha. Seguramente la multiplicación era el poder de alguno de los otros seguidores del profeta.

Cronan aplaudió. Tomó el control de los huesos de Isla una vez más y los poderes la abandonaron. Se sintió vacía sin ellos.

Los hombres quedaron liberados. Estaban relativamente ilesos, solo su orgullo había resultado herido. Se miraron unos a otros con ojos afilados, pero se sacudieron las ropas y, siguiendo el ejemplo de su líder, le dedicaron a Isla un aplauso. Ella se limitó a fulminarlos con la mirada.

—Como acabáis de presenciar —dijo Cronan—, sería una adquisición poderosa.

Cuando la acompañó a la celda, antes siquiera de que llegaran a las mazmorras, Grim le preguntó:

—¿Por qué no has huido?

Isla resopló una carcajada explosiva.

—Te habría enviado a buscarme otra vez.

—Tu poder ha provocado una tormenta. Podrías haberla utilizado.

Tenía razón. Podría haberlo hecho.

—No me voy a marchar sin ti.

Él frunció el ceño.

—En ese caso, supongo que no te vas a marchar.

—Puede que no —respondió Isla, ahora hablando en susurros.

La puerta de la mazmorra se abrió con un chirrido.

—¿Por qué no renuncias? —le preguntó él, deteniéndose en el pasillo oscuro.

Isla apenas le veía la cara, pero notaba el desconcierto y la rabia grabados en cada una de sus facciones.

—Dímelo. ¿Por qué no te has marchado? —repitió Grim.

Lo dijo en tono indignado, como si Isla fuera una idiota, pero ella levantó el mentón.

—Porque no me habrías dejado —dijo.

Hubo un instante de silencio. Y durante ese segundo se miraron de arriba abajo. Por fin, él negó con la cabeza.

—Esa persona, la persona que amabas, ya no existe.

—Te equivocas —dijo Isla.

Él le miró con expresión asesina.

—Me parece que yo me conozco mejor que tú.

Isla negó con la cabeza.

—Ahora no. Has perdido demasiados recuerdos. —Dio un paso hacia él—. Tú me borraste los recuerdos a mí. Toda nuestra historia. Un año de amor. Perdido. Pensaste que eso me salvaría. —Grim frunció el ceño mientras procesaba la información. Isla avanzó otro paso—. Te odiaba. Te declaré la guerra. Y entonces recordé. Sé lo que pasa cuando uno olvida. —Un paso más—. Puedes decirme y repetirme que no te conozco o que nunca amarías a alguien como yo, pero la prueba de tu amor está aquí, sobre mi pulso.

Sosteniendo la mirada de Grim, Isla se deslizó la mano por la barriga. Luego la arrastró hacia su pecho. Él estaba pendiente de sus movimientos con una concentración absoluta e Isla pensó que se había olvidado de respirar. Ahora los dedos de ella ascendieron por la clavícula hacia la garganta. Se posaron en torno al diamante. Isla palpó la piedra pulida y él se estremeció, como si pudiera notarlo. Puede que lo notase.

—Esto demuestra que soy tuya.

Grim se quedó muy quieto al oír esas palabras. Ella dio un último paso hacia él.

—Y tú eres mío.

—Yo no pertenezco a nadie —escupió él.

—¿Estás seguro? —le preguntó Isla—. Porque yo diría que Cronan piensa que le perteneces.

Grim la miró con rabia, pero ella supo que el comentario le había afectado cuando alargó el brazo, raudo como el rayo, y la atrajo por el diamante. Ella jadeó al trastabillar hacia delante y logró detenerse antes de estamparse contra su pecho.

—Puede que quiera quedarme con la piedra —le susurró Grim con rabia, directamente a la cara—. Puede que te mate ahora mismo.

Isla no retrocedió.

—Podrías intentarlo, pero nuestras vidas están vinculadas —le dijo. Esbozó una sonrisilla burlona cuando un gesto de incredulidad asomó a la cara de Grim—. No te miento. Diste la vida por mí. Para salvarme. Si yo muero, tú mueres.

Él la miró de arriba abajo con desprecio.

—De todas las cosas que has intentado hacerme creer, esta es la más ridícula. —Resopló—. Nunca vincularía mi existencia a otra persona. Y menos a alguien tan insignificante como tú.

Grim soltó el diamante, y a ella, y se dio media vuelta para reemprender el camino por las mazmorras.

«Ya está bien». Isla sabía que su marido podía ser un cabrón, pero le estaba poniendo muy difícil amarle.

Como ella no le siguió de inmediato, Grim se detuvo. Tensó los hombros. Se giró a mirarla.

—Puedo ir yo sola a mi celda —dijo Isla.

A Grim se le crisparon las manos. Cerró los puños.

—Perdona si no me fío de que lo hagas.

Ella se encogió de hombros.

—Pues que me lleven los caballeros. —Le despachó con un gesto de la mano—. Vuelve a la cena. Seguro que tu antepasado te echa de menos.

Una vena se marcó en el cuello de Grim. Ella se recostó contra la pared y le miró, como si tuviera todo el tiempo del mundo para ver cómo se acumulaba su ira.

—Eres la persona más pelma y más idiota que he conocido en mi vida —le escupió él.

Los insultos de Grim no la afectaban.

—Ya me lo han dicho. Tú, de hecho.

Grim gruñó con un gesto rabioso.

—¿Tú no aprendes nunca? ¿No tienes límite?

—Supongo que no. ¿Y tú?

Ahora las manos le temblaban junto al cuerpo de pura furia. Debía de estar haciendo verdaderos esfuerzos por no destrozar el pasillo con sus sombras.

—Te voy a transportar. ¿Prefieres eso?

Ella se apartó de la pared y echó a andar por delante de él.

—Eso, usa tus poderes para resolver los problemas. Qué propio de ti.

—¿Y eso qué significa? —preguntó él.

Isla siguió caminando delante de él.

—Siempre dices que se conoce a las personas por cómo se comportan cuando no están usando sus poderes. Pero a ti te encanta emplearlos, ¿verdad?

Isla notó cómo sus ojos la fulminaban por la espalda. Antes de que se diera cuenta, estaba de nuevo contra la pared. Pero esta vez no tuvo duda de que las sombras de Grim le habían protegido la cabeza. Le acariciaban la piel como si la recordaran.

Las manos de él estaban apoyadas en la piedra, a ambos lados de su cabeza, como si evitara tocarla. Se inclinó hacia ella para mirarla directamente a los ojos. Grim llevaba el pelo desgreñado y ondulado, como si se hubiera pasado las manos una y otra vez. Lo hacía cuando se sentía frustrado.

Ella atisbó un músculo que conocía bien y notó un calorcillo en el vientre.

—Para —le ordenó él.

Ella arqueó las cejas.

—¿Que pare qué?

Ni siquiera se estaba moviendo. Ni hablando.

—Tus emociones —ladró él.

Ah. Notaba su deseo. Pues claro que sí.

En realidad Isla estaba sintiendo un montón de emociones distintas, pero ahora que lo mencionaba… un recuerdo asomó a su mente. De ellos dos. Contra una pared. Haciendo algo que no era discutir.

La respiración de Grim se tornó más pesada.

—Para —repitió. Esta vez fue un ruego entrecortado.

Ella ni lo intentó. Sabía que Grim la estaba tratando fatal y que estaban en una mazmorra. Pero él era su marido. Le amaba. Le echaba de menos. Hacía mucho tiempo que no estaban juntos. No podía mirarle a la cara y no desearlo, no cuando Grim la observaba con tanta atención. Isla supuso que, de tener acceso a sus habilidades, ella estaría notando también su deseo.

Y puede que por eso estuviera Grim tan enfadado. No le molestaban las emociones de Isla, sino las sensaciones que le provocaban.

—Yo no hago nada —dijo ella con el pulso acelerado.

—Lo haces… todo —replicó él con una voz que reflejaba sus dificultades para contenerse. Dobló las manos contra la pared. Hizo una mueca como si luchara consigo mismo. Cerró los ojos con fuerza.

Pasado un momento, ejerciendo lo que parecía el más puro y absoluto autocontrol, Grim enderezó la espalda. Sin decir una palabra, se alejó por el pasillo.

Ella permaneció en el mismo sitio, pegada a la pared, con el corazón desbocado.

Agachó la mirada, decepcionada, cuando oyó que él aminoraba el paso. Grim dio media vuelta.

—A la mierda —dijo, y de repente Isla tenía la boca de Grim contra la suya.

Jadeó sorprendida y se le incendió la sangre tan pronto como abrió los labios. Besar a Grim se le antojó como la primera vez y todas las posteriores juntas.

La lengua de él rozó la suya y las llamas ardieron por todo su cuerpo. Isla gimió cuando las manos de Grim la sujetaron por los muslos para colocarla a su altura y poder besarla a su antojo.

Isla le entrelazó las piernas en la espalda y no se le escapó el sonido gutural que surgía de su marido. Casi parecía a punto de apartarse, pero, en vez de eso, la empujó para tenerla firmemente aprisionada contra el muro mientras la devoraba.

Él no recordaba que ya la había besado miles de veces. Para Grim, estaba sucediendo por primera vez, y ella reparó en las similitudes con aquel primer beso en la alcoba de él. Igual que entonces, se mostraba un poco torpe, demasiado vehemente, y casi no paraba a respirar, como si no pudiera dejar de saborearla.

Isla le rodeó el cuello con las manos para acercarlo y notó su pulso acelerado contra los dedos. Cuando por fin se despegaron, él jadeaba. Grim le clavó los ojos, resplandecientes, y luego se sumergió a por más. Gruñó cuando Isla le mordió el labio inferior, cuando le enredó los dedos en el pelo y estiró.

Luego Grim le arrastró los labios por el cuello y ella emitió un sonido que debió de gustarle, porque murmuró contra su garganta, y al momento Isla notó sus dientes pati-

nando por su piel encendida, y fue como el eco del día que la había mordido, durante la celebración en el risco de Creetan. Isla contoneó las caderas según él descendía, desesperada por la fricción, ansiosa por sentir su calor contra ella.

Se movió con suavidad, friccionando la rigidez de Grim…, y la boca de él se detuvo de camino a las clavículas. Se apartó.

«Ya está», pensó Isla. En ese momento terminaría todo.

Sin embargo, en vez de eso, Grim le dijo con una voz oscura y rugosa como la pared que tenían detrás:

—Hazlo otra vez.

CAPÍTULO 73
GRIM

Ella se frotó contra él, lentamente, y Grim gimió. Gimió. Estaba perdiendo la puta cabeza.

—Dime lo que quieres —le pidió ella.

Grim se sintió impotente contra la intensidad de sus propios sentimientos cuando respondió con debilidad:

—A ti.

«A ti».

—Ya me tienes —le susurró ella al oído, y lo hizo otra vez, contonear las caderas, y él, que había gobernado durante siglos, había guardado sus emociones a buen recaudo durante buena parte de esos años, había sido un guerrero eficiente e implacable en el campo de batalla…

En ese momento, perdió el control por completo.

Porque prácticamente se ahogaba en el deseo de la wildling. Con cada movimiento, la necesidad de ella florecía, dulce y embriagadora, y eso hacía que la de Grim se multiplicara.

«¿Qué quieres?», le había preguntado ella, y él deseó ser lo bastante fuerte para preguntarle lo mismo. Deseó no estar tan ansioso por darle absolutamente todo lo que quisiera.

Pero lo estaba. La deseaba de un modo profundo y retorcido que se le antojaba una maldición en sí mismo. Una maldición que nunca quería romper.

No. Grim quería disfrutar. Quería disfrutarla.

Miró sus pechos, que se le derramaban de ese vestido absurdo, y a través de la fina tela vio la prueba de su excitación. De su sensualidad. Ella levantó la cabeza y debió de ver dónde ponía Grim la mirada, porque dijo:

—Por favor.

Y cuando la oyó decir eso… Cuando la oyó suplicar que la tocara…

Las sombras de Grim le cortaron los tirantes del vestido y la parte superior se deslizó a la cintura, dejando a la vista sus pechos y…

Joder. Era tan perfecta como el recuerdo que había revisado en su mente un millón de veces. Pero tenerla allí delante, notarla agitada y retorciéndose contra él, con el cuerpo tenso de la excitación…

Eso le hizo comprender que nunca había experimentado verdadero deseo. No antes de este momento. No antes de ella.

No podía esperar ni un minuto más. Agachó la cabeza, la tomó con la boca y el jadeo de ella viajó directo a su centro de placer.

Le gustaba. Grim lo hizo de nuevo. Absorbió y mordió con suavidad, y los sonidos que emitía…

Quería que reverberaran por toda su alcoba. Quería transportarla allí ahora mismo y hacer cosas que nunca había hecho, solo por oírla suspirar su nombre. Se desplazó al centro erecto del otro pecho y descubrió qué le gustaba a ella exactamente, y lo hizo. Sus sombras rasgueaban la piel de la mujer como extensiones de sí mismo que abarcaban todavía más, y ella maldijo.

Esa boca… Las cosas que le hacía en su imaginación…

El cuerpo de ella se crispó de nuevo y ahora Grim no tenía otro propósito en la vida que conseguir que esa mujer de enloquecedora belleza se derritiera.

Con las manos curvadas bajo sus caderas, la arrastró contra él, moviéndose más rápidamente. Grim pegó la frente a la suya para que le mirara. No quería perderse ni un solo instante de esto. Era lo más delicioso que había visto en toda su vida, animarla a utilizarle para que buscara su placer. Le proporcionaba una satisfacción desorbitada.

Grim había hecho más que eso infinidad de veces. Todavía estaban prácticamente vestidos. Sin embargo, por alguna razón, ese sencillo encuentro en el pasillo le aceleraba tanto el corazón que alcanzaba a oírlo. Tenía la sensación de que por fin, después de siglos, todas las terminaciones nerviosas de su cuerpo habían despertado.

Y por la respiración acelerada de ella, por los gemidos que surgían de sus labios abiertos y sus mejillas encendidas, supo que se iba a romper en cualquier momento.

Lo que no esperaba era romperse con ella.

Justo cuando ella contuvo el aliento y se estremeció contra él…, Grim hizo lo propio. Sus sombras llamearon y arañaron el muro. La piedra se astilló y se agrietó bajo su poder. Joder.

Los dos estaban jadeando, mirándose fijamente. Los ojos verdes de ella nunca fueron más relucientes.

Y esto… Esto era una faena. Grim había pensado que quizá estar con ella una vez le libraría de esa obsesión tan molesta. Pero no había funcionado. En absoluto. Porque ahora quería más. Olía el deseo de ella, y el suyo, y el estropicio que los dos habían causado, y quería más. Quería darle la vuelta contra la pared, levantarle el vestido y notar sus convulsiones en torno a él.

La devolvió al suelo despacio para poder retroceder un paso.

—Grim, yo…

«No». Su voz. Su rostro. Toda ella.

Grim no podía hacer esto. No podía estar cerca de ella. Si se quedaba un instante más, la transportaría a alguna parte donde pudieran repetirlo una y otra vez sin consecuencias. Se precipitaría de cabeza al destino que le aguardaba.

¿En qué estaba pensando? Ella le llevaba a su perdición. Y él se lo permitía.

Se obligó a sonreír con sorna, a decir:

—¿Pensaste que esto te funcionaría? ¿Pensaste que me haría recordar? —Hizo una mueca despectiva—. Solo ha servido para que me dé cuenta de que seguramente te utilicé todo el tiempo.

Isla retrocedió como si la hubiera abofeteado. Parecía a punto de abofetearle a él. Pero levantó el mentón, dio media vuelta sobre los talones y volvió sola a su celda. La oyó cerrar la puerta.

Solo entonces se concedió permiso para desplomarse contra el muro y maldecir.

CAPÍTULO 74
GRIM

Grim yacía en su cama inundado de rabia y arrepentimiento. ¿Cómo era posible que se hubiera dejado dominar hasta tal punto? Él era fuerte. Ella no era nada. Él había vivido siglos, había sobrevivido a incontables batallas. Siempre fue cruel, su mente era una fortaleza inexpugnable.

Pero, en el instante en que ella había retorcido su cuerpo contra él, Grim había perdido el control por completo.

—Mierda —maldijo mientras cambiaba de postura, incómodo, abrumado solo por el recuerdo.

Nunca se había sentido así en toda su larga vida. Ni de lejos. Sus encuentros siempre fueron agradables, intrascendentes y con una clara finalidad. Nunca había deseado besar a nadie con anterioridad.

Pero esto… Esto había sido como ser arrastrado por una ola. Como descubrir una fuerza de gravedad distinta. Como encontrar una sensación enteramente nueva.

Se levantó de la cama con un gruñido. Necesitaba salir de la habitación. Salir de su obscena cabeza. Casi abolló la puerta cuando la abrió de un empujón. Los asistentes que esperaban fuera se apartaron asustados.

Ni siquiera les echó un vistazo. Y, cuando atravesó los pasillos como un vendaval, solo podía pensar en ella. En cómo la había aprisionado contra el muro de piedra de la mazmorra. Solo ahora comprendía que quizá ella hubiera tenido frío. Pero había notado su piel cálida al acariciarla con los labios.

No. No pensaría en su piel. Era una prisionera por algo. Representaba una amenaza inmensa para él y para su reino. No podía negar eso.

Entonces ¿por qué la idea de que muriera le hacía fruncir el ceño al margen de la posibilidad de que implicara su propia muerte? ¿Por qué la había emprendido con esta fortaleza cuando vio a esos caballeros ponerle la mano encima?

Grim irrumpió en la sala de la galaxia. Cronan estaba allí, como siempre, contemplando los mundos que había conquistado.

—Vuelve a mostrármelo —dijo Grim.

Cronan le echó una ojeada.

—¿Qué?

—El futuro. Quiero verlo.

El otro no formuló más preguntas. Con un hilo de humo surgido del dije de su corona, se lo mostró. Allí estaba ella. Con el mismo aspecto que ahora, prácticamente. Alzaba la vista hacia él. Le decía que le amaba.

Y le apuñalaba el corazón.

—Otra vez.

Cronan obedeció.

—Otra vez.

Su antepasado le mostró la imagen una y otra vez. Luego, cuando se cansó, dejó la visión allí y abandonó la habitación.

Grim no supo cuánto tiempo se había quedado allí, mirando. Debieron de ser horas. Para cuando terminó, había memorizado cada cadencia de su voz. Cada expresión de su rostro. Cada línea de la intrincada hoja.

El sonido de la hoja al atravesar su pecho.

Hasta que pudo volver a respirar con normalidad.

CAPÍTULO 75
ORO

Le despertó un revuelo en el pecho. Solo era un susurro que pronto mudó en un grito.

De súbito, el vacío que tenía en el alma se rellenó. «Isla».

Abrió los ojos y solo vio oscuridad, pero notó su energía. Percibió la conexión. Presintió sus habilidades.

Oro no vaciló. Aprovecharía cualquier oportunidad, por fugaz que fuera. Aunque apenas le quedaban fuerzas, oyó las palabras en su mente.

«Busca tu fuego».

En esta ocasión, el fuego de Isla había dado con el suyo.

Recurriendo a los poderes wildling que seguían fluyendo por el vínculo a pesar de todo, Oro diluyó ese terreno frío y abrupto. Atravesó la roca compacta que se había pasado medio día extrayendo como si no fuera nada más que mantequilla. Hasta que, por fin, encontró el rutilante artilugio. En el instante en que lo tuvo en las manos, la habilidad wildling desapareció. El puente se había roto de nuevo.

Pero esos efímeros instantes de fuerza bastaron para reavivar la suya.

Aferró la varita con los dedos ensangrentados y encostrados, alzó los ojos hacia la superficie y salió volando, con el

viento en la espalda y cada fibra de energía que le quedaba en los talones. Hasta que los rayos del sol le bañaron la piel y fue capaz de respirar aire puro. Aterrizó trastabillando…, pero Lynx le sujetó.

Le había esperado allí. Y Espectro. Y Astria.

—Lo has encontrado —musitó ella mirando el objeto que tenía en las manos.

—Con ayuda —respondió Oro con una voz apagada y ronca.

—Pronto tendremos más —dijo Astria. Y eso casi bastó para que las rodillas de Oro se doblaran de alivio. La general tenía razón. Ahora que habían recuperado el dispositivo de Isla, no les costaría nada conseguir ayuda.

Astria insistió en que Oro comiera y bebiera antes de hacer nada más, pero él rehusó. Estaba cubierto de tierra cuando Isla contactó de nuevo con él.

Ella llevaba un vestido distinto, que se derramó a su alrededor cuando se sentó en el suelo. Oro supuso que seguía en la celda, pero fue como si estuviera con él en la alcoba que Astria había sido tan amable de cederle.

La examinó rápidamente, como hacía siempre, en busca de heridas. En esta ocasión, sin embargo, no tenía marcas. Oro vio arrugas y lágrimas en la tela. Los tirantes parecían cortados y luego atados al cuello a toda prisa.

Oro tragó saliva. Ella echó un vistazo a su aspecto y se sonrojó abrazándose las rodillas.

—Supongo que… las cosas están mejorando con Grim —comentó él tratando de enterrar sus emociones por el bien de los dos.

Isla asintió levemente.

Él respiró hondo y cerró los ojos. Podía anteponer la razón a los sentimientos. Lo había hecho durante siglos. Lo haría otra vez.

Todavía con la mano temblorosa por la tensión nerviosa y por emociones que no quería nombrar, levantó el dispositivo.

—¿Cómo se usa? —preguntó. Al menos, ese era un tema seguro.

Isla esbozó una sonrisa de alivio al ver el artilugio en sus manos. Y también debía de estar contenta por haberlo recuperado. Oro sabía lo mucho que ella amaba esa reliquia. Le había permitido escapar de su alcoba wildling y la había usado para explorar el mundo previo al Centenario.

Sabía que gracias a su varita Isla había conocido a Celeste. Y a Grim.

Quizá ya no hubiera temas seguros entre los dos…

—Requiere un poco de práctica —dijo Isla arrancando a Oro de sus pensamientos.

Le explicó cómo visualizar su destino, cómo canalizar su energía en esa imagen antes de trasladarla al dispositivo y cómo dibujar un cúmulo de estrellas y cruzar.

—Es mucho más difícil saltar a lugares en los que nunca has estado —explicó—. Y asegúrate de practicar antes de desplazarte a lugares lejanos, por si te quedas atrapado y no puedes volver.

Oro asintió y cerró los ojos. Imaginó la sala del trono de su castillo en Lightlark. Era el lugar que mejor conocía.

Notó una vibración en la sangre mientras canalizaba la energía al objeto. Despacio, utilizó el dispositivo para dibujar un círculo en el suelo, entre los dos. Mientras trazaba la línea seguía concentrado en la sala del trono. Imaginó el reflejo del sol en las paredes y el aroma del té recién preparado; a Isla cruzando las puertas la primera noche del Centenario, empapada…

Vio un destello dorado tan brillante que le traspasó los párpados. Abrió los ojos y descubrió que el sol entraba a raudales por el portal que había creado. Su trono estaba justo en el centro.

—Qué rabia das —resopló Isla. Pero Oro levantó la vista y descubrió que ella sonreía.

—Eres una buena maestra —respondió él, e Isla desvió la vista de un modo que le hizo preguntarse qué estaba pensando.

Un revuelo de actividad en el interior del portal llamó la atención de Oro. Sus amigos estaban allí, enfrascados en una conversación. La situación parecía tensa.

—Debería volver —dijo Oro—. Solo… quería verte primero.

—Ve —le respondió Isla con aire decepcionado. Mientras se disponía a levantarse, añadió—: Me alegro de que haya salido bien… y de que acertases al apostar por mí.

Lo dijo en tono desenfadado, pero él la conocía bien.

—Siempre apostaré por ti, Isla —le aseguró Oro, y se levantó todo lo alto que era—. Apuesta por ti misma. Nunca perderás.

Estaba a punto de cruzar el portal, pero se detuvo. Tenía algo más en la cabeza. Sus amigos le habrían aconsejado que se lo callara, pero no podía. Seguía apostando por ella; siempre apostaría a que ella escogería la luz y los ayudaría a superar la nueva amenaza.

—He…, he visto algo de camino hacia aquí.

Ella frunció el ceño al percibir la gravedad de su tono.

—¿Qué era?

—Una balsa de plata.

Isla abrió los ojos de par en par y Oro supo al instante que la balsa también se le había aparecido.

—¿Qué te mostró?

Él volvió a sentarse lentamente. Los secretos no los ayudarían a salvar el mundo. Lo sabía. Se lo contó todo: las preguntas que había formulado y las posibilidades que el agua le había enseñado.

Ella se limitó a escuchar con un leve ceño en el rostro.

—No era consciente de la cantidad de odio que albergaba —reconoció Oro cuando terminó—. Hasta qué punto estaba enfadado con mi hermano por haber sido tan insensato. Por provocar las maldiciones y luego… dejar que yo cargara a solas con las consecuencias.

—Pero has comprendido que el resultado final habría sido el mismo —concluyó Isla. Oro asintió—. Lightlark tiene suerte de que seas su rey.

Él agachó la mirada. Tenía un nudo en la garganta.

Isla alargó la mano y sus dedos fríos rodearon los de Oro.

—Me alegro de comprobar algo que siempre he sabido. Que eres mejor de lo que merecemos. Incluso en tus peores momentos, eres mejor que cualquiera de nosotros.

Oro la miró fijamente. Aun en esa situación tan complicada, sabía que ella era la única persona que podía entenderle. Sabía que no estaba solo.

Y lo tuvo aún más claro si cabe cuando ella le dijo:

—Yo vi algo parecido. En relación con… la aldea Nightshade. Con lo que hice. —Una lágrima resbaló por su mejilla—. Soy incapaz de perdonarme. Me resulta mucho más fácil pensar que soy malvada.

—Pero no eres malvada —dijo Oro, y alargó la otra mano para enjugarle la lágrima—. Si lo fueras, ya te habrías

unido a Cronan. No estarías todavía en una celda. Habrías escogido el camino fácil. Y has hecho muchas cosas, Isla…, pero nunca has escogido el camino fácil.

—Eso no es verdad. —La voz de Isla era solo un susurro.

Oro se percató de que algo le preocupaba. Esperó con la esperanza de que se sintiera lo bastante cómoda para contárselo, pero no quería presionarla. Por fin, ella dijo:

—Tuve la oportunidad de ver el futuro. De ver las consecuencias de mis decisiones. Y no quise.

Oro frunció el ceño.

—¿Te arrepientes?

—¿De no haber mirado?

Él asintió.

—Sí. —Isla respiró entrecortadamente—. Me arrepiento de haber tomado esa decisión por miedo. No…, no quiero ser así. El mundo no merece eso. Merece alguien como tú. Tan fuerte como para salvarlo.

Oro le posó la mano en el hombro y presionó. Ella estaba tan fría… Le envió una parte de su calor, con la esperanza de que le llegara.

—Mi madre nos contaba cuentos del fénix. Decía que el fénix era como el ocaso, un sol que moría en el horizonte solo para renacer cada mañana. Decía que la fuerza del fénix no reside en las llamas, sino en las cenizas.

Él pensó en el viaje que acababa de realizar en busca del dispositivo de Isla. Pensó en cada apuro y desafío que había afrontado las últimas semanas.

—Caer es complicado. Levantarse es peor. —Oro frunció el ceño—. Dices que soy fuerte. Dices que soy mejor de lo que merece este mundo. Pero también soy imperfecto, tengo heridas en el alma y soy débil. Tengo remordimientos. Hay cosas que me avergüenzan. Arrastro cicatrices del pasa-

do. —Levantó los ojos para mirarla—. Los más fuertes no son los que están ilesos, sino los que siguen en pie.

La marca de Isla todavía era visible en el centro de su frente. Oro se la tocó.

—Y las cicatrices no son la prueba de un fracaso, sino de que hemos sobrevivido.

En los ojos de Isla brillaban las lágrimas…, pero también el fuego. Ella era la espada que se negaba a romperse. Ella era la llama que se negaba a extinguirse.

Oro le estaba diciendo esas palabras para ayudarla. Sin embargo, también se lo estaba diciendo a sí mismo. Pues últimamente se sentía perdido. Durante siglos había pensado que debía fingir que era irrompible. Pensaba que hundirse era un fracaso. Ahora, mirándola, comprendía que la verdadera fuerza radicaba en ser capaz de recomponerse.

Porque Isla siempre volvía a levantarse, incluso en circunstancias imposibles. Siempre volvía a intentarlo. Y con él nunca había fingido ser perfecta. No, Isla mostraba sus sentimientos y sus miedos, y animaba a Oro a mostrarlos también. Comprendió que, de tanto que se esforzaba en ser fuerte por ella, él no había permitido que asomaran sus debilidades. Quizá, viéndole a él, Isla hubiera pensado que tenía que ser irrompible.

Oro levantó las manos, que seguían cubiertas de tierra y sangre.

—Ninguno de los dos es invencible. No somos dioses. Cumplir con el deber no es fácil. Algunos días me gustaría rendirme y cederle la corona a otra persona. Luchar, aguantar y volver a levantarse requiere esfuerzo. Y es duro recordar. Es duro levantarse por la mañana cuando sería más fácil quedarse en la cama.

—¿Qué haces? —preguntó Isla—. ¿Para recordar a pesar de todo?

Él la miró a los ojos.

—Pienso en ti.

Ella tragó saliva. Oro pensó que bajaría la vista o le diría que tenía que marcharse. En vez de eso, Isla le confesó:

—Cuando me imagino la paz, me acuerdo de nuestra playa, Oro. Pienso en aquel mar. Y…, y pienso en ti. —Respiró entrecortadamente—. Pero la paz me parece una fantasía.

Oro habría querido decirle que la paz era posible. Que un futuro de paz y amor, un futuro en esa playa, era posible para todos ellos. Sin embargo, si algo había aprendido en su experiencia con la balsa, era que a veces el destino es inevitable. Por más que uno desee que las cosas sean distintas.

—Siempre hay que darle una oportunidad a la paz —dijo Oro.

Isla sonrió, pero no con los ojos. Lanzó un suspiro tembloroso.

—En ese caso, vale la pena luchar. Por la posibilidad de la paz —respondió Isla, y su figura se desdibujó.

—Por la posibilidad de playas doradas y mares color turquesa.

Cuando ella desapareció, Oro se puso de pie, ahora con una determinación renovada. Lucharía por ella y por la promesa de un día después.

La ventana a la sala del trono titilaba a sus pies. Quedaban pocos días para que Cronan tratara de destruir su mundo. Tenía que asegurarse de que quedara al menos un mundo que salvar. Enderezó los hombros e hizo lo que hacía siempre: avanzar. Hacia el portal.

CAPÍTULO 76
GRIM

Isla llevaba un vestido de seda morada que parecía casi líquida. La tela se deslizaba sobre cada una de sus curvas de un modo que dejaba muy poco a la imaginación. Cronan debía de haberse proveído del extraño tejido en algún mundo lejano.

Dos insectos relucientes le recogían la parte delantera de la cabellera; aleteaban como mariposas, pero no lo eran. Las asistentes le habían pintado un ocaso color lavanda en los párpados.

En serio, ¿qué cojones le pasaba? Grim nunca se había fijado en las ropas que llevaba una mujer y desde luego no repasaba cada detalle como si fuera un maldito pintor que estudiase a su modelo. Pero así se sentía a veces. Consciente de que Cronan la mataría pronto, Grim la escudriñaba cada vez que tenía ocasión, por si era la última vez que la veía.

Porque era hermosa. Hermosa de un modo irritante, estúpido. La mujer más hermosa que había visto en su vida.

Aunque fuera su enemiga.

Ella guardaba un silencio frustrante mientras Grim la acompañaba a la sala de la galaxia, aunque en sus labios se dibujaba una sonrisa. Cerró los puños al pensar en todo el tiempo que había pasado pidiéndole a Isla que se callara, y ahora él estaba deseando que le hablara. Se moría por saber qué estaba pensando.

Tanteó sus emociones, con sumo tiento, diseccionando cada hebra. La wildling se estaba riendo por dentro.

Grim frunció el ceño. ¿Le hacía gracia Grim? ¿Se burlaba… de él?

—¿Qué pasa? —ladró él. Era ella la que estaba cautiva, aunque no se comportase como tal. Recordó lo que le había dicho:

«Tú eres el prisionero».

En los labios de Isla bailó una sonrisa y las sombras de Grim fulguraron furiosas mientras él se preguntaba qué le parecía tan cómico.

Por fin, Isla se compadeció de él.

—Es divertido —le dijo.

—¿Qué? —preguntó Grim.

Ella se volvió a mirarle y Grim se quedó anonadado ante la inmensidad de su resplandor.

—Que te empeñes en fingir que no es inevitable.

Él entornó los ojos con rabia. Se equivocaba. Casi le daba pena lo confundida que estaba.

Las puertas se abrieron de par en par ante otra cena opípara y absurda. O, más concretamente, ante otra ocasión para que Cronan hiciera ostentación de su poder infinito.

A Grim no se le había escapado cómo todos los ojos la seguían cada vez que entraba en la sala. Esta noche no fue distinta.

Como tampoco lo fue que a Grim se le pasara por la cabeza que debería matar a todos los presentes por mirarla igual que él lo hacía.

Se dispusieron a tomar asiento, Isla en el sitio presidencial, como ordenaba siempre Cronan. Ese día, sin embargo,

el antepasado de Grim levantó una mano. Empleando sus poderes, retiró para Isla la silla que solía ocupar Grim. Había un asiento más, descubrió él.

—Hoy se unirá a nosotros otra invitada de honor —anunció Cronan con ojos brillantes como metal líquido.

Isla se sentó con la confusión grabada en la frente. Grim reprimió el impulso de estrecharle la mano desde el asiento contiguo.

Se sentía patético.

Los gobernantes de los distintos planetas charlaban entre sí, pero no dejaban de lanzar ojeadas a la puerta, como si esperaran una entrada por todo lo alto. Su curiosidad se derramaba alrededor. Curiosidad… y miedo.

Pasado un ratito, por fin llegó el gran momento.

Lark Crown entró en la sala con decisión. Llevaba la pluma que le había pedido a Grim prendida al cabello. Aunque la última vez que la había visto era poco más que un montón de huesos y pellejo, ahora parecía completamente recuperada. Lucía un vestido confeccionado por capas de telas pesadas y decoradas con piedras preciosas.

Grim notó el poder que Lark emanaba. Irradiaba de ella hacia toda la sala.

Cronan le había permitido recuperarlo, pero ¿por qué?

—Os presento —dijo Cronan señalando hacia Lark— a una vieja… amiga. El secreto de mi poder regenerador.

Mientras Lark avanzaba hacia la cabecera de la mesa, los señores la observaban con expresiones ávidas. Su curiosidad era afilada como cuchillos.

—Algo que fue posible porque resulta que… ella me ama.

Grim se quedó de piedra al oírlo, teniendo en cuenta que, mientras Lark fulminaba a Cronan con la mirada, el único sentimiento que percibía en ella era rabia pura y dura.

Pero se concentró más, escarbó más profundamente y comprendió que Cronan tenía razón. Había algo en el centro de sus emociones. Un amor inexorable.

No tenía sentido. Grim había visto lo que Cronan le había hecho.

—Ahora es mi prisionera. Pero soy misericordioso. Siempre concedo una segunda oportunidad…

Tras eso, todas las sillas volaron a los lados de la sala. La de Grim golpeó la pared y las sombras le protegieron la cabeza del impacto.

Se giró a mirar a Isla, pensando que vería sangre en la parte trasera de su cabeza…, pero sus sombras habían amortiguado el golpe sin su permiso.

También la protegían a ella.

Los ojos verdes de Isla buscaron los suyos y él apartó bruscamente la mirada para dirigirla al centro de la sala. La cena ni siquiera había empezado.

Por lo que parecía, nunca lo haría. La comida y la vajilla se esfumaron entre un destello de poder, y Cronan se encaramó a la mesa. La corona destelló bajo su galaxia.

—Siempre te has creído mejor que yo —le dijo a Lark, que seguía en el suelo—. Demuéstralo. Gana este duelo y te transportaré al mundo que me digas.

Al lado de Grim, el pánico de Isla fulguró. Temía por su mundo.

Lark entornó los ojos al oír el desafío. Una de las trenzas de su cabello se convirtió en una raíz que descendió por su columna, se extendió por el suelo y la ayudó a subir a la mesa.

—Te odio —le soltó a Cronan con toda su alma.

Él se limitó a sonreír.

—Demuéstralo.

Lark levantó los brazos…

Y mil tallos de enredaderas hicieron añicos el cristal del techo para aprisionar a Cronan tan rápidamente que no pudo transformarse en sombra. Cronan se retorció mientras las plantas lo estrujaban y las espinas le desgarraban los ropajes y la piel.

Con una descarga de energía, Cronan se quitó de encima los tallos, que, esparcidos por la sala, encogieron como si les hubieran absorbido la vida.

Antes de que Cronan pudiera atacar, Lark abrió la mano: la palma estaba llena de semillas que le lanzó directamente a su contrincante.

En pleno vuelo, las simientes se transformaron en inmensos árboles, como si la wildling hubiera acelerado el tiempo y la naturaleza hubiera estallado en un instante.

Una de las semillas se clavó en la barriga de Cronan. Hubo un momento de silencio, de inmovilidad, que se alargó mientras él levantaba la vista hacia Lark.

Y entonces el árbol surgió en su interior desgarrándolo en pedazos que cayeron por toda la sala. Algunos aterrizaron en el techo, bajo una galaxia que se estremeció.

Silencio.

El alivio se apoderó de la sala. Y la esperanza. Pero, antes de que Grim se atreviera a sentir nada, una fuerza arrolladora atrajo los fragmentos del cuerpo de Cronan, que volvieron a unirse por sí solos. A la perfección.

La boca de Cronan esbozó una sonrisa afable, pero Grim notaba la furia que latía bajo la superficie oscureciendo su pálida aura. Estaba claro que ya se había hartado del duelo.

Cuando Lark se abalanzó de nuevo contra él, no tuvo más que levantar la mano y ella cayó reventada, convertida en un montón de carne y huesos. Cronan se limitó a contemplar cómo los fragmentos de Lark volvían a unirse, más despacio que los suyos. Y con menos precisión. Una vez recompuesta, seguía destrozada. A pesar de todo se arrastró por la mesa y alzó una mano para desatar otra fuerza natural contra Cronan.

La mano se disolvió en motas más minúsculas que el polvo. Un brazo pronto sufrió la misma suerte, luego el otro, y pasado un ratito todo el cuerpo de Lark era poco más que cenizas flotando en el centro de la sala. Se posaron amontonadas en el suelo. Cronan apenas les lanzó una ojeada.

Mierda.

Grim sintió una descarga de terror a su lado. Isla. No creía que le tuviera cariño a su antepasada. ¿O sí? Lark debía de ser la única pariente que le quedaba, pero había estado a punto de arrasar el mundo del que procedían…

Los señores de los planetas aplaudieron, arrancando a Grim de sus pensamientos. Se pusieron de pie y se inclinaron ante su líder. Haciéndoles caso omiso, Cronan se arrodilló para recoger un montoncito del polvo que ahora era Lark.

—Vaya, vaya, eres verdaderamente indestructible, ¿eh? La supervivencia personificada.

Trituró el polvo entre los dedos antes de soltar el montoncito y verlo caer como nieve.

Suspiró antes de volverse a mirar a los demás.

—No está muerta. Realmente es invencible. Solo puede morir por propia voluntad.

Súbitamente Cronan creó una guadaña de sombra y se cortó el brazo.

Se oyeron gritos ahogados cuando la extremidad cayó al suelo y la sangre manó a chorro de la herida. Pero al cabo de un momento el brazo se había regenerado.

—¿Lo veis? Incluso ahora…, todavía me ama.

Lanzó una risotada cruel. Los demás señores rieron con él. Cronan se acercó a los restos de Lark y pateó las cenizas.

—Incluso ahora. Después de todo esto. Me ama. Y eso demuestra lo que siempre he pensado… —Cronan clavó los ojos en Grim para pronunciar las palabras siguientes—: Optar por el amor es la decisión más estúpida que uno puede tomar. Solo nos puede llevar a la ruina. Es una maldición.

Tras eso, se sacudió el polvo de los zapatos y abrió los brazos de par en par.

—¿A quién le apetece cenar?

CAPÍTULO 77
ORO

Azul no se mostró sorprendido por la llegada de Oro. Ahora que el rey por fin tenía el dispositivo —y sabía usarlo, gracias a Isla— podía transportarse por el mundo.

—¿Aquí también habéis sufrido ataques de monstruos? —le preguntó Oro tan pronto como puso el pie en el castillo skyling. Miró el entorno y le pareció que los muros permanecían estables. La mayoría de las bestias había entrado a través de la poza de marea, pero algunas habían surgido del mismo aire atravesando tormentas que se disipaban tan pronto como aparecían.

—No —dijo Azul, y su capa del color del firmamento susurró contra la piedra pulida del suelo cuando se dio media vuelta—. Pero notamos los cambios en el cielo y algunos hemos percibido perturbaciones.

Echó una ojeada a las nubes a través del techo abierto y frunció el ceño.

—Así pues, ¿se ha ido?

Oro supo que se refería a Grim. Asintió y Azul suspiró.

—Mantener ese portal abierto ha creado una grieta inmensa en el velo entre los mundos. Peor que cualquier cosa que haya existido en Nightshade.

Sí, pero ¿qué alternativa tenían? Recuperar a Isla no solo era importante para Oro y para Grim, también para la supervivencia del mundo.

—Ya lo sé, créeme —dijo Oro.

Azul le miró de arriba abajo como tomando nota de sus signos de cansancio. El líder skyling también parecía fatigado. Oro no dudaba de que tenía sus propios problemas, dado que la mayoría de los reinos seguían en su territorio.

—Sé que tienes mucho que atender aquí, pero necesitamos ayuda, Azul. Yo… —Oro tragó saliva. Era el rey de Lightlark, la persona más poderosa de este mundo, en teoría. Pero a veces la fuerza consistía en admitir debilidad, ahora lo sabía—. No voy a poder contenerlos mucho más tiempo.

Azul le conocía desde hacía siglos. El tiempo suficiente para saber que Oro no pediría nada si no lo necesitara desesperadamente. Asintió.

—Pediré voluntarios.

Se quedó callado. Y, como se conocían tan bien, Oro notó que el skyling tenía algo más que decirle. A diferencia de los otros gobernantes, Azul nunca hablaba por hablar. Siempre se pensaba muy bien lo que iba a decir.

Pero no tenían tiempo.

—¿Qué pasa? —preguntó Oro con impaciencia.

Azul estudió al rey sunling y dijo:

—Mi marido me reveló algo más. No te lo conté en su día porque pensaba que Grimshaw no lo entendería. Pero es posible que tú sí.

—¿Qué te dijo? —le soltó Oro con más brusquedad de la que pretendía. No era el momento de guardarse nada, habiendo tanto en juego.

—Me dijo que, según algunas interpretaciones, Crowntide no es un acontecimiento, sino una persona.

Oro se quedó de piedra.

—¿Y eso qué significa?

—Significa que hay una persona cuya existencia, en sí misma, cambia el destino —respondió—. En su caso…, una persona destinada a acabar con este mundo.

—O a salvarlo —añadió Oro con vehemencia.

Azul no parecía convencido. Su expresión era… de infinita tristeza. Atormentada.

—¿Qué pretendes decirme? —preguntó Oro. No le gustaba el rumbo que estaba tomando la conversación.

Azul le miró con ojos tristes.

—Si muere, su destino muere con ella.

Un silencio sepulcral se apoderó de la estancia, como si el mismo viento se hubiera detenido. Oro notó que su fuego se iba caldeando a medida que su irritación mudaba en furia.

—¿Me estás diciendo que mate a la mujer que amo?

Azul retrocedió un paso.

—Solo te estoy señalando un camino que no involucra tu muerte. —Se interrumpió y miró al cielo nuevamente—. Isla me habló de la profecía. Me dijo que está destinada a poner fin a la vida de uno de los dos. Estando su vida vinculada a la del nightshade, ¿a quién crees que va a elegir?

Lo que decía Azul era verdad. Oro sabía que, según todas la profecías, había tantas probabilidades de que Isla destruyese el mundo como de que lo salvase. Pero eso no impidió que un fuego rabioso le ardiera en las palmas de sus manos.

Azul volvió a suspirar.

—Tú la dejaste elegir. Y ella lo hizo. —Miró a Oro con cautela—. Puede que tú también tengas que elegir entre Isla y el mundo. ¿Serás lo bastante fuerte como para matarla llegado el caso?

Oro reprimió los retorcidos pensamientos que surgían de las profundidades de su cerebro.

«Ella le escogió a él por encima de ti. ¿La escogerías a ella por encima del resto del mundo si estuviera destinada a acabar con él? ¿Aunque ella no fuera tuya?».

Oro silenció a esa voz insidiosa. Nunca haría nada que pudiera lastimar a Isla como venganza por su elección. Recordó lo que había visto en la balsa: nunca fue tan feliz como cuando estuvo con ella, aunque solo fuera temporalmente. No le tendría en cuenta su decisión, pasara lo que pasase.

Pero luego volvió a pensar en la pregunta de Azul y en la cantidad de personas que podían morir. No solo sus amigos, sino todo su reino. Los niños. ¿De verdad sería capaz Oro de dejarlos morir? ¿Podría dejar caer todo lo que él y su linaje habían jurado proteger?

¿Era un gesto de egoísmo planteárselo siquiera?

Oro agachó la mirada. No podía pensar en eso. No ahora mismo…, y quizá nunca. Pero ¿y si Azul tenía razón y le iba a tocar afrontar esa decisión? ¿Cómo podría seguir adelante si sus manos acababan manchadas con la sangre de un mundo entero? ¿Si escogía a una mujer por encima de miles de personas?

—Una cosa más —añadió Azul, como si no hubiera dicho ya bastante—. Mi marido me explicó que a menudo se pueden interpretar las profecías de manera ligeramente distinta, pues el destino es fluido. Hay múltiples resultados posibles. Solo una de las tres hermanas, uno de los oráculos del hielo, habló con Isla. Ella solamente oyó una versión…, pero creo que es posible que su profecía se refiriese a otra persona.

Oro frunció el ceño.

—El oráculo les dijo a Isla y a Cleo que Isla sería determinante para el destino del mundo. Que ella apuñalaría mi corazón o el de Grim. Y que salvaría este mundo… o lo condenaría. Ella es el corazón dividido. El oráculo fue muy específico.

—Sí. —Azul le lanzó a Oro una mirada elocuente—. Pero tu corazón también está dividido: entre ella y tu deber. Tú también eres un gobernante escindido. Ella se marchó a otro mundo. Sus acciones podrían haber alterado el destino. Pero puede que ahora todo gire en torno a ti.

Oro estaba hecho un lío. No tenía duda de que la profecía se refería a Isla. Pero también recordaba lo que le había dicho la mujer de plata: que él también tendría que tomar una decisión, muy pronto.

—Todo termina con una hoja en el corazón —dijo Azul—. Por lo que yo sé, tanto podría ser el tuyo como el de Grim… O el de Isla.

CAPÍTULO 78
ISLA

Isla no dijo ni una palabra durante el resto de la cena. Ni siquiera despegó los ojos del plato. Antes del entrante, los camareros acudieron a barrer lo que quedaba de Lark y todavía había una fina capa de ceniza en el suelo. Bajo las botas de Cronan.

A Isla no le preocupaba su malvada antepasada —sabía que dentro de nada volvería a estar en la celda—, pero no dejaba de darles vueltas a las palabras de Cronan. Había mantenido a Lark prisionera durante milenios. La había torturado. La había destruido. Y ella… todavía le amaba.

Isla se preguntó si ella estaba siendo tan tonta como su antepasada, destinada a repetir el ciclo.

Grim no paraba de echarle ojeadas, pero ella no se dio por aludida. Estaba sumida en sus pensamientos. Absorta en lo que acababa de presenciar.

Después de la cena, Grim la acompañó a la celda en silencio. Cuando llegaron a las mazmorras oyó una especie de roce, como un desgarro.

—Toma —le dijo él a la vez que le ofrecía un trocito de tela.

Ella le miró de hito en hito, sin saber qué hacer con eso. Él dirigió a su hombro una ojeada elocuente e Isla bajó la

mirada. Tenía una mancha de sangre. Unas gotas de Lark debían de haberla salpicado. Se la retiró con la tela.

—Gracias —le dijo en tono quedo a la vez que se la devolvía, y entonces se dio cuenta de que Grim se había arrancado un trozo de camisa para ofrecérsela. Ahora se le veía un lado del abdomen, una cadena muscular que conocía muy bien.

Resopló una carcajada triste.

—Qué educado. Ya era hora.

—No te acostumbres —le dijo Grim mientras reemprendía el camino hacia su celda.

A la tarde siguiente, mientras Isla hacía lo posible por desentenderse de los crujidos y chasquidos que emitía el cuerpo de Lark al recomponerse, alguien apareció en la puerta de la celda.

Era Grim.

Isla enarcó las cejas. Todavía faltaban horas para la cena.

—¿Qué…?

—Cronan ha decidido adelantar la invasión de nuestro mundo —la interrumpió él. Hablaba en tono apresurado. Sus sombras se desplegaban por el pasillo para ocultarlos.

Isla se puso de pie y se acercó a los barrotes.

—¿Qué?

Apenas veía la cara de Grim entre las tinieblas, solo el brillo de sus ojos.

—Le he oído hablar con los otros señores. —La miró—. Sabe que no te vas a unir a él. Sabe que has estado hablando con alguien desde la celda.

«Oro». Cronan estaba enterado de las conversaciones de Isla con Oro.

—¿Por qué me cuentas esto? —le preguntó.

Grim no la miraba a los ojos. Era como si le diera miedo hacerlo. Tocó la puerta de metal sombreador y la cerradura se desbloqueó.

—Voy a dejarla abierta —dijo él en tono brusco—. Es tu oportunidad de marcharte, pero, Isla, no quiero volver a verte.

Por fin le sostuvo la mirada. E Isla atisbó en sus ojos su lucha interior, clara como el cristal; el conflicto que representaba estar ayudando a la mujer que tal vez le apuñalara el corazón.

A pesar de todo, le había abierto la puerta.

—¿Por qué me ayudas? —quiso saber Isla.

Grim posó la mirada en sus labios, en su cuello; sus ojos descendieron y volvieron a ascender, como si supiera que era un adiós. Como si quisiera memorizarla.

—Porque no me acuerdo de ti. —Las palabras fueron una puñalada en las entrañas de Isla—. Pero recuerdo un mundo que merece la pena salvar.

El bien todavía vivía en Grim. No era Cronan, decidido a reducir mundos enteros a cenizas por su codicia.

—Si lo averigua, te encarcelará —le advirtió Isla, perpleja.

Grim encogió un hombro.

—He dicho que recuerdo un mundo que merece la pena salvar. No que recuerde una vida que merezca la pena ser vivida.

Isla notó un nudo en la garganta. Que Grim pensase que su vida no merecía la pena…

Se le saltaron las lágrimas. Isla devolvió la puerta a su lugar y se puso de puntillas para aferrarle la camisa con los puños y soltarle directamente a la cara:

—Pues yo sí que me acuerdo, aunque tú lo hayas olvidado. No solo tienes una vida que merece la pena ser vivida; tienes mucho más. Tienes un amor que merece la pena redescubrir. Y por nuestro amor merece la pena vivir mil vidas. —Negó con la cabeza—. No puedo hacer esto sin ti —dijo—. Pero juntos… nos teme. Sabe que unidos podemos derrotarle.

La mirada de Grim iba y venía de la puerta cerrada a ella. E Isla solo vio rabia en sus ojos.

—Eres tonta si rechazas mi ayuda. Es tu única oportunidad de sobrevivir.

—No lo entiendes —le dijo ella. Y deseaba desesperadamente que lo hiciera—. Hice un juramento. Y no solo es válido para esta vida. También para la siguiente. Y la que venga después. Y todas las que sigan.

Él se acercó un poco más a Isla.

—Y, cuando por fin abandone esta celda…, yo misma forzaré la puerta —añadió ella, sosteniéndole la mirada. Durante unos instantes se limitaron a observarse mutuamente, con rabia.

—Eres tonta —gruñó él.

—Ya me lo has dicho.

—Los dos lo sois —dijo una voz que surgió del muro de sombras como si fuera una espada. Antes de que Isla se diera cuenta, una nueva ola de tinieblas se había creado.

Y Cronan salía de ellas.

CAPÍTULO 79

ORO

Durante cientos de años, Oro se había sentido como si llevara un bloque de hielo en el pecho, en lugar del corazón. Las maldiciones les habían arrebatado tantas cosas… De un día para otro, en un instante aciago, las vidas de todos habían cambiado. Quizá la suya más que ninguna, pues Oro se había convertido en rey.

Y entonces una mujer con ojos de bosque irrumpió como un incendio en su vida y prendió su corazón. Prendió la esperanza de que merecía la pena salvar el mundo…, y no solo eso, sino convertirlo en un lugar mejor. Durante todo este tiempo, Oro había estado pendiente de sobrevivir y no de vivir verdaderamente.

Isla, en cambio, rebosaba sentimiento. Se guiaba por el corazón en todo lo que hacía, y puede que las cosas no siempre acabaran bien, pero al menos ella lo intentaba con todas sus fuerzas. En un mundo lleno de inmortales hastiados, aburridos y enfadados, ella era la primavera, un soplo de aire fresco.

Habían sido enemigos, luego reticentes aliados y por fin amigos, y después algo más. Él nunca había pensado que fuera posible amar a otro gobernante de manera altruista, sin tener en cuenta la política, hasta que la conoció.

Oro se había acostumbrado a llevar el peso del mundo sobre los hombros. Siempre había colocado los intereses de su pueblo en primer lugar, en cada una de sus decisiones. Ahora dudaba de todo. Había intentado hacer lo correcto, pero nada le parecía bien ni justo en la disyuntiva que tenía delante.

Se quedó sentado en la playa, mirando ese mar del color de sus ojos; de los ojos de Isla.

Allí le encontró Enya.

Oro no quería contarle lo que le había dicho Azul. Aunque sabía que su amiga solo deseaba su felicidad, Enya nunca le había ocultado que Isla no le parecía la pareja ideal para él.

No se lo podía reprochar. Enya siempre le había protegido con uñas y dientes. Desde que Oro conociera a Isla, Enya le había visto hundirse en el fango como nunca antes. Pero su amiga tampoco podía negar que, con Isla, también había dado lo mejor de sí mismo.

Cuando llevaban un ratito sentados en silencio, Oro preguntó:

—Si alguien te concediera la oportunidad de salvarme a cambio de condenar al resto del mundo, ¿qué harías?

No oyó ninguna respuesta, aparte del fragor de las olas, así que giró la cabeza para mirarla.

El viento azotaba con fuerza la melena roja de Enya, que resplandecía a la luz del sol.

—Te escogería a ti —dijo ella finalmente.

Oro frunció el ceño.

—¿Matarías a todos los habitantes del mundo… solo por salvarme?

Enya asintió.

—Lo haría. —Estiró las piernas. Una ola rompió a pocos metros de distancia y la espuma los acarició—. Pero en

mi caso no tiene mérito, porque yo nunca tendré que tomar esa decisión. —Le miró un momento—. Yo no soy rey.

Oro agachó la cabeza.

—Esta corona es una maldición —dijo. Siempre lo había sido. En parte le gustaría poder lanzarla al agua, pero eso no le libraría de la responsabilidad que tenía para con su pueblo ni del vínculo de sangre que le unía a ellos.

—Todas lo son —respondió Enya.

Tenía razón. Todas las coronas estaban manchadas de sangre. Ya fuera a través de las conquistas, ya por herencia, siempre tenía que morir gente para que una corona pasara de una cabeza a otra.

Oro notaba el peso de todo su linaje sobre la suya. Ahora que había visto todas las historias, sabía lo que había sacrificado su estirpe para sobrevivir. Para que la corona hubiera llegado hasta él.

No podía matar a Isla. Pero Oro tampoco podía ser la persona que condenase a su pueblo y pusiera fin a todo el trabajo que habían hecho sus antepasados.

—Ojalá tuviera que elegir entre ella y yo —dijo con la voz ronca de la emoción—. Daría mi vida por ella sin pensármelo.

—¿Incluso ahora? —preguntó Enya—. ¿Después de que le eligiera a él?

—Incluso ahora —asintió Oro.

Notó que Enya tenía un millón de opiniones al respecto. Seguro que se moría de ganas de gritarle, de decirle que su vida tenía un valor, de suplicarle que no cometiera ninguna locura. Era lo que le habría dicho Oro de haber estado invertidos los papeles.

Pero al final se quedaron sentados en silencio, juntos, mirando cómo rompían las olas.

CAPÍTULO 80
ISLA

Cronan los miró a los dos con aire de decepción. Lo había oído todo. Ahora sabía con absoluta seguridad que Isla no se iba a unir a él. Grim se quedó muy quieto y no retiró sus sombras.

Su antepasado le dedicó una sonrisa burlona.

—No me esperaba esto de ti. Quizá sea mi primer error.

La oscuridad los envolvió en un instante. El poder de Cronan para saltar entre portales se asemejaba a un látigo y aterrizaron en la sala de la galaxia con un chasquido. A Isla le flaquearon las piernas de la impresión. Había caballeros en fila contra las paredes curvadas de la sala circular, tiesos como palos. Esperaban órdenes. Cronan suspiró mientras su mirada iba y venía entre los dos.

—Podríais haber sido el germen de una era completamente nueva. —Miró a Isla entornando los ojos—. Pero tú… A ti te subestimé. Me has estado ocultando una parte de tu mente.

Los rodeó despacio e Isla se sintió como acechada por una fiera.

—Soy misericordioso —continuó—. Tú misma has presenciado que siempre concedo una segunda oportunidad a aquellos que demuestran grandeza.

Los caballeros dieron un paso adelante e Isla tragó saliva. Eran doce. Todos pertrechados con armaduras confeccionadas con sombreador. No portaban armas, pero Isla sabía, después de haber luchado con ellos, que no las necesitaban.

Cronan la examinó ladeando la cabeza.

—No voy a ser tan necio como para devolverte tus poderes, pero tampoco te dejaré con las manos vacías. —Una espada se materializó en el aire e Isla la atrapó al vuelo—. Si consigues matar a todos y cada uno de los caballeros que hay en esta sala, te dejaré libre.

Isla no pensaba marcharse sin Grim. Se quedó en el sitio, negándose a obedecer.

Pero entonces un caballero que estaba a su izquierda se precipitó sobre ella.

Girando sobre sí misma, Isla le esquivó en el último instante y le pateó la espalda. El caballero patinó por el suelo. Cronan siguió contemplando el espectáculo con expresión divertida.

Ella no le dio tiempo al caballero a levantarse ni a reordenar sus sombras. Le cortó la cabeza de un tajo.

Sonó una exclamación contenida, como si a Grim le hubiera sorprendido su brutalidad.

¿Todavía no lo entendía? Los dos estaban dispuestos a hacer cosas brutales por el otro.

Isla oyó el zumbido de unas sombras al afilarse y, al hundir la espada a su espalda sin mirar, topó con algo metálico.

Cronan no le había dado un arma lo bastante afilada como para atravesar las armaduras, naturalmente. Se dio media vuelta y salió proyectada por el aire al recibir el golpe de una ola de sombras. Aterrizó con un trompazo que le quitó el aliento…

Y ahora tenía encima a once caballeros.

Se sintió igual que años atrás, de espaldas en mitad del bosque. Impotente contra los árboles que Terra proyectaba sobre ella.

De nuevo carecía de poderes. Pero eso no significaba que estuviera indefensa.

Recordando cómo había debilitado a un caballero en otra ocasión, clavó la espada en la fina franja de piel vulnerable entre el casco y la coraza, y el que tenía más cerca cayó. Una sombra ya se precipitaba hacia ella cuando, rápida como una flecha, Isla arrastró al caballero caído…

Y lo utilizó como espejo para proyectar contra ellos todo su siniestro poder.

Las armaduras repicaron contra el mármol cuando cayeron, aturdidos por su propia oscuridad, e Isla no perdió ni un instante. Desde el suelo, arrancó el arma del cuello del caballero y se dio la vuelta de rodillas para apuñalar una y otra vez hasta que hubo desgarrado todos los cuellos entre una ducha de sangre.

Había diez cuerpos más desparramados en derredor. Diez. Frunció el ceño.

Y algo la embistió por detrás. Notó un zumbido en los dientes por el impacto y se dio media vuelta, pero este era más rápido. De una patada, la desarmó antes de rodearle el cuello con las manos.

Un caballero no se interpondría entre Isla y Grim. No después de haber llegado tan lejos. Hizo esfuerzos por respirar. No tenía arma. No tenía poderes. Pero tenía manos.

Las levantó y consiguió arrancarle el casco al caballero. Lo lanzó a la otra punta de la habitación y le buscó los ojos con los pulgares.

Pero entonces le vio la cara y se quedó paralizada.

Era… Era el rostro de él. El rostro de Cronan.

Pagó cara la vacilación.

La empuñadura de una espada le golpeó la sien e Isla vio las estrellas. Notó el frío del metal contra la garganta.

—Ya basta —ordenó una voz, y su cuerpo empapado en sangre se crispó cuando una fuerza invisible la puso de pie. Pasó la vista del caballero, que se estaba poniendo el casco, a Cronan. Eran idénticos.

—Sí —dijo el antepasado de Grim—. Todos son así. Versiones de mí mismo. Versiones más débiles.

Cronan echó una ojeada al caballero, que acababa de ajustarse el casco a la cabeza.

Y se la cortó con sus sombras. La armadura del caballero repicó contra el suelo cuando su cuerpo se desplomó, mientras la cabeza rodaba allí cerca.

Isla respiró entrecortadamente. Cronan no toleraba la menor debilidad, ni siquiera propia. Isla buscó los ojos de Grim, pero este observaba a su antepasado con atención; su rostro no delataba ningún sentimiento.

Cronan se acercó a Isla con decisión y le deslizó un dedo por la mejilla.

—Tu ejecución será pública, por supuesto —dijo—. Al fin y al cabo, he hablado tan bien de ti… Celebraremos un duelo, claro está. Al menos presenciaremos un buen espectáculo. —Esbozó una sonrisa satisfecha, al parecer muy complacido consigo mismo—. Pero antes vamos a echar un vistazo detrás de ese muro que has construido en tu mente, ¿te parece?

Isla notó el bloqueo de siempre en los huesos cuando Cronan tomó el control. Las tinieblas entraron en su cráneo y ella chilló. No pudo evitarlo, a pesar de todas las veces que él le había forzado la mente en busca de lo que guardaba escondido.

A través del grito, Isla oyó algo. Al principio fue un eco lejano, pero se tornaba más claro cuanto más se adentraba Cronan en sus pensamientos. No reconocía esa voz…

Y eso significaba que tenía que proceder de la mente del propio Cronan.

En ese instante Isla comprendió que, mientras él le saqueaba el cerebro, dejaba abierta la puerta al suyo de par en par.

Así pues, mientras estaban conectados, Isla podía usar los poderes de Cronan. Él podía paralizarle el cuerpo, con un control más férreo que nunca ahora que sabía lo que ella le había hecho, pero su mente podía moverse. Podía defenderse.

Mientras las tinieblas de Cronan se abrían paso por el cerebro de Isla, ella entró en la mente del nightshade. Él estaba tan pendiente de desvalijar sus recuerdos que ni siquiera se dio cuenta. Estaba expuesto; era vulnerable. No sabía que Isla era capaz de hacer lo propio. No se había percatado de que, en todo momento, mientras él la inmovilizaba e invadía su cerebro, le estaba enseñando todo lo que ella necesitaba saber para saquear los pensamientos de Cronan.

Igual que había hecho con Lark, Isla se imaginó que era una ola. Su conciencia erosionaba la costa de esa mente malvada una y otra vez, hasta que empezó a ver imágenes: personas extrañas, criaturas y mundos que jamás habría imaginado.

En la mente de Cronan no solo había murallas, también laberintos. Y sus trazados eran muy parecidos al del palacio de invierno.

Más. Isla necesitaba ver más.

Siguió inundando su mente con aguas cada vez más profundas hasta que encontró una grieta en los setos.

En su propio cerebro, dejó que cayera un muro tras otro. Y, mientras las sombras de Cronan se apropiaban de sus recuerdos, ella lo vio todo. Absolutamente todo.

Él tenía razón. Todo el mundo tenía una debilidad.

Y ella acababa de descubrir la de Cronan.

Aunque tal vez fuera demasiado tarde. Pues en ese instante el nightshade abandonó su mente, dejándola embotada y jadeante, para decir:

—Tanto conspirar con el rey… para nada. Qué pena. Podrías haber llegado a ser grandiosa.

Se volvió a mirar a Grim.

—En cuanto a ti —dijo—, pensabas dejarla escapar.

El rostro de Grim permaneció impertérrito. Las manos de Cronan se crisparon e Isla se preguntó si por fin acabaría con su descendiente. «Que lo intente».

En vez de eso, Cronan inspiró hondo y relajó los hombros.

—Pero yo siempre concedo segundas oportunidades. —Pasó la vista de uno a otro—. Conquistaré vuestro mundo pasado mañana. Pero finalmente me han convencido de que quizá no todo el mundo tenga que morir. Me vendría bien una servidumbre voluntaria. El que gane podrá conservar su reino.

Isla todavía estaba mareada por las sombras de Cronan y la lucha con los guardias. Cronan pudo ver el momento exacto que su disperso pensamiento encajaba las piezas.

La sonrisa del nightshade fue afilada como una daga.

—Exacto —dijo deleitándose en el pánico de Isla—. No te batirás en duelo conmigo…, sino con tu marido, a muerte.

CAPÍTULO 81
GRIM

Los ojos de Grim destellaron en dirección a Cronan y su antepasado se volvió a mirarle. Le habló a través de la mente, diciendo:

«Me has traicionado. No pensarías que te dejaría vivir, ¿verdad?».

Grim tragó saliva con dificultad. No sabía qué tenía en la cabeza cuando había ido a la celda. Había escuchado los planes de Cronan y había actuado sin más, instintivamente.

Pero lo cierto era que no lograba arrepentirse.

«Conozco tus pensamientos —continuó su antepasado—. Sé que quieres salvar tu reino. Si ganas el duelo, permitiré que Nightshade sobreviva. Te lo juro por mi corona».

El abrupto metal que cubría la cabeza de Cronan resplandeció, como si se uniera al juramento. A continuación las sombras abandonaron la mente de Grim.

Ella iba a morir. El propio Grim iba a matarla.

Se trataba de una realidad que tuvo clara desde el principio. O Cronan acababa con ella, o lo hacía Grim. Era el único modo de impedir el posible destino que había presenciado. Hacía muy poco que se había enterado de que, a cau-

sa del vínculo vital que compartían, la muerte de Isla provocaría también la de Grim.

Aunque sus emociones se habían desbocado esos últimos días, Grim no sentía nada. Solo una aceptación indolente.

Iba a morir. Pero al menos su reino viviría. Las palabras que le había dirigido a Isla hacía un rato habían sido sinceras.

«He dicho que recuerdo un mundo que merece la pena salvar. No que recuerde una vida que merezca la pena ser vivida».

El arrebato de pasión que la había embargado en respuesta, su insistencia en que Grim había sido feliz una vez, había prendido una extraña llama en su alma, el deseo de creerla. Un anhelo desconocido no solo por sobrevivir, sino por vivir.

Durante un momento había visualizado un futuro idéntico al que ella había descrito, sin las ataduras que implicaban los deberes y el destino. Ahora comprendía que fue un sueño. Una fantasía absurda.

Isla también parecía comprenderlo. Sus emociones estaban tan adormecidas como la superficie de un lago cuando la llevó de la sala de la galaxia a la estancia donde las mujeres la prepararían para el duelo del día siguiente. Grim notó una pizca de remordimientos y preocupación, pero por lo demás… solo había paz.

Se preguntó qué significaba eso. ¿Por fin había aceptado que Grim nunca la recordaría? ¿Que Cronan era imparable, algo que había quedado claro antes incluso de que Isla revelara que sus caballeros eran todos versiones de sí mismo?

Cronan se había diseminado por todo el universo, por todas las épocas, a través de los mundos. No era posible acabar con él. Si una versión era eliminada, otra estaría esperando.

Isla se equivocaba. Ni siquiera juntos tenían la más mínima posibilidad de derrotar a Cronan.

Grim tenía que salvar su reino. Tenía que vencerla en el duelo.

Ojalá la idea de matarla no le hiciera fruncir el ceño. De hecho el duelo era algo bueno. Un regalo, igual que el acto de Cronan de borrarle los recuerdos.

Pero Grim no podía negar que se le antojaba más bien una maldición. Un robo. Una ausencia que echaba en falta.

En su última noche de vida, le habría gustado tener más momentos que recordar.

Cronan le permitió asistir a la cena con los caudillos de los planetas. El asiento de Isla estaba llamativamente vacío. Grim trató de enterrar sus emociones, no acusar su ausencia con tanta intensidad como le alteraba su presencia, pero no podía.

Grim quería matar a su antepasado. Con desesperación. Pero eso también era imposible, de modo que haría lo que hiciera falta para asegurarse de que su reino sobreviviera.

Después de cenar se transportó a su alcoba…, y se quedó de piedra. Su aura estaba por todas partes. El aura de ella.

Se volvió a mirar despacio y allí estaba Isla, sentada en su cama como sacada de un sueño.

Iba enfundada en un tejido cósmico que brillaba como polvo de estrellas. Era fino como la seda de araña e igual de transparente. No habría cambiado nada si no hubiera llevado nada encima.

—Es el vestido que me han dado para el duelo —le dijo al percatarse del escrutinio de Grim. Se rompería en el instante en que se moviera. Saltaba a la vista que Cronan se proponía humillarla. Isla ladeó la cabeza—. A mí me parece demasiado recatado.

Grim parpadeó unas cuantas veces para despejarse la mente. Se agarró al poste de la cama y sus nudillos palidecie-

ron de la fuerza con la que se aferraba, como si el mueble fuera un ancla en ese mar de intensidad que amenazaba con arrastrarlo.

—¿Qué haces aquí? —Grim lo preguntó sin aliento, casi con dolor.

Ella encogió un hombro.

—Mañana me vas a matar —dijo. Ni siquiera intentó fingir que ganaría—. Quiero pasar mis últimas horas de vida contigo.

—¿Por qué? —quiso saber él. Necesitaba conocer el motivo. Necesitaba entender las emociones que hacían de los individuos unos necios, para no convertirse en uno.

—Porque eres mi marido y te quiero —respondió Isla—. Aunque mañana me apuñales el corazón.

—Pero ¿tú te estás oyendo? —exclamó Grim. Su pecho subía y bajaba a toda velocidad—. ¿No te das cuenta de que estás diciendo cosas absurdas?

Isla sonrió.

—Así es el amor.

Se quedó plantada ante él y Grim ahora podía contemplarla a placer, de pies a cabeza. El tejido ocultaba muy poco, pero el escrutinio no la intimidó. No, Isla cerró el hueco que los separaba como había hecho miles de veces antes.

—Puedo marcharme o puedo quedarme. Tú decides.

Le miró con detenimiento, esperando su decisión. Como él no decía nada, Isla asintió. Pasando por delante de Grim, se encaminó a la puerta.

Bien. Una noche juntos solo serviría para complicar las cosas al día siguiente. Grim la miró marcharse.

Justo antes de que pisara el pasillo, la agarró de la muñeca y tiró de ella. Grim se había transportado con tanta rapidez que el mundo se había desdibujado. Ella se detuvo y le echó un vistazo por encima del hombro.

La perfección tenía nombre. Y ese nombre era Isla.

Ella enarcó una ceja con gesto desafiante. Se miraron de arriba abajo. Grim se había prometido que se controlaría, que no se dejaría llevar por la tentación. Había visto a Isla apuñalarle el corazón, en bucle. Se había recordado los siglos y siglos que llevaba ejerciendo el autocontrol.

Pero le importaba una mierda; estaba dispuesto a perder esta batalla.

La arrastró al interior de la alcoba y cerró la puerta. Y la aprisionó contra esa misma puerta, desatado, recorriendo su cuerpo con los ojos, observándola con avidez.

El vestido de polvo de estrellas era tan delicado que se rompería en cuanto lo tocase, quedaría destrozado bajo sus dientes. Grim sabía que tenía que permanecer intacto para la ejecución de Isla, pero sentía tentaciones de rasgarlo a jirones.

En vez de eso, con la mano temblorosa por el esfuerzo de contenerse, deslizó los dedos con sumo tiento, muslo arriba, rozando con los nudillos esa tela peligrosamente fina, hasta que encontró la abertura. Y al momento estaba acariciando piel cálida y suave. El corazón de Grim latía desbocado. El mundo podría haber terminado ahora mismo y él no se habría dado cuenta, tan concentrado estaba en el camino que recorría por el interior de su pierna. Más arriba. Más. Isla se estremeció entre respiraciones lentas y pesadas. Ella levantó los ojos, expectante, y Grim vio en ellos el reflejo de su propia necesidad. En su aura saboreaba las profundidades de su deseo.

Y, cuando sus dedos por fin alcanzaron el centro de placer de Isla, Grim sintió que ella deseaba esto tanto como él.

Él lanzó una maldición cuando sus dedos resbalaron sobre la seda. Ella gimió, moviéndose contra los dedos. Grim agachó la cabeza para poder mirarla a los ojos.

Isla alargó el cuello y apenas unos centímetros separaban ahora sus caras.

—Por favor —suplicó ella directamente contra su boca.

—Qué educada —murmuró Grim, y le rugía la sangre de necesidad—. Dime una cosa, ¿solo dices «por favor» y «gracias» cuando me entrego a ti?

Él introdujo los dedos por debajo de la tela y los dos maldijeron por lo bajo. Isla cerró los ojos con fuerza, solo un momento. Cuando los abrió, exhibían un verde feroz, ardiente. Estaba claro quién ostentaba el poder. Y ella lo sabía.

—Entrégamelo todo y averígualo.

En ese instante Grim supo que lo haría.

Ella era su ruina. Ni siquiera le estaba tocando y ya estaba a punto de perderse por completo.

Isla era la hoja destinada a atravesarle el corazón. Grim tenía la sensación de que ya estaba allí, probándole, poniendo a prueba su capacidad de resistencia.

Especialmente cuando desplazó los dedos y ella emitió un sonido que fue directo a su centro latiente. Ahí. Ella le quería ahí. Grim deslizó la mirada por su cuerpo, resiguiendo con los ojos lo que quería hacerle con los labios, y nunca en toda su vida había estado tan excitado solo de ver cómo ella se retorcía contra su mano, con las mejillas encendidas, el pecho casi derramándose fuera del vestido. La cabeza de Isla estaba vuelta a un lado, los labios abiertos en un nuevo jadeo, pero, como si notara que Grim la escudriñaba, volvió a mirarle a los ojos. Las miradas de ambos quedaron atrapadas, como una llave que encaja en su cerradura.

—Tienes dos manos —le dijo ella—. Úsalas.

Nadie le había hablado así a Grim. Era el gobernante de su reino, el capitán de un ejército, pero por ella estaba dis-

puesto a convertirse en un sirviente. Haría cualquier cosa que le pidiera.

Le sostuvo el pecho con la otra mano, los dedos ligeros como plumas contra la delicada tela, y le rozó con el pulgar el vértice erecto mientras Isla corcoveaba contra su cuerpo, tensa de placer. Súbitamente Grim quiso tener más de dos manos para poder acariciarla entera, y entonces se acordó de sus sombras. Las utilizó para barrerle el pecho mientras él le sujetaba la cadera para ajustarla a la suya, y se inclinó para susurrarle al oído:

—Espero que tengas toda la noche, porque esto solo es el principio de lo que puedo ofrecerte.

Y deslizó el dedo al interior de Isla.

Pronto otro dedo se unió al primero y ella lo tomó todo, frotándose contra su mano, y le clavó las uñas en la muñeca mientras le decía cómo hacerla sentir bien. Él seguía cada orden, cada instrucción, pendiente de cada palabra hasta que el cuerpo de Isla se tensó y luego se aflojó en torno a él.

En ese momento Grim levantó una mano para rodearle la nuca y empujó los labios de Isla hacia los suyos. Qué sabor. Ella era una droga por la que sería capaz de matar.

Grim no quería perderse ni un solo milímetro de su piel. Sus sombras la acariciaron mientras se tragaba los gemidos de Isla y la acompañaba en cada temblor, hasta que ella dejó de moverse contra él. Isla jadeó contra la pared con el pecho agitado y los ojos brillantes. Le miró como si necesitara más. Todo.

Fue lo más difícil que Grim había hecho en toda su vida, retirarle los delicados tirantes del vestido. Desabrocharle despacio cada uno de los minúsculos botones de la espalda. Despojarla del vestido muy lentamente. Tan pronto como el vestido cayó al suelo, ella estaba en sus brazos.

Grim la sentó en la cama y retrocedió un paso solamente para admirarla como si fuera una obra de arte. Porque su belleza merecía ser idolatrada. Y él estaba dispuesto a hacerlo, a conciencia.

Y completamente desnuda… Grim esperó un momento para respirar antes de acercarse con lentitud. Se despojó de sus propias prendas y no se le escapó cómo ella se humedecía los labios. Y solo de imaginar esa boca en él…

—¿Ya habíamos hecho esto antes? —le preguntó Grim con la voz rebosante de un deseo apenas contenido. Lo había visto mentalmente, pero necesitaba estar seguro.

—En todas las superficies que te puedas imaginar.

—Bien. —Isla jadeó cuando volvió a tomarla en brazos. A la mierda la cama—. Vamos a añadir unos cuantos sitios más a la lista.

CAPÍTULO 82
ISLA

Por alguna razón, nunca lo habían hecho en una bañera, hasta ese momento.

Lo habían hecho en el suelo. Y luego sobre la cómoda. Ahora estaban en el interior de la bañera de porcelana. Grim la acomodó de lado y la tomó así. Isla se aferró al borde con fuerza y sus nudillos palidecieron mientras la recorría otra ola de placer. No quería que aquello terminara. Nunca.

Grim hablaba en serio cuando le dijo que iban a poner a prueba la alcoba, y lo habían hecho. Las sábanas de la cama estaban desgarradas. Habían saltado astillas del cabezal. Había plumas esparcidas por todas partes. El suelo exhibía las marcas de las sombras de Grim, que lo habían arañado cuando él se había liberado.

Eso no le disuadió. Grim se limitó a sacarla del estropicio, acercarla a la pared y volver a empezar.

Y otra vez.

Isla estaba tan llena de él que apenas podía respirar.

—Es la mejor noche —jadeó ella mientras él la tomaba con largas embestidas— de todas.

Notaba el aliento de Grim cálido contra la mejilla y un escalofrío le recorrió la columna cuando él dijo:

—Aún no ha terminado.

Súbitamente, Isla ya no estaba de rodillas, sino de pie contra la pared, notando la piedra contra la piel encendida de su pecho. Él todavía estaba detrás, una sombra mucho más alta que la suya. Despacio, Grim le levantó una mano por encima de la cabeza, le abrió los dedos uno a uno, con dolorosa lentitud, le deslizó el pulgar por la palma y se la pegó al muro, colocando la suya encima. Hizo lo propio con la otra mano.

Y al momento se estaba moviendo otra vez, y ella maldijo contra la roca lisa, porque hacía semanas que no se sentía tan bien. Las sombras barrieron su piel acalorada e Isla gimió cuando se desplazaron con determinación, acariciando todo aquello que Grim ya había explorado con la lengua.

—¿Hacemos esto a menudo? —le preguntó él, y su voz era un susurro ronco contra el oído de Isla.

—Todo el tiempo —respondió ella.

—Bueno, al menos hice algo bien —dijo Grim, y se movió con más rapidez. Ella acompañaba cada embate con la espalda arqueada para que pudiera tomarla aún más adentro, y él expresó su placer con un «hum» contra su cuello. Todas las terminaciones nerviosas de Isla estaban alerta, atendidas. Grim colmaba cada una de sus partes anhelantes.

La mano de él descendió al notar que Isla estaba a punto. Grim había aprendido sus caminos en una sola noche, a la perfección, y ella gritó cuando él encontró el punto exacto en que le necesitaba. Su cuerpo se curvó sobre el de Isla, le deslizó los dientes por el hombro mientras sus sombras le acariciaban el pecho y luego la tomó con más intensidad. Los largos dedos de Grim aferraron los de ella, todavía con una mano encima de la cabeza, y la sujetó con firmeza contra la roca según aceleraba, sabiendo que ella lo necesitaba, que

necesitaba que todo su mundo se redujera a la sensación de Grim en ella. Con la otra mano le acariciaba el centro de placer hasta que Isla empezó a doblar los dedos de los pies y se aferró a la piedra como si esta pudiera evitar que cayera por el borde de ese placer infinito. Isla quería vivir en ese momento por siempre. Deseaba que no terminara nunca. Echó la cabeza hacia atrás despegando los labios y un rayo le recorrió la columna mientras su placer ascendía. Los dientes de Grim le rozaron la garganta. Ella jadeó al liberarse, latiendo en torno a él, y al momento Grim gimió y saltó con ella al precipicio.

Isla notó el cuerpo cálido y pesado cuando él se derrumbó en torno a su cuerpo, saciado. De momento.

Ella seguía junto al muro, con el pulso aún acelerado, cuando le oyó llenar la bañera. Se dio media vuelta, pero él abandonó la alcoba antes de que empezara otra ronda, y seguramente fuera mejor así. Isla se bañó deleitándose en el hecho de que Grim había tocado cada centímetro de su piel. Isla la había echado de menos. Había echado de menos esa necesidad insaciable.

Él regresó con prendas de ropa y una toalla.

—Toma —le dijo. Habló con cierta brusquedad y no la miró a los ojos. A Isla no le importó. Él se había pasado horas perdido en su mirada, diciéndole cuánto le gustaba, cuán perfecta era ella, hasta qué punto encajaban.

Y ahora Isla tenía la sensación de que le costaba mirarla.

—Gracias —dijo ella. Se sonrojó al recordar la broma de Grim sobre su buena educación. Puede que tuviera razón.

—No… Esto no cambia nada —gruñó él—. No te lo pondré fácil en el duelo. No te dejaré ganar.

—Ya lo sé —respondió ella. Él permitió por fin que sus ojos se encontraran, pero solo un momento. Y los sentimien-

tos que Grim trataba de enterrar fulguraron un instante en la superficie.

Isla buscó, casi con desesperación, algún vestigio del vínculo por parte de Grim. Después de todo lo que habían hecho, casi se atrevía a albergar esperanzas.

Pero no estaba ahí.

Grim la acompañó a la puerta. Antes de que ella pudiera pronunciar una palabra, la cerró de un portazo.

En la celda, Isla notó el mordisco de la inquietud. Puede que hubiera interpretado mal las señales.

Habían pasado juntos toda la noche. Y ella habría jurado que no habían compartido solamente algo físico. Él la había tocado como si le importara su placer. La había mirado como si fuera una diosa digna de adoración.

Isla le conocía. Y se aferró al convencimiento de que todavía era así mientras se volvía a mirar la sombra desgarrada de Lark. Ella apenas se había recompuesto después de que Cronan la convirtiera en un montón de ceniza. La pluma que su antepasada tenía entre las manos sin duda la había ayudado a acelerar el proceso. Isla se la arrancó.

Y puso manos a la obra.

CAPÍTULO 83
GRIM

Si el tenedor de Grim no hubiera estado fabricado con hueso sagrado, se habría roto entre sus dedos.

Apretó los dientes mientras ahuyentaba otro recuerdo más de la noche anterior. Cómo ella había…

No. Nada de lo que le dijo iba en serio. La noche anterior fue puramente física. Intrascendente.

En cualquier caso, en menos de una hora los dos estarían muertos. Los caudillos de los planetas ya estaban en el ruinoso estadio. Miles de personas de este mundo y de otros habían acudido también al espectáculo, emocionados por un rato de entretenimiento antes de la invasión.

Grim oyó alboroto en el exterior de la sala de la galaxia. Haciendo caso omiso, pinchó un trozo de carne. El plato tembló.

Cronan le miró entornando los ojos. Antes de que pudiera decir una palabra, un grupo de caballeros irrumpió en la sala.

—¿Qué pasa? —ladró Cronan.

—La prisionera.

Grim levantó la vista.

—¿La prisionera qué? —preguntó Cronan.

El caballero que había hablado titubeó un momento antes de responder:

—Se ha escapado.

Cronan frunció el ceño y Grim hizo lo propio. ¿Se había escapado? Ella no tenía poderes. Había rehusado la posibilidad de fugarse. La reja estaba hecha de acero impenetrable.

«Y, cuando por fin abandone esta celda…, yo misma forzaré la puerta», le había dicho.

Imposible. A menos que…

La pluma de Lark. Grim había camuflado las punciones que Isla le había curado, pero ¿las había percibido ella de algún modo? ¿Había dejado caer Grim la ilusión con que las había disfrazado durante la noche que habían pasado juntos?

¿Le habría utilizado ella para eso? ¿Por eso le estaba esperando en su alcoba?

La muy bruja. Ella misma le había contado que le apuñaló el pecho la primera vez que se besaron. Debería haber sido más listo. Todo este tiempo convenciéndose a sí mismo de que la estaba utilizando y al final… era ella quien le estaba usando.

Sentiría admiración si no estuviera tan enfadado, joder. Consigo mismo, ante todo.

¿Qué haría Cronan ahora, si no podían batirse en duelo? ¿Decidiría simplemente que ninguno de los dos reinos sobreviviese? La huida de la wildling podía costarle la oportunidad de salvar Nightshade.

—Encuéntrala —le ordenó Grim con una rabia semejante a un veneno.

Grim lo haría. No por Cronan, sino por él mismo.

Ya estaba saliendo de la sala a grandes zancadas cuando un pensamiento le detuvo.

Lo más inteligente por parte de Isla habría sido abandonar el castillo. Pero Isla no tomaba decisiones sabias. Actuaba desde las emociones.

Y ella todavía pensaba que Grim la recordaría. Y él sabía exactamente lo que se proponía Isla.

Había esperado hasta ese momento para ejecutar su jugada. Debía de saber que él había perdido el control. Pues claro que sí, después de la conducta de Grim la noche anterior.

Pero estaba muy equivocada.

La noche anterior no había significado nada. Especialmente porque las vidas de todos los habitantes de su reino estaban en juego.

Y, como para demostrarlo, se giró hacia su antepasado y le dijo:

—Te voy a demostrar mi lealtad.

CAPÍTULO 84
ORO

Gracias al artilugio de Isla, ahora había ejércitos de fuerzas skyling, starling e incluso moonling impidiendo la entrada de las bestias en Lightlark. Cleo había accedido a prestar ayuda sin pestañear. Quería estar cerca. Albergaba la esperanza de que Isla regresara pronto.

Los refuerzos habían rebajado el peso que Oro cargaba sobre los hombros. Sin embargo, como para que no se hiciera ilusiones, el número de monstruos había aumentado. Oro llevaba horas seguidas luchando; toda la noche y parte de la madrugada.

Le ayudaba a distraerse de algo en lo que no quería pensar. Sin embargo, cuando por fin se metió en la cama, bien entrada la mañana, comprendió que no podía seguir esquivándolo.

La balsa plateada le estaba esperando en su mente, como invocada por sus pensamientos más nobles y más traicioneros.

—Así que huyendo de la verdad, ¿eh? —le dijo la mujer con su voz reverberante—. No es propio de ti.

Oro apretó los dientes.

—Tú no me conoces.

—No. Pero tú sí te conoces.

—¿La profecía se refiere a mí? —quiso saber Oro.

—Es difícil saberlo de antemano —respondió ella—. El futuro está dividido, igual que tú.

Él reprimió el impulso de poner los ojos en blanco. La respuesta era tan imprecisa e inútil como esperaba.

—Pero hay una constante en todos los caminos. En todas las posibilidades. Incluso ahora.

La balsa dorada ondeó. Y algo ascendió del fondo hasta romper la superficie de las aguas metálicas.

Un arma más larga que una daga, pero que no llegaba a ser una espada. La intrincada empuñadura tenía forma de corazón.

—¿Qué es eso? —preguntó Oro alargando la mano. Antes de que pudiera aferrarlo, el objeto volvió a hundirse en las aguas.

—Eso que has visto es un arma legendaria, capaz de matar a cualquier ser, persona o dios. Lleva siglos escondida. A salvo de aquellos que podrían utilizarla para el mal. —Los ojos plateados de la mujer lo atravesaron, grandes y fijos—. Esta —continuó— es la llave que abrirá las puertas de la paz o de la destrucción. Debes encontrarla para tener al menos la oportunidad de vencer a Cronan.

—¿Dónde está? —preguntó Oro.

—En otro mundo —fue la respuesta—, pero hay algo más. Está escondida en una bolsa de tiempo.

Debieron de usar los Hilos del Tiempo para ocultarla, se dijo Oro. Frunció el ceño.

—Ya no tengo los hilos. No tengo manera de encontrar el arma.

—Tú, seguramente, eres el único que puede hacerlo —dijo la mujer.

Dicho eso, desapareció.

CAPÍTULO 85

ISLA

Grim la estaba persiguiendo. Isla notaba su poder derramándose por ese mundo como un río de noche inminente.

El laberinto en la mente de Cronan tenía forma de skyre. La forma de su skyre. Después de grabárselo en la palma de la mano con la pluma de Lark, Isla había recuperado el poder de golpe, ya inmune a su veneno.

Había forzado la reja de sombreador sin problemas y luego había cruzado el castillo perforando un orificio tras otro hasta liberarse. Y, según ascendía hacia el cielo y miraba atrás, descubrió que Cronan no había arrasado partes de esa tierra de manera aleatoria.

Las cicatrices de ese mundo dibujaban el mismo símbolo.

Se envolvió en energía hasta que fue una estrella surcando el firmamento. Se convirtió en un faro en el cielo. Y no tardó mucho en atraer una tormenta.

Hacía tiempo que había deducido que las tormentas eran portales. Pero nunca las había considerado como una extensión del poder de Cronan; igual que su varita estelar era una extensión del poder de Grim.

Un rayo se precipitó hacia ella desde el centro de la tempestad. Cuando la alcanzó, Isla cerró los ojos… y se concentró. Tal como había aprendido a hacer años atrás, cuando había encontrado la reliquia debajo de los tablones de su alcoba, visualizó su destino exacto.

Tal como Grim le había enseñado a hacer. Tal como ella le había enseñado a Oro.

La energía del rayo se unió a la suya y su cuerpo sufrió una sacudida. Juntas, las dos energías generaron un trueno explosivo. Pero Isla no perdió la concentración y el portal la absorbió. Al cabo de un momento se estrelló contra el suelo arrancando tierra y raíces mientras rodaba.

Cuando por fin se detuvo, abrió los ojos y comprobó que su plan había funcionado.

Estaba en el Bosque Olvidado. Recordó las palabras de la dama de plata. Para encontrar esta fronda, tenías que ser invitado. Era el lugar perfecto para esconderse de Cronan.

Grim ya la estaba persiguiendo. La última vez había tardado más de un día en dar con ella. En esta ocasión se lo pondría más fácil.

Isla rodeó con los dedos el colgante que descansaba sobre su garganta. Y tiró.

Pasado un instante, oyó unos pasos a su espalda.

Tragó saliva. Tenía que salir bien. Si no lo hacía…, él estaría perdido para siempre. E Isla no quería ni imaginarse esa posibilidad.

Su mundo, en el que vivían ella y Grim, estaba muriendo. Oro a duras penas podía mantenerlo a salvo. Al final sucumbiría. Necesitaba ayuda. Los necesitaba a los dos. Cronan iba a invadirlo. Tenían que encontrar un modo de detenerle.

—¿Has decidido dejarme plantado en el duelo? —preguntó Grim. Su tono desmentía el desparpajo de las palabras. Estaba enfadado. Pues claro que sí.

—No. Solo he escogido un escenario distinto.

Despacio, ella se volvió a mirarle.

Grim estaba envuelto en sombras afiladas como garras. Y apuntaban hacia ella.

A pesar de todo, Isla dio un paso adelante. Este era su marido. El hecho de que no recordase el voto que había pronunciado no le restaba verdad.

Ahora que había recuperado los poderes, Isla notaba la energía del bosque enterrada en lo más hondo de las raíces, de los troncos y de las hojas.

Podía controlarla.

Las sombras de Grim se precipitaron hacia ella transformadas en cadenas que pretendían inmovilizarla. Antes de que lo hicieran, ella se abalanzó hacia delante atravesando esas tinieblas con las suyas. Él frunció el ceño, como si las sombras de Isla le hubieran recordado que ella también era nightshade y que no eran tan distintos. Antes de que Grim concentrara su poder de nuevo, ella se tocó el corazón con la mano…

Y el bosque desapareció.

El castillo de Grim en Nightshade cobró forma en derredor. Había una fila de mujeres con prendas idénticas. Isla se reconoció entre ellas. La escena estaba envuelta en sombras, borrosa. Los susurros de las mujeres sonaban ligeramente amortiguados, como si estuvieran bajo el agua.

Pasado un instante Grim hacía aparición en esa escena del pasado y todas las voces se acallaban.

En la imagen, los ojos de Grim se posaban directamente en ella. No había la menor vacilación por su parte y ella le

sostenía la mirada. Era como si hubiera sabido nada más verla que Isla era suya. Y ella, en algún espacio recóndito de su mente, sabía que él era suyo también.

Isla se volvió a mirar al Grim actual, que tenía la mirada fija en la escena. Entornaba los ojos con los puños cerrados. Isla se preguntó cuánto tiempo tendría antes de que volviera a esgrimir las sombras contra ella. Pero él seguía observando. Era cuanto Isla necesitaba. Solo un ratito.

La escena cambió y el Grim del pasado se llevaba a Isla a su alcoba. Ella estaba contra la pared con las piernas atadas a la cintura de él, en una postura no muy distinta a la que habían adoptado unas horas atrás. Junto a Isla, Grim tragó saliva con dificultad.

Dio un respingo cuando los dos vieron a Isla clavarle una daga en el pecho.

El recuerdo se desvaneció entre hojas caídas que se arremolinaron para dibujar otra imagen.

Una franja de oscuridad cortó la nueva escena e Isla salió proyectada hacia atrás, directamente a sus recuerdos. Aterrizó en el suelo de su alcoba wildling. Vio cómo el Grim del pasado recurría a sus poderes para empujar a Isla contra la pared y estrangularla con sus sombras.

En el presente, él estaba haciendo lo propio.

Los dos, el antiguo Grim y el actual, atacaban a Isla, y las dos wildling se aferraban la garganta, a pocos centímetros de distancia. Sus resuellos se sincronizaron a través del tiempo.

No. Grim se estaba oponiendo, estaba luchando contra los recuerdos. Pero eso solo significaba que la estrategia de Isla funcionaba.

Y ella ya no era la misma mujer que había sido en aquel entonces.

Con un gruñido, disparó una descarga de energía que se estrelló contra Grim. Rodaron por el recuerdo y sus poderes emanaron de sus pieles en contacto hasta que ella logró desprenderse y ponerse de pie. Tenía a Grim justo detrás. No quería observar los recuerdos. Su marido oponía resistencia. Quería luchar.

Isla le miró con rabia. Uno de sus brazos proyectó llamas que crepitaron a través del bosque. El otro lo envolvió en agua del rocío, que transformó en hielo.

—Muy bien. ¿Quieres batirte en duelo? Pues hagámoslo —le dijo a Grim mientras la escena cambiaba en derredor. Ahora estaban en el mercado.

Y los dos se precipitaron hacia delante.

Las sombras de Grim mudaron en espadas que salieron disparadas hacia Isla y ella las desvió con un escudo de fuego. Dirigió las llamas hacia él y Grim consiguió a duras penas desmaterializarse antes de arder. El fuego siguió rugiendo por el recuerdo del mercado mientras ellos proseguían el duelo. Los guardias nightshade los rodearon cuando el Grim del pasado les ordenaba llevar a Isla a prisión.

Una ola de obsidiana se precipitó sobre ella embotándole los sentidos, pero Isla levantó la mano en el último momento y las sombras se congelaron. Cayeron a tierra y se rompieron en un millar de fragmentos negros.

La escena cambió a la prisión oscura y húmeda de Nightshade, y Grim esbozó una sonrisilla de suficiencia al ver a la antigua Isla colgando del techo por las muñecas.

—Por lo que parece, tienes tendencia a acabar presa.

—Y tú tienes tendencia a mirarme con lascivia —replicó ella mientras ambos le veían observar con descaro el cuerpo de Isla enfundado en su vestido color ciruela.

En el presente, Grim la fulminó con la mirada; acto seguido, se abalanzó sobre ella. Pero, en lugar de estrellarse contra su cuerpo, varias sombras brotaron de su piel night-shade y adoptaron su misma forma. Uno, dos y por fin seis, todos rodeándola y tapando la escena. Estaba usando los poderes de Isla contra ella.

La voz de Grim reverberó en el bosque cuando dijo:

—Esto no es personal. Tengo que salvar mi reino.

A continuación, las seis figuras la cercaron.

—Y yo tengo que salvar a mi marido.

Isla levantó los brazos y toda la fuerza del bosque cayó sobre ellos. Enredaderas, espinas y corteza serrada hicieron trizas las sombras que pronto no fueron más que jirones. Tan pronto como ella rompió las tinieblas, una espada de sombras brotó de la mano de Grim. Isla la vio materializarse ante sus ojos. Cerró la mano y uso su energía starling para crear un acero de chispas y estrellas.

Isla adoptó su postura de lucha y Grim hizo lo propio. Por un momento el corazón de ella se encogió al darse cuenta de lo familiarizada que estaba con esta situación. Fue como haber vuelto al Centenario, durante la primera exhibición de Grim. Pero estas circunstancias eran muy distintas.

Él saltó sobre Isla y ella rechazó el ataque con las chispas de su acero estelar. Lucharon por los bosques del herrero y luego por el risco de Creetan. Y según se batían en duelo a través de sus recuerdos, a través de su historia de amor, Isla advirtió pequeños cambios en la expresión de Grim: cuando veía bailar a la antigua Isla en el escenario; cuando su antiguo yo la aprisionaba contra la pared; cuando mataba a todos los presentes porque uno le había hecho daño; cuando le retiraba el cristal de las manos. Ecos de su pasado que se fundían con el presente. Seguro que Grim se había dado cuenta.

Seguro que comprendía que, por más resistencia que opusieran, su amor era inevitable.

Estaba funcionando.

Pero, de momento, la estrategia solo servía para que él se enfureciera todavía más si cabe. Isla gruñó cuando Grim le asestó un golpe brutal que la hizo trastabillar por el bosque. Aterrizó junto a su propio cuerpo del pasado, sobre los tablones de su alcoba. Su pálida piel estaba surcada de marcas oscuras. Heridas de los drek.

—Te curé. Y tú me curaste a mí —le dijo Isla a Grim mientras las sombras se estrellaban contra el escudo de estrellas que ella había invocado, empujándola más lejos por el suelo. Cuando logró detenerse, Isla se dio media vuelta y vio a Grim prestando atención a la escena que se desplegaba ante él: la antigua Isla atendiéndole las heridas en el pasado, con sumo cuidado.

—Nos curamos mutuamente —insistió ella a la vez que se ponía de pie. Bloqueó otro golpe de la espada de sombras. Las hojas multicolores del bosque revolotearon en torno a ellos antes de que la escena cambiara. Ahora estaban en la cueva. El fuego del dragón fulguraba hacia Isla, y Grim proyectaba sus sombras para detenerlo, salvándola a ella en lugar de apropiarse de la espada.

El Grim actual se quedó mirando el acero; saltaba a la vista que había reconocido la espada de Cronan. Sin embargo, pasado un momento, se precipitó hacia ella de nuevo, enarbolando la espada.

Las armas siguieron entrechocando una y otra vez entre chispas y chasquidos de poder. Isla recordó lo que la dama de plata le había dicho sobre las almas emparejadas: las almas que estaban destinadas a enamorarse una y otra vez.

—Lo nuestro nunca tuvo sentido —dijo ella mientras luchaban en la alcoba de Isla, la primera vez que se convirtieron en uno—. Este amor… no nos convenía a ninguno de los dos.

Le asestó un tajo en el pecho antes de agacharse para golpearle las piernas, pero él la esquivó.

—Sin embargo…, al final…, nos escogimos. Por encima de todo lo demás. Lo hacemos en todas las ocasiones.

Una tierra requemada remplazó la alcoba. A lo lejos asomaba una aldea. El antiguo Grim se encontraba a pocos metros de distancia, luchando contra un mar de drek. Sus sombras flaqueaban. No aguantaría mucho más.

Grim se detuvo en seco, casi ajeno a la contrincante que ahora estaba allí con él. Vio que Isla aparecía en la escena, junto a la tierra calcinada. Y el antiguo Grim comprendía que solo una cosa podía explicar que Isla hubiera llegado allí.

El amor. Ella tenía acceso a sus habilidades. El Grim del pasado parecía en paz en ese instante, dispuesto a aceptar su propia muerte. Estaba a punto de transportar a Isla para salvarla.

Pero entonces… unas garras le traspasaban el pecho.

La antigua Isla chillaba de dolor. Y, sin dudarlo un instante, clavaba la espada de Cronan en la tierra e invocaba todo su poder, que brotaba de ella como un maremoto. Incontrolable e infinito, igual que su amor.

Isla se desplomaba en el suelo. El antiguo Grim corría a socorrerla.

En el presente, Grim observaba impertérrito e inmóvil cómo ella perdía la vida en sus brazos. Y su antiguo yo hacía el mismo sacrificio por ella.

Cuando la escena cambió, Grim no se movió. Se quedó allí plantado, con las manos temblando junto al cuerpo, como si no tuviera claro si volver a atacar a Isla o dejar caer la espada.

Ella se acercó despacio. La espalda de Grim se tensó según desfilaban los recuerdos de las noches en su habitación, el hallazgo de Espectro, su petición de matrimonio en el trémulo prado violeta de nightbane.

La boda.

Isla buscó su mano. Le buscó a él. Igual que había hecho innumerables veces. Igual que haría siempre.

Sin embargo, cuando estaba a punto de rozarle, él se giró de repente e Isla a duras penas pudo parar el golpe. Sus armas entrechocaron una vez más. Ella apretó los dientes y empujó, pero él no cedió. Entre las chispas que proyectaban las espadas, a través de sus tinieblas, ella le veía la cara con claridad. El esfuerzo desencajaba las facciones de su marido, pero algo le dijo que no solo estaba resistiéndose a su espada. Grim estaba luchando contra los recuerdos. Estaba luchando consigo mismo.

—Me amabas —gruñó Isla al mismo tiempo que aplicaba toda su fuerza a la espada. Estaban igualados. Inmóviles. Ambos inflexibles—. Míralo. Míralo.

Pero él se negaba. La miraba con un rictus de rabia en el rostro, sin despegarle los ojos, y en el bosque se proyectaba un recuerdo tras otro. Las escenas desfilaban con más rapidez ahora, destellos de todos los instantes desde su matrimonio, todos los momentos en que su amor se puso a prueba y salió victorioso. Grim rugió al saltar a un lado al tiempo que Isla descargaba la espada en el espacio que él acababa de abandonar. Giró sobre sí misma para detener el siguiente avance justo a tiempo, antes de que la hoja de sombras le alcanzara el cuello.

Y, mientras las espadas entrechocaban una vez más y ellos seguían luchando en el centro de su historia de amor, Isla advirtió que las dos armas, con cada chasquido, se iban derramando la una en la otra. Las tinieblas de Grim se fundían con su espada y las estrellas de Isla salpicaban las sombras dibujando constelaciones. El espacio entre los dos se emborronaba, se unía. Se entremezclaba.

Estaba funcionando. Dijera lo que dijera él. Por más que ahora mismo estuviera luchando con ferocidad.

Los recuerdos se arremolinaban en torno a ellos a toda velocidad, alimentándose de la desesperación de Isla, que usaba todo lo que Cronan le había enseñado y transformaba el dolor en poder para mostrarle a Grim las cosas que había olvidado. Le ofreció cada uno de los instantes, del primero al último, tal como ella los recordaba, hasta que el pasado se hizo añicos convertido en mil hojas secas que giraban en torno a ellos y tapaban las vistas del bosque. El mundo desapareció. El universo entero se esfumó. Solo estaban ellos dos, tal como siempre habían soñado.

—Dimos la vida por el otro —gritó ella sobre el rugido del viento, y ahora su cabello la azotaba con ferocidad—. Te amo. En el pasado, en el presente y en el futuro, te amo. En este mundo, en el siguiente y en todos los intermedios, te amo.

En lugar de avanzar una vez más, en lugar de blandir la espada contra él…

Isla dejó que se fuera apagando. Hasta quedar indefensa.

Tal vez fuera el último error que cometiera.

Él todavía aferraba su acero con fuerza. Pero no atacó. Buscó los ojos de Isla, los suyos eran pura intensidad ardiente. Grim respiraba con dificultad.

Podría haberla derribado allí mismo, pero Isla siguió avanzando hacia él. Un paso. Otro. Hasta que buscó la mano que aún sujetaba la espada.

—Te amo —repitió, ahora en un tono tan quedo que las palabras se perdieron en el viento, pero ella sabía que la había

oído. Isla deslizó los dedos por su muñeca con delicadeza y Grim cerró los ojos con expresión torturada, como si su contacto le quemara y le sanara a un tiempo. Isla se acercó un poco más—. Te amo, aunque no me recuerdes. Aunque nunca lo hagas. Aunque me liquides aquí mismo, te amo. Esto no es el final. Nuestro amor es infinito, tal como tú dijiste.

Infinito. La palabra fue como una llave. Grim abrió los ojos.

Y la espada de sombras cayó.

Lentamente, la mano que hacía un instante había esgrimido el arma contra ella le acarició la cara.

Isla no se atrevió a hacerse ilusiones. No se atrevió a respirar. Pero, al notar el suave roce de sus dedos en la mejilla, por fin se concedió permiso para llorar.

—Grim —le dijo con la voz rota.

El pulgar de él le enjugó las lágrimas. Ella se habría dejado caer sobre las rodillas de puro alivio ante la ternura del contacto.

—Te acuerdas —le dijo Isla—. Lo has visto.

—Sí —respondió Grim, y ella temió que el corazón le estallara de felicidad. La miró ladeando la cabeza, admirándola entera, y entonces Isla no tuvo duda. La observaba como miles de veces antes, como si nunca tuviera bastante, como si no quisiera mirar nada más en el mundo. Isla sonrió.

Pero entonces… el semblante de Grim cambió. Su mano se tensó en torno a la cara de Isla.

—Pero me da igual.

Las hojas que se arremolinaban en derredor cayeron al suelo convertidas en polvo.

Isla notó que se le helaba la sangre al sentir una fuerza a su espalda: un poder de galaxias desarticuladas, mundos destrozados y muerte infinita. Los pasos que se acercaban

resonaron en los bosques ya parcialmente destruidos. Trazó un camino de ruinas y cada árbol, cada flor y cada hoja que quedaba se mustiaron, hasta que Isla y Grim acabaron plantados sobre cenizas.

Las carcajadas de Cronan reverberaron en el vacío.

—Tenías razón, Grimshaw. Nos ha traído al bosque.

No.

Isla se apartó de Grim trastabillando. Invocó sus poderes, se envolvió de energía y de fuego…, pero Cronan le dijo:

—Intenta algo y tu marido morirá.

En ese instante Isla vislumbró la daga de tinieblas que flotaba en el aire, apuntando al corazón de Grim.

Las habilidades de su marido eran extraordinarias. Pero en la cabeza de Grim no había una corona de mundos destrozados. Si Cronan quisiera hundirle esa hoja en el corazón, ni él ni Isla serían capaces de impedirlo.

Isla dejó de luchar. El fuego y la energía que la envolvían se extinguieron.

—¿Quién iba a pensar que me resultaría tan fácil obligarte a hacer mi voluntad? —le dijo Cronan con retintín—. ¿Quién iba a pensar que serías tan necia como para albergar todavía sentimientos hacia un marido que no quiere saber nada de ti? —Negó con la cabeza y caminó por encima de lo que quedaba de sus recuerdos—. Para romperse tan fácilmente…, ese amor no debió de ser nunca muy fuerte.

A Isla se le saltaron las lágrimas al ver a Grim apartarse de ella para colocarse junto a Cronan. La daga se desplazó con él, todavía con la punta pegada a su pecho.

Con un simple gesto de la mano, Cronan arrastró el cuerpo de Isla hacia delante. Las puntas de las botas arañaron el suelo hasta que el nightshade le rodeó el cuello con la mano. Cronan tenía el control de todo su cuerpo cuando la obligó a levantar el brazo y alcanzar la daga. Los dedos de Isla se cerraron en torno a la empuñadura. No. «No». Este no podía ser el final de su historia. Le temblaba la mano mientras se oponía a la garra invisible de Cronan. Pero ni siquiera con sus poderes fue capaz de impedir que le proyectara la muñeca hacia delante.

Ni que empezara a brotar la sangre.

Notaba el rugido de la sangre en los oídos. Grim no se apartaba… ¿Acaso no podía? ¿Controlaba Cronan su cuerpo también? ¿O hablaba Grim en serio cuando le dijo que no recordaba una vida que valiera la pena vivir?

Sin embargo, antes de que la daga se clavara más profundamente, Cronan la detuvo. Un movimiento más, un solo segundo, y la profecía se cumpliría.

Isla tembló de rabia cuando oyó a Cronan decir:

—Muy bien. Llévame a la Balsa de las Posibilidades o matarás a tu marido.

CAPÍTULO 86
GRIM

Ella no significaba nada para él. Entonces ¿por qué cerraba Grim los puños mientras veía a su antepasado arrastrarla por el bosque?

En el instante en que Cronan le había apuntado con una daga al corazón, ella se había rendido. Había renunciado a la lucha por completo.

Por él. Aunque Grim había rebuscado en su cerebro algún otro motivo, no había encontrado ninguno. Ella podría haber escapado de Cronan varias veces a lo largo de los últimos días. Podría haberse marchado dejando a Grim en el castillo.

Pero no lo había hecho. Le había traído a este bosque. Todavía estaba empeñada en que Grim recuperara recuerdos que había perdido para siempre. Era una tonta que nunca se rendía.

Así pues, ¿por qué Grim se sentía herido y extraño de saber que alguien sentía tanto cariño por él como para condenarse a su lado?

La historia que ella le había mostrado en el bosque se le antojaba el pasado de unos desconocidos. Era raro ver una versión de sí mismo que no identificaba lo más mínimo. Pero

tenía que admitir que había atisbado retazos de motivos por los que podría haber sentido algo por ella.

No, sentir no. Más bien desarrollar debilidad. Cronan tenía razón. La bruja le había ablandado. No quería convertirse en el Grim de esas memorias, capaz de poner a una mujer por delante de su reino.

Sin embargo, aunque su propia muerte no fuera inminente, tampoco estaba seguro de querer convertirse en alguien como Cronan, un ser que vivía a solas en las cenizas de un mundo arrasado. ¿Era ese el futuro que le aguardaba a Grim si de algún modo sobrevivía a Isla? ¿Era eso lo único a lo que podía aspirar si elegía ese camino?

¿Y era una coincidencia que Grim no pudiera recordar la última vez que había sido feliz? ¿O se debía a que había perdido los recuerdos de todo lo vivido con ella?

¿Acaso ella se había convertido en su felicidad?

En ese momento llegaron a una reluciente balsa plateada que asomaba en los restos carbonizados del bosque. Tan solo una corona de árboles alrededor de la charca permanecía en pie, como si estuvieran constituidos de un material más resistente que los demás. El agua irradiaba una energía extraña y poderosa que Grim no reconoció, relajante y amenazadora a un tiempo, como el suave roce de una espada contra la piel. Cronan soltó a Isla por fin y ella cayó a cuatro patas sobre la tierra. No hizo amago de incorporarse. Ni de luchar. Nada.

Fue como mirar una llama que se hubiera extinguido.

¿Y por qué eso enfurecía a Grim?

Ella había sido una molesta espina en su piel durante semanas. Grim había deseado con toda su alma que se rindiera o, cuando menos, que se callara. Solo al contemplar su debilidad se había dado cuenta de que echaba de menos su fuerza.

Ahora ya daba igual, pero la idea de que se diera por vencida le anudaba el estómago. Aflojó el control de sus sentimientos, el muro que se había visto obligado a levantar cuando había emprendido su búsqueda por segunda vez, y el aura de Isla le embistió con brutalidad. Estuvo a punto de trastabillar cuando percibió su apabullante tristeza. Su esperanza hecha trizas. Su furia.

Pero ni el más mínimo arrepentimiento.

Cronan, por otro lado, irradiaba sentimiento de victoria. Su aura, habitualmente fría e insensible, resplandecía de orgullo.

—La Balsa de las Posibilidades —dijo—. Llevaba siglos tratando de encontrarla… —Buscó los ojos de Grim—. Buen trabajo.

A pesar de todo, Cronan no apartó la daga de su pecho. La punta del arma todavía se le hundía en la piel a poca distancia del corazón.

Normalmente Grim habría preferido luchar a muerte a dejar que alguien le amenazara de ese modo. Sin embargo, si quería preservar su reino, tenía que jugar según las reglas de su antepasado.

Cronan agitó una mano por encima de su corona. En el centro resplandecieron los Hilos del Tiempo.

—El lugar más antiguo del universo es un árbol inmemorial del que brotó todo un bosque. En esa fronda es posible encontrar un portal a todos los mundos que han existido —dijo, y Grim tuvo la sensación de que hablaba más para sí mismo que para nadie en particular—. Hace muchísimo tiempo tuve la oportunidad de hacer lo necesario para llegar a ese lugar. Pero elegí mal.

Cronan le había explicado que la balsa le mostraría todas las decisiones de su pasado que debía cambiar para encontrar ese bosque. Y los hilos le permitirían viajar atrás en

el tiempo para corregir sus decisiones. Para cambiar la historia. A saber cuáles serían las consecuencias.

Cronan volvió la mirada hacia Isla.

—Y el diamante potenciará todo lo que soy. Me permitirá conquistar este universo de una vez por todas. Empezando por tu patético mundo. Aunque tú ya no estarás aquí para verlo.

A continuación, se dirigió a Grim:

—El diamante nunca me dejará que me lo apropie, pero tú lo controlarás. Cuando ella muera, antes de tu caída, me lo entregarás. Y yo cumpliré mi parte del trato.

Tras eso, el antepasado de Grim se acercó a la balsa, que destellaba como metal líquido. Tan pronto como entró, las aguas cambiaron. Se inmovilizaron.

Despacio, Cronan se despojó de la corona. La dejó en el agua y de su metal quebrado se derramaron sombras como si fueran tinta. Las tinieblas se extendieron por el agua hasta que la plata quedó reducida a meras motas de estrellas. La balsa mudó en un fragmento de cielo nocturno.

Las aguas recuperaron la inmovilidad y los ojos de Cronan se quedaron en blanco.

Era la oportunidad de Grim. Ahora podía liquidar a su antepasado. ¿Quería hacerlo? Y, teniendo en cuenta que había repartido jirones de sí mismo por toda la galaxia, ¿cambiaría eso algo siquiera? Antes de que Grim se decidiera, Cronan salió de su trance. La corona se posó flotando en su cabeza mientras él regresaba a la tierra.

Cronan ya tenía todo lo que necesitaba, así que ya no había motivos para mantener a Isla con vida. Sin embargo…, ella no intentó escapar. No corrió. Se limitó a mirar a Grim desde el suelo y luego se volvió hacia Cronan, decidida a afrontar la muerte de cara.

Cuando el antepasado de Grim se encaminó hacia ella con paso firme, una desagradable sonrisa de pura satisfacción le desfiguraba el rostro. Grim debería haberse alegrado de saber que su reino sobreviviría. Sin embargo, solamente sentía terror. Le parecía infinitamente cruel acabar con algo que apenas parecía haber comenzado.

Y, aun al borde de la muerte, las emociones de Isla emanaban una paz que le inundó como una ola tranquila. Paz, claridad y una fuerza inexorable.

En ese momento Grim comprendió que había fuerza en la rendición. El aura de Isla resplandecía. No albergaba la más mínima duda. Ni miedo. Solo fortaleza.

Ni siquiera flaqueó cuando Cronan le rodeó el cuello con las manos. Tampoco luchó. Únicamente sostuvo la mirada de Grim, como si no estuviera cubierta de mugre en mitad de ese bosque enterrado en ceniza. Como si no estuviera a un paso de la muerte. Le miró igual que lo había hecho desde el otro extremo del pasillo nupcial en sus recuerdos.

—Te amo —le dijo.

Y entonces Cronan le rompió el cuello.

CAPÍTULO 87
ISLA

UNAS HORAS ANTES

Isla tenía un plan. Era arriesgado y seguramente no funcionaría, pero por ellos, por él, tenía que intentarlo.

Aunque acabara muerta.

—Tú me odias —le soltó a Lark sin rodeos, en la celda.

La otra apenas podía mirarla.

—Pues claro que sí.

—Pero odias más a Cronan.

Lark no lo negó. Isla gateó hacia su antepasada, haciendo caso omiso del olor a putrefacción. Manchas infectas y carne ulcerada salpicaban el rostro de Lark. Esta vez apenas había sido capaz de recomponerse. Una simple brisa habría vuelto a dispersarla. Era un milagro que pudiera hablar siquiera.

—Está sofocando tus poderes. Puede que nunca mueras, pero esta es una existencia cruel.

La wildling tampoco negó eso.

—Puedo matarle —continuó Isla—. Casi lo hice.

Lark la miró a los ojos esta vez, entre carcajadas.

—No puedes derrotarle —dijo.

—Tienes razón. Sola no. Pero con ayuda…

—¿Qué quieres? —le espetó Lark.

—Dime cómo podría matarte.

La mueca rabiosa de Lark dejó a la vista sus dientes. Solo eran fragmentos desiguales de podredumbre.

Isla suspiró. No tenían tiempo para eso.

—Dime cómo matarte. Absorberé tu poder y te devolveré a la vida —aclaró.

Los ojos de Lark se posaron en la marca que Isla se había dibujado en el brazo con la pluma, antes de que su antepasada despertara. Isla advirtió cómo se hacía la luz en su mirada. A juzgar por su expresión, le habría gustado grabarse el skyre ella misma. Pero sus manos solo eran jirones de carne. Apenas le quedaba ninguna superficie en la que grabar nada.

—Te necesito —le dijo Isla sin ambages—. Ya te lo he dicho; no puedo hacerlo sola. Únicamente juntas acabaremos con él. Las dos, inmunes a la muerte. Será impotente contra nosotras.

Lark la observó con detenimiento. Era evidente que estaba sopesando sus alternativas. Confiaron la una en la otra una vez, en el Bosque Olvidado. Todo en aras de la supervivencia.

—Ya sé que me odias —repitió Isla cerrando los puños con ademán frustrado—. Pero somos parientes. Eso tiene que…, tiene que significar algo.

Isla recordó a su madre y a todas las generaciones de gobernantes wildling que la habían precedido. Casi podía verlas en esa celda, entre las dos, incluso aquellas cuyos nombres desconocía. Se le saltaron las lágrimas.

—Por favor —suplicó con voz ronca, desesperada—. No dejes que acabe con nosotras. No dejes que acabe con todo lo que has creado.

El tiempo transcurrido hasta que Lark se inclinó hacia ella se le antojaron siglos.

Por fin, le reveló lo que necesitaba saber.

Isla no tardó nada en acabar con la vida de su antepasada. Y abrió los ojos de par en par cuando todo ese poder arcaico e infinito fluyó por sus venas. Cuando se convirtió en la última gobernante viva de su linaje. Y, según su cuerpo se llenaba hasta el borde de energía, vio el mundo teñirse de plata. Tardó un rato en ser capaz de respirar siquiera a través de esa ola infinita de poder, en salir a la superficie y devolver la energía a su pecho en forma de abrasadora semilla. Por fin, la celda volvió a perfilarse ante ella.

Isla miró el cadáver de Lark.

—Que te vaya bien, zorra asesina —le escupió.

Se puso de pie, dejando a Lark hundida en su propia podredumbre, y dobló los barrotes de metal sombreador con sus propias manos antes de abrirse paso a través de las paredes.

CAPÍTULO 88
GRIM

G rim no estaba preparado para la ola de dolor y angustia que le embistió cuando Cronan mató a Isla. Vio caer al suelo su cuerpo exangüe, y su misma alma se hizo añicos al desplomarse con ella.

Al principio Grim pensó que se debía a que sus vidas estaban vinculadas, por lo que él también estaba muriendo.

Pero entonces el cuerpo de Isla empezó a moverse…, el hueso roto volvió a su lugar…, y Grim comprendió que la respuesta era mucho más complicada.

La avalancha de tristeza, rabia y remordimientos le pertenecía solo a él. Y había sentido todo eso por ella.

«Isla estaba viva».

Y, aunque tenía la sensación de que habían pasado siglos desde la última vez que había sonreído, no pudo contener la lenta sonrisa que se dibujó en su cara al entender lo que ella acababa de hacer.

CAPÍTULO 89
ISLA

La cabeza de Isla se recompuso y el mundo se perfiló ante ella. Buscó la funesta mirada de Cronan.

Y sonrió.

A continuación disparó desde la frente un rayo de energía plateada que traspasó todas sus sombras como una espada centelleante.

Él salió proyectado a través del claro con un impulso tan brutal que ni siquiera los antiguos árboles le detuvieron. El suelo tembló cuando cayó.

Isla se puso de pie como un fénix que renace de las cenizas. «Aguanta», le había dicho su madre. Haría eso y más. Transitaría un nuevo camino para que nadie tuviera que volver a soportarle.

Cronan pensaba que había acabado con ella.

Se equivocaba, pero desearía haberla matado.

Cronan no permaneció mucho rato paralizado. Las tinieblas brotaron de su corona para dirigirse hacia ella a través del hueco en los árboles, pero ella era fuego, viento y estrellas, era sombras y la misma tierra, y el mundo entero la obedecía. La roca se elevó ante sus pies, el cielo descendió y la energía se prendió entre ambos extremos para protegerla

con un escudo forjado de todos los elementos. El poder brillaba tanto que Grim apartó el rostro y se protegió los ojos.

Cuando la luz perdió intensidad, Isla estaba enfundada en una armadura reluciente que la cubría de pies a cabeza. Empuñaba una espada creada con cada brizna de su poder. Y todo ello parecía converger en algo nuevo. Algo más fuerte.

—No te vas a apoderar de mi mundo. No te vas a apoderar de mi marido —le dijo a Cronan, dando un paso adelante.

Él le disparó sus sombras de nuevo, e Isla las bloqueó con su espada, cuyo zumbido fue un aullido ensordecedor.

—No puedes destruirme. No porque yo sea indestructible, sino porque no estoy sola —continuó ella.

Tras eso, las aguas de la balsa de estrellas se rizaron a su espalda. Isla lo notó como si estuviera sucediendo en su propia mente. Su conciencia estaba en dos lugares a un tiempo.

Construyó una jaula de raíces entretejidas en torno a Cronan y luego vertió el resto de sí misma en la balsa; el don que le había arrebatado a Lark, las habilidades con las que ella había nacido, el poder del que se había adueñado. Vida, muerte y todo lo que había en medio se arremolinaron en esas aguas color medianoche.

El diamante de su cuello empezó a arder, quemándole la piel. El fragmento del corazón de Lightlark que había cosido el suyo latió al cobrar vida.

Las dos fuerzas infinitas se fundieron y amplificaron todo lo que era Isla.

Y era gloriosa.

No ilesa, sino inquebrantable. Una llama que se negaba a extinguirse, un firmamento nocturno que rehusaba apagarse. Una mente y un cuerpo fracturados y sangrantes, pero todavía en pie.

Isla concentró todo su ser en esa balsa. Abrió los brazos de par en par. Echó la cabeza hacia atrás. Solo desde ese ángulo vio una espiral de oscuridad que surcaba la noche: pura obsidiana concentrada en una lanza. Traspasó cada una de las capas del escudo que la envolvía. Isla dobló los dedos, pero todos sus poderes estaban centrados en la balsa. Cronan había salido de la jaula y ahora se proponía dividir su mente en infinitas piezas, para que jamás pudiera volver a unirlas. Isla jadeó, preparándose para el impacto.

Justo antes de que la lanza la alcanzara, una onda de energía plateada como metal líquido apareció ante ella e hizo trizas el proyectil de Cronan. Giró la cabeza y vio una cara conocida que le devolvía la mirada; su cabello plateado brillaba con tanta intensidad como la energía que la rodeaba.

—Yo me encargo del exterior. Tú termina esto —dijo Aurora mientras se dirigía rápidamente hacia Cronan. Liberó un torrente de poder que detuvo las flechas en el aire y las hizo estallar una a una—. Ve —insistió al ver que Isla no se movía.

Había dado resultado.

Despacio, Isla se dio media vuelta para atraer de nuevo el poder a su cuerpo y descubrió que la balsa estaba llena de figuras todavía en proceso de constitución. Experimentó tanto alivio que sollozó allí mismo, en el bosque, pero su trabajo no había terminado.

Miró a Grim. Su postura era rígida mientras su mirada iba y venía de Cronan a Isla, como si todavía no se hubiera decidido. Como si aún estuviera dividido. Ella le tendió la mano.

—Te necesitamos. —Grim no se movió—. Nosotros…

Isla dio un paso adelante al mismo tiempo que Aurora salía proyectada del bosque. Su energía se estaba apagando cuando cayó a las aguas.

Cronan se había liberado otra vez. Sus sombras avanzaban raudas e Isla levantó el brazo para crear un escudo. Notó el impacto en los huesos cuando perdió el equilibrio y cayó en la balsa. Su cabeza golpeó el fondo y la negrura la envolvió.

Calma. La calma era absoluta aquí dentro. Parpadeó para ahuyentar la oscuridad, que solo remitió una pizca cuando recuperó la visión. Su mundo mudó en aguas color medianoche que se desplazaron cuando las extremidades se movieron en derredor.

La cantidad de energía que había empleado para transformar la muerte en vida y para liberarse de las almas que llevaba dentro empezaba a pasarle factura. Intentó moverse…

En ese instante descubrió que no podía. Notó esa sensación conocida de tener las muñecas y los tobillos bloqueados por las sombras de Cronan, que la encadenaban al fondo. Trató de liberarse, de luchar, pero la sujetaban con firmeza. Se le cerró la garganta. Le ardieron los pulmones. Se le nubló la visión.

Por fin, cuando ya no pudo resistir más, el agua inundó su boca.

Isla se ahogó.

Y luego otra vez.

Y otra.

La voz de Cronan le habló mentalmente:

«Este es tu destino. Te quedarás ahí por toda la eternidad… Si quieres que te conceda la misericordia de la muerte, tendrás que entregarme al rey sunling».

¿Oro? ¿Para qué necesitaba a Oro? ¿Qué había visto Cronan en estas aguas?

No. Isla no pensaba hacer eso.

Se ahogó de nuevo. Alrededor, las personas a las que les había arrebatado la vida en el pasado —las mismas que deseaba ver con tanta desesperación— estaban casi despiertas.

«¿De verdad piensas que las voy a dejar vivir? —le dijo Cronan—. En cuanto salgan a la superficie, las eliminaré a todas».

A través de las aguas oscuras, vio disponerse las sombras en forma de dagas, por encima de la superficie. Si Cronan los mataba, Isla no sabía si tendría poder suficiente para revivirlos de nuevo. En especial si Cronan la mantenía en este bucle de muerte. Estaba atrapada. Él había ganado.

Mientras el agua entraba en su cuerpo una vez más y los pulmones le ardían como llamas, se giró a un lado y vio a alguien más en el fondo de la balsa, justo a su lado. Era ella con ocho años. También se estaba ahogando. Abría los ojos de par en par. Azotaba el agua con los brazos. No. Esa niña ya había soportado suficiente. Demasiado para acabar así.

Isla no se había esforzado tanto en llegar a este mundo y en deshacer lo que había hecho como para que ahora un hombre se lo arrebatase todo. Había intentado doblegarla. Le había hecho daño. Pero todos los ataques de Cronan solamente habían servido para afilar la daga que llevaba dentro. Ahora era más fuerte.

«Aguanta. Si el mundo te presiona…, presiona tú».

«Busca tu fuego».

«Somos fuertes —le dijo a la niña—. Lo recuerdo».

Isla cerró los puños. Su diamante empezó a brillar como una estrella y renovó las fuerzas que le quedaban.

Hizo acopio de energía, no a través del dolor, sino del amor. Recordó a Oro sacándola de los fragmentos de la isla. Se acordó de Grim devolviéndole la vida.

El amor siempre había sido lo único tan poderoso como para vencer a la muerte. Como para vencer al destino.

Se llenó de cada momento entre los dos, de cada recuerdo, porque era lo único que ella tenía y Cronan no.

Infinito resplandeció con más intensidad, tanta que su luz atravesó la balsa y rompió la oscuridad. Isla avistó a Cronan mirándola desde arriba. En el reflejo de su mirada se vio a sí misma. Y descubrió que sus propios ojos resplandecían tanto como su diamante.

Una sola mirada disipó todas las sombras de Cronan, que quedaron reducidas a nada.

La luz interior de Isla siguió creciendo, fluyendo por su sangre, hasta que sintió que todo su cuerpo resplandecía. Uno a uno, los grilletes se rompieron.

«Gracias por mostrarme hasta qué punto soy fuerte —dijo Isla mentalmente—. Y por enseñarme a hacer esto». En ese instante las sombras abandonaron su mente para penetrar en la de Cronan.

Él aulló. Su mente se derritió bajo los cuchillos de sombras, sus muros se desmoronaron hasta que no fueron más que polvo. ¿Para qué necesitaba Cronan a Oro? ¿Qué planeaba?

Escondido en las profundidades, encontró aquello que él más temía. Lo único que podía matarlo verdaderamente. Una daga con una empuñadura extraña.

Heartblade.

Capaz de matar a cualquier ser, persona o dios. Incluso a ella, teniendo el don de Lark. Era el arma más poderosa jamás forjada en el universo.

Isla retiró las sombras cuando ascendió y emergió de las aguas en las que Cronan la había ahogado una y otra vez. Y no estaba sola. La acompañaban sus versiones de ocho, doce, dieciséis, veinte años. Él trastabilló hacia atrás, pero Isla le aferró las extremidades con su poder y le obligó a arrodillarse. Ladeó la cabeza para mirarle. La voz de Isla surgió de todas sus versiones a un tiempo, reverberante:

—He mirado en tu mente, Cronan, y estás tan descompuesto como ese metal que llevas en la cabeza. Abrupto, amorfo y forjado con odio. Esa corona está hecha de lo único que te has apropiado. Es una corona de huesos y cenizas. Y ahora… será tu ruina.

Cronan abrió la boca para lanzar un rugido al tiempo que vertía sobre Isla su poder infinito…

Y ella lo tomó.

CAPÍTULO 90
ORO

«Tú, seguramente, eres el único que puede hacerlo». Oro estaba deseando volver a ver la balsa. Necesitaba entender por qué era el elegido para encontrar esa misteriosa arma capaz de matar a cualquier ser o persona. ¿Se debía a que era el rey de Lightlark? ¿El gobernante de Sunling? No sabía por dónde empezar.

En ese momento se le apareció Isla para advertirle con prisas que la invasión de Cronan se adelantaría. Desapareció al instante.

Oro estaba entrando con paso decidido en su castillo, después de avisar a sus amigos y a todas las fuerzas de voluntarios, cuando todo adquirió un tono plateado. La balsa y la mujer le estaban esperando.

Las aguas eran distintas ahora, negras como tinta.

—El futuro se ha vertido en esta balsa. Ahora puedes formular preguntas… y ver qué consecuencias tendrá cada posibilidad.

Oro se quedó muy quieto mientras se preguntaba cómo era posible. Si eso significaba que las cosas habían salido bien o terriblemente mal.

Isla le había confesado que se arrepentía de no haber mirado el futuro. Que lamentaba haberse dejado llevar por el miedo a saber lo que estaba por venir.

La mujer había acusado a Oro de esconderse de la verdad.

Pero él sería más fuerte esta vez, por él y por Isla. Por su mundo. No desviaría la mirada de las verdades complicadas. No dejaría que el miedo guiara su vida.

Vadeó la balsa hasta quedarse flotando de espaldas. Cerró los ojos.

Y preguntó por todos los escenarios que se le pasaron por la cabeza. Cada posibilidad. Hasta que hubo explorado todos los futuros.

Vio la muerte. Vio la vida.

Había una distinción muy clara. Un momento concreto —una decisión— que cambiaba el destino del mundo y de todos sus habitantes.

Contuvo el aliento cuando emergió de la superficie escupiendo agua, con las venas inundadas de terror.

La profecía era cierta. «Era cierta». Alguien tenía que morir. Podían evitar la destrucción total y completa con esa única decisión.

Una parte de él deseaba no haberlo visto. Pero la verdad no podía obviarse una vez que la veías, igual que no podía retirarse una vez que la expresabas.

Oro sabía lo que tenía que hacer.

Simplemente no estaba seguro de ser lo bastante fuerte para llevarlo a cabo.

CAPÍTULO 91
GRIM

Isla obligó a la corona de Cronan a posarse en su cabeza y el mismísimo mundo se estremeció. Ella se convirtió en gravedad y marea, en la fuerza que circulaba entre todos ellos. Grim estuvo a punto de perder el equilibro. Tuvo que recurrir a sus sombras para mantenerse en pie.

El mundo se asentó y Grim solo la veía a ella, una reina de oscuridad y perdición plantada en una balsa oscura. Cronan estaba postrado ante ella; le había obligado a arrodillarse.

Durante ese rato, mientras Isla y Cronan luchaban, Grim había sentido mil veces el impulso de intervenir, pero se había detenido. Su corazón estaba dividido. Latía a toda velocidad. Se sentía confuso y le preocupaba que cualquier gesto por su parte pusiera en peligro su reino.

Isla se volvió a mirar a Grim con los ojos resplandecientes de poder, y todas las defensas de él se derrumbaron. Ella le tendió la mano una vez más.

—Juntos podemos destruirle. Sé cómo hacerlo.

A los pies de Isla las aguas cambiaron y mostraron un arma lo bastante poderosa no solo para matar a Cronan, sino a todas las partes de su alma que había repartido por el universo.

—Está aquí escondida, pero en otra época. La he visto en su mente.

Isla poseía ahora la corona de Cronan, que albergaba los Hilos del Tiempo. Solo necesitaba la capacidad de saltar entre portales de Grim para poder viajar por las distintas épocas.

Juntos encontrarían la daga y acabarían con él. Podrían salvar el mundo y a todos sus habitantes.

Grim avanzó un paso hacia ella, hacia su esposa. Era un paso hacia un futuro que a duras penas se atrevía a soñar.

Esto era real. No hacía falta que siguiera luchando. Podía aliarse con ella y disfrutar de todo lo que prometía. Dio otro paso, hasta que llegó al borde del agua.

Allí vio el reflejo de su mano tendida. La mano de Isla buscaba la suya, igual que ahora, pero portaba una daga. La misma que Isla le invitaba a encontrar para acabar con Cronan.

No. Solo era uno de los muchos destinos posibles. Grim avanzó otro paso más hacia ella, y, en el instante en que su pie tocó el agua, lo vio todo. Todas las posibilidades. Todos los futuros. Y supo con absoluta seguridad que, si se unía a ella ahora, moriría.

La única posibilidad que tenía Grim de sobrevivir era quedarse con Cronan.

Ella todavía alargaba la mano. Las emociones de Isla eran un reflejo de las suyas: esperanza, alivio y necesidad.

Grim recordó la sensación de los labios de Isla, los dedos de ella bailando por su piel. Isla le había enseñado que sentir no significaba solo sufrir. Y recordó su fuerza contra viento y marea, su inquebrantable fe en él y su manera de mirarle, como si fuera algo más que un malvado. Recordó la reverencia que había sentido al verla volver a la vida y su empeño en derribar siempre todo lo que se interponía entre los dos.

Ella era infinita. Era suya. Era su esposa y todo lo que siempre le había faltado a su vida.

Sus manos se rozaron y la sangre de Grim se caldeó ante un reconocimiento profundamente arraigado, como si su alma le vibrara por el reencuentro aunque él no pudiera recordarla.

Isla tiró de él y Grim se dejó llevar hasta que sus frentes se pegaron. Hasta que los dos estaban suspirando en los labios del otro. Hasta que los dedos de Grim se deslizaron por el pelo de Isla. Y se desplazaron a la corona de su cabeza.

Ella se quedó helada.

—Lo siento —le dijo Grim contra los labios. Y entonces forzó todos los escudos y defensas de Isla, porque era el único que podía hacerlo.

Transportó la corona entre portales. Sacó a Cronan de la balsa con una ola de sombras.

Y, por fin, sus habilidades se centraron en ella. Su salvación.

Su perdición.

Sin embargo, mientras la oscuridad de Grim se precipitaba hacia ella, para encarcelarla, para impedir que encontrara esa daga y le condenara, notó que algo se colaba en su pecho y tiraba.

Grim la miró a los ojos y un temor le inundó las venas.

—No —susurró él. «Otra vez no».

Lo último que vio fue la desolación en el rostro de Isla cuando la balsa y ella desaparecieron a través de los portales.

CAPÍTULO 92
ORO

Isla se estaba acercando. Oro la sentía atravesando el universo directamente hacia él.

Alivio y miedo a partes iguales batallaban en su interior después de todo lo que había vivido. Las dos emociones temblaban en su mano cuando usó el dispositivo de Isla para desplazarse a la poza de marea. La que Grim y él habían convertido en un portal. Estaba tranquila ahora, por primera vez en varios días. Pero las aguas destellaban.

Cleo ya se encontraba allí, esperando. No se había movido de la playa desde el instante en que Oro le había pedido que viniera. Ninguno de los dos pronunció una sola palabra. No se atrevían a albergar esperanzas; no se atrevían a respirar. Una ola se estrelló cerca susurrando contra la arena.

De repente fue como si el mar se rompiera. La energía inundó la poza proyectando agua a los acantilados y al horizonte. La poza de marea creció y se dispersó arrastrando la arena hasta convertirse en un cráter que abarcó casi toda la costa. Y el agua era ahora oscura como la medianoche.

Oro se ayudó de su poder para permanecer en el mismo sitio. Cleo seguía a su lado. Hundió los brazos en el agua y sacó a un niño.

Su hijo. Estaba vivo.

El grito de alivio que lanzó Cleo proyectó olas de cientos de metros que se estrellaron contra los acantilados e inundaron la isla con su alegría.

«Estaban todos vivos». La gente surgía de las aguas respirando entre resuellos. E Isla estaba en el centro, ascendiendo como una diosa.

Sus ojos proyectaban un brillo sobrenatural. La melena le ondeaba a la espalda empujada por un viento invisible. Vestía armadura y enarbolaba una espada de un metal que Oro no supo identificar.

Él no pudo evitar que el pánico le inundara la sangre. Había visto el futuro. «Había visto la destrucción». Pero, al mirarla, quiso olvidarse de todo. Olvidar su propia corona. Olvidar su deber.

Olvidar el futuro.

—Amor —le dijo Oro. La palabra surgió sola de sus labios, y en ese instante el cabello de Isla se aquietó. El fulgor de sus ojos se atenuó. Ella pestañeó varias veces y luego miró a un lado y a otro, como si estuviera aturdida. Luego se le doblaron las rodillas. Oro la recogió antes de que cayera a la arena.

Isla abrió unos ojos enormes cuando le vio. «Verdes». Otra vez aquel verde, pensó Oro.

—Estás en casa —le dijo él, y la voz se le rompió de la emoción.

Ella asintió mientras las lágrimas se derramaban por su rostro. Oro no quería pronunciar las palabras, pero al final tuvo que hacerlo. Los destinos de los tres estaban entrelazados. Con el futuro en mente, preguntó:

—¿Dónde está Grim?

CAPÍTULO 93
ISLA

—Escogió a Cronan —dijo ella, y los ojos color ámbar de Oro fueron su única ancla en medio de esa tristeza demoledora. El sol brillaba a la espalda de Isla y su calor se le antojaba una caricia.

Poco a poco iba recuperando las sensaciones de su cuerpo, que rebosaba poder, pero también estaba agotado. Que rebosaba felicidad por ver a Oro, pero acusaba la pérdida de Grim, otra vez.

Isla podría haber matado a Cronan. Podrían haberlo hecho… juntos.

—Lo siento —dijo Oro, y parecía sincero. Ella negó con la cabeza.

—Me ama. El hecho de que yo esté aquí lo demuestra.

Isla había buscado desesperadamente el puente entre los dos y acabó notando el hilo. Se había creado algo en el bosque. Grim la amaba.

Pero la hoja que había visto en esas aguas le había hecho flaquear.

—Amor… —le dijo Oro con una voz tan queda que Isla casi no la oyó. Ella frunció el ceño. ¿Por qué parecía tan inundado de remordimientos? ¿Tan desgarrado? ¿Tan… desolado?

Isla notó que se le tensaban los músculos.

—Has visto los futuros, ¿verdad? —le preguntó.

Oro titubeó. Pero nunca le mentiría. Ella lo sabía. Finalmente asintió. El miedo se derramó por los huesos de ella.

—¿Qué has visto?

Él abrió la boca… y la cerró. Como si no fuera capaz de pronunciar las palabras.

Isla se zafó de los brazos de Oro y reculó. Él avanzó un paso hacia ella y fue casi como si fueran a batirse en duelo. Isla se preguntó si debería esgrimir su espada.

Pero, antes de que llegara a ver qué hacía Oro a continuación, el mundo entero enmudeció como si contuviera el aliento.

Y todo estalló.

El cielo se desgarró con un aullido que le hizo trizas los sentidos. En lo alto se estaban creando portales, uno tras otro.

Decenas de mundos. «Los mundos de Cronan».

Que venían a conquistar este.

Cronan necesitaba que Isla muriera para conseguir el diamante. Ahora que ella ostentaba el poder de Lark, no podían matarla sin su permiso. A menos que Cronan encontrara esa extraña daga.

También era el único modo de matarlo a él. La guerra ya se cernía sobre ellos. Y solo la Heartblade podía ponerle fin.

La balsa le había mostrado a Isla que, con los Hilos del Tiempo y la capacidad de viajar por la galaxia, era posible cambiar el destino. Fracturarlo. El número de futuros posibles se había ampliado. Ahora la profecía podía referirse a alguien que no fuera ella.

Las decisiones de Grim, de Oro y de Isla definirían el destino.

Pero sabían una serie de cosas con seguridad. Uno de ellos empuñaría la Heartblade. Uno de ellos moriría para siempre. Y uno salvaría el mundo o lo destruiría.

Todo terminaría con una daga en el corazón.

La cuestión era…

¿En el corazón de quién?

AGRADECIMIENTOS

Empecé a escribir la primera versión de esta saga hace una década. En aquel entonces no podía imaginar que estos personajes y este mundo acabarían siendo tan importantes para mí. Vosotros lo cambiasteis todo. Así que, en primer lugar y por encima de todo, muchas gracias a ti, lector, por tu apoyo. Vosotros sois la razón de que esté contando esta historia exactamente como siempre quise hacerlo. Todo lo que escribo es para vosotros. Gracias.

Mi agradecimiento a todos los que hicieron posible la publicación de este libro. Gracias a mi increíble agente literaria, Jodi Reamer, que es mi estrella del norte y la mejor adalid de mi trabajo que podría imaginar. Ha sido un año muy ajetreado, pero tú eres la brújula que me ayuda a no perder el rumbo. Te agradezco las llamadas diarias, las visitas y que te asegures de que tenga tiempo para concentrarme en escribir. Gracias a mi increíble editora, Claire Stetzer, por toda la orientación editorial, por emocionarse tanto con los giros inesperados (¡¡!!) y por su feroz compromiso con la historia. Te lo agradezco mucho.

Vaya un agradecimiento a todas las personas que se encargan de hacer realidad tantas cosas. Gracias a Berni Vann y a

Michelle Weiner de CAA por todo. Berni, siempre es un gusto hablar contigo. Gracias a Annika Patton por haber visto la magia de esta saga hace tantos años. Muchas gracias a Elise Mesa y a Emma Eales por todo lo que hacen. También le agradezco a Anqi Xu sus excelentes observaciones. Y gracias a Cecilia de la Campa, Alessandra Birch y Sofia Bolido por encargarse de que esta historia llegue a los lectores de todo el mundo.

Mi agradecimiento a toda la gente de Abrams que ha defendido esta saga, incluidas Anne Heltzel, Maggie Lehrman, Lori Benton y Melanie Chang. Muchas gracias a Micah Fleming por su impecable dirección de arte y por sus fantásticas ideas, siempre. Y a Sasha Vinogradova por contribuir a crear la portada de mis sueños. Gracias a todos los que hacen posible que este libro esté en manos de los lectores —desde los encargados del formato, la edición, la producción, el libro electrónico y el audiolibro hasta los equipos de marketing y publicidad—, incluidos: Borana Greku, Cristina Gilbert, Taryn Roeder, Mitch Thorpe, Talia Behrend-Wilcox, Angelica Busanet, Megan Carlson, Christine Edwards, Elizabeth Frew, Mark Harrington, Maggie Moore, Mary O'Mara, Jason Orlando y Josh Weiss.

Gracias a mi amor por su apoyo. Tú haces que la realidad sea mejor que la ficción. La escritura absorbe mi vida; te agradezco que estés siempre ahí cuando saco la cabeza para respirar.

Mi agradecimiento infinito a mi familia y amigos, que no me ven desde hace años por culpa de los plazos. Prometo dormir más en cuanto pueda. Sabéis quiénes sois y doy gracias de que forméis parte de mi vida.

Por último, de nuevo y por encima de todo, gracias, lector, por emprender este viaje conmigo. Te estaré eternamente agradecida por tu apoyo. Muchas gracias por todo.

Este libro se terminó de imprimir
en el mes de febrero de 2026.